Einen solchen Mord hat die Eifel noch nicht gesehen: Jakob Stern – Heiler und Schamane – wird in der Nähe seines abgelegenen Gehöfts tot aufgefunden. Der Mörder hat ihn auf den dicken Ästen einer sogenannten heiligen Eiche festgebunden, und niemand kann sich erklären, weshalb.

Für den Journalisten Siggi Baumeister gestaltet sich die Suche nach dem Täter außerordentlich schwierig. Und auch der Leiter der Mordkommission fürchtet bereits, dass er diesen Fall unerledigt mit in Rente nehmen wird. Dabei bieten sich den Ermittlern pausenlos Zeugen an, die glauben, durch ihren Kontakt zu allerlei Engeln, Geistwesen, Sehern, Channeling-Spezialisten und sonstigen Spiritisten herausfinden zu können, warum dem allseits beliebten Jakob etwas Derartiges angetan wurde. Zum Glück hält Baumeister in diesen esoterischen Wirren seine fünf Sinne beisammen. Und so gelingt es ihm, langsam die ersten greifbaren Motive zu Tage zu fördern: Habgier, Neid und Hass.

Jacques Berndorf ist das Pseudonym des 1936 in Duisburg geborenen Journalisten, Sachbuch- und Romanautors Michael Preute. Sein erster Eifel-Krimi, »Eifelblues«, erschien 1989. Mittlerweile umfasst die Eifel-Krimi-Serie um den Journalisten Siggi Baumeister 21 Bände und ist deutschlandweit überaus populär. Jacques Berndorf zählt zu den erfolgreichsten deutschen Krimiautoren, und seine Romane führen regelmäßig die Bestsellerlisten an.

Der Autor hat selbst in der Eifel eine späte Heimat gefunden und schöpft aus seiner ländlichen Umgebung Kraft und Ideen für seine authentischen Kriminalromane.

Mehr zu Jacques Berndorf unter www.jacques-berndorf.de

Außerdem im Fischer Taschenbuch erschienen:
»Requiem für einen Henker«
»Der letzte Agent«
»Der Bär«
»Die Nürburg-Papiere«

Weitere Informationen finden Sie bei www.fischerverlage.de

Jacques Berndorf

Mond über der Eifel

Ein Eifel-Krimi

Fischer Taschenbuch Verlag

MIX
Papier aus verantwortungsvollen Quellen
FSC
www.fsc.org
FSC® C083411

3. Auflage: August 2013

Veröffentlicht im Fischer Taschenbuch Verlag,
einem Unternehmen der S. Fischer Verlag GmbH,
Frankfurt am Main, November 2011

Druck und Bindung: CPI books GmbH, Leck
Printed in Germany
ISBN 978-3-596-19344-8

Für meine Frau Geli,
für meinen Freund Helmut Chippy Schäfer,
für Lars Nawrot – willkommen im Wilden Westen!

»Sie saß völlig ruhig da, die Hände auf dem Tisch gefaltet, und blickte ins Leere. Leichte rötliche Flecken brannten auf ihren Wangen. Ihre Augen blickten abwesend und bitter. Ich hatte den Eindruck, dass sie Mr. Chris Lavery nicht in besonders angenehmer Erinnerung hatte.«

Die Tote im See, Raymond Chandler
New York, 1943

1. Kapitel

Es war das Jahr, in dem der Muttertag auf den Pfingstsonntag fiel, der Eifelhimmel unglaublich blau und vollkommen wolkenlos war und die Temperatur bei zwanzig Grad lag. So etwas macht mich immer misstrauisch, weil ich dann an Starkregen denke und an die Möglichkeit, dass mein Auto auf dem Hof plötzlich bis an die Lenksäule in braunem, schlammigem Wasser steht – alles schon vorgekommen. Maria hatte sich seit Tagen nicht mehr gemeldet, und von Emma und Rodenstock wusste ich nicht genau, ob sie noch lebten.

Tante Anni hatte mich mit der ungeheuerlichen Nachricht völlig verdattert, dass sie als dreiundachtzigjährige bekennende Lesbe nun endlich ihren ersten Mann ausprobieren wollte. Ihre Wahl war auf Hermann, einen verwitweten Landwirt aus Bongard gefallen, mit dessen Trecker, einem Porsche Junior, Baujahr 57, zwölf PS, sie vor zwei Wochen plötzlich auf meinem Hof angeknattert kam. Zwei Wochen währte das goldene Glück nun schon, und jetzt wendete ich bereits eine Urlaubskarte vom Gardasee in meinen Händen. Was sollte man bloß davon halten?

Mein Kater Satchmo war aus irgendeinem Grund tödlich beleidigt und lümmelte sich im hohen Gras am Teich. Ab und zu linste er zu mir herüber, aber ich reagierte gar nicht, weil ich zu den Tieren gehöre, die sich die Erde untertan machten, und auf eine blöde Eifeler Scheunenkatze musste ich nicht reagieren.

Ja, gut, ich war knötterig, aber was willst du machen, wenn sich alles gegen dich verschworen hat?

Dann klingelte das Telefon, aber ich wollte nicht rangehen. Satchmos Kopf zuckte hoch, aber er wollte offensichtlich auch nicht. Und so schwiegen wir beide vor uns hin. Da ich den Auftrag hatte, einen Text zum Nationalpark Eifel zu verfassen, überlegte ich kurz, ob ich damit jetzt beginnen sollte, aber es war elf Uhr, und ein Arbeitsbeginn zwischen dem späten Frühstück und der Mittagsruhe erschien mir unangebracht.

Der Anrufbeantworter sprang an, aus dem Lautsprecher ertönte Rodenstocks Stimme und eröffnete überaus trocken: »Es gibt Arbeit. Eine besonders fiese Geschichte, Baumeister. Eine von den Geschichten, die man eigentlich nicht glauben will.« Ich griff mit einem tiefen Seufzer nach dem Hörer, brummte: »Dann erzähl sie mir«, und damit begann die Sache mit Jamie-Lee.

Nur ein paar Augenblicke später war Maria am Telefon, um zu fragen, ob sie denn eine Audienz bei mir beantragen könne. Ein Anruf, auf den ich eigentlich mit wachsender Ungeduld gewartet hatte. Aber jetzt war alles anders.

»Das wird heute nicht gehen«, sagte ich. »Es gibt ein totes Kind.«

»Kannst du anrufen, wann du Zeit hast?«

Ich murmelte etwas Zustimmendes.

»Und wer ist das tote Kind?«

»Ich rufe dich an. Das Kind war dreizehn, mehr weiß ich nicht.«

»Pass auf dich auf«, sagte sie weich und hängte ein.

Dann rauschte auch schon Rodenstock in Emmas Volvo auf den Hof, ging hart in die Bremse und staubte mein Haus ein. Emma saß neben ihm.

Ich stieg hinten ein und wunderte mich über Emma. »Wieso machst du mit?«, fragte ich.

»Weil ich Kindermörder hasse«, erklärte sie wild. »Ich hasse diese Leute.«

»Wie würdest du fahren?«, fragte Rodenstock sachlich und stieß rückwärts aus meinem Hof.

»Runter ins Ahrtal, dann Blankenheim, dann Schleiden, Richtung Olef, am Ausgang von Schleiden links hoch nach Herhahn, dann die B266 an Vogelsang vorbei und dann die Serpentinen runter nach Einruhr.«

»Das würde ich auch so machen«, nickte er. »Was hat er dir gesagt?«

»Ich weiß nicht, ob ich alles mitgekriegt habe. Er sagte, er will uns haben, weil wir die Leute ausfragen können, ohne aufzufallen. Wie Pressefritzen, hat er wörtlich gesagt, was sehr viel darüber aussagt, wie er meinen Beruf beurteilt. Das Mädchen heißt Jamie-Lee. Wieso wird ein Mädchen in der Eifel Jamie-Lee getauft? Sie war dreizehn. Sie ist seit gestern Nachmittag verschwunden. Ungefähr fünfzehn Uhr. Sie wurde gefunden, als eine Wandergruppe zwischen Einruhr und Erkensruhr durch den Wald ging. Mehr weiß ich nicht. Doch, ich weiß, wann sie gefunden wurde. Das muss gegen neun Uhr heute Morgen gewesen sein. Wieso steckt Kischkewitz überhaupt drin? Der Nationalpark Eifel ist Nordrhein-Westfalen.«

»Richtig«, nickte Rodenstock. »Sie haben ihn um Hilfe gebeten. Er ist mit vier Leuten rüber. Sie wollen schnell sein, weil es ein Kind ist, und die Leute sich todsicher aufregen. Ob der Fundort der Tatort ist, weiß er noch nicht, er weiß eigentlich überhaupt nichts.«

Er schaltete oft und mühelos elegant, blieb immer am oberen Limit, und ich musste mich festhalten, um nicht hin und her geworfen zu werden.

»Dann kam es aber zu einer erschreckenden Auskunft Emma gegenüber«, fuhr er fort.

»Ja, ich habe noch ein paar Sätze mit ihm gesprochen«, schloss Emma merkwürdig tonlos an. »Sie haben sie noch nicht weggebracht, sie haben das Gelände abgesperrt und arbeiten noch. Das Mädchen war grell geschminkt.«

»Sie schminken sich heute früh«, murmelte ich.

»Oh nein, oh nein! Sie hat sich nicht geschminkt, sie ist geschminkt worden. Vom Täter. Kein Zweifel.«

»Ach, du lieber Gott«, murmelte ich.

»Der war mal wieder gerade nicht da«, bemerkte Emma scharf. »Und fahr langsamer, verdammt noch mal. Tote laufen nicht weg.«

»Ja«, sagte Rodenstock sanft. »Du hast ja recht.«

Es war viel los auf den Straßen, wir kamen nur stockend voran, Rodenstock fuhr häufig auf kleine, zähe Staus auf, die sich nur langsam auflösten. Sehr viele Holländer, sehr viele Belgier. Er trommelte mit den Fingern auf das Lenkrad, er war nervös.

»Tante Anni hat mir eine Karte geschickt. Sie schwärmt vom Gardasee. «

»Sie hat viel zu lange allein gelebt«, stellte Emma fest. Dann begann sie zu glucksen. »Du meinst, es ist was Ernsthaftes? Mit Sex und so? Unsere Lieblingslesbe?«

Rodenstock begann ganz hoch zu kichern. Er setzte hinzu: »Mit weißen Söckchen.« Er stand jetzt an der Einmündung auf die B51, wir waren der vierte Wagen, es würde endlos dauern.

»Nicht spotten«, warnte Emma scheinheilig. »Das kommt alles auch auf uns zu. Viel schneller, als wir denken können.«

»Ich will aber keine weißen Söckchen tragen«, sagte ich nölend und erntete damit schallendes Gelächter.

Ein Handy meldete sich, jemand pfiff die Internationale, und Rodenstock sagte hastig: »Greif mal in meine rechte Jackentasche, bitte.«

Emma griff in seine Tasche, holte das Handy hervor und meldete sich: »Ja, bitte?« Dann hörte sie konzentriert zu und sagte kein Wort, nur gegen Ende ein etwas klägliches: »Ja, gut.« Hörte wieder zu, murmelte »Wenn du meinst« und »Mach's gut«, dann drehte sie sich zu Rodenstock und sagte seufzend: »Du solltest anhalten, drehen und wieder heimfahren. Das ist keine Sache für uns. Kischkewitz und seine Leute haben jetzt schon Krach mit dem Mann, der die Kommission leitet. Der ist ausgeflippt und hat rumgebrüllt, dass grundsätzlich jede Einzelheit zuerst an ihn geht, und dass er entscheidet, was er damit macht, dass er in allen Dingen zuerst informiert wird und so weiter und so fort. Kischkewitz sagt, er wird bei der ersten Gelegenheit abbrechen und nach Hause fahren. Sie haben das Mädchen jetzt auf die Reise in die Rechtsmedizin nach Düsseldorf geschickt und den Fundort freigegeben. Sie warten auf irgendeinen Staatssekretär, der entscheiden soll, wie es weitergeht. Da vorne, da kannst du drehen.«

Rodenstock drückte das Warnblinklicht und fuhr ganz rechts an den Straßenrand. Dann erreichte er den Waldweg, auf den Emma gezeigt hatte, und bog ein. Wir waren jetzt kurz vor Krekel. Rodenstock fuhr ein gutes Stück von der Straße weg in den Wald hinein. »Hat Kischkewitz gesagt, wie die Gruppe um diesen Leiter reagiert?«, fragte er.

»Kein Wort davon, aber es klang so, als sei der Mann höchst unbeliebt«, antwortete Emma.

»Dann steigen wir erst mal aus und gucken uns die Bäume an«, entschied Rodenstock. »Außerdem muss ich pinkeln.« Er stieg aus und verschwand nach rechts zwischen die Bäume.

»Er steckt mich immer an«, seufzte Emma, stieg aus und ging in die andere Richtung.

Neben dem Auto lagen ein paar Stämme Langholz, und ich hockte mich auf einen Sonnenfleck. Es war sehr still, der Verkehr auf der Straße war nur noch ein leises Rauschen, wurde nur dröhnend, wenn ein Pulk Motorradfahrer vorbeizog.

Rodenstock kam zurück und murmelte: »Eigentlich habe ich noch nie gekniffen, nur weil ein wild gewordener Vorgesetzter die Szene betritt. Was denkst du?«

»Es ist mein Job, und es kann in jeder Minute ein wichtiger Job werden«, sagte ich. »Ich könnte anrufen und sie fragen, ob sie die Geschichte wollen. Ich bin überhaupt nicht beeindruckt von Leuten, die so rumbrüllen. Aber du kannst echte Schwierigkeiten kriegen, weil du mal vom Fach warst.«

»Wir sollten weiterfahren«, nickte er leichthin. »Meine Neugier kann mir niemand verbieten.«

»Was ist, wenn Kischkewitz deinetwegen Schwierigkeiten kriegt?«

»Der ist erwachsen, er kann selber brüllen.«

Als Emma zurückkam, fragte sie: »Wir fahren weiter, nicht wahr?«

»Ja«, bestätigte ich. »Dein Mann ist der Meinung, dass er als Bürger neugierig sein darf. Und bei mir ist das sogar Beruf.«

»Dann wäre es gut, Kischkewitz anzurufen und ihm zu sagen, dass wir trotz allem vorbeischauen, sonst kommen wir um die Ecke, und er muss so tun, als kenne er uns nicht.« Dann hielt sie inne und setzte hinzu: »Mir ist nach einem Schnaps.«

»Wir besorgen einen«, versprach Rodenstock. »Ich sage Kischkewitz Bescheid.« Er ging abseits und begann zu telefonieren, er wirkte ganz gelassen.

»Ich sollte mich da raushalten«, murmelte Emma. »Ich bin zu alt für so was.«

»Das bist du nicht, du leidest nur. Wenn du tagsüber einen Schnaps willst, protestiert dein Magen gegen den rüden Alltag.«

»Oder so«, nickte sie. »Wie geht es dir mit Maria?«

»Nicht so gut. Wir sehen uns, aber sehr selten. Sie arbeitet zu viel in ihrem Aldi.«

»Das klingt nicht gerade nach einem Rosengarten.«

»Es ist auch keiner. Wahrscheinlich sind wir nur zwei alte Krähen mit schlechten Erfahrungen.«

Emma stand da in der Sonne und grinste mich an. Sie sagte nichts. Und zu ihren Füßen standen drei rote Lichtnelken und wirkten äußerst dekorativ.

Sie fragte: »Wann habt ihr euch zuletzt gesehen?«

»Vor vier Wochen«, sagte ich wahrheitsgemäß.

»Du lieber Himmel, welch eine berauschende Partnerschaft!«

»Du bist ekelhaft«, sagte ich.

»Manchmal«, gab sie zu. »Wo ist denn der Haken?«

»Im Alltag. Sie kommt am Samstagmittag, und sie sagt, sie sei kaputt, und sie sagt, sie müsse erst mal in Ruhe ankommen. Am Sonntagmorgen ist sie noch immer nicht ganz da. Und Sonntagabend muss sie früh ins Bett, denn sie steht um vier Uhr auf, um gegen sechs Uhr in ihrem Laden in Prüm zu sein. Dann kriegt sie ihre Lieferungen. Alles in allem haben wir keine guten Karten.«

»Und wenn du zu ihr nach Prüm fährst?«

»Das gefällt ihr noch weniger. Sie sagt, sie müsse möglichst oft aus Prüm raus. Wieso erzähle ich dir das alles?«

»Weil du sonst mit keinem Menschen drüber redest. Schon gar nicht mit deinen Freunden.«

»Da höre ich Vorwürfe.«

»Na ja, du bist schon ein seltsamer Vogel. Du wohnst zweitausend Meter weit weg und benimmst dich so, als sei das eine unüberbrückbare Entfernung. Und mein Ehemann fragt sich manchmal, ob du überhaupt mit ihm etwas zu tun haben willst.«

»Dein Ehemann ist meschugge.«

»Dem würde ich nicht zustimmen. Er liebt dich, falls dir das bis heute verborgen geblieben ist. Also gut, das Thema ist nicht neu. Ich wollte auch nur sagen, dass unser Haus dir immer offen steht. Dämliche Floskel.«

»Ich muss mich bessern, ich weiß.«

»Das wäre schön«, sagte sie mit freundlichem Nachdruck. »Sieh an, mein Macker ist fertig.«

Rodenstock kam herangetrabt und machte einen abwesenden Eindruck. »Das ist komisch«, stammelte er, »dieser Kommissionsleiter scheint mit sämtlichen Beteiligten Krach zu haben. Er ist ein Mann aus Aachen mit schlechtem Ruf. Er hat einen Leitenden Oberstaatsanwalt dazu überredet, eine totale Nachrichtensperre zu verhängen. Natürlich mit dem Erfolg, dass sieben Fernsehsender durch die Gegend fahren und lautstark Informationshonorare anbieten. Er hat einen Mediziner und einen Chemiker mitten in einer Untersuchung des Mädchens weggeschickt – mit der Feststellung, er habe keine Zeit mehr, auf die trödeligen Wissenschaftler zu warten. Dann hat er einen Verdächtigen festgenommen, obwohl der gar nicht sehr verdächtig ist. Wir können ruhig hinfahren, sagt Kischkewitz. Sie tagen im Hinterzimmer einer Kneipe. Ich soll euch grüßen. Und er rät uns zu einem Termin bei einer gewissen Griseldis. Die Adresse habe ich. Sie hat einen seltsamen Beruf. Sie behauptet, sie sei Hexe.«

»Wie schön«, entgegnete Emma sanft. »Endlich mal ein verständiger Mensch. Und wer ist der Verdächtige, der nicht verdächtig ist?«

»Eine merkwürdige Figur, dreiundvierzig Jahre alt, lebt auf einem alten Bauernhof. Der Mann heißt Jakob Stern.«

»Und wieso ist er nicht verdächtig?«, fragte ich.

»Weil er ein netter, lieber Kerl ist und keiner Fliege was zuleide tun könnte. Sagen alle.«

»Aber er kannte diese Jamie-Lee?«, fragte Emma.

»Ja, er kannte sie sogar sehr gut, sagt Kischkewitz.«

»Erklär mir, wieso ein Mann Chef einer Mordkommission wird, wenn kein Mensch ihn leiden kann«, bat ich.

Rodenstock startete den Wagen und fuhr an die Einmündung des Waldwegs. »So etwas kommt vor«, sagte er. »Der Mann erfüllt sämtliche beruflichen Anforderungen, eigentlich wartet er auf solch einen Job. Und dann stellt sich heraus, dass er ein Arschloch ist. Du musst zugeben, das gibt es in jedem Beruf. Das Schlimme ist in diesem Fall, dass der sogenannte Verdächtige von Beginn an öffentlich als Verdächtiger bezeichnet wurde. So etwas kann für so einen armen Kerl fatale Folgen haben.«

»Wer macht so was?«, fragte ich.

»Eben deshalb müssen wir hin«, antwortete Rodenstock einfach und gab Gas.

* * *

Gegen 14 Uhr kamen wir vor dem einfachen, weiß gekalkten Einfamilienhaus aus den Sechzigern an. Es wirkte freundlich mit seinen grün gestrichenen, altmodischen Läden. Der Vorgarten begeisterte mich: Rosen, nichts als Rosen in allen Farben und Formen.

»Sie hat einen grünen Daumen«, stellte Emma fest.

»Und sie hat links außen eine Rose namens Sahara gesetzt«, sagte ich. »Ganz neue Züchtung. Wilde Farben in Sand und Orange, habe ich im Kloster Maria Laach gesehen.«

Kischkewitz hatte zwischenzeitlich Bescheid gegeben, dass die Leiche des Mädchens abtransportiert sei und der Tatort, von dem man noch nicht wusste, ob er überhaupt einer war, damit praktisch aufgehoben war. Für uns gab es dort nichts mehr zu holen, stattdessen hatte Kischkewitz uns gleich die Adresse dieser ominösen Hexe durchgegeben.

»Ja, guten Tag«, sagte Rodenstock in sein Handy. »Ich hoffe nicht, dass ich störe. Sie sind Frau Griseldis, und Sie sind eine Hexe, hörte ich. Und Sie kannten die kleine Jamie-Lee gut. Wir sind unterwegs, um Sie zu sprechen. Das heißt, genauer gesagt, stehen wir schon vor Ihrem Haus. Und wir sind eine richtige Invasion, wir sind nämlich zu dritt.« Er hörte eine Weile zu und räusperte sich. »Ja, genauer gesagt, sind wir drei nur immens neugierig. Und ich war einmal ein Kriminalist, meine Frau übrigens auch. Und der Dritte im Bunde ist Journalist und heißt Siggi Baumeister. – Nein, nein, nein, von uns wird nichts in die morgigen Zeitungen gelangen.« Er schwieg wieder und hörte zu. »Das kann ich mir vorstellen, dass die Fernsehleute bei Ihnen geklingelt haben. Wir wollen nur höflich bitten, uns eine halbe Stunde zu widmen. Wir fotografieren nicht, wir haben keine Aufzeichnungsgeräte bei uns, wir sind richtig altmodisch, wir wollen nur zuhören.« Dann sagte sie wieder irgendetwas, und Rodenstock schloss erleichtert: »Natürlich. Danke.« Er klappte sein Handy zusammen. »Sie bittet um fünf Minuten, dann macht sie uns auf. Wahrscheinlich muss sie ihren Besen erst einmal in der Abstellkammer parken.«

»Ist sie aufgeregt?«, fragte Emma.

»Nicht die Spur«, sagte Rodenstock. »Wahrscheinlich sucht sie nur den Fehler in ihrem Make-up. Wer hat das Sagen?«

»Lasst mich das machen«, bestimmte Emma.

Dann kam von hinten ein weißer, großer Trailer mit einer Riesenschüssel auf dem Dach herangekrochen.

»Konkurrenz«, sagte ich. »Die Jungs mit den viereckigen Augen.« Ich stieg aus und lehnte mich mit dem Rücken an unser Auto.

Der Bus parkte hinter uns, eine junge Frau mit den strohblonden, wirren Haaren eines Mops sprang heraus und kam auf mich zugelaufen. »Habt ihr die Griseldis?«, fragte sie atemlos. Sie mochte um die Dreißig sein, sie wirkte sehr hektisch und knabberte an ihrer Unterlippe.

»Sie geht nicht ans Telefon«, sagte ich. »Sie ist wahrscheinlich gar nicht zu Hause.«

»Aber sie soll eine Hexe sein«, sagte die Blonde empört. »Wir haben schon zweivierzig und mir fehlen nur noch dreißig, dann kann ich senden. Und das Haus allein? Ist doch blöde, oder?«

»Ist absolut blöde«, sagte ich. »Was soll sie denn wissen?«

»Na ja, sie ist eine Hexe, und angeblich war die Kleine bei ihr im Hexenunterricht.« Sie strich sich dauernd über das Haar, als hätte sie das verkehrte Shampoo erwischt, und sie knabberte immer noch an ihrer Unterlippe.

»Im Hexenunterricht? Das glaubst du doch selbst nicht.«

»Aber der Wirt in der Kneipe hat das gesagt.« Sie war richtig empört, worüber auch immer.

»Na ja«, sagte ich freundlich. »Wir hauen jedenfalls wieder ab.«

Hinter der Blonden stieg ein junger Mann aus dem Bus, schwang sich eine schwere Kamera auf die Schulter und kam zu uns getrottet.

»Stell dir vor, sie ist gar nicht da«, sagte die Blonde vorwurfsvoll.

»Dann nehmen wir diese dicke Italienerin, du weißt schon, die so viel quatscht«, sagte der Kameramann.

»Aber die weiß doch rein gar nichts«, sagte die Blonde empört.

»Das wissen doch die Fernsehzuschauer nicht«, widersprach der Kameramann. »Dann sagt sie halt was darüber, wie die Kleine gewirkt hat. Du weißt schon: kindlich und rein und so was.«

»Die redet aber doch nur Scheiße!« Die Blonde war jetzt richtig sauer.

Dann kam ein schmaler, fast dürrer Mann um die Vierzig aus dem Bus heraus und sagte verlegen: »Also, ich müsste eigentlich zum Essen nach Hause. Ich hab das meiner Frau versprochen.«

»Da ist unser Live-Zeuge«, erklärte die Blonde. »Er hat das Opfer fast gesehen.«

»Toll«, sagte ich anerkennend. »Wieso fast?«

»Ich habe den anderen Weg genommen, sonst hätte ich sie gefunden«, sagte der Live-Zeuge, als habe er den Fehler seines Lebens begangen.

Rodenstock öffnete seine Tür und stieg aus, Emma auf der anderen Seite auch. Sie feixten mich an, Emma sagte: »Es dürfte soweit sein.«

»Ja, klar«, sagte ich.

Der Kameramann sagte mürrisch: »Das ist richtig öde hier.« Er drehte sich herum und ging zum Bus zurück.

Die Haustür öffnete sich, eine kleine Frau trat heraus und winkte uns zu.

»Na, also«, sagte Rodenstock zufrieden und ging mit Emma auf den prachtvollen Vorgarten voller Rosen zu.

Die Blonde begann augenblicklich schrill zu brüllen: »Alfie! Alfiiiie!«

Alfie war gerade im Begriff, seinen Bus zu erobern, drehte sich herum, sah die Frau in der Tür, begriff seine Chance, schwang die Kamera erneut hoch zur Schulter, stieß aber irgendwo an. Es schepperte, die Kamera landete mit einem sehr hässlichen Geräusch auf dem Asphalt, und die Blonde neben mir bekam Kugelaugen.

»Mach dir nichts draus, Mädchen«, sagte ich begütigend. »Da sind gerade nur zwanzigtausend Euro den Bach runtergegangen. Sic transit gloria mundi.«

Sie starrte mich an, aber wahrscheinlich hatte sie in der Schule nie Latein gelernt.

Ich sprang munter wie ein Reh über die Straße und stand dann vor der Hexe. Sie war eine wirklich eindrucksvolle Erscheinung.

»Siggi Baumeister, ich bin der Berichterstatter«, sagte ich.

»Ich bin die Hexe«, sagte sie freundlich. Vielleicht war sie vierzig, vielleicht fünfzig, auf jeden Fall war sie bemerkenswert. »Gehen Sie einfach durch.«

Ich ging einfach durch und kam in einen großen Wohnraum. Rodenstock und Emma saßen bereits brav auf einer schwarzen Couch und wirkten ein wenig linkisch wie katholische Brautleute beim Brautunterricht, sehr brav jedenfalls.

»Das war ja wohl eine Konkurrenz von Ihnen«, sagte Griseldis. Sie trug ein langes, schwarzes Kleid über einem feuerroten Top, und ihre langen, schwarzen Haare fielen weit über ihre Schultern. Sie setzte sich in den Sessel neben mich und fragte: »Was kann ich für Sie tun? Nein, halt, erst einmal die Frage der Getränke. Wasser, Apfelschorle, Tee, irgendein spezieller Tee? Nur Kaffee habe ich nicht.« Sie war nicht geschminkt.

»Was ist ein spezieller Tee?«, fragte Emma.

»Na ja, ein Tee, der belebt, der freundlich stimmt.«

»Und was ist da alles drin?«

Sie begann zu lachen und fragte: »Befürchten Sie schwarze Magie?«

»Nicht die Spur«, sagte Emma grinsend. »Dann wäre es auch eine schlichte Vergiftung, und wir würden tot vom Sofa fallen. So etwas nennen wir Mord.«

»Ja«, stimmte die Hexe zu. » Aber das ist ein wenig schwarzer Tee, gemischt mit Schafgarbe, Johanniskraut und Pfefferminz. Nichts Chemisches.«

»Das nehme ich«, sagte Emma munter. »Und für die Jungens hier ein Wasser, oder so.«

»Dann mache ich das mal.« Sie stand auf und verschwand irgendwohin.

Der Raum war hell, weiß gestrichen. Die Fenster zum Garten hin waren sehr groß. Es gab einen Schreibtisch, der über Eck stand und auf dem einige Papiere lagen. Eine Wand war vollkommen mit einem Buchregal belegt. Es gab keine Bilder an den Wänden, stattdessen überall kleine und größere Menschenfiguren aus Bronze, angenehme, schlichte Strichmännchen, einfach und deutlich, liebevoll geformt in allen Arten menschlicher Fortbewegung. Sie standen überall herum, waren vielleicht zehn oder zwölf Zentimeter hoch. Und auf einer hölzernen Säule ein geschnitzter Buddha. Nichts an diesem Raum war aufdringlich, nichts deutete auf Hexerei – keine Kugel, kein Pendel, keine Karten, nirgendwo ein Abrakadabra. Und es gab auch keinen Hausaltar für irgendeine keltische Göttin. Allerdings auch keinen Fernseher und keinen Computer.

Sie kam zurück und brachte Wasser und Gläser mit. »Der Tee ist gleich fertig.« Sie sah uns der Reihe nach an. »Ja, ich fürchte, ich kann Ihnen nicht groß helfen. Ich kannte die Kleine sehr gut, sie kam manchmal her, sie war vollkommen unbefangen. Sie stand eines Tages vor der Tür und fragte, ob ich wirklich eine Hexe sei. Da sagte ich, das stimme. Und dann saß sie da im Sessel und versuchte, mich auszufragen. Ob ich zum Beispiel jemanden verhexen oder den Tisch da verschwinden lassen könne oder auf einem Besen reiten. Sie fragte wie ein Kind, und sie war ja ein Kind. Das alles ist ganz schrecklich, nicht wahr?«

Emma nickte. »Als man sie fand, war sie geschminkt. Wussten Sie das?«

»Nein, wusste ich nicht.« Griseldis wirkte betroffen. »Hat sie das selbst gemacht?«

»Nein, offensichtlich der Täter. Wie oft war das Mädchen bei Ihnen?«

»Ich habe es nicht gezählt. Seit zwei Jahren etwa kam sie her. Mal häufig, dann wieder sehr selten. Ist sie, hat der Täter sie ... ich meine ...«

»Soweit wir das wissen, nein. Aber da stehen noch Untersuchungen aus«, sagte Emma und räusperte sich. »Was machen Sie eigentlich so, als Hexe, meine ich?«

»Ich habe Leute, die mich brauchen. Sie sind krank oder erschöpft oder ratlos.«

»Sind das viele?«

»Was bedeutet ›viele‹? Nun ja, ich würde sagen, es sind so viele, wie ein guter Allgemeinmediziner auch hat. Etwa sechshundert, nehme ich an. Manche kommen häufig, manche nur einmal im Jahr, manche bleiben nach der ersten Beratung weg.« Es war deutlich, dass dieses Thema sie langweilte.

»Sie werden dafür bezahlt?«

»Aber natürlich.«

»Ist das auch Lebensberatung?«

»Durchaus.«

»Können Sie einen typischen Fall schildern?«

»Ja, warum nicht. Ein Bankangestellter, vierzig Jahre alt, verheiratet, zwei Kinder, leitende Position. Burn-out-Syndrom, die Ehe beginnt zu zerknittern. Er kommt nicht hierher, um Antworten auf seine Lebensfragen zu bekommen. Er kommt her, um mit meiner Hilfe etwas gelassener zu werden, zu den richtigen Fragen vorzustoßen, vielleicht um etwas an seinem Leben zu ändern. Das entscheidet er selbst.«

»Gibt es da festgelegte Rituale?«, fragte Rodenstock schnell.

»Nein, die gibt es nicht, das entscheide ich ganz frei.«

»Spielt der Buddha dabei eine Rolle?«, fragte Emma.

»Ja und nein«, antwortete sie. »Er ist nur ein Symbol für eine gelassene Vorgehensweise und die Möglichkeiten, in sich selbst hineinzuhorchen. Aber ich dachte, Sie sind hier, um etwas über Jamie-Lee zu erfahren?« Das war ein deutlicher Tadel.

»Entschuldigung«, sagte Emma schnell. »Wohnte Jamie-Lee weit entfernt von hier?«

»Nein, nur ein paar hundert Meter. Eigentlich nette Leute.«

Ich wusste, dass Emma sofort nachhaken würde, derartige Antworten waren eine Einladung an sie.

»Wieso ›eigentlich‹ nette Leute.«

»Na ja, die waren hier zu Besuch.« Sie wedelte mit beiden Händen. »Natürlich hat Jamie-Lee ihren Eltern gesagt, dass sie hier bei mir war. Und weil man hier von mir als Hexe spricht, wollten die Eltern wohl erfahren, was für eine schreckliche Person ich wohl sein mag.« Sie lächelte.

»Würden Sie sagen, das Mädchen war wirklich noch ein Mädchen oder schon eher eine Frau?«

»Sie wurde gerade zur Frau«, sagte sie. »Und sie hatte ja auch schon einen Freund. Den Mark. Und sie war sehr verwirrt und stilisierte Mark innerhalb von einer Minute zu König Artus hoch und anschließend in dreißig Sekunden herunter zum letzten Arsch.« Sie kicherte.

»Sie haben sie gemocht, nicht wahr?«

»Oh ja! Sie war eine hübsche Person, und sie sollte eine schöne Frau werden, denke ich. Hatte sie, hatte Jamie-Lee irgendwelche ...«

Dann sahen wir zu, wie ihr eine Träne aus dem linken Auge lief.

»Sie hatte keine Verletzungen, soweit wir das bisher wissen«, sagte ich schnell. »War Jamie-Lee denn auch mit diesem Mark bei Ihnen?«

»Nein, sie war immer allein. Und sie hat mir auch gesagt, dass sie immer allein kommt. Sie sagte ganz stolz: ›Du bist mein Geheimnis!‹«

»Schön!«, sagte Emma hell. »Ich hoffe, Sie weichen jetzt nicht aus, wenn ich Sie Folgendes frage: Als Sie erfuhren, dass Jamie-Lee getötet wurde, was dachten Sie als Erstes, wer so etwas getan haben könnte?«

Sie stützte beide Ellenbogen auf ihre Oberschenkel und nahm die Hände vor das Gesicht. »Gute Frage. Ich will ehrlich sein, ich habe an niemanden denken können, mir fiel keiner ein, und ich war auch erleichtert, so denken zu können. Traurig war ich.«

»Nun ist da jemand unter Tatverdacht festgenommen worden«, sagte Rodenstock schnell. »Ein gewisser Jakob Stern, dreiundvierzig Jahre alt, lebt auf einem Bauernhof. Hier in der Gegend wohl. Fällt Ihnen zu diesem Mann etwas ein?«

Sie nahm sehr langsam die Hände von ihrem Gesicht weg, und dann trat so etwas wie eine überschießende Heiterkeit in ihre Augen. »Jakob? Der Stern? Ach, du lieber Gott, der kann es nun wirklich nicht gewesen sein.«

»Aber warum denn nicht?«, fragte Emma fast aggressiv.

»Weil er die freie Auswahl bei unserem Geschlecht hat, verehrte Schwester, und weil er die Auswahl bei jeder sich bietenden Gelegenheit nutzt. Er ist ein Mensch mit häufig wechselnden Geschlechtspartnern, was die Polizei früher eine HWG-Person nannte, wobei ›häufig‹ bei Jakob noch eine glatte Untertreibung ist.« Dann lachte sie, die ganze Frau lachte, sie bebte in Heiterkeit. »Mein Gott, der Jakob!«

»Hast du auch mit ihm geschlafen, Schwester?« Das kam wie eine Explosion, und Emma hatte plötzlich ganz schmale Augen.

»Nein, oh, nein. Nicht Jakob!«

»Aber wieso kommt die Polizei auf den Verdacht, der Mann könne es gewesen sein?«, fragte ich.

»Ich nehme an, weil sie herausfanden, dass Jamie-Lee oft bei Jakob auf dem Hof war. Und wenn ich das mal erwähnen darf: Die Polizei benimmt sich in diesem schrecklichen Fall so hektisch wie eine Truppe schlechter Laienschauspieler. Und vielleicht war Jamie-Lee kurz vorher sogar bei ihm. Er war nämlich auch so ein Wunder für die Kleine. Sie durfte mit Jakobs Trecker fahren, ganz allein. Und sie durfte unter seinen heiligen Eichen sitzen und den Tieren zuhören.«

»Was, bitte?«, fragte Emma verwirrt.

»Also, der Jakob hat eine sehr alte Eichengruppe auf dem Hof, wir schätzen so dreihundert bis vierhundert Jahre. Jakob sagt, es seien heilige Eichen. Und manchmal lädt Jakob seine Freunde ein, und sie hocken sich unter die Eichen ins dichte Gras und hören den Tieren zu.«

»Welchen Tieren denn?«, fragte Emma.

»Na ja, ich nenne mal Spatzen und andere Sperlingsvögel, Elstern, Mäuse im alten Laub, etwas ganz Normales. Nachtigallen im Sommer, Meisen, was weiß ich, Zaunkönige, Hänflinge. In der Brunft brüllt ein Hirsch.«

»Es ist aber doch idiotisch, einen solchen Mann festzunehmen und auch noch öffentlich von einem Verdächtigen zu sprechen.« Rodenstock sprach ganz leise, als rede er mit sich selbst.

»Das denke ich auch«, nickte Griseldis. »Aber dieser Abele sagte, er werde schnell Klarheit in den Fall bringen.«

»Wer, bitte, ist denn Abele?«, fragte Emma.

»Na, dieser Chef der Kriminalpolizisten.«

»War der etwa hier?«, fragte Emma.

»Oh ja, so um ein Uhr herum. Nur kurz. Viktor Abele heißt er, und er hat mir gesagt, er könne gut auf meinen Hexenschmonzes verzichten, und ich solle einfach den Mund halten und niemandem Auskunft geben über das Mädchen.«

Keiner sagte etwas.

»Warum war er denn hier?«, fragte Emma schließlich.

»Na ja, weil irgendjemand ihm gesagt haben muss, dass Jamie-Lee oft hier war. Aber ich passe wohl nicht in sein Raster. Er sagte auch noch, Leute wie ich seien Beutelschneider und immer schon Beutelschneider gewesen.«

»Was kostest du denn eigentlich?«, fragte Emma und lächelte leicht.

»Ich nehme einen Hunderter für eine normale Beratung.«

»Und was ist eine normale Beratung?«

»Sechzig Minuten«, antwortete sie, und diesmal grinste sie eindeutig. »Also gut, Schwester, ich sage dir, was normal ist. Der Besucher muss seine Schwierigkeiten definieren können, oder ich muss ihn dahin bringen, das zu versuchen. Das ist sehr viel Arbeit, glaub mir, sehr viel Arbeit.«

»Was hat das mit Hexerei zu tun?«, fragte Emma.

Sie überlegte. »Wenig. Aber du solltest mich mal erleben, wenn ich in der Walpurgisnacht auf meinem Besen über die Stauseen rase.«

»Du willst es nicht erklären, nicht wahr?« Emmas Lächeln war scharf wie ein Messer. Es gab keinen Zweifel, sie war auf dem Kriegspfad.

»Nein, will ich nicht.« Griseldis war ganz ernst. »Kann ich noch etwas für euch tun?«

Emma lächelte. »Du willst uns loswerden.«

»Ja, klar. Gleich kommt Kundschaft.«

»Können wir Sie denn um Hilfe bitten, wenn wir das brauchen?«, fragte Rodenstock.

»Selbstverständlich.«

»Dann hätte ich gern Ihren Namen, Ihren richtigen Namen.«

»Aber ja«, nickte sie. »Ich heiße Gabriele Griseldis, und ich bin vierundfünfzig Jahre alt und nicht vorbestraft. Ziemlich einfach.«

»Dann sind wir auch schon aus der Tür«, sagte Emma. »Und wo finden wir diesen Jakob Stern?«

»Das ist ganz einfach. Fragt nach dem Sauerbachtal. Nicht weit. Aber nicht vergessen: Er ist ein Verdächtiger, und er ist wahrscheinlich nicht zu Hause. Und es gibt ein altes Austragshaus, ein paar hundert Meter entfernt, da lebt der Bruder von Jakob Stern, Franz Stern, etwas jünger. Manchmal lebt er da. Aber der ist ein Streuner, und meistens hängt er irgendwo herum, wo auch andere rumhängen.« Dazu lächelte sie ein

Lächeln, das nicht zu definieren war. Rätselhaft vielleicht, auf jeden Fall eines von der Sorte: Ihr habt ja keine Ahnung!

»Das gibt sich«, sagte Emma leichthin. »Wir sehen uns das Häuschen an. Und dich, meine liebe Schwester, sehen wir wieder, weil das Gespräch bisher nett und aufrichtig und freundlich und zuvorkommend war, und weil alle Beteiligten offensichtlich nett und zuvorkommend und freundlich sind, obwohl ja ein junger Mensch getötet worden ist. Wir haben hier sozusagen eine Zusammenballung an Harmlosigkeiten gefunden.«

»Ich sehe keinen Grund, euch innig zu lieben«, erwiderte sie ganz sanft. »Ich komme sehr gut ohne euch aus.«

Ich bin mein ganzes Leben lang fasziniert gewesen von der Fähigkeit der Frauen, ein Gespräch innerhalb von fünf Sekunden von zwanzig Grad plus auf zehn Grad minus herunterzukühlen.

»Zicken!«, sagte Rodenstock heiter. »Und gleich die Stars der Truppe.«

»Ihr habt doch keine Ahnung«, sagte Emma hochnäsig.

»Das stimmt!«, gab ich zu. »Selig die Ahnungslosen, denn sie brauchen ...«

»Vorsicht!«, sagte die Hexe. »Das regeln wir schon.«

»Na ja, ich finde es jedenfalls erheiternd.« Rodenstock lächelte sie an. »Etwas brauchen wir noch. Der Freund der Jamie- Lee heißt Mark. Wie heißt er denn komplett, und wo finden wir ihn?«

»Komplett heißt er Meier«, sagte sie. »Und er wohnt zwei oder drei Häuser von Jamie-Lee entfernt. Der Vater ist übrigens Rechtsanwalt. Soll gut sein.« Dann sah sie auf ihre Uhr. »Ich schmeiß euch jetzt raus, Leute.«

»Einverstanden«, sagte Emma und stand auf.

»Noch eine Frage im Stehen«, murmelte ich und erhob mich ebenfalls. »Sie haben von heiligen Eichen gesprochen, unter denen Jakob Stern mit irgendwelchen Gästen sitzt, um den Tieren zuzuhören. Heißt das, er ist ein ...«

»Ja«, nickte sie schnell. »Das heißt es. Jakob ist ein Schamane.«

»Du lieber Himmel«, seufzte Emma. »Da ist aber viel zu besichtigen im Nationalpark Eifel.«

»Wir mühen uns«, versicherte Griseldis eindeutig ironisch. Dann lächelte sie Emma freundlich an: »Wir sind aber noch nicht perfekt, wir üben noch.«

Beide Frauen hatten von dem sehr speziellen Tee keinen Schluck getrunken.

* * *

»Ich denke, es ergibt nicht viel Sinn, einen kleinen Bauernhof ohne Besitzer anzustarren«, sagte ich. »Wie wäre es, wenn wir nach diesem Jungen suchen, diesem Mark?«

»Das wäre gut«, nickte Emma. »Aber der Vater ist Rechtsanwalt, der wird das nicht gut finden.«

»Versuchen wir es«, sagte Rodenstock. »Also Meier, irgendwo da drüben in den Häusern.«

Das Wetter war nach wie vor traumhaft, die Sonne hatte den ganzen Himmel für sich, die Blumen in den Gärten leuchteten, und die Menschen machten einen heiteren, sehr gelassenen Eindruck.

»Schamane«, sagte Emma nachdenklich. »Was, zum Teufel, ist ein Schamane? Und wieso ist der ein Eifelbauer und nennt sich Schamane? Wenn er sich für einen Druiden hielte, weil hier schließlich mal die Kelten zu Hause waren, dann würde ich das begreifen. Aber Schamane?«

»Na ja, vielleicht war er in den USA und hat bei irgendwelchen Indianern den Regentanz gelernt«, sagte Rodenstock. »So etwas gibt es heute tatsächlich. Du karriolst mal eben per Billigflieger in die Staaten, triffst ein paar Eingeborene, hörst dir an, was die zu sagen haben, sprichst eine Weile mit dem großen Manitou und kommst im Auftrag der Cherokee zurück, um hier den Fruchtbarkeitstanz einzuführen. So was hat der Eifel immer schon gefehlt. Ich sehe die Rentner in der Eifel beim Training zum großen Wumpapa. Ist doch mal was anderes.«

»Du bist arrogant«, sagte Emma.

»Natürlich«, gab er zu. »Aber steigt ein jetzt, sonst geht nichts weiter.«

Also stiegen wir ein.

Einen Mark Meier aufzutreiben, war in dieser Gegend der hübschen Anwesen einfach, denn der Vater hatte ein Messingschild mit der Aufschrift *Arnold Meier, Rechtsanwalt* an die schönen, weißen Klinker des Bungalows dübeln lassen. Das Schild wirkte dezent, zurückhaltend, also war der Mann wahrscheinlich erfolgreich in seinem Beruf.

»Wer macht es?«, fragte Rodenstock.

»Lasst mich mal«, sagte ich. »Da vorne ist eine Kneipe, und da kriegt Emma endlich ihren Schnaps.«

Ich stieg also aus und ging auf das Haus zu. Der Vorgarten war nicht ganz so eindrucksvoll wie der der Hexe, aber auch dieser hier war ordentlich und blühte tapfer vor sich hin. Es gab viel Akelei. Ich schellte.

Die Tür öffnete sich so schnell, als habe man sehnlichst auf mich gewartet. Ein großer, massiger Mann kam im offenen Oberhemd die Stufen herunter und fragte höflich: »Was kann ich für Sie tun?«

»So genau weiß ich das nicht. Ich bin Siggi Baumeister, Journalist. Und ich will meine Eindrücke von dem hässlichen Tod der Jamie-Lee ausweiten. Frau Griseldis hat mir gesagt, dass Ihr Sohn mit Jamie-Lee befreundet war. Ich kann verstehen, wenn der Junge leidet. Ich kann auch verstehen, wenn Sie ihn abschirmen ...«

»Kein Gedanke«, sagte er schnell. »Für welche Zeitung arbeiten Sie denn?«

»Für keine. Noch. Aber ich will auch gleich sagen, dass ich morgen oder übermorgen nicht erscheine. Ich bin lieber etwas gründlich.«

Er sah mich einfach an und erwiderte nichts. Er war noch nicht dazu gekommen, sich zu rasieren, sein Kinn schimmerte blau, und in seinen Augen stand ein tiefer Kummer. Er verschränkte die Arme vor der Brust. »Sie wissen, dass er nach Ihren beruflichen Vorgaben nicht auskunftsfähig ist?«

»Das weiß ich sehr wohl. Ich werde ihn nicht zitieren, Sie übrigens auch nicht. Ich will einfach so etwas wie ein komplettes Bild kriegen.«

»Kann ich Sie missbrauchen?«, fragte er.

»Wie das?«

»Er spricht kein Wort. Seit er von dem Mädchen und dem Tod gehört hat, spricht er kein Wort und sitzt einfach auf dem Rasen hinter dem Haus. Manchmal weint er. Das ist unheimlich. Ich komme nicht an ihn heran, meine Frau auch nicht. Er spricht einfach nicht mit uns. Vielleicht spricht er mit Ihnen?«

»Das gefällt mir zwar nicht so gut«, erwiderte ich offen. »Aber wir können es versuchen. Wie alt ist er denn eigentlich?«

»Dreizehn«, sagte er sachlich. »Dann kommen Sie bitte mit. Wollen Sie einen Kaffee?«

»Das wäre schön.«

Es ging durch die Haustür in einen großen Vorraum, und dann durch drei hintereinander liegende Büros, in denen drei Frauen arbeiteten, die mir zunickten und etwas gequält lächelten.

In einem stattlichen Wohnraum mit wandgroßen Fenstern zum Garten, wies Arnold Meier auf einen Sessel und sagte: »Da draußen sitzt er.«

»Ich möchte gleich zu ihm«, sagte ich.

Der Junge hatte aschblondes Haar, sein Gesicht konnte ich nicht sehen. Er saß auf einer großen Rasenfläche im Gras, kehrte dem Haus den Rücken, hatte den Kopf tief gebeugt und bewegte sich nicht.

Der Vater öffnete eine Fenstertür. »Ich liebe ihn«, erklärte er einfach.

Ich ging also hinaus auf die Rasenfläche und blieb hinter dem Jungen stehen. Ich setzte mich auf den Rasen und nahm die geschwungene Rhodesian von Stanwell aus der Tasche. Ich stopfte sie langsam. »Was du hörst, ist das Geräusch, das entsteht, wenn man eine Pfeife stopft«, sagte ich. »Mein Name ist Siggi. Ich bin ein Journalist. Dein Vater glaubt, dass du möglicherweise mit mir redest. Dass du mit deinen Eltern nicht reden willst, kann ich zwar nicht verstehen, aber dass du so verdammt traurig bist, kann ich gut verstehen.«

Er bewegte sich nicht, und er antwortete nicht.

Ich zündete die Pfeife an und paffte vor mich hin. Ich hatte keinen Plan, ich hatte nicht die geringste Vorstellung, wie man einem Jungen begegnet, dessen Seele vollkommen von Trauer überschwemmt ist. Ich musste es einfach versuchen, wieder und wieder. »Ich habe gehört, dass sie den Trecker bei Jakob Stern fahren durfte. Durftest du das auch? – Und dann habe ich gehört, dass Jakob Stern ein Schamane ist. Und dass er manchmal unter seinen heiligen Eichen den Tieren zuhört. – Ich habe wirklich keine Ahnung, was ein Schamane ist, was er kann, und was er nicht kann. Ist das so etwas wie ein Hexer, oder wie ein Zauberer? – Hast du auch manchmal unter den Eichen gesessen?«

Keine Reaktion.

»Ich frage mich, was da passiert ist.«

Alter Mann, sei so nett und hilf mir mal. Du kannst nicht einfach zusehen und den Mund halten, als ginge dich das alles nichts an. Und lass mich hier nicht allein herumwursteln, verdammt noch mal!

»Weißt du, Menschen können mit dem Tod einfach nicht umgehen. Und wenn ich ehrlich sein soll, dann weiß ich nicht mal, was ich dir sagen soll. Wenn du so willst, bin ich hier hinter dir richtig hilflos. Und wahrscheinlich guckt dein Vater uns aus dem Wohnzimmer zu und ist noch hilfloser.«

Er reagierte nicht, er bewegte sich nicht mal.

Die Pfeife war ausgegangen, und ich zündete sie erneut an. »Als meine Mutter starb, ging mir das genauso. Mein Vater rief an und sagte: ›Mama ist tot.‹ Das war eigentlich alles. Und damals ging es mir dreckig, weil ich alkoholabhängig war. Ich lebte in München, meine Eltern im Ruhrgebiet. Es war am späten Abend und ich hatte keine Ahnung, wie ich nach Hause kommen sollte. Also kaufte ich zwei Flaschen Schnaps und füllte sie in die Waschanlage meines Autos. Dann führte ich die beiden Plastikschläuche innen am Lenkrad hoch. Wenn ich jetzt auf den Knopf der Scheibenwaschanlage drückte, spülte ich mir den Schnaps direkt in den Mund. So furchtbar abhängig war ich. Die ganzen fünfhundert Kilometer ging das so. Ich war so kaputt, dass ich nicht einmal weinen konnte. Und sie hatten meine Mutter noch nicht in den Sarg gelegt, als ich ankam. Sie lag neben ihrem Bett auf dem Rücken. Und sie hatte sich wohl Ravioli warm gemacht. Jedenfalls war das ganze Zeug auf ihr Nachthemd geklatscht, und es sah aus wie Blut. Und ich stand da und schrie sie an, sie könne doch nicht einfach so gehen. Das war alles ganz furchtbar.«

Sein Vater kam mit einem Becher zu mir. »Hier ist der Kaffee«, sagte er.

Ich nahm den Becher und stellte ihn ins Gras.

Der Vater ging wieder.

»Woran ist sie denn gestorben?«, fragte Mark.

»Herztod, plötzlicher Herztod«, antwortete ich.

»War dein Vater dabei? Ich meine, hat er es gesehen?«

»Nein. Er hatte eine Vorlesung an der Dortmunder Uni. Als er nach Hause kam, so gegen Mitternacht, lag sie da.« Ich spürte, wie sich sehr schnell Schweiß in meinem Gesicht und auf dem Kopf sammelte. Es war in der Sonne einfach zu heiß.

»Ich habe sie nicht gesehen«, sagte er. »Aber Frau Tremba hat gesagt, sie hätte ganz friedlich ausgesehen.«

»Wer ist denn Frau Tremba?«

»Das ist eine Nachbarin, die dahin gerannt ist. Mich haben sie nicht gelassen. Es wäre viel besser gewesen, sie hätten mich hingelassen.«

»Das wäre es sicher«, sagte ich. »Aber sie denken immer, dass Jugendliche den Tod nicht verstehen und dass er sie verschreckt. Das ist Blödsinn. Waren denn die Polizisten schon bei dir?«

»Ja, klar. So um elf Uhr schon. Aber ich wusste ja nichts.«

»Sie war seit gestern Nachmittag verschwunden«, sagte ich. »Kannst du dir vorstellen, wo sie war?«

»Nein, kann ich nicht. Frau Tremba hat gesagt, sie hätte sich geschminkt. Das hat sie noch nie getan.«

»Sie war es nicht. Das war der Mensch, der sie zuletzt gesehen hat. Warum seid ihr nicht in der Schule?«

»Wir haben zwei Tage frei, weil da was eingebaut wird. Heizkessel oder so was.«

»Wann hast du sie zuletzt gesehen?«

»Das war gestern Morgen. Wir wollten heute ein Eis essen gehen.«

»Ich setz mich mal zu dir«, sagte ich. Ich stand auf und umrundete ihn. Dann setzte ich mich wieder.

Er hatte ein längliches, weiches Gesicht, das jetzt eindeutig harte Linien um den Mund zeigte. Seine Wangenknochen hatten sich herausgedrückt, weil seine Seele zu viel schlucken musste. Es war ein sehr erwachsenes Gesicht, das zu den Augen nicht passen wollte. Die Augen wirkten tief, grundlos, verwirrt und waren strahlend blau – ganz wie die Augen des Vaters.

»Du musst jetzt einfach tapfer sein, und ich weiß, dass das alle blödes Geschwätz ist, aber hast du eine Ahnung, wo sie gewesen sein kann? Von gestern Nachmittag bis heute Morgen um neun. Hat sie irgendetwas gesagt?«

»Nein, hat sie nicht. Schreibst du, oder machst du Filme und so was?«

»Ich schreibe.«

»Weil, ich wollte auch mal Journalist werden. Aber jetzt will ich was mit Naturschutz machen. Vielleicht Biologe.«

»Ist der Ort, an dem sie gefunden wurde, weit weg? Ich war dort noch nicht.«

»Nicht weit. Jedenfalls geht man dauernd da vorbei, wenn man runter in den Ort will, einkaufen und so was.«

»Was haben die Kriminalisten dich gefragt?«

»Na ja, wann ich sie gesehen habe, und wer das gemacht hat, und ob ich da eine Idee habe und so.«

»Hattest du eine Idee?«

»Nein, hatte ich nicht.«

»Ich frage zwei Sachen: Ist es jemals vorgekommen, dass Jamie-Lee über Nacht irgendwo geblieben ist, ohne zu Hause Bescheid zu sagen? Und als du jetzt davon gehört hast, an welchen Menschen hast du da zuerst gedacht?«

»Dass sie weggeblieben ist, ist selten vorgekommen. Und ich habe an keinen Menschen gedacht, an wirklich keinen. – Und kann ich sie noch einmal sehen, wenn sie beerdigt wird?«

»Das denke ich schon, das musst du mit ihren Eltern besprechen und mit deinen Eltern. Das muss eigentlich gehen. Du hast ja wahrscheinlich gehört, dass Jakob Stern zum Verhör zu der Mordkommission gebracht wurde. Glaubst du, dass das was bringt?«

»Also, bestimmt nicht. Weil, Jakob ist ein klasse Typ, und er mag Kinder, und er sagt immer, sie wären die besten Erwachsenen. Er hat einen Bruder, der heißt Franz, der ist noch cooler, aber meistens ist er nicht da. Über den reden die Leute nicht gut. Aber wenn er da ist, zeigt er uns Fährten im Wald und Tiere am Wasser. Mein Vater sagt, sie haben Jakob mitgenommen, um zu zeigen, dass sie schnell ... also schnell aufklären, was da gelaufen ist. Mein Vater hat ja schon protestiert, und er hat gesagt, dass er Jakob da rausholt, da bei der Polizei, weil die ihn doch mitgenommen hat nach Aachen.«

»Das ist verdammt gut«, sagte ich. »Pass auf, ich gebe dir meine Visitenkarte, und du rufst mich an, wenn dir irgendetwas einfällt, was du vergessen hast. Oder wenn irgendetwas passiert, was komisch ist, oder so. Aber du musst deinem Vater dann Bescheid geben, ich will, dass er das weiß.«

»Ja, klar«, nickte er.

»Und wenn du unsicher bist, oder Angst hast, ruf mich an. Ich verspreche dir, ich komme sofort.«

»Ja«, sagte er.

Dann weinte er plötzlich und übergangslos, es schüttelte ihn, und er verbarg sein Gesicht in den Händen.

Ich fasste ihn behutsam an den Schultern und zog ihn nahe zu mir heran. Es dauerte eine ganze Weile, genauer gesagt: Ewigkeiten. Dann drückte er mich behutsam von sich fort und wischte sich mit dem Handrücken über das Gesicht, was zur Folge hatte, dass er den ganzen Rotz im Gesicht verteilte. Ich gab ihm ein Papiertaschentuch.

»Ich gehe jetzt, und ich bin ständig erreichbar. Festnetz und Handy, nicht vergessen.«

»Ja«, sagte er und drehte die Visitenkarte zwischen seinen Fingern.

Der Vater saß in einem Ledersessel und hatte ein Glas mit Wasser vor sich stehen.

»Er ist okay, er spricht wieder. Ich habe ihn gebeten, mich anzurufen, wenn er mit irgendetwas nicht klarkommt.«

»Ja, danke.«

»Er sagte, Sie vertreten diesen Jakob Stern.«

»Ja, ich habe mich eingemischt. Ich habe den Stern nicht einmal vorher fragen können. Der Staatsanwalt hat ihm dann Bescheid gesagt. Der wollte auch nicht, dass der Mann zum Verhör gebracht wird ...«

»Hat der Kommissionschef ihn tatsächlich einen Verdächtigen genannt?«

»Ja, hat er. Er hat eine kurze Pressekonferenz im Dorfgemeinschaftshaus gegeben und dabei erklärt, der Stern sei verdächtig. Der Richter vom Jourdienst sagte mir eben, er gibt ihn gegen siebzehn Uhr frei. Ich hole ihn in Aachen ab. Es gibt überhaupt keinen ersichtlichen Grund, ihn zu verdächtigen. Und das wird ein ungutes Nachspiel haben. Geben Sie mir bitte auch eine Visitenkarte, ich melde mich. Und Danke. Hat mein Sohn irgendetwas gesagt, das ich wissen sollte?«

»Nein, hat er nicht. Lassen Sie, ich finde selbst hinaus. Ich wäre Ihnen aber dankbar, wenn Sie mir einen Termin bei diesem Jakob Stern vermitteln. Sie können selbstverständlich dabei sein.«

»Das wird sich machen lassen.«

Ich ging hinaus, den Flur entlang und durch die Haustür. Rodenstocks Wagen stand ein paar hundert Meter entfernt, und ich ging langsam dorthin und dachte dabei an diesen Jungen, der etwas für ihn ganz Wertvolles so brutal und blitzschnell verloren hatte.

Emma und Rodenstock saßen an einem Tischchen auf dem Gehsteig. Emma hatte ein Whiskyglas vor sich stehen, und Rodenstock hatte sich zu einem Weißbier durchgerungen. Beide wirkten entspannt.

»Das ist typisch. Während andere Leute hart arbeiten, dröhnt Ihr euch mit Alkohol voll.«

»Du machst einen zufriedenen Eindruck«, sagte Emma. »Erzähl mal.«

* * *

Das Sauerbachtal verlief von Ost nach West, immer parallel zur B266, und wenn man nicht wusste, was man suchte, würde man es nicht so schnell finden. Ein Bach, der Sauerbach, entsprang im oberen Bereich eines mit Mischwald bewachsenen, langen Hangs und erreichte ein schmales Wiesental, fächerte sich dann auf in zwei Bäche, die links und rechts an den Waldrändern entlang verliefen. Der Hof selbst wirkte klein und geduckt, hatte ein Wohnhaus und zwei Scheunen, die jeweils im rechten

Winkel zum Wohnhaus standen, das Wohnhaus war der senkrechte Balken eines T. Leicht seitlich versetzt lag ein kleiner Garten, vielleicht dreißig Meter lang und zwanzig breit, umgeben vom einzigen Zaun, der zu sehen war. Der Garten war voll in Funktion, wir konnten Beete sehen und Blumenrabatte. Alle Wiesenflächen des Tals waren ohne Zäune, das alles wirkte paradiesisch, beinahe unglaubwürdig idyllisch.

»Sieh mal, die heiligen Eichen«, sagte Emma entzückt.

Wir standen etwa einhundert Meter über dem Wiesengrund an einer schmalen Zufahrtsstraße und konnten durch eine Schneise alles überblicken. Die heiligen Eichen standen in etwa zweihundert Metern Entfernung vom Hof. Es waren fünf, soweit wir das von oben ausmachen konnten. Dann gab es ein kleines Fachwerkhaus ungefähr vierhundert Meter vom Haupthaus entfernt im Schatten des jenseitigen Waldes Richtung Einruhr. Die Fächer leuchteten hell, waren offensichtlich frisch gestrichen, die Balken waren, in starkem Kontrast, tiefschwarz.

»Ich nehme an, das ist ein magischer Ort«, murmelte Emma beeindruckt.

»Was macht ihn denn magisch?«, fragte der misstrauische Rodenstock.

»Die Ausstrahlung«, erwiderte sie einfach. »Da ist irgendetwas.«

»Baumeister, gilt das auch für dich?«

»Selbst auf die Gefahr hin, deine Zuneigung zu verlieren: Ja, da ist etwas.«

»Habe ich so etwas schon einmal erlebt?«, fragte er zurück.

»Ja, beim Kloster Maria Laach«, murmelte Emma. »Da hast du gesagt, die Basilika wächst aus der Erde.«

»Ach, tatsächlich?« Er war leicht verwirrt.

»Schalte einfach dein Hirn ab«, riet ich. »Fahren wir da hinunter?«

»Nein«, entschied Rodenstock. »Wenn die Geschichte eine Geschichte wird, müssen wir das Tal noch oft anfahren. Ich möchte eigentlich ein paar Worte mit Kischkewitz sprechen. Ich vermute mal, es hat einen Riesenstunk gegeben.«

»Werden sie diesen Leiter ablösen?«, fragte ich.

»Ich vermute, sie geben ihm Gelegenheit, plötzlich krank zu werden.« Emma lächelte. »So etwas hat es in Holland auch schon gegeben.«

»Du bist immer noch eine holländische Beamtin«, grinste ihr Ehemann. »Also gut, ich telefoniere mal, während ihr weiter in dem magischen Ort versinkt.«

»Du bist ein mieser Rationalist«, bemerkte seine Frau. Aber sie lächelte.

Rodenstock ging also abseits, um mit Kischkewitz zu sprechen, und ich blieb mit Emma an der Schneise stehen, um weiter in das Tal zu schauen.

»Jennifer kommt«, teilte sie plötzlich mit, als sei es ihr gerade eingefallen.

»Wer, bitte, ist Jennifer?«

»Jennifer ist die Tochter eines Cousins. Ich habe sie noch nie im Leben gesehen, aber sie will mich partout besuchen. Ich habe einen guten Ruf in meiner Mischpoke, musst du wissen. Jeder will mich mindestens einmal im Leben kennenlernen.«

»Aha. Und Jennifer ist fünfzig, hinkt leicht und hatte ein schweres Schicksal.«

Sie sah mich an und musste lachen. »Jennifer kommt aus São Paulo, ist leicht über dreißig. Wie viel über dreißig, weiß ich nicht. Sie grast die gesamte Verwandtschaft in Europa ab und ist schon drei Monate unterwegs.«

»Wie viele Verwandte hast du eigentlich?«

»Siebenhundertzweiundfünfzig«, erwiderte sie schnell. »Nein, im Ernst, ziemlich viele, sehr viele. Jahwe hat uns über den ganzen Erdball verstreut, denn das war die einzige Möglichkeit zu überleben. Nur die deutsche Sippe hat nicht überlebt. Nein, Stopp, die Ungarn auch nicht, und die in Litauen auch nicht. Jedenfalls kommt diese Jennifer, und Rodenstock hat eine Heidenangst, dass sie länger bleibt als zwei, drei Tage, und dass sie eine Nervensäge ist. Aber Familie ist bei uns Pflicht, weißt du, Familie ist heilig. Das mag ich auch so an den Eifelern.«

»Ich erinnere mich an den letzten Besuch einer Verwandten. Das war diese leicht irre wirkende, junge Dame, die mit ihren High Heels meinen Rasen perforierte und immer hektisch schwatzte, als könne sie nicht anders.«

»Die, die jetzt kommt, macht einen ruhigen Eindruck. Und sie wird deinen Rasen hoffentlich nicht zerstören. Wann kommt denn deine Maria wieder mal?«

»Sie hat angefragt, heute. Ich rufe sie an.«

»Woher kommt eigentlich deine Scheu vor Familie?«

»Habe ich die? Wirklich?«

»Ja, die hast du. Was ist da passiert?«

»Ich weiß es nicht. Vielleicht werde ich es eines Tages wissen«, wich ich aus.

Sie kicherte. »Du ziehst immer sehr schnell den Schwanz ein.«

»Ach, Emma!«

»Na ja, die deutsche Sprache ist zuweilen richtig gut. Aber das gibt es im Holländischen auch.«

»Können wir fahren?«, fragte Rodenstock hinter uns.

»Aber ja, mein magischer Rodenstock«, hauchte Emma.

Wir stiegen also ein, und ich musste fahren, weil sie beide etwas Alkohol getrunken hatten.

Rodenstock sagte: »Da ist sehr viel Feuer im Busch wegen dieses Kommissionsleiters. Kischkewitz hat zwei seiner Leute schon nach Hause geschickt und wartet eigentlich nur ab, ob sich die Sachlage grundsätzlich bessert. Er sagte, er hätte zur Bedingung seiner Arbeit gemacht, dass dieser Jakob Stern sofort wieder freigelassen wird. Und er hat eine weitere Bedingung gestellt: Dieser Leiter müsse auf einer Pressekonferenz erklären, dass Jakob Stern auf freiem Fuß sei und als Täter nicht in Frage komme. Er sagte, Jamie-Lee habe keine erkennbare Verletzung, es gebe auch keinerlei Anzeichen einer Vergewaltigung. Keine Würgemale, keine Wunden von schweren Schlägen, kein Hinweis auf einen Kampf. Also keine Abwehrzeichen. Kein Hinweis auf ein Verbrechen an ihrer Kleidung. Er schickt uns die Fotos von ihr rüber nach Heyroth. Das ist alles. Ach so, noch etwas: Die Schminke im Gesicht der Kleinen ist einfaches Zeug aus einem Ramschladen, wahrscheinlich Billigzeug aus dem Karneval. Und mit Sicherheit war es nicht die Kleine selbst. Sie hatte keine Spuren davon an den Fingern.«

»Ich denke, dass der Täter möglicherweise ein Zeichen setzen wollte«, überlegte Emma. »Ich denke da an einen religiösen Eiferer, der auf die Sündhaftigkeit der Frau hindeuten wollte.«

»Das könnte sein«, nickte Rodenstock. »Und es könnte auch sein, dass der Täter eine Frau war. Zumindest können wir das nicht ausschließen, wenn wir einen religiösen Grund in Erwägung ziehen.«

»Hoffentlich war es keine Hexe!«, sagte Emma mit einem herrlich sarkastischen Unterton.

»Weshalb warst du eigentlich so zickig vorhin?«, fragte ich.

Sie überlegte eine Weile. »Griseldis ist aus langer Übung bemüht, so zu tun, als sei sie eine normale Frau. Hexenrituale kommen ihr nicht in die Tüte, die Leute müssen ihre Schwierigkeiten definieren können. Das ist reine Lebensberatung, was hat das mit Hexerei zu tun? Mit anderen Worten: Sie spielt die Harmlose, und ich gehe jede Wette ein, dass sie so harmlos nicht ist, gar nicht sein kann. Ich würde ihr gern tausend Fragen stellen.«

»Du solltest ein paar Stunden Astro-TV gucken«, riet ihr Rodenstock. »Du erweiterst damit dein Wissen und deinen Wortschatz. Jede Menge Lebensberatung auf allerhöchstem Niveau, sowie Kenntnisnahme vom Hellsehen, Auspendeln, Glaskugelgucken, Kartenlegen, Kaffeesatzlesen, und selbstverständlich auch die Bekanntschaft mit allen möglichen Urururopas deiner längst verstorbenen Anverwandten, mit denen du immer schon mal ein paar Runden schwätzen wolltest. Du musst nur dort anrufen und quäken: Hier ist Emma aus Holland. Ich wollte mal fragen, ob ich demnächst dem Mann meiner Träume begegne?«

Ich konnte sein Gesicht im Spiegel sehen, es war eindeutig wölfisch.

»Was glaubst du, was ich tue, wenn ich nachts nicht schlafen kann und durch das Haus tigere?«, seufzte seine Frau.

»Du guckst heimlich Astro-TV«, sagte Rodenstock mit großer Empörung. »Das hast du mir vor unserer Hochzeit verschwiegen, das wirst du büßen. Ich lasse unsere Ehe für null und nichtig erklären.«

»Auch Frauen haben Bedürfnisse«, seufzte Emma verschämt.

»Aber Bedürfnisse ohne ausdrückliche Zustimmung der Männer kann es doch gar nicht geben«, bemerkte ich.

»Kleinkarierte Machos«, sagte sie.

Damit war der Scherz schal, und also schwiegen wir, bis ich auf meinen Hof rollte und Marias Auto dort sah.

»Ihr könnt zum Abendessen zu uns kommen«, bemerkte Emma zuckersüß.

»Darauf solltest du dich nicht verlassen«, bemerkte ich.

»Aber ruf mich wenigstens an«, mahnte Rodenstock.

»Das mache ich.« Ich stieg aus, Rodenstock ging um den Wagen herum, setzte sich und fuhr vom Hof.

Ich stand einfach eine Weile da und fand das Leben mühsam. Ich freute mich nicht einmal, dass Maria da war.

Sie saß auf einem Stuhl am Teich mit dem Rücken zu mir. Sie sagte, ohne sich umzudrehen: »Ich nahm an, dass du irgendwann zurückkommst, da habe ich gewartet.«

»Das ist auch gut so.« Ich ging rüber zu ihr, bückte mich und küsste sie auf die Stirn. »Welche Ehre! Wie geht es dir denn?«

Sie wirkte irgendwie edel, sie war nicht geschminkt. Jeans, halbhohe Schuhe, eine einfache, weiße Bluse. »Nicht so gut«, antwortete sie mit flacher Stimme.

»Hat Aldi dich entlassen?«

»Nein, haben sie nicht. Im Gegenteil, ich bin jetzt zuständig für drei weitere Märkte.«

»Ich hoffe, sie bezahlen das.«

»Ja, tun sie. Aber das ist es nicht, Baumeister.«

»Was ist es dann?«

»Hol dir einen Stuhl, dann sag ich es dir.«

»Willst du was zu trinken? Wasser, Kaffee, ein Bier?«

»Nichts. Ich will nur reden.«

Ich holte einen Plastikstuhl und setzte mich so, dass ich sie anschauen konnte. Ich ahnte Böses, hatte aber keine Ahnung, was sie wollte. »Du wirst versetzt nach Trier oder Koblenz oder Köln oder Aachen«, bemerkte ich etwas lahm und geschwätzig.

»Das ist es nicht«, sagte sie. »Es hat etwas mit dir zu tun.« Ihre Stimme leierte merkwürdig in einer gleichbleibenden Tonhöhe. Es war so, als habe sie Angst, etwas Deutliches zu sagen. Ich hatte sie noch nie so erlebt, ich kannte sie nur als einen Menschen, dem Angst fremd ist. »Hör auf, zu diskutieren, Baumeister.« Jetzt wurde sie energisch.

»Also schön: Du bist zum letzten Mal hier, du hast die Nase voll, du willst das zwischen uns nicht mehr, du willst deine Ruhe bei Aldi.«

»Richtig«, sagte sie. Dann stand sie unvermittelt auf und tat ein paar Schritte.

»Ja«, sagte ich und weiß heute, dass das dümmlich war.

»Ich will es dir erklären«, sagte sie und starrte in das Wasser.

»Das musst du gar nicht«, sagte ich.

»Oh, doch, das muss ich wohl«, widersprach sie. »Ich muss die Dinge klarstellen.« Sie machte drei Schritte zurück zu ihrem Stuhl und setzte sich. »Wir hatten eine schöne Zeit.«

»Ja, hatten wir.«

»Aber ich kann das so nicht. Ich brauche Sicherheiten.«

»Und ich bin nicht sicher.«

»Nein, bist du wirklich nicht. Es war aufregend mit dir, jedenfalls zu Anfang. Aber dann hast du hier gehockt, und ich hockte in Prüm. Wir hatten beide zu arbeiten, und das war ja auch gut so. Die Treffen mit dir wurden immer seltener, und ich war meistens die, die zu dir kam, nicht umgekehrt. Nein, nein, lass mich ausreden, unterbrich mich nicht.« Sie starrte auf ihre Hände in ihrem Schoß. »Ich habe den Eindruck, als hättest du aufgehört, wirklich mit mir leben zu wollen, so als sei das egal, ob wir uns heute sehen oder in einer Woche. Irgendwie scheint dir das vollkommen egal zu sein. In Wirklichkeit hast du doch keine Zeit für mich. Du setzt dich doch nicht mehr in dein Auto und stehst überraschend bei mir an der Kasse. Anfangs hast du das gemacht, jetzt nicht mehr, seit Monaten nicht mehr. Weißt du, so kann ich nicht leben.«

Mein dicker Goldfisch Zarathustra schwamm dicht an der Oberfläche und machte sein Maul rhythmisch auf und zu, als kriege er keine Luft. Dann schlug er heftig mit dem Schwanz auf die Oberfläche und verschwand.

»Also, ich kümmere mich nicht um dich.«

»Korrekt! Ich erinnere mich, dass du gesagt hast, wir könnten ja samstags ins Bett gehen und montags morgens um sechs aufstehen. Das haben wir zweimal gemacht. Dann kamst du gar nicht mehr, dann hattest du immer eine andere Erklärung. Von Zärtlichkeit keine Spur mehr. Ich habe sogar gedacht, du hättest eine andere Frau. Aber wahrscheinlich ist das gar nicht so, wahrscheinlich hast du nur Angst davor, dich festzulegen.« Dann weinte sie unvermittelt und sagte schluchzend: »Verdammt noch mal, du weißt doch genau, was ich meine.«

»Ja«, sagte ich.

Die beiden Elstern, die in der Nähe genistet hatten, schossen über den Teich und setzten auf der Terrasse auf, weil sie schon seit Wochen regelmäßig vom Industriefraß meines Katers Satchmo klauten. Dann war die Libelle in der Luft, die so unglaublich blaue Flügel hatte, und von der ich nicht einmal wusste, wie sie hieß. Ich nahm mir fest vor, meine Bestimmungsbücher hervorzukramen und nach dem Namen zu fahnden, ich wollte das plötzlich verbissen wissen.

»Also, es ist so«, sagte sie nun langsamer, »dass ich hier bin, um dir das zu sagen. Dann habe ich noch ein paar Klamotten hier, die ich irgendwann abholen komme. Das ist ja nicht wichtig. Und ich habe noch einen Hausschlüssel, den wollte ich dir geben.« Sie legte den Schlüssel einfach in meinen Schoß. Dann stand sie auf. »Da ist noch was. Es wäre vielleicht gut, wenn wir uns als Freunde trennen.«

»Ja«, sagte ich schon wieder, und allmählich ging mir das auf die Nerven. »Du kannst die Sachen, die du hier hast, auch gleich mitnehmen.«

»Das ist nicht wichtig«, wehrte sie ab. »Du kannst sie mir auch im Geschäft vorbeibringen, wenn du mal wieder in der Prümer Gegend bist.« Dann wandte sie sich ab. Satchmo kam von irgendwoher und hielt sie ein paar Sekunden auf, während sie über den Rasen davonging. Sie drehte sich nicht mehr um, sie sagte nur zu Satchmo: »Mach es gut, mein Lieber.«

Ich blieb sitzen und starrte in das Wasser. Ein paar Teichrosenblätter zuckten wild umher, weil die Fische unter ihnen sich jagten.

Ich dachte an den Willisohn-Titel *I´m a heartbroken man* und kam mir gleichzeitig kindisch vor. Ja, klar, sie hatte irgendwie recht, irgendwie vermasselte ich jede Beziehung. Und immer auf die gleiche Weise. Emma hatte gesagt, ich ziehe den Schwanz ein. Dann drehte ich mich herum, aber sie war schon vom Hof gefahren, und ich hatte es nicht einmal gehört. Aber vielleicht war es auch so, dass ich eine wirklich intensive Beziehung gar nicht wollte.

2. Kapitel

Ich weiß nicht, wie lange ich da am Teich hockte. Ich kam wieder zu mir, als Satchmo sich an meinen Beinen rieb und über irgendetwas klagte. Also ging ich hinein und gab ihm eine Portion seines geliebten Industriefleischs.

Dann fuhr ich zu Harry.

Harry war mittlerweile achtzig, er lebte noch immer ohne Strom und Wasser, ohne Telefon und Handy, ohne Fernseher und MP3-Player, mit nichts als seinem Mut und seiner Zuversicht, mit nichts als seinen drei Katzen und seinen drei Pferden. Seit zwanzig Jahren. Und er trug noch immer diesen uralten Hut, der aus den Tagen des Häuptlings Sitting Bull zu stammen schien. Und immer noch trug er an seiner schwarzen Weste den Messingstern, auf dem *Sheriff* stand. Er grinste mit tausend Falten, wenn er mich sah, und breitete die Arme aus, als habe er mich herbeibeten müssen, als habe er den ganzen Tag gewartet. Und irgendwie stimmte das auch immer.

Ich stellte den Wagen am Steinbruch ab und ging die letzten paar Schritte zu Fuß. Ich sah ihn nicht, er stand irgendwo und frickelte an irgendwas herum. Aber als ich nahe genug war, tauchte er aus dem Schatten seiner hölzernen Behausung auf und sagte: »Verdammt, da ist irgendwas undicht, und ich kriege nachts kalte Füße, weil es zieht. Das ist wieder so ein Scheiß, den ich nicht brauchen kann. Junge, wie geht es dir?«

»Mittelprächtig«, antwortete ich. »War schon mal besser. Und dir? Wie geht es dir?«

»Am liebsten gut«, sagte er. »Du kannst ja nichts dran ändern. Ist ja vielleicht auch ganz gut so, sonst würden wir ständig dran drehen. Sieh mich an, ich lebe hier immer lieber. Und daran soll man ja nichts ändern. Sonst würde jeder dran drehen und es käme das Chaos.« Dann betrachtete er mich eine Sekunde lang und setzte hinzu: »Du bist blass um die Nase.«

»Ich hatte gerade Besuch von einer Freundin. Sie sagte, ich würde nur zu Anfang einer Beziehung gut sein, anschließend würde ich nur noch auf der Bremse stehen. Das hat mich ziemlich fertig gemacht.«

»Wenn es dich fertig macht, dann hat sie recht«, erklärte er sachlich nach kurzem Nachdenken. »Aber, mach dir nichts draus, es kommen andere. Jeder geht zu dem Napf, zu dem er will. Und wenn es nicht schmeckt, wechselt er eben. Du weißt doch, wie das Leben geht. Also bei mir war das mal so, dass ich zu einer Frau ging. Hin und wieder. Und sie machte meine Wäsche, und ich durfte bei ihr baden. Meine Dusche hier hat ja den Nachteil, dass sie immer funktioniert, aber immer eiskalt ist. Und eines Tages sagt die zu mir: ›Ich heirate!‹ Ich hab vielleicht einen Schrecken gekriegt, weil ich dachte, sie meint mich. Aber sie meinte nicht mich, sie meinte einen anderen Kerl. Aber ich könnte weiter zu ihr kommen und die Wäsche mitbringen und in die Badewanne steigen. Da kannst du mal sehen, wie Menschen manchmal so denken.« Dann legte er den Kopf schief und linste mich an: »Erzähl ich zu viel?«

»Nein, Harry, nein.«

»Aber du weißt doch wie das Leben geht, oder?

»Manchmal, manchmal nicht.«

»Aber richtige Sorgen hast du keine.«

»Nein, habe ich nicht.«

»Sieh mich an. Ich habe drei Katzen und drei Pferde und meinen Grund und Boden.« Dann grinste er. »Mit Frauen läuft es weniger gut im Moment. Übrigens, die Wühlmaus war wieder bei mir.«

»Welche Wühlmaus?«

»Na, meine Wühlmaus. Also, ich liege da im Bett und lese. Und esse einen Vanillepudding. Und ich denke, ich sehe nicht richtig: Kommt unten an meinen Füßen eine Wühlmaus auf das Oberbett und sieht mich an. Sie war groß wie eine Ratte. Ich denke, die hat meinen Pudding gerochen, und ich denke, sie ist bestimmt hungrig. Und ich nehme eine Fingerspitze voll Pudding und halte sie ihr hin. Und sie kommt und leckt den Pudding ab. Dann habe ich ein bisschen von dem Pudding auf einen kleinen Teller getan und ihr den hingestellt. Und so haben wir zwei im Bett Vanillepudding gegessen. Wo kannst du so was noch erleben?« Er strahlte.

»Bei dir, Harry, bei dir. Deswegen bin ich ja hier.«

»Du bist so blöde perfektionistisch.«

»Ja, Harry.«

»Lass das sein!«

»Ja, Harry.«

Dann sprachen wir über andere Dinge, die unwichtig waren, und latschten dabei durch den Morast über sein Land, und ich sah seine dunklen Gummistiefel neben mir gehen, Schritt für Schritt.

Ich hörte ihn sagen: »Weißt du, hier ist jede Arbeit schwer und dreckig.« Und links neben uns streifte seine Katze durch die Büsche. Sie hatte nur noch drei Beine, aber sie war immer noch schneller als seine Gummistiefel, und sie ließ Harry keine Sekunde aus den Augen und hatte für mich nur die Arroganz der Regierenden. Was will dieser blöde Mensch von meinem Kumpel Harry?

Als ich dann nach einer halben Stunde wegfuhr und ganz locker war, weil Harry ein paar Dinge sagte, die ganz einfach und ganz richtig sind, stieg unweigerlich ein Tagtraum in mir hoch, den ich seit meiner Jugend hege und pflege. Und Harry war der Mensch, der diesen Tagtraum antrieb.

Ich fahre durch eine Landschaft, die von dichten, wilden Hecken bestimmt ist. Schwarzdorn und Schlehen, Krüppeleichen, Pfeifenweiden, Birken, Ginster, fünfzig Meter tief, zweihundert Meter lang, voll Leben. Irgendjemand hält mein Auto an und sagt, ich soll aussteigen, Ende der Tour. Er gibt mir ein winziges Zelt, immerhin wasserdicht und mit einem Boden versehen. Dann setzt er sich in mein Auto und ist verschwunden. Und ich weiß genau, was ich zu tun habe.

Ich schneide an der dichtesten Stelle der Hecke einen schmalen Tunnel, ich schneide eine Zickzack-Linie in das Undurchdringliche, nur gebückt auf allen Vieren zu bekriechen, von außen unmöglich einzusehen. Dann stelle ich das winzige Zelt auf, und da es Tarnfarben hat, ist es auch nicht zu entdecken. Dann beginne ich, dort zu überleben, auszukundschaften, was wichtig ist, was nicht, was essbar, was nicht. Und eigentlich kann mich die ganze Welt am Arsche lecken, was sie hoffentlich nicht tun muss.

Nach der ersten Nacht, in der ich sogar ein paar Stunden schlafe, ist es lausig kalt, und ich schneide oben ins Dach des Zeltes ein kleines Loch. Dann suche ich mir trockenes Reisig und Äste zusammen und finde an einer seit hundert Jahren baufälligen Bauernscheune den Deckel einer alten, großen Blechdose. In dem Deckel mache ich mir ein Feuerchen, das mich nicht sonderlich wärmt und das mir das Zelt zuqualmt, sodass ich keine Luft kriege und erschreckt herauskrieche.

Irgendwann meldet sich Hunger. Ich weiß, dass tausend Kräuter wachsen, die der Mensch essen kann. Aber im Wesentlichen präsentiert mir die nächste Wiese nur Sauerampfer, Klee und Rauke, die wir Zivilisationsmüden seit Jahrzehnten als köstlichen Ruccola beim Italiener bestellen.

Ich kauere also im Zelt und habe das Grünzeug auf einem Haufen vor mir liegen. Ich beginne systematisch ein Blatt Sauerampfer, ein Stielchen Klee und ein Stielchen Rauke zusammenzudrehen und mir in den Mund zu schieben. Es schmeckt nicht sonderlich gut und ausgewogen schon gar nicht, eigentlich hat es gar keinen ausgeprägten Geschmack. Ich müsste Essig und Öl haben.

Dann einige ich mich mit mir selbst, verlasse mein Einmannzelt und hole mir Essig und Öl von zu Hause, und fülle meine Geldbörse, weil man ja nie weiß, was kommt, wenn man in einer Hecke lebt.

Da wird klar, was aus einem Tagtraum werden kann, wenn man völlig von seinen zivilisatorischen Genüssen abhängig ist.

Aber wahrscheinlich hatten Robinson und sein Freitag immer schon die Möglichkeit, den nächsten Italiener anzulaufen, nur haben sie das einfach nicht erwähnt.

Mein Traum vom wilden Überleben in der Hecke endet jedenfalls immer so, dass das Zelt größer und größer wird, Teppiche hat, dann einen Kanonenofen, der unglaublich gut funktioniert, dann eine Art abgetrenntes Badezimmer, in dem aus einem Wasserhahn 38 Grad warmes Wasser herausläuft, wobei ich gar nicht weiß, wie das Zelt das macht.

Jedenfalls gebe ich eine Party für etwa dreißig Leute, die sich wunderbar amüsieren und mir zu dem wahnsinnig fantastischen alten Haus gratulieren, das etwa gegen 1627 in Fachwerk gebaut wurde und jetzt von mir vollkommen restauriert worden ist. Dabei habe ich nicht die geringste Ahnung, was denn aus meinem bescheidenen Einmann-Zelt geworden ist.

Die Hecke ist übrigens auch verschwunden, vom Zickzacktunnel keine Spur mehr, und hinter dem Haus stehen drei Autos, die ich abwechselnd benutze. Ich sammle auch keinen Sauerampfer mehr, und ich fühle mich auch nicht mehr so allein, nachdem eine der schönsten Frauen, die ich jemals gesehen habe, meine Lebensgefährtin sein will.

Ich schäme mich natürlich für diesen raschen, traumhaften sozialen Aufstieg, habe aber immer noch die Möglichkeit, das Einmannzelt zu dementieren und in den Bereich der reinen Erfindung zu verweisen. Ich meine, welcher Idiot träumt davon, in einer sehr wilden Hecke in Eintracht mit der Natur sein Leben zu leben?

Ich verließ Harry also nach einer halben Stunde und machte mich auf den Rückweg nach Brück. Ich musste an Heyroth vorbei und fuhr auf einen Abstecher zu Emma und Rodenstock, weil ich versprochen hatte, mich zu melden. Sie hockten hinter dem Haus an einem Gartentisch und aßen genüsslich eine Pizza Hawaii.

»Wir haben dich angerufen«, sagte Rodenstock ausgesprochen freundlich, »aber du warst mal wieder nicht da.«

»Was heißt denn ›mal wieder‹?«, fragte ich angriffslustig. »Maria war schließlich da.«

»Und, was ist?«, fragte Emma.

»Es ist Schluss. Sie hat gesagt, sie kann das nicht mit mir, sie hat gesagt, ich kümmere mich nicht um unsere Beziehung.«

»Sieh da!«, bellte Rodenstock beißend.

»Willst du ein Stück Pizza?«, fragte Emma.

Ich wollte, setzte aber angriffslustig nach: »Das ist auch verdammt gut so.«

»Na denn«, murmelte Rodenstock ergeben. Dann erhob er sich und verschwand im Haus, um mit seinem Laptop wieder aufzutauchen. »Hier, Post von Kischkewitz, die Bilder von Jamie-Lee«, sagte er. »Du musst zugeben, dass das verdammt ekelhaft aussieht.«

Es sah ekelhaft aus. Das Mädchen lag auf dem Rücken, trug Jeans mit einem weißen Top, auf dem vorne in knalligem Rot *Darling* stand. Sie war hübsch mit langem, mittelblondem Haar, sie wäre wohl eine schöne Frau geworden, und sie war im Begriff gewesen, einen Busen zu bekommen.

»Achte mal auf das Make-up«, sagte Emma und stellte einen Teller vor mich hin.

Das Make-up machte das Mädchen irgendwie obszön, sie hatte etwas von einer Nutte, blutrot und tiefschwarz.

»Sieht aus wie von einem Profi«, sagte ich.

»Ja«, nickte Rodenstock. »Die Lippen sehr voll, die Augen schwarz gerandet und außen ausschwingend in einer leicht ansteigenden Spitze. Ja, sieht aus wie von einer Maskenbildnerin. Gut gemacht, sehr gut. Und hier ein Foto, wie sie real aussah. Wir würden sagen, ein süßes Ding.«

»Gibt es irgendetwas Neues aus der Gerichtsmedizin?«

»Nein«, sagte Emma. »Bediene dich. Damit werden wir bis morgen warten müssen. Aber, man hat zwei Leute entdeckt, die möglicherweise mit dem Tod von Jamie-Lee zu tun haben. Gothics.«

»Was bedeutet das?«

»Habe ich auch gefragt, und meine kluge Frau hat mich belehrt. Gothics sind meistens junge Leute, die einer bestimmten Form von Satanismus anhängen«, führte Rodenstock aus. »Sie tragen in der Regel schwarze Kleidung und schminken sich auch sehr stark schwarz. Dazu bleich geschminkte Gesichter mit stark schwarz umrandeten Augen. Sehr dunkle Figuren. Sie beten Satan an, sagt man, sie stellen Kreuze verkehrt herum dar, also auf dem Kopf stehend. Aber die meisten sind nur Modefreaks und wollen sich interessant machen. Das Christentum wird verballhornt und verhöhnt, es gibt Rituale auf Friedhöfen, die Gothic-Szene jagt einfach Schrecken ein, und darauf fahren sie alle ab, und ...«

»Ich weiß doch nicht mal, was Satanismus bedeutet«, unterbrach ich. »Erscheint da der Teufel persönlich? Kann man mit ihm sprechen? Kommt er mit seinem Pferdefuß angehoppelt?«

»Wenn ich Rodenstock zuhöre, liegt der Schluss nahe, dass diese ganze Szene eigentlich nur blöde ist und harmlos, was für spielende Kinder. Aber das ist eben nicht so«, sagte Emma bestimmt. »Es kann sein, dass darunter richtige Schweine sind, es kann sein, dass diese Schweine Jugendliche verführen. Es gibt Fachleute, die behaupten, dass die Wellen von Selbstmorden unter Jugendlichen, die in den letzten Jahren beobachtet wurden, durch Leute wie diese ausgelöst werden. Die Gothic-Szene ist meistens harmlos, aber da, wo sie nicht harmlos ist, verbergen sich brutale Rituale, Zwänge und Ängste ...«

Ich unterbrach sie. »Es kann also sein, dass eine Frau wie Griseldis nach außen hin eine brave Hexe ist, aber tatsächlich finstere Magie betreibt und den Teufel anbetet?«

»Das glaube ich nicht«, sagte Emma energisch. »Du lieber Himmel, wo lebst du denn? Weißt du so wenig über die Szene? Also: Hexen zaubern, Hexen pflegen magische Bräuche, Hexen können heilen und sie können Menschen beraten. Hexen sollen übrigens auch Energiefelder herbeihexen und wieder weghexen können, sagt man. Aber heimlich Gothic zu sein, das schließe ich aus. Das ändert aber nichts an der Tatsache, dass wir im Fall Jamie-Lee plötzlich ein Gothic-Pärchen haben, das dort wohnt. Und die schwarzen Eyeliner, die sie benutzen, sind identisch mit dem Eyeliner, der bei Jamie-Lee benutzt wurde. Sie streiten ab, Jamie-Lee jemals gesehen zu haben, aber Kischkewitz glaubt ihnen nicht, er sagt: Da ist deutlich etwas faul und schräg.«

»Sind sie verhaftet worden?«

»Nein, sind sie nicht«, antwortete Rodenstock. »Im Gegenteil, Kischkewitz hat überhaupt kein Aufhebens davon gemacht, weil er Angst hatte, dieser Abele würde sofort das Pärchen verhaften, womit Aufklärung bekanntlich in weite Ferne rückt. Den Eyeliner hat er schlicht bei dem Pärchen im Badezimmer geklaut.«

»Und was sind das für Leute?«, fragte ich.

»Wir haben noch keinen Hintergrund«, sagte Emma. »Er soll Imre und sie Pilla heißen, das Alter haben wir noch nicht, Beruf auch keinen, aber sie wohnen in Schmidt, und sie kennen mit absoluter Sicherheit den Jakob Stern und die Griseldis. Kischkewitz lässt sie beobachten, er will nicht riskieren, dass sie verschwinden.«

»Ist Jakob Stern wieder entlassen?«

»Ja«, sagte Rodenstock knapp. »Und jetzt solltest du einen Happen essen.«

»Woher weißt du so viel über diese Szene?«, fragte ich Emma.

»Eigentlich weiß ich gar nicht viel. Ich hatte einen Mord unter Okkultisten in den Niederlanden, daher weiß ich einiges, aber längst nicht alles. Damals wurde eine angebliche Jungfrau in einer Schwarzen Messe geopfert. Real. Ein wirklicher Mord. Und alle Beteiligten standen unter schweren Rauschmitteln und hatten völlig unterschiedliche Erinnerungen an das Geschehen. Das hat damals meine ganze Mordkommission verrückt gemacht, wir wussten nicht mehr, wo uns der Kopf stand.«

»Dann gehen wir rosigen Zeiten entgegen«, sagte ich und näherte mich heißhungrig meiner Pizza Hawaii. »Und immer noch hat mir keiner von euch den Begriff Satanismus erklärt. Was bedeutet das?«

»Okkultismus war und ist die Beschäftigung mit den dunklen Mächten im menschlichen Leben, mit Tod und Teufel, mit dunkler Magie, schwarzer Magie. Weiße Magie ist hingegen gute Magie«, begann sie zu erklären und zündete sich dabei einen ihrer wirklich furchtbaren holländischen Zigarillos an. »Satanismus ist ein Begriff, der leidenschaftlich gern von den christlichen Kirchen benutzt wird, und eigentlich ist er irreführend, weil er durchaus nicht immer etwas mit dem Satan zu tun hat. Satanismus hat mit dem Hühnerköpfen auf dem Friedhof zur Mitternacht, also mit gruseligen Ritualen, eigentlich überhaupt nichts zu tun. Satanismus bezeichnet eine geistige Haltung, die im krassen Gegensatz zu den großen Kirchen steht. Satanismus ist zuerst mal eine Haltung, die Selbstbestimmung für den Menschen fordert und den Menschen Göttlichkeit zuspricht. Es gibt nur eine Regel: Tu, was du willst! Wenn du so willst, der Gegenentwurf zu den Kirchen.«

»Das habe ich verstanden, und diese Pizza ist sehr gut.«

»Die offizielle Seite der Hexen, der Neuhexen von heute, ist der Wicca-Kult«, fuhr sie fort. »Wahrscheinlich kommt der Begriff vom englischen *witchcraft*. Und dieser Kult ist meiner Ansicht nach eine gewaltige Mogelei, weil diese Frauen jenseits aller religiösen Fragen nur noch sich selbst als Frau suchen. Und sie streben nach Erkenntnis über vorchristliche religiöse Vorstellungen, was automatisch bedeutet, dass sie Dinge schlicht erfinden müssen, da es eine schriftliche Überlieferung auf diesem Gebiet nicht gibt. Und du sollst nicht so mies grinsen, Rodenstock, du solltest zuhören und lernen.«

»Ich lerne doch!«, verteidigte er sich, hatte aber Schwierigkeiten, seine alberne Heiterkeit in den Griff zu bekommen.

»Streitet euch später«, sagte ich tapfer. »Satanismus ist also der Glaube, dass der Mensch keinen lieben Gott braucht und ...«

»Halt, halt, halt«, sagte sie mit Nachdruck. »Ich rede von Kirchen, Sekten und Gruppen, nicht vom lieben Gott. Aber im Prinzip hat du recht. Es gibt keltische Gottheiten, sogar erfundene Gottheiten, aber auch einen christlichen Gott. Nur: Sie können nicht bestimmen, wohin der Mensch geht. Der Mensch ist frei und selbst ein Gott.«

»Das ist mir um diese Tageszeit zu hoch«, erklärte ich.

Emma reagierte muffig: »Ich räume mal ab.« Sie stellte die Dinge, die abzuräumen waren, auf ein Tablett und verschwand damit.

»Es ist ein weites Feld, und manchmal musste ich mich damit beschäftigen«, sagte Rodenstock. »Meine Erfahrungen mit dieser Szene waren durchweg deprimierend, weil ich immer das Gefühl hatte, ganz schnell an Grenzen zu stoßen, jenseits derer ich nur noch glauben oder eben nicht glauben konnte. Ich erinnere mich an eine Frau, die eine wichtige Zeugin in einem Totschlagsfall war. Die behauptete ganz plötzlich, sie habe ihre eigenen Engeleltern kennengelernt. Also nicht die eigenen Eltern, sondern die Engeleltern, Engel im Himmel, die sie behüteten und beschützten, viel besser also als ihre normalen Eltern. Das sei ganz wunderbar, sagte sie immer verzückt. Und ihre Zeugenaussagen waren so wirr, dass wir darauf verzichteten, sie zu Protokoll zu nehmen. Und sie log das Blaue vom Himmel, weil sie behauptete, sie habe mit ihrer verstorbenen Schwester gesprochen, und die habe ihr gesagt, dass die Mordkommission keine Ahnung von den wirklichen Zusammenhängen hätte.« Dann fixierte er mich. »Und wie kommst du mit der wütenden Maria nun zurecht?«

»Ich denke, ich sollte mir keine großen Schuldgefühle aufladen. Ich denke, ich bin nicht der Alleinschuldige. Wenn sie meint, dass ich mich nicht genügend um sie kümmere, dann kann ich mit einem großen mea culpa auch nichts mehr retten. Vielleicht war sie nicht die Richtige, wenn du verstehst, was ich meine.«

Er nickte bedächtig. »Das verstehe ich, das kann sein. Aber deine Schweigsamkeit geht mir in der letzten Zeit unheimlich auf die Nerven. Ich denke, wir sind Freunde, aber du igelst dich, zweitausend Meter von uns entfernt, ein, als wärst du allein auf der Welt. Das war in anderen Jahren schon mal anders.«

»Ja, das ist wahr.«

»Woher kommt das? Bist du der große Menschenfeind geworden?«

»Nein, bin ich nicht. Ich weiß nicht, was es ist.«

»Unsicherheit?«

»Eher nein. Vielleicht bin ich allein klarer, vielleicht will ich keine engen Beziehungen mehr. Ich weiß es nicht.«

»Freundschaften sind keine Einbahnstraßen.«

»Ja, du hast natürlich recht. Ich will versuchen, mich zu bessern.«

»Oder du sagst, dass du zu uns keine enge Bindung mehr willst«, stellte er grob fest.

»Das ist es nicht, Rodenstock«, murmelte ich. »Wenn ich mein Leben anschaue, dann war das nicht erfreulich, weißt du. Zu viele Abstürze, zu viele Verluste. Ich finde wenig, auf das ich stolz sein könnte.«

»Das ist Unsinn, du bist ein guter Journalist.«

»Das ist nichts als eine freundliche Übertreibung.«

»Hast du Panikzustände? Oder Angstanfälle?«

»Hattest du welche?«

»Oh ja, als meine erste Frau starb. Jahrelang.«

»Angst und Panik nein, aber ich versinke zuweilen ins Grübeln, und ich merke, dass das gefährlich ist. Ich hocke am Teich und starre auf das Wasser, aber ich sehe nichts, ich starre nur einfach. Und ich weiß nicht einmal, was ich fühle.«

»Du kannst hierher kommen und bei uns starren«, lächelte er.

»Ich weiß, ich werde kommen. Und jetzt will ich heim, die Nacht kommt, und ich bin wirklich müde. Grüße Emma, und Danke für das Essen.«

»Ja«, sagt er und nickte bekümmert.

Es war 22 Uhr, und das Licht schwand langsam, als ich aus Heyroth nach Hause rollte. Satchmo wartete im Hof auf mich und beklagte sich laut. Er ist der einzige Kater, der sich dauernd lautstark mit mir unterhält. Zuweilen glaube ich zu verstehen, was er sagen will, aber wenn ich ehrlich sein soll, habe ich meistens keine Ahnung, was er sagt, und kann den Grund seiner Geschwätzigkeit nur raten. Bei bestimmten Heultönen ist aber glasklar, dass er etwas zu fressen haben will.

Ich ging nach oben und räumte Marias Schrank aus. Es waren nicht viele Dinge, ein paar Kleider, ein paar Pullover, ein paar Gürtel, zwei Paar Schuhe, ein wenig Unterwäsche. Ich verstaute das alles in einer kleinen Umzugskiste und stellte sie in den Kofferraum meines Autos. Ich wollte ihr die Sachen so schnell wie möglich bringen, ich wollte es einfach hinter mir haben.

Ich setzte mich auf die Terrasse, und Satchmo kam, um mir eine Maus zu Füßen zu legen. »Im Moment nicht«, wehrte ich ab.

Zunächst war er beleidigt, dann strich er um meine Beine und sprang auf meinen Schoß. Das machte er in der letzten Zeit häufiger.

Dann meldete sich mein Telefon, und ich ging hinein. »Baumeister hier.«

»Ach so, richtig Herr Baumeister?«, fragte eine Frau.

»Richtig Baumeister«, sagte ich.

»Ich rufe Sie aus Wolfgarten an. Ich habe damals Ihre Geschichte über das Altenheim gelesen. Das fand ich sehr schön. Und jetzt rufe ich an, weil mir im Fall Jamie-Lee ein paar Informationen zur Verfügung stehen, die andere nicht haben.«

»Das ist sehr schön«, sagte ich. »Kann ich erfahren, wie Sie heißen?«

»Ja, doch. Entschuldigung. Mein Name ist Britt Babenz.« Ihre Stimme war tief, ein angenehmer Alt.

»Waren Sie schon bei der Polizei?«

»Nein, war ich nicht. Warum?«

»Ganz einfach, weil Informationen zuerst zur Polizei gehen sollten.«

»Ach so. Na ja, das kann ich ja anschließend erledigen. Ich dachte nur, Sie wären daran interessiert.«

»Das bin ich auch. Was sind das denn für Informationen?«

»Nicht am Telefon!«, sagte sie schnell. »Auf keinen Fall am Telefon.«

»Gut. Wann können wir uns treffen?«

»Am besten abends, so wie jetzt. Tagsüber arbeite ich, und die Kinder sind bei Tageseltern. Und dann habe ich noch eine Frage: Zahlen Sie Informationshonorare?«

»Unter Umständen. Aber das richtet sich nach dem Fall, nach den Umständen.«

»Ja, das ist gut. Ja, wie machen wir das denn?«

»Wie ist das mit jetzt? Also, ich fahre los, und wir sehen uns dann.«

»Das wäre gut«, sagte sie. »Das wäre am besten. Ja, klar, die Kinder schlafen, und wir werden nicht gestört.«

Sie gab mir ihre Adresse und Telefonnummer und beschrieb mir das Haus.

Du hast keine Ahnung, Britt Babenz, wie sehr du mir entgegenkommst. Du weißt gar nicht, wie du mir hilfst, nicht mehr zu grübeln.

Die Atemlosigkeit einer neuen Recherche steigerte meinen Ausstoß an Adrenalin, ein gutes Gift.

Ich belud meine Lederweste mit allen notwendigen Utensilien wie Tabak und Pfeifen, Bargeld und Papieren und fuhr vom Hof. Satchmo sagte kein Wort, und drückte sich schweigend mit dem ungeheuren Vorwurf der kommentarlosen Trennung unter dem Gartentor durch, um in die Dunkelheit zu verschwinden. Ich denke, er ist manchmal eine richtige Zicke.

Oberhalb von Blankenheim tankte ich sicherheitshalber noch einmal voll, kaufte mir eine Brühwurst in einem Brötchen und rief Rodenstock an.

»Nur, damit du es weißt. Ich hatte eben einen Anruf und bin auf dem Weg nach Wolfgarten. Fallen dir Fragen ein?« Ich berichtete ihm kurz.

»Ich habe Tausende Fragen«, sagte er. »Hör sie einfach an. Vielleicht ist sie ja auch eine Hexe und verfügt über eine eigene Standleitung zu dem persönlichen Schutzengel von Jamie-Lee.«

»Blödmann!«, erlaubte ich mir zu sagen. Dann fiel mir die Wurst aus dem Brötchen, schrammte dabei über mein rechtes Knie und hinterließ eine deutliche, unübersehbare Fettspur. Es fühlte sich angenehm warm an, und ich kicherte bei dem Gedanken, dass der Schutzengel mich möglicherweise gerade bestraft hatte.

Als ich vor dem Haus stand, war es siebzehn Minuten nach Mitternacht, und aus einem Fenster im ersten Stock kam mattes, waberndes, blaues Licht.

Zu klingeln brauchte ich nicht, sie hatte mich gesehen und stand in der Tür. Sie war eine schmale, kleine Person, dunkelhaarig mit einem kleinen Gesicht und gutmütigen, dunklen Augen unter langen, schwarzen Haaren. Dreißig Jahre alt, schätzte ich.

»Die hier unten passen immer genau auf, was ich tue«, flüsterte sie.

Ich folgte ihr die Treppe hinauf. Der Vorraum hinter der Tür war winzig und bot ein totales Durcheinander von Schultaschen, Klamotten in allen Größen und einem Schlüsselbrett, an dem genug Schlüssel für eine ganze Kaserne hingen.

»Die Kinder schlafen schon«, beruhigte sie mich. »Wir gehen mal in mein Arbeitszimmer.«

Das Arbeitszimmer allerdings war erstaunlich. Kein Chaos, alles wohlgeordnet, es brannten vielleicht zwanzig Teelichter auf Tischchen, auf den Fensterbrettern, auf einem Buchregal. Es gab einen Schreibtisch mit einer Buddhafigur, sicherlich dreißig Zentimeter hoch, und ich hörte Griseldis sagen: »Das ist nur ein Symbol.« Es gab eine Wasserkanne auf diesem Schreibtisch mit einer klaren Flüssigkeit. In der Flüssigkeit hing an einer silbernen Kette ein blauer, großer Kristall, vielleicht fünf Zentimeter lang. Dann war auf einem kleinen, roten Teppich mit einer schmalen, silbernen Folie ein Kreis gezogen, vielleicht zwei Meter im Durchmesser. Und auf diesem Kreis standen fünf brennende Teelichter.

Ich setzte mich vorsichtig in einen Sessel und sagte: »Lass mich raten. Du bist eine Hexe.«

»Nein«, sagte sie und setzte sich in den zweiten Sessel. »Ich bin eine Hexe in Ausbildung.«

»Und wer bildet dich aus?«

»Zwei Frauen aus meinem Coven.«

»Was ist ein Coven?« Dann schob ich nach: »Entschuldige, dass ich dich duze, aber ich denke, das ist einfacher.«

»Schon klar. Coven ist eine Gruppe, ein Zirkel. Wir sind zu dritt.«

Ich wollte mechanisch weiterfragen, wie denn die Ausbildung aussehe, aber dann brach ich das ab und fragte stattdessen: »Und die Informationen, die du mir mitteilen willst, kommen aus deinem Hexenwissen?«

»Das hat damit nichts zu tun. Ich bin auch ein Medium, und meine Schwestern haben durch mich erfahren, wer die Jamie-Lee getötet hat. Es war ein ganz ungewöhnlich starkes Energiefeld, das diese Leute um sich errichtet hatten. Ein Dunkelfeld, voller Teufel. «

»Und wer war das?« Ich dachte wütend: Alter Mann! Das hättest du mir ersparen können. Erst Sekunden später stellte ich mit Verwunderung fest, dass ich unfähig war, derartige Aussagen einfach zu glauben.

Sie lächelte entwaffnend. »Es gibt ganz eindeutige Hinweise.«

»Wie sehen diese Hinweise denn aus?«

»Ich habe jemand über Jamie- Lees Leiche schweben sehen. Es waren zwei Personen, und sie waren dunkel.«

»Was heißt dunkel?«

»Schwarz gekleidet, heißt das.«

Ich dachte an Kischkewitz' Gothics, sagte aber erst einmal nichts. »Konntest du sehen, wie die Kleine getötet wurde?«

»Nein, konnte ich nicht. Also, du meinst, ob sie irgendwie geschlagen wurde, oder gewürgt, oder so?«

»Ja, das meine ich. Wir wissen noch gar nicht, woran sie eigentlich starb, deshalb frage ich.«

»Aber sie wurde doch vergewaltigt«, sagte sie in leichter Empörung.

»Nein«, sagte ich. »Das sieht nicht so aus. Wer erzählt denn das?«

»Alle erzählen das.«

»Nun ja, dann irren sich alle. Wer waren denn die zwei dunklen Figuren? Sag nicht, dass sie Imre und Pilla heißen.«

»Doch«, sagte sie leise. »Sie waren es. Imre Kladisch und Pilla Menge. Aus Schmidt.«

»Und wie töteten sie das Mädchen? Ich meine, haben sie ihr das Genick gebrochen? Haben sie sie erstochen? Erwürgt? Wenn du sie erkannt hast, dann musst du auch erkannt haben, wie sie das Mädchen töteten.«

»Das konnte ich nicht sehen. Sie schwebten nur darüber. Und der Mann hielt ein sehr großes Messer, wie ein Schwert.«

»Wo lag denn dieses Mädchen? Auf Rasen? Auf einem Teppich? Auf einer Straße, auf einem Weg? Ich meine, sie muss ja irgendwo gelegen haben.«

»Das konnte ich nicht sehen. Sie lag eben.«

»Bevor du sie gesehen hast, habt ihr da über die beiden geredet?«

»Ja, klar. Aber nur Unwichtigkeiten. Dass sie immer in ihrer schwarzen Kleidung herumrennen, immer schweigen, mit keinem reden und so, richtig affig.«

»Und wo fand diese Zeremonie statt?«

»Hier. In diesem Kreis da.«

»Pass mal auf, Britt: Was du hier treibst, ist unheimlich verantwortungslos und gefährlich. Die Leiche wies keinerlei

Spuren einer Vergewaltigung auf, keine Spermaspuren, k… heruntergezogener Slip, keine zerrissenen Kleider, nichts. Kein… Spur einer gewalttätigen Tötung, einfach nichts. Keine Knochenbrüche, keine Schlagspuren, keine schweren Hämatome. Und du sitzt hier im Schein deiner Teelichter und lässt mich fröhlich über zig Kilometer anfahren. Du beschuldigst zwei junge Leute direkt, nennst ihre Namen. Normalerweise müsste ich dich fragen, ob du irgendwas eingeworfen oder geraucht hast. Und dann hast du dich auch noch nach einem Informationshonorar erkundigt. Dann habe ich eine Frage: Hast du irgendeinem erzählt, dass du die beiden in diesem Zustand über Jamie-Lee gesehen hast? Und hast du irgendwem ihre Namen genannt?«

»Nein, habe ich nicht. Nur meiner Mutter, aber die sagt nichts.«

»Du bist ganz sicher, dass sie nichts sagt?«

Sie saß da und war leichenblass, die Lippen fest aufeinandergepresst.

»Und was soll nun dieser blödsinnige Kreis auf dem Teppich da?«

»Damit banne ich die schlechten Energien. Im Kreis ist nur weiße Magie.«

»Den Quatsch glaubst du doch selbst nicht. Und was ist da in der Wasserkanne?«

»Mondwasser. Der Kristall darin ist blau und man nennt das dann Mondwasser. Das hat gute Kräfte, viel gute Energie. Das Wasser beruhigt meine Kinder, wenn sie ... wenn sie zappelig sind. Es hilft ihnen, sich zu konzentrieren.«

»Was hast du für den Kristall bezahlt?«

»Das war ein Sonderpreis für die Leute, die so etwas für ihre Kinder kaufen. Achtzig Euro. Aber es wirkt tatsächlich.«

»Du sagst, es wirkt tatsächlich, aber tatsächlich lacht sich Swarovski krank. Was machst du beruflich?«

»Ich habe zwei Jobs als Bedienung. Von acht Uhr morgens bis acht Uhr abends.« Ihre Hände bewegten sich unruhig auf den Sessellehnen.

Maria, und wie ich sie an ihrer Kasse zum ersten e. »Und deine Kinder?«

in der Schule und nachmittags bei einer gleich um die Ecke, bis ich komme.«

du verdienst nicht genug, nicht wahr?«

»Mein Exmann zahlt nicht. Er ist arbeitslos. Schon seit einem Jahr.«

»Wie viele Kinder?«

»Drei.«

»Und du weißt nicht weiter.«

»Nein.« Sie begann unvermittelt vollkommen lautlos zu weinen. Ihr Gesicht war das eines Clowns, dem sämtliche Felle wegschwimmen.

»Lass den Hexenscheiß sein. Das bringt doch sowieso kein Geld. Und jetzt erklär mir mal, wie du denn als Medium diese beiden Gothics sehen konntest.«

»Ich habe sie aber gesehen.«

»Du machst dich unglücklich, Frau. Und wenn du sogar zu allem Überfluss bei Fremden darüber redest, wird es verdammt teuer. Pass auf, ich lasse dir etwas Geld da, und wir reden nicht mehr darüber. Und falls ich Auskünfte brauche, melde ich mich. Aber überprüfe bitte deine Verbindung zu deinen sogenannten Hexenschwestern, denn wenn sie zulassen, dass du Leute bei einer Toten siehst, von denen du nicht einmal weißt, ob sie die Tote überhaupt gekannt haben, dann sind sie schlimme Hexenschwestern, jedenfalls klingt das nach einer beschissenen Manipulation. Ihr seid schlicht gegen diese Leute, weil ihr wahrscheinlich glaubt, ihr seid die besseren Menschen. Was weiß ich! Und meine Rolle als moralinsaurer Idiot stimmt mich auch nicht gerade fröhlich.«

Ich nahm zwei Fünfziger aus der Geldbörse und legte sie auf den kleinen Tisch. Dann stand ich auf und ging hinaus, und sie blieb da sitzen und rührte sich nicht. Ihr Rücken war gebogen, als habe sie körperliche Prügel bezogen.

Es war halb vier, als ich nach Hause kam und mich auf mein Bett legte. Ich schloss nicht einmal mehr meine Schlafzimmertür und spürte noch, wie Satchmo auf das Bett sprang und sich einen Platz suchte. Ich war einfach zu müde, um ihn zu verscheuchen.

* * *

Ich wurde wach, weil das Telefon sich meldete. Es war elf Uhr, ich fluchte müde und fand die Welt zunächst unverändert öde.

»Ja, bitte.«

»Ich bin es noch mal«, sagte die Hexe in Ausbildung. »Ich kann das Geld nicht annehmen, ich schicke dir das zurück.«

»Das tust du nicht«, sagte ich barsch. »Verbrauche es einfach.«

»Aber ...«

»Deine Kinder brauchen es.«

Sie zögerte lange und ihr Atem ging schnell. »Semana hat gesagt, dass wir versuchen müssen, diese Grufties aus der Gemeinde zu treiben. Semana hat gesagt, sie bringen unsere Gemeinde in Verruf. Semana hat gesagt, sie kommen direkt vom Teufel, sie sind uns geschickt, um uns zu prüfen. Wir haben darüber gesprochen, nächtelang, und ich habe sie dann beim Ritual gesehen. Das wollte ich dir noch sagen.«

»Semana ist die Oberhexe, nicht wahr?«

»Ja.«

»Passiert so etwas öfter? Ich meine, versammelt ihr euch oft?«

»Zweimal im Monat. Sie bilden mich ja aus.«

»Und was machst du, wenn du ausgebildet bist?«

»Dann helfe ich den Menschen. Wir helfen ja jetzt schon allen, die zu uns kommen. Also, die Frauen sind ja meistens ganz hilflos und ganz down.«

»Und wie sieht diese Hilfe aus?«

»Das kommt darauf an, das kommt drauf an, in welcher Situation die Frau ist, was man noch tun kann.«

»Du musst dem Verein kündigen, die machen dich auf die Dauer irre. Und jetzt muss ich Schluss machen.«

»Ja«, sagte sie wieder.

»Halt, halt«, schob ich dann hastig ein. »Gibt es in deiner Hexengruppe eine gewisse Griseldis?«

»Nein. Die kenne ich, aber sie ist ein Freiflieger. Sie macht nicht mal Wicca.«

Natürlich war ich verwirrt, natürlich lief meine Bildung über Hexen in einer sehr schmalen, kaum sichtbaren Spur. Natürlich hätte ich fragen müssen, was denn Wicca ist und was eine weibliche Freifliegerin. Aber das Elend dieser jungen Frau machte mich nervös, und ich fühlte eine starke Abneigung und gleichzeitig tiefe Hilflosigkeit. Ich sagte also: »Danke«, legte auf und beschloss, Emma nach Freifliegern und Wicca zu fragen.

Da ich in meinen Kleidern geschlafen hatte, zog ich mich aus und hüpfte mannhaft unter die Dusche. Ich fühlte mich plötzlich gut, ich war sogar gut gelaunt. Das war ein völlig neuer Zustand, und ich musste nicht einmal darüber nachgrübeln, weshalb das so war. Das Leben war aus irgendeinem Grund völlig zwanglos.

Du solltest dich nicht so ernst nehmen, dachte ich, das Leben ist schon ernst genug.

Ich briet mir drei Spiegeleier, servierte sie mir auf einer Scheibe Brot und trank dazu amerikanischen Pulverkaffee, für den man eigentlich einen richtigen Waffenschein bräuchte. Satchmo staubte eine halbe Scheibe gekochten Schinken ab und brachte mir dafür eine Viertelstunde später den Kopf eines richtig dicken Goldfisches. Den Rest fand ich dann im Gras. So ging der Morgen zu Ende, jeder fand seine Befriedigung.

Dann rollte Rodenstock auf den Hof, stieg zusammen mit Emma aus, lugte über das Gartentor und forderte: »Kaffee, Cognac, Bitterschokolade, Zigarre«, was immer bedeutet, dass es ihm gut geht, dass die Welt in Ordnung ist, und er alles unter Kontrolle hat.

»Es war kein Mord«, sagte Emma, setzte sich einfach ins Gras, zupfte einen Halm und kaute darauf herum.

»Erst mal das Gedeck für den Herrn«, beschloss ich und ging ins Haus.

Als ich wiederkehrte und die Sachen auf dem Tisch deponierte, fragte Rodenstock: »Was sind das für merkwürdige Fische, die halb goldig sind und halb tiefschwarz?«

»Eigene Kreation«, tat ich kund. »Eine Mischung aus dem gemeinen Goldfisch und dem Bitterling, einem schwarzen Süßwasserfisch. Ich denke darüber nach, ob ich sie mir patentieren lasse. Erzählt mal.«

»Es wird morgen früh eine Pressekonferenz geben«, begann Rodenstock. »Wir werden erfahren, dass das Mädchen Jamie-Lee nicht getötet wurde. Vielmehr hat das Herz des Mädchens aufgehört zu schlagen. Und eigentlich hätte das schon vor zwei, drei Jahren passieren müssen. Es war ein angeborener, schwerer Herzfehler, der nicht entdeckt worden ist. Die Schminke wird damit nicht geklärt, kann aber so zustande gekommen sein, dass jemand das Mädchen schminkte, woraufhin es irgendwohin laufen wollte, um das Ergebnis jemand anderem zu zeigen. Also, wahrscheinlich hat die Kleine ihr Gesicht hingehalten, um einen Spaß zu machen und irgendjemanden zu verblüffen. Wie kleine Mädchen so sind. Es kann sein, dass das das Gothic-Pärchen war, muss aber nicht. Inzwischen wissen sie, dass der Eyeliner und der schwarze Lippenstift tonnenweise zu Karneval produziert werden. Das ist alles. Ein paar Tests auf Gifte laufen noch, sind aber heute Nachmittag abgeschlossen. Und kein Rechtsmediziner erwartet eine Überraschung.« Er schnitt sehr bedächtig seine Zigarre an, drehte sie ein paar Mal im Mund, spuckte irgendetwas aus, nahm ein großes Streichholz und begann mit dem heiligen Feuer zu spielen. Dann zogen die ersten Rauchwolken über meinen Garten hin.

»Ist sie dort gestorben, wo man sie fand?«, fragte ich.

»Ja«, antwortete Rodenstock. »Und sie hat vermutlich nichts gespürt.«

»Wie war das bei dir heute Nacht?«, fragte Emma.

»Erschreckend«, sagte ich. »Ich hatte den Eindruck, dass eine alleinerziehende Mutter mit drei Kindern vollkommen pleite ist und nicht einmal mehr das Geld fürs Essen hat. Der Vater zahlt nicht, die Frau schuftet als Bedienung und verdient nicht genug, um leben zu können. Also ist sie in gnadenloser Isolation auf Frauen hereingefallen, die sich Hexen nennen und sie manipulieren. Ziemlich böse. Sie ist jemand, der eines Tages beginnt, den Arbeitgeber zu bestehlen, weil sie das Geld für das Notwendigste nicht mehr hat. Was ist mit diesem Leiter der Mordkommission?«

»Der ist nicht mehr im Spiel«, antwortete Emma. »Sie haben ihn herausgenommen, sie haben erklärt, dass er plötzlich erkrankt ist.«

»Und Kischkewitz ist wieder daheim in Trier?«

»Selbstverständlich. Und er ist heilfroh, dass er sich zurückziehen konnte.«

»Dann bin ich arbeitslos«, stellte ich fest. »Ich könnte allerdings über die beabsichtigte Sparkassenfusion hier in der Gegend schreiben, die so dämlich gelaufen ist, dass es mich schaudert. Das ist noch weit schlimmer als ein Mord in esoterischen Kreisen. Und wo ich es sage: Was ist denn eigentlich Esoterik, Frau Rodenstock?«

»Ich trage immer noch meinen eigenen Namen«, sagte sie hoheitsvoll. »Also, Esoterik stammt ursprünglich aus der griechischen Antike und meinte Geheimlehren, die nur einem eingeweihten Kreis von Menschen zugänglich waren. Heute versteht man darunter alle übersinnlichen Erfahrungen und Phänomene. Esoterisch bedeutet auf griechisch innerlich, geheim, nur für Eingeweihte verständlich. Das heutige starke Interesse der Menschen an Esoterik resultiert wahrscheinlich daher, dass die Leute gegen nüchterne rationalistische und naturwissenschaftliche Weltbilder sind, dass sie die Nase voll haben von Erklärungen, die ausschließlich auf der Frage basieren, wie viel Geld irgendwer oder irgendwas wert ist. Die Kirchen haben versagt, die Menschen lieben Geheimnisse, und das Esoterik-Gemurmel liefert ihnen das. So kommt die alleinerziehende Mutter, von der du eben gesprochen hast, in die Lage, sich selbst Bedeutung zu geben und aus ihrem persönlichen Nichts aufzutauchen. Sie wird zur Hexe, oder zur Lebensberaterin, sie pendelt, legt Tarot-Karten, channelt mit einem Erzengel. Sie tritt im Fernsehen auf, strahlt dich an und behauptet, deine Zukunft sehen zu können. Und manchmal sagt sie, dass eine große Gefahr auf dich zukommt, dass du möglicherweise in wirtschaftliche Schwierigkeiten gerätst, obwohl du selbst ganz gut weißt, dass du längst pleite bist. Es ist billig, und es ist Abzocke. Bei den Hexen bin ich vorsichtiger, weil es gewisse Dinge gibt, die passieren, aber nicht recht erklärbar sind.«

»Sie trinkt Mondwasser«, erklärte ich. »Sie hat einen großen, künstlich hergestellten, blauen Kristall für achtzig Euro in eine Wasserkaraffe gehängt. Das ist dann Mondwasser, sagte sie. Und es enthält positive Energien, sagt sie. Und ihre Kinder macht das ruhiger.«

»Das ist Esoterik-Scheiß«, sagte Rodenstock unwillig.

»So einfach ist das nicht«, erwiderte Emma. »Wenn du daran glaubst, kann möglicherweise deine Entwicklung positiv beeinflusst werden, also etwa Reiki mit Engeln und Edelsteinen. Das ist der Titel eines Buches. Es geht auch um Kontakte zu Geistern und Geistwesen, zu Engeln, zu Verstorbenen, zu Außerirdischen. Das alles sagt mir mein Lexikon. Und ich weiß auch, dass mit diesen Dingen ein Schweinegeld verdient wird.«

»Und wer verdient das Geld?«, fragte ich.

»Die, die das Ganze organisieren«, antwortete Emma. »Es ist wie immer.«

»Was, bitte, ist denn Reiki?«, fragte ich. »Ich habe da offenbar eine erhebliche Bildungslücke.«

»Ach, du lieber Gott«, murmelte Rodenstock. » Das weiß ich ja sogar. Das ist eine japanische Heilmethode, von der kein Mensch wirklich weiß, ob sie denn funktioniert oder nicht. Sie will allerdings den Arzt nicht ersetzen. Die Schweizer erkennen die Methode offiziell bei der Nachsorge frisch Operierter an. Die Leute legen dir die Hände auf und heilen dich, einfach so. Es gibt aber auch Gruppenbewegungen, die glauben, durch intensive Anrufungen kranke Wälder heilen zu können. An der Stelle, würde ich sagen, wird es kritisch, dem könnte ich nicht folgen. Natürlich kümmern sie sich um deine Chakren und um deine Aura. Da gibt es einen Mann, der eine CD mit heilenden Gebeten im Fernsehen anpreist. Und er behauptet, wenn du eine Lücke in deiner Aura hast, kannst du diese Lücke mit seinen Gebeten wieder schließen. Es ist also die Reparatur seelischer Schlaglöcher, wenn du so willst. Du kannst es auch vergleichen mit einer Rostlaube. Bete die Gebete und die Karre hat keinen Rost mehr. Und es wirkt, sagen viele. Es geht um Energieströme. Die heilenden Gebete kosten fast dreißig Euro, und setzen eigentlich voraus, dass die Deutschen in der Mehrzahl Analphabeten sind. Das Vaterunser hat er ebenfalls auf die CD aufgenommen.«

»Na, denn«, sagte ich. »Es hört sich an wie ein Zirkus.«

»Es ist auch einer«, sagte Emma nachdenklich. »Manches wirkt, manches nicht. Und es ist verdammt schwierig, das eine vom anderen zu unterscheiden.«

»Da bin ich aber dankbar, dass Jamie-Lee einen Herzfehler hatte«, murmelte Rodenstock sarkastisch. »Wir wären im esoterischen Sumpf umgekommen. Und was ist das für eine Geschichte mit deiner Bankenfusion?«

»Die Christlichen haben hierzulande mit erdrückender Mehrheit festgestellt, dass zwei Kreissparkassen fusionieren sollen, weil das angeblich zweckmäßiger ist und ein sicherer Weg in die Zukunft. Eine der beiden Kassen ist sehr gut, die andere sehr mittelmäßig. Die eine Sparkasse, die sehr gute, wurde nicht einmal gründlich informiert, und die andere, die sehr mittelmäßige, macht den Reibach. Ein junger, christlicher Grande ist der Meinung, wenn die Politik befehle, hätten Sparkassendirektoren zu hüpfen. Und da bei dieser Fusion eine neue Bank entsteht, werden im Hintergrund Posten verschachert. Pöstchen für die Ewigkeit, für die Ehefrau, für Otto sein Onkel, der bei der letzten Sauerei die Schnauze hielt. Die Bankkunden wurden nicht gefragt, die Bevölkerung schon gar nicht. Das ist was für eine Provinzposse, aber ich weiß nicht, ob mir das Spaß machen wird. Und ich weiß nicht, wer das drucken soll, weil dieser Vorgang vollkommen öffentlich abläuft, weil jeder genau Bescheid weiß, weil nahezu jeder empört ist, und weil die Täter fest daran glauben, dass sie gut sind. Okay, wir wissen, das sind sie nicht wirklich, und es wirkt so, als hätten sie ihr Gehirn an der Garderobe abgegeben, das Schlimme ist aber, dass sie offensichtlich die Garderobenmarken verloren haben. Es geht das Gerücht um, die CDU habe vor, sich selbst umzubringen.«

»Das klingt nach einem Wald voll Affen«, murmelte Rodenstock.

»Ich habe davon gelesen«, nickte Emma. »Das klingt nach einer Vergewaltigung.«

»Edler hätte ich es nicht formulieren können«, sagte ich. »Ich werde es nicht machen, ich hatte mit solchen Themen noch nie einen durchschlagenden Erfolg. Ich genehmige mir drei freie Tage.«

»Das ist zu loben«, sagte Emma. »Das klingt gut. Wir wollten eigentlich zu den erstklassigen Pizzabrüdern nach Zermüllen fahren und Spaghetti essen. Uns ist so italienisch zumute.«

»Da fahre ich mit«, konnte ich gerade noch sagen, dann schrillte mein Telefon.

Ein Mann fragte mit einer etwas unklaren, nuschelnden, heiseren Stimme: »Bin ich da bei Baumeister? Dem Journalisten?«

»Das sind Sie! Was kann ich für Sie tun?«

»Also, Sie sind doch jemand, der die Dinge beim Namen nennt. Und Sie veröffentlichen ja in angesehenen Magazinen.

Jetzt geht es um das furchtbare Verbrechen an dem kleinen Mädchen. Und ich rufe Sie an, um einiges klarzustellen, und auch um aufzuklären, weil, es ist doch eindeutig ...«

»Entschuldigen Sie, aber könnten Sie mir Ihren Namen verraten?«

»Der tut nichts zur Sache«, sagte er hastig. »Ich bin sicher, ich spreche im Namen aller Eifeler hier. Ich denke, da müssen wir mal aufräumen, es geht ja schließlich auch um das Ansehen der Eifel. Also, wenn ein Mann behauptet, er wäre ein sogenannter indianischer Zauberer, obwohl er eigentlich ein Bauernsohn aus der Eifel ist, dann sind wir weit gekommen. Zu weit, wie ich betonen möchte. Dieser Mann ist ein Betrüger der übelsten Sorte, und ich scheue mich nicht, zu sagen, dass der Teufel persönlich ihn geschickt hat. Dieser Mann ist die Prüfung, die unser Herrgott der Eifel auferlegt. Immer wieder in der Geschichte hat es solche Prüfungen gegeben. Und wenn dieser Mann Frauen um sich sammelt, von denen wir wissen, dass sie nichts anderes als willenlose Sexhäschen und Huren sind, dann sollte dem Einhalt geboten werden. Ich nehme an, Sie stimmen mir zu.«

»Ich nehme einmal an, Sie reden jetzt über einen Mann namens Jakob Stern«, bemerkte ich vorsichtig.

»Sie wissen genau, wen ich meine, ich weiß, wen ich meine. Wir brauchen keine Namen, wir wissen, was gelaufen ist. Die ganze Sache ist doch eine Schweinerei. Und wenn es nicht anders geht, dann müssen wir zu härteren Methoden greifen, dann müssen wir richtig streng vorgehen, um das Übel an der Wurzel zu fassen. Dafür muss uns jedes Mittel recht sein, denn es geht um die Geschichte der Eifel, die ja auch am Jüngsten Tag bewertet werden wird. Der Mann ist grundsätzlich nicht in der Gemeinde und der Kirche zu finden, der Mann sagt in aller Öffentlichkeit, die christlichen Kirchen hätten versagt. Das muss man sich mal vorstellen. Gleichzeitig feiert er wüste Orgien mit hemmungslosen Frauen, die er nachts um sein sogenanntes Lagerfeuer setzt, um sie zuerst mit Bier und Schnaps einzulullen, und anschließend betrunken zu sexuellen Spielen zu benutzen. Ich bitte Sie, pornografische Exzesse im Nationalpark Eifel! Die Frauen haben doch keine Ahnung, auf was sie sich da einlassen, die sind doch völlig naiv ... und überhaupt wird die Kleine da als Priesterin dieses Indianers ausgebildet worden sein, wie ich aus sicherer Quelle weiß. Und die Kleine hat vollkommen nackt in der Menschengruppe gestanden, die sich um das Lagerfeuer versammelte. Und alle, ich betone, alle haben sie in verbrecherischer Geilheit angegrapscht. Und man liest ja immer wieder, dass diese Leute auch ... also Kleinkinder opfern, weil der Satan es so will. Wollen wir schweigen, bis es zu den ersten Kinderopfern kommt?«

»Würden Sie mir Ihren Namen sagen!«, bemerkte ich.

»Mein Name spielt doch keine Rolle!«, schnaubte er. »Namen sind Schall und Rauch. Unser Herrgott kennt uns, unser Herrgott braucht keinen unserer Namen. Nur christliche Werte können uns noch retten. Unsere Frauen werden verdorben, unsere Frauen haben keine Ahnung, dass sie dem Teufel dienen. Ich weiß genau, wie der Mann bei dem kleinen Mädchen vorgegangen ist, ich habe die Sache rekonstruiert, ich kann sagen, was da definitiv abgelaufen ist.«

»Was denn?«

»Klar ist doch, dass niemand weiß, wo das Mädchen die ganze Nacht über gewesen ist. Das behauptet jedenfalls die Polizei. Und ich sage: Er hatte das Kind die ganze Nacht bei sich. Und das kann ich beweisen. Dann hat er sie auf dem Weg da abgelegt, abgelegt wie eine nutzlose, verbrauchte Sache. Jetzt hat die Polizei den Mann wieder freigelassen, weil ihr Beweise fehlen. Ich kann die Beweise bringen, das Mädchen war die ganz Nacht in seinen schmutzigen, verdorbenen Händen. Gott ist mein Zeuge.«

»Dann gehen Sie zur Polizei«, sagte ich.

»Das, genau das tue ich nicht! Die Polizei sagt, er war es nicht, und ich sage, er war es! Die Polizei deckt ihn. Wir wissen, wie weit das Netzwerk des Perversen reicht.«

»Nehmen Sie Ihre Beweise und gehen Sie zur Polizei.«

»Ich sage Ihnen, jemand deckt diesen Täter, jemand macht seine schmutzigen Spielchen mit, und es wird so weit kommen, dass sie auf ihren schwarzen Messen Säuglinge opfern, weil das dem Satan gefällt. Ich kann Ihnen eine solche schmutzige, verderbte Nacht schildern, ich habe sie beobachtet.«

»Dann schildern Sie«, bot ich ihm an.

»Ich sage, er muss zerstört werden, um alle die Frauen zu befreien, die er verhext hat ...«

»Verdammt noch mal«, brüllte ich. »Gehen Sie zur Polizei. Das ist doch widerlich!«

Er schwieg ein paar Sekunden. »Ich habe es fotografiert«, sagte er dann unbeeindruckt. »Ich habe den Beweis, ich werde den Mann von der Erde tilgen.« Damit unterbrach er die Verbindung.

Rodenstock sagte neugierig: »Du bist blass um die Nase.«

»Ein übler Typ, ein Mann. Er sagt, er kann beweisen, dass Jakob Stern die kleine Jamie-Lee umgebracht hat. Er sagt, sie ist die ganze Nacht bei Stern gewesen. Er sagt, er will Stern von der Erde tilgen. Er sagt, er hat es fotografiert.«

»Ein Verrückter?«

»Ja«, nickte ich. »Er hat nicht einmal gesagt, was genau er fotografiert hat.«

»Ich will jetzt Spaghetti«, bemerkte Emma. »Ich bin hungrig. Und dieser Fall ist ekelhaft. Und abends ist Jennifer da, und ich muss mich wieder gut benehmen.«

Aber es war wie immer, mein Telefon meldete sich erneut, und ehe ich irgendetwas sagen konnte, bemerkte Rodenstock: »Sag einfach, du bist nicht da.«

»Ja, bitte?«

Es war ein Kind, und es sagte: »Wegen Jamie-Lee brauchst du gar nicht mehr herzukommen, weil ich weiß nicht, weshalb immer so viel Blödes geredet wird. Aber sie ist ganz normal weggegangen und umgefallen. Und wir waren ja die ganze

Nacht im Traumhaus und haben ferngesehen. Casablanca, oder wie das heißt, jedenfalls ein alter Film, war nicht schlecht. Schwarz-weiß. Und noch ein paar kurze Streifen mit Dick und Doof. Das wollte ich nur sagen.«

»Da bin ich aber froh, dass du dich meldest.« Es war mir noch immer nicht klar, ob es ein Mädchen oder ein Junge war. »Wie heißt du denn?«

»Wir haben ausgemacht, dass ich anrufe, aber ich sage nicht, wer ich bin.«

»Das kann ich gut verstehen. Und was, bitte, ist das Traumhaus?«

»Das weiß jeder hier.«

»Aha. Und wo steht das Traumhaus?«

»Na ja, in Jamie-Lees Garten, das weiß doch jeder. Ganz hinten, wo Jamie-Lees Vater immer sitzt, wenn er trinkt. Aber wir haben keinen gestört, weil ja auch Jamie-Lees Mutter nicht da war. Und wenn sie nicht da ist, trinkt der Vater ja im Wohnzimmer.«

»Dann habt ihr also Jamie-Lee geschminkt?«

»Das stimmt doch gar nicht, wir haben keinen geschminkt. Das ist doch nur im Karneval und nicht im Sommer. Die Leute sagen, sie war geschminkt, aber sie war nicht geschminkt.«

»Ich weiß aber, dass sie geschminkt war.« Ich tippte jetzt auf einen Jungen.

»Wir hatten ja gar keine Schminke.«

»Na ja, weißt du, es ist ja auch nicht wichtig. Jedenfalls ist ganz sicher, dass niemand Jamie-Lee verletzt hat oder so.«

»Und auch nicht vergewaltigt!«, sagte der Junge etwas schrill. »Es war gar nicht so, wie die Leute sagen, also das war überhaupt nichts mit Ficken oder so und mit geilen Erwachsenen und so. Und auch nichts mit Kinderschänder. Weil alle Leute sagen ... Also, ich meine, die Erwachsenen sagen hier alle solche Sachen. Weil, ging ja auch gar nicht, denn keiner wusste, wo wir sind.«

»Warst du dabei, als Jamie-Lee umgefallen ist?«

»Nein, wir waren ja später, sie war ja schon weg, weil sie nicht wollte, dass ihre Mutter das merkt. Wegen dem Traumhaus und so.«

»Also gut, du hast doch sicher eine Uhr. Jamie-Lee ist gegen neun Uhr morgens auf dem Weg gefunden worden. Wo wollte sie denn da hin?«

»Rumlaufen, damit sie von vorne ins Haus kommt.«

»Gut, das verstehe ich. Aber ich will jetzt nur wissen, ob du oder jemand anderes sie gesehen hat, wie sie da lag.«

»Ja, klar. Also Törtchen ging dann ja denselben Weg, und Jamie-Lee lag da. Und weil die nicht mehr atmete, hat Törtchen Angst gekriegt und ist weggelaufen. Aber mit Schminke war da gar nichts.«

»Weißt du denn, um wie viel Uhr das war?«

»Weiß ich nicht. Also, man sieht sich.«

»Ja«, sagte ich nachdenklich.

»Jetzt erzähl mir nicht, dass das schon wieder ein Zeuge war«, seufzte Emma.

»Ja, war einer. Ein Kind. Es sagte, Jamie-Lee sei einfach umgefallen, und das mit dem Ficken und Jamie-Lee wäre alles falsch. Alle Erwachsenen reden Scheiß. Und geschminkt haben sie sie auch nicht.«

»Da sind wir aber froh«, bemerkte Rodenstock süffisant. »Zwischen mir und den Kohlehydraten liegen nur noch ein paar Minuten Autofahrt.«

Also hockten wir uns in das Auto und fuhren nach Zermüllen, erreichten es aber nicht, weil oben auf der B410 nach Kelberg ein LKW versucht hatte, den Berg quer herunterzufahren. Es war ihm nicht gelungen, und er war auch nicht mehr in der Lage, das zu korrigieren. Jemand sagte, ein Kran sei schon unterwegs, und der Fahrer im vierten LKW von hinten habe einen Kasten Stubbi bei sich und sei ein netter Kerl, und der Fahrer des Unglücksfahrzeugs sei sowieso nicht mehr besinnungslos. Die Eifel hat zuweilen Surrealistisches.

»Wir fahren nach Hause und machen uns eine Butterstulle«, bestimmte Emma.

»Dann setzt mich zu Hause ab«, sagte ich. »Ich will keine Butterstulle. Und ich habe noch einiges zu erledigen.«

»Das ist aber auch ein blöder Fall«, schimpfte Rodenstock, aber es wirkte nicht sonderlich überzeugend, weil er im Grunde diese Fälle liebte. Immer, wenn es um »Was wäre wenn?« ging, war Rodenstock genial, Konjunktive machten ihm immer Spaß, weil das Denken ihm Spaß machte.

»Dann könntest du wenigstens gegen Abend bei uns sein, wenn Jennifer kommt«, mahnte Emma an.

Und da wir gerade an der Kirche vorbeirauschten und ich meinen Hof schon sehen konnte, sagte ich: »Ich habe auch Besuch, wie du siehst. Ich melde mich.«

Da stand ein uralter, weißer Golf, in dem eine Frau saß, die in einem Buch las und einen äußerst gelassenen Eindruck machte. Sie trug ihr kurzes Haar weißblond gefärbt, und es sah aus wie eine unorganisierte Wurzelbürste, aber ungemein lebenslustig. Ich schätzte sie auf ungefähr vierzig Jahre.

Sie sah mich sehr ruhig an, lächelte schnell und stieg aus. »Ich will Sie nur kurz überfallen«, sagte sie mit einer angenehm dunklen Stimme. »Mein Name ist Claudia Reiche. Ich bin aus Simmerath.«

Rodenstock fuhr hinter uns vom Hof und dann den Berg hinauf nach Heyroth.

»Gerne«, erwiderte ich. »Kommen Sie einfach mit. Wir können uns auf die Terrasse setzen.«

Sie trug rote Cordhosen, eine dunkelblaue Bluse und einfache rote Sportschuhe. Sie war sehr klein und wirkte wie ein Mädchen, das die Welt entdeckt.

»Möchten Sie irgendetwas trinken?«

»Vielleicht ein Wasser«, sagte sie.

Ich besorgte das, stellte es vor sie hin und goss ihr ein. »Was kann ich denn für Sie tun?«

»Ich habe gehört, dass Sie durch die Gegend fahren und alle Welt nach Jakob Stern befragen. Also, eigentlich bin ich hier, um ... ja, um einen Schaden von Jakob Stern abzuwenden, wenn man das so sagen kann.«

»Oh, das ist nett, aber ich denke, dass dieser Jakob Stern sich selbst ganz gut verteidigen kann. Ich habe nicht die Absicht, ihn in irgendeiner Weise zu erwähnen. Und ich muss auch hinzufügen, dass ich ihn gar nicht kenne. Und ich werde wohl auch nichts über diese Affäre schreiben.« Ich wollte erwähnen, dass es keinen Fall Jakob Stern gab, weil Jamie-Lee außer einem massiven Herzfehler nichts zugestoßen war. Doch das verschwieg ich. »Ich denke, die Kriminalbeamten haben ihn einfach vorschnell zum Verhör gebeten. Eine ziemlich üble Sache.«

»Ja, das denken wir alle.«

»Wer ist denn wir alle?«

»Alle seine Freunde«, erwiderte sie einfach. »Wir sind der Überzeugung, dass Herr Stern mit dem scheußlichen Verbrechen an Jamie-Lee überhaupt nichts zu tun hat.«

Das klang sehr förmlich und wie eingeübt.

»Aber beweisen können Sie es nicht.«

»Ja, das ist richtig, können wir nicht. Aber wir könnten ja trotzdem etwas tun. Bei der Polizei. Denn warum sollte er so etwas Abscheuliches getan haben?«

»Das weiß kein Mensch.« Baumeister, lass sie nicht hängen. Was du hier treibst, ist unfair.

»Also, darf ich mal erklären, warum das unmöglich ist?« Sie wirkte übereifrig.

»Aber ja, bitte sehr.«

»Also, der Jakob mag Kinder sehr, und er ist nicht der Typ, der etwas Scheußliches mit Kindern macht. Das kann der gar nicht, das braucht der auch irgendwie überhaupt nicht. Der könnte so etwas nicht tun.«

»Sehen Sie, Frau Reiche, das alles nützt Ihnen gar nicht. Gerade der Jakob Stern kann das miese Gerede nicht mehr verhindern. Er hat sogar todsicher nichts mit der Geschichte zu tun, weil wir inzwischen wissen, dass niemand die Jamie-Lee in irgendeiner Weise sexuell belästigt haben kann. Das Mädchen ist aufgrund eines massiven Herzfehlers umgefallen und war tot. Niemand hat ihr irgendetwas getan. Und morgen früh gibt es eine Pressekonferenz bei Ihnen in der Gegend, auf der das offiziell verkündet wird. Das heißt, ich könnte nur eine Geschichte über die miesen Folgen von Gerüchten schreiben, denn dass der Jakob Stern in alle Ewigkeit unter diesen Vorfällen leiden wird, das steht leider fest. Irgendjemand wird sich immer erinnern und immer den Jakob Stern erwähnen. Menschen sind so.«

Sie war erstarrt, ihr Rücken war durchgedrückt, sie hielt die Augen geschlossen, sie fragte etwas nuschelnd und fassungslos: »Da war nichts?«

»Da war nichts«, nickte ich. »Sie sagten eben wörtlich ›Wir könnten ja trotzdem etwas tun, bei der Polizei‹. Darf ich fragen, was Sie damit meinten?«

Sie wurde rot, sie wurde richtig rot und senkte schnell den Kopf. »Darüber möchte ich nicht sprechen. Was ist denn mit der Kleinen passiert?«

»Sie hatte einen schweren, nicht erkannten Herzfehler.«

»Ach, du lieber Gott, das arme Kind. Und weiß man schon, wo sie in der Nacht gewesen ist?«

»Das weiß ich auch schon. In einem Gartenhaus, das die Kinder das Traumhaus nennen. Und ich denke, es ist im Garten der Eltern von Jamie-Lee. Wissen Sie darüber etwas?«

»Nein. Also, ich weiß natürlich, dass die Kinder das ihr Traumhaus nennen, weil es ein kleines Holzhaus ist, in dem sie tun und lassen können, was sie mögen. Und dass es im Garten von Mannstedts steht.«

»Und was wissen Sie über diese Eltern, diese Mannstedts?«, fragte ich.

»Wenig, sage ich mal. Da wird viel gemunkelt. Da wird gesagt, dass der Vater trinkt, dass die Ehe kaputt ist, dass die

Kleine sehr darunter leidet ... also gelitten hat. Aber ich sage: Irgendwas bei irgendwem ist immer, und wir wissen ja nichts Genaues.«

»Sie sind gerade im Begriff, die nächsten Gerüchte in die Welt zu setzen, junge Frau. Es ist gesagt worden, die Mutter von Jamie-Lee sei in dieser Nacht nicht zu Hause gewesen. Haben Sie eine Ahnung, wo diese Frau gewesen sein könnte?«

»Nein, habe ich nicht.« Das kam viel zu schnell und viel zu abrupt. Ihre Augen waren unruhig, glitten hin und her, und ihre Hände waren leicht zittrig, als sie einen Schluck von dem Wasser trank.

»Jetzt setze ich einmal ein Gerücht in die Welt: Dann sind Sie also eine der hemmungslosen Frauen, mit denen Jakob Stern hin und wieder Sexorgien feiert, nachdem er sie alle betrunken gemacht hat.« Ich sagte das etwas leiernd, um klarzumachen, dass ich zitierte, aber es traf sie hart. Sie wurde blass, wollte etwas entgegnen, und ihre Augen waren ganz groß, aber ich sagte schnell: »Keine Sorge, ich wollte Ihnen nur deutlich machen, was sich alles abgespielt hat, nachdem Jamie-Lee tot aufgefunden wurde. Da rief mich ein Mann an, der behauptete, er wisse genau, wie das Mädchen zu Tode gekommen sei. Und er habe den Verdacht, dass sie als Hexenschülerin von Jakob Stern ausgebildet wurde. Und dass eben dieser Stern hemmungslose Partys feiert, bei denen er naive Frauen zu Sexspielchen verführt. Der Mann sagte das, ohne seinen Namen anzugeben. Und ich will Ihnen damit nur zeigen, wie Gerüchte funktionieren, wenn man sie ernst nimmt oder gar glaubt. Dann wurde ich von einem Kind angerufen, das sagte, sie seien in einem Traumhaus gewesen, und niemand habe Jamie-Lee angetatscht und niemand habe sie geschminkt.«

»Ja«, nickte sie tonlos. Dann fragte sie unvermittelt: »Haben Sie eine Zigarette für mich?«

»Ja«, sagte ich. »Irgendwer hat eine Schachtel hier liegen gelassen.« Ich ging ins Haus, um sie zu holen. Es waren Marlboro, und wahrscheinlich waren sie von Maria. Ich reichte ihr die Schachtel und setzte hinzu: »Ich wollte Sie keinesfalls verwirren.«

»Das mit Jamie-Lee trifft mich im Moment etwas heftig.« Sie nahm eine Zigarette, und ich gab ihr Feuer. Sie paffte. »Also, es ist ja sehr heftig, das zu hören. Sexorgien. Haben Sie das geglaubt?«

»Nein, oder, besser gesagt, ist es mir wurscht. Journalisten hören so etwas häufig und die einzig vernünftige Reaktion darauf ist: Ohren zu! Was ist denn dran an diesen Orgien?«

»Also, das weiß ich nicht.« Sie wurde schon wieder verlegen.

»Liebe Claudia Reiche, jetzt tun Sie mir den Gefallen und sagen Sie mir, was Sie denn wollten mit diesem Besuch bei mir. Sie fahren doch nicht grundlos über fünfzig Kilometer hierher, sie wollten doch etwas Bestimmtes.«

»Wir haben überlegt ...«, sagte sie. »Also, wir dachten uns, dass wir irgendetwas tun müssen, damit Jakob Stern nicht als Vergewaltiger dasteht. Aber jetzt hat sich ja alles gedreht, jetzt kann ich wieder nach Hause fahren.«

Lass sie einfach in Ruhe abziehen, Baumeister, mach es nicht zu kompliziert, der Fall ist tot.

Aber es reizte mich, es juckte mich, ich konnte nicht widerstehen: »Sie wollten wahrscheinlich sagen, dass Sie die Nacht mit Jakob Stern verbrachten, dass er niemanden in dieser Nacht getroffen hat, und dass er überhaupt in keiner Weise auf Jamie-Lee getroffen sein kann. Der Jakob Stern kann sich übrigens glücklich schätzen, dass er so viele edle Verteidiger hat.«

Sie saß mir gegenüber und reagierte nicht. Sie war ganz einfach blass, in ihrem Gesicht rührte sich kein Muskel.

»Sehen Sie, ich war bereits bei einer Frau namens Griseldis, die sich selbst als Hexe bezeichnet. Und die reagierte auf eine mögliche Täterschaft des Jakob Stern mit einem aufrichtigen Lachen. Sie deutete an, dass Stern ein lebenslustiger Typ sei, aber niemals ein Täter, der irgendetwas von kleinen Mädchen will. Dann wollte mich eine Frau informieren, die sich als Hexe in Ausbildung bezeichnete, und die im Grunde nur ein Opfer war.«

»Griseldis«, sagte sie, und es klang wie ein Echo.

»Ja, ja, Griseldis. Was sind Sie eigentlich von Beruf?«

»Ich bin arbeitslos. Eigentlich bin ich Bürokauffrau.« Sie wirkte plötzlich erleichtert.

»Aber Sie sagen das so, als sei Ihr Beruf höchst überflüssig, als hätten Sie kein Interesse daran. Darf ich raten? Also, Sie sind eine Lebensberaterin, oder Sie legen Tarotkarten, oder Sie sehen die Zukunft in einer Glaskugel, oder Sie treffen irgendeinen Erzengel, der Ihr Leben wieder in Ordnung bringen kann ...«

Sie begann zu lächeln, und ihr Gesicht wurde wunderbar weich und glühte ein wenig vor Begeisterung. »Ich bin eine Heilerin in Ausbildung«, sagte sie. »Wie kommen Sie darauf?«

»Ein Mann hat mich angerufen, der unzweideutig formulierte, da würden Leute schwarze Messen feiern und wahrscheinlich demnächst Babies opfern. Und das alles natürlich im direkten Auftrag des Satans. Und plötzlich ertappe ich mich dabei, dass ich in Kategorien denke, von denen ich vor achtundvierzig Stunden noch gar keine Ahnung hatte. Hexen, Heiler, und natürlich ist Jakob Stern ein Schamane und lädt zu Sitzungen unter heiligen Eichen ein, um Tiere zu hören ...«

Sie bewegte sich wieder, sie wurde jetzt hellwach und unterbrach mich. Sie sagte in leichter Empörung: »Aber das stimmt doch, das machen wir. Ziemlich oft. Es ist unfassbar, was man nachts alles hören kann.«

»Ich nehme also an, Sie sind eine Heilerin in Ausbildung bei Jakob Stern.«

»Ja«, sagte sie, und offenbar war sie erleichtert, das feststellen zu können.

»Sie wollen also eine Schamanin werden?«

»Ja.«

»Kann man davon leben?«

»Nein.«

»Und was heilen Sie dann?«

»Menschen. Aber es geht auch bei Tieren.«

»Sie brauen dann wahrscheinlich Tinkturen aus Kräutern und Wurzeln?«

»Das auch.«

»Der Nationalpark Eifel bringt also außer dem Urwald auch noch ganz neue, sehr spezifische Berufe mit sich.«

Sie lachte, und es klang fröhlich. »Das kann man so sagen.«

»Ich muss diesen Jakob Stern unbedingt besuchen, der Kerl muss eine gute Type sein.«

»Das ist er«, sagte sie mit einer Art Seufzer.

»Und er hat das bei Indianern gelernt? Bei richtigen Indianern in den USA?«

»Ja, aber auch in Kanada.«

»Aber er lebt nicht davon?«

»Nein, das glaube ich nicht. Er nimmt niemals Geld.«

»Dann ist er auch noch ein Heiliger.«

»Na ja«, murmelte sie und lachte wieder. Dieses Mal klang es richtig froh.

»Also gut. Sie können heimfahren und berichten, dass es keinen Fall Jamie-Lee gibt. Sie brauchen auch nicht anzugeben, sie hätten in der letzten Nacht mit Jakob Stern geschlafen, er braucht einfach kein Alibi.«

»Also, das mit dem Schlafen stimmt nicht«, erklärte sie ganz locker. »Wir wollten sagen, wir hätten ein Naturaltreffen gehabt.«

»Was, um Gottes willen, ist denn ein Naturaltreffen?«

»Ganz einfach«, dozierte sie. »Wenn es eine laue Nacht ist, und man sich nicht verkühlen kann, dann trifft man sich am Feuer und zieht sich aus. Kann sein, dass man den Schmetterlingstanz tanzt. Also, das ist ein Gesang der Indianer, zu dem man sich vollkommen frei um das Feuer bewegt. Man verliert das ganze, elende zivilisatorische Gehabe, man kann auch die

Scham vergessen und sich endlich so
ich immer schon bewegen wollte. Aber es
er Murmeltiere, bei dem man sich so be-
es Murmeltier, wenn Sie wissen, was ich

nicht, was Sie meinen, und ich weiß auch nicht, wie gierige Murmeltiere sich bewegen. Wie viele Zeugen hätten Sie denn angeboten?«

»Also, drei, mit mir drei.«

»Sagen Sie mal, haben Sie eine Ahnung, was Wicca bedeutet?«

»Ja klar. Das ist ein alter Kult der Hexen, den gibt es noch heute, und die meisten Hexen sind Mitglieder. Ein Mensch namens Gerald Gardner war wohl der Gründer. In den Dreißigern des vorigen Jahrhunderts in England. Er hat behauptet, Wicca sei ein alter Glaube, der seit Jahrhunderten in Europa geherrscht habe. Also, es geht da um alten Keltenglauben, der besagt, dass es eine Gottheit weiblichen Geschlechts gebe und eine Gottheit männlichen Geschlechts ...«

»Moment mal«, unterbrach ich. »Wir wissen doch gar nichts von den Kelten, wir wissen, dass es sie gab, aber sie hatten keine Schrift, sie haben uns nichts überliefert. Wir fanden Gräber aus ihrer Zeit und ein wenig Schmuck, aber deshalb wissen wir nicht mehr.«

»Gardner sagte aber, dass es ein alter Glaube ist, der vor vielen Jahrhunderten weit verbreitet war, dass man auch von der Sonne und dem Mond sprach, also solche Symbole anbetete. Und es waren weibliche Gottheiten, ein Matriarchat. Ein alter Glaube eben, ein paganer Glaube, der also bei den Heiden zu Hause war. Also, ich will mich nicht streiten, das jedenfalls habe ich gelernt.«

»Und so was lernen Sie auch bei Herrn Stern?«

»Na ja, er hat halt viel Ahnung, und manchmal erzählt er so etwas. Aber er sieht das nicht so eng. Er sagt, man kann durchaus glauben, was man will, solange man anderen Menschen nicht schadet. Ich glaube, jetzt muss ich aber wieder heim. Und vielen Dank auch.«

»Keine Ursache. Sie hätten sich mit Ihrem Alibi in Teufels Küche gelogen.«

Sie marschierte vor mir her und setzte sich in ihren Golf, lächelte mir noch einmal fröhlich zu und machte sich auf die Heimreise zu ihrem viel bewunderten Jakob Stern.

* * *

Als Emma anrief und moserte, ich solle gefälligst nach Heyroth kommen, es seien noch jede Menge Spaghetti olio aglio da, widerstand ich nicht, ich hatte wirklich Hunger. Es war zwar schon zehn Uhr in der Nacht, aber wir lebten ja alle nicht gerade in einem bäuerlichen Rhythmus, und Jamie-Lee hatte uns zwei Tage lang arg zu schaffen gemacht.

Sie saßen hinter dem Haus auf der Terrasse und tranken Rotwein, Emma und Rodenstock und die Frau, die Jennifer hieß und gerade von irgendwoher gekommen war.

»Das ist Baumeister«, sagte Emma im Tonfall einer Moderatorin, den sie so gut beherrscht. »Er ist Journalist, scheu, katholisch, aber unglaubwürdig. Und er hat gerade eine Beziehung hinter sich, die eigentlich niemals eine war.«

»Ihre Tante hat einen goldigen Humor«, murmelte ich leicht verlegen.

»Die ganze Familie bewundert sie dafür«, gab sie zurück. »Aber sie ist gar nicht meine Tante, sie ist irgendetwas anderes, aber ich weiß nicht, wie das heißt.« Ihr Deutsch klang leicht und locker.

»Wahrscheinlich Drache«, sagte ich. »Drache dritten Grades, nehme ich an. Herzlich willkommen in der Eifel.«

»Wer war dein Besuch, diese außergewöhnlich hellblonde Schönheit?«, fragte Rodenstock mit mäßigem Interesse.

»Eine Schamanin in Ausbildung. Wollte lügen, um Jakob Stern ein Alibi zu geben, brauchte nicht zu lügen und war also ganz begeistert.«

»Ist das der Fall, von dem ihr mir erzählt habt?«, fragte Jennifer.

»Ja«, nickte Rodenstock. »Meine ewigen Rückfälle ins Berufliche.«

Sie wirkte auf den ersten Blick sehr fraulich, sehr mütterlich, sehr rund, obwohl sie keineswegs dick war. Sie hatte rötliches, blondes Haar, von dessen Farbe ich nicht wusste, ob sie Chemie war oder reine Natur. Es fiel in langen Locken auf ihre Schultern und wirkte wie ein Helm. Die Farben der Augen konnte ich nicht sehen, weil es zu dunkel war, und sie trug einfache weiße, flache Schuhe zu ihren Jeans. Darüber trug sie eine schwarze Bluse mit irgendeinem Glittergarn.

Und weil ich sie unverwandt angesehen hatte, sagte sie ohne Vorwarnung und sehr strikt: »Mein Name ist Jennifer, ich bin gerade sechsunddreißig Jahre alt, war zweimal verheiratet, und habe mein Deutsch in der Schule gelernt und von einem Ehemann, der schön war und sehr mies. Kinder habe ich keine, was ich für gut halte, und beruflich bin ich eine Null. Ich habe nichts gelernt, und wenn meine Familie nicht wohlhabend wäre, würde ich nicht hier sitzen und Tante Emma auf den Geist gehen. Insofern bin ich also ein verwöhntes Gör, fühle mich aber ganz gut.« Dann sah sie mich eindringlich eine Weile an und fragte: »Reicht das als erstes Briefing?«

»Ja«, gab ich zurück. »Durchaus. Mein Name ist Siggi Baumeister, ich werde demnächst fünfzig und spüre die Last der Jahre. Ich habe beruflich etwas gelernt, bin aber unsicher, was genau das ist. Das Leben macht Spaß, wenn es nicht gerade mies ist. Ich habe eine Tochter und sonst keine nennenswerte Verwandtschaft. Ja, meine Verwurzelung mit dieser Landschaft hier reicht sehr tief, und ich möchte hier auch beerdigt werden, habe aber bis zu dem Zeitpunkt noch eine Weile zu leben, wenn ich die Umstände richtig deute. – Eigentlich wollte ich schon immer wissen, wie viel Verwandtschaft es denn eigentlich gibt in eurer merkwürdigen jüdischen Sippe. Irgendjemand bei euch muss doch mal die Häupter der Lieben gezählt haben.«

In diesem Augenblick kam Emma mit meinen Spaghetti aus dem Haus und sagte: »Das fragst du heute schon zum zweiten Mal. Und ich habe darüber nachgedacht. Ich komme auf über dreihundertfünfzig, nicht gerechnet der Sippenteil, der in Australien vor Anker gegangen ist. Da kam ich auf fünfundzwanzig, müsste aber sicherheitshalber anrufen, weil ich nicht weiß, wie viele erfolgreiche Kopulationen in den letzten drei Jahren stattgefunden haben.«

»Also, meine Mutter sagt, dass die Gruppe aus Australien sehr gewöhnlich ist, weit unter unserer geistigen Norm. Busfahrer und Schafscherer und so was. Kein einziger Intellektueller, außer ein Friseur, der mal zwei Semester Psychologie machte, dann aber exmatrikuliert wurde, weil er was mit einer Professorin hatte. Und dass sie inzwischen einen Ableger in Neuseeland haben. Sag bloß, du weißt das nicht?« Jennifer wirkte arrogant und grinste wie ein Zuhälter.

»Das weiß ich wirklich nicht«, sagte Emma. »Sag bloß. In Neuseeland? Erzähl mal.«

»Nicht schon wieder!«, griff Rodenstock entsetzt ein. »Wenn sie damit anfangen, sehen wir hier noch die Sonne aufgehen.«

»Die Grüns sind eben überall!«, sagte Jennifer.

»Grün?«, fragte ich. »Der schöne jüdische Name Grün?«

»Ja, ja«, nickte Emma. »Und unser erster wirklicher Grün kam aus Prag, das war ungefähr 1830, und er war ein Beamter im Justizministerium. Und mir tat es ewig leid, dass ich keine Grün war, ich war ja bloß in der sechsten Generation angeheiratet, und mein Vater hatte den schönen Vornamen Sigismund und trug stolz den Namen Marx.« Sie deutete auf meine Spaghetti. » Jetzt hau rein, noch ist es heiß.«

Rodenstock sah mich an: »Kannst du dir vorstellen, wie ich manchmal leide? Ich bekomme dauernd das Signal, dass ich aus einer völlig unbedarften Sippe stamme, die irgendwann bettelnd an der Mosel auftauchte und zu saufen begann. Ich kriege hier Minderwertigkeitskomplexe, ich fühle mich ganz klein angesichts all dieser Grüns, die den ganzen Erdball bevölkern.«

»Dabei kannst du dich noch freuen«, sagte Jennifer und zündete sich eine Zigarette an. »Deine Frau, deine Ehefrau, ist die einzige Berufserbin unserer Familie. Die mögen sie alle so gern, dass sie ihr alles Mögliche zukommen lassen. Von alten Stichen und nutzlosen Möbeln bis hin zu Aktienpaketen und heimlichen Reserven in Bargeld. Und du kannst davon profitieren, indem du das alles heimlich verprasst.«

»Ja«, nickte Emma und begann schallend zu lachen. »Er hat wirklich was von einem Erbschleicher.«

Ich deutete auf die Rotweinflasche und fragte: »Die wievielte Flasche ist das?«

»Die sechste«, sagte Rodenstock schuldbewusst. »Aber jetzt ist Schluss.«

»Mal ehrlich, Emma«, fragte ich zwischen zwei Gabeln Nudeln, »warum wirst du bei Erbschaften so oft bedacht?«

»Das hat etwas damit zu tun, dass ich einmal ein ganzes Jahr lang die Verwandtschaft abgegrast habe und überall war. Sie mögen mich eben.«

»Quatsch«, sagte Jennifer sehr kühl und sehr nüchtern. »Emma gibt zweimal im Jahr die Familienzeitung heraus und schickt sie allen. Sie war die Erste, die gründlich aufgeräumt hat, als Hitler vorbei war. Sie war die Erste, die die Verlustlisten der Familie schrieb. Und wir jungen Leute kriegen schon mit der Muttermilch eingeimpft, dass Emma es ist, die alle zusammenhält, und die nicht zulässt, dass wir vergessen. So ist das.«

»Das wusste ich nicht«, sagte ich betroffen.

»Das ist auch nicht wichtig«, nuschelte Emma vor sich hin.

»Sag doch nicht so was!«, schnauzte Rodenstock heftig.

»Du hast einige Male vage Andeutungen gemacht«, unterbrach ich energisch. »Wie viele Tote hat deine Familie denn verzeichnen müssen?«

»Einhundertachtundneunzig«, antwortete sie. »Sechs Fälle sind unklar geblieben.«

Die fröhliche Stimmung war dahin, geplatzt wie eine Seifenblase.

Jennifer versuchte zu retten, was zu retten war. »Hat Emma euch schon von der Zwanzigtausend-Dollar-Jule erzählt? Nein? Also, das war eine Type, die ich ja nie kennen gelernt habe. Sie hieß natürlich nicht Jule, sondern Julia, und sie lebte in Berlin, als Hitler dort einzog. Sie stammte aus einem Sippenteil, der mit Kleidern sein Geld verdiente. Fabrikmäßig. Und sie machte sich rechtzeitig mitsamt ihrem Geld vom Acker und ging nach New York. Zu arbeiten brauchte sie nicht mehr, sie lebte von den Zinsen, und sie lebte gut damit. Von Zeit zu Zeit nahm sie sich einen Geliebten, der musste immer zehn bis zwanzig Jahre jünger sein und natürlich ausgesprochen kräftig. Und wenn sie die Nase von ihm voll hatte, schenkte sie ihm zwanzigtausend Dollar und schickte ihn weg. Und stellt euch vor: Einer von den Glücklichen hat es fertiggebracht, ein zweites Mal aufzukreuzen, und er hat tatsächlich zum zweiten Mal die Zwanzigtausend kassiert. Die Jule hat es gar nicht gemerkt.« Dann sah sie uns der Reihe nach an, verzog den Mund und grummelte: »Ich merk es schon, das zieht im Moment nicht.«

Rodenstock entkorkte die siebte Flasche und schenkte ein.

»Ich nicht mehr«, sagte Emma.

»Ich auch nicht«, sagte Jennifer.

»Dann will ich mal«, sagte ich.

Als ich nach Hause kam, war es weit nach Mitternacht, und mein Kater Satchmo war gerade dabei, vor meiner Haustür eine Maus zu jagen.

»Du sollst nicht zum Artensterben beitragen«, sagte ich streng.

Er reagierte überhaupt nicht, er nahm die Maus mit der rechten Kralle und warf sie hoch in die Luft. Sie fiel ziemlich genau ein paar Zentimeter vor seine Schnauze wieder runter. Dann machte sie sich plötzlich lang und entwischte in den Gully auf meinem Hof.

»Jetzt schaust du dämlich in die Gegend«, murmelte ich. »Na, komm, du kriegst was aus der Dose.«

Ich musste an meinen Hund Cisco denken, der mich jahrelang auf diesem Hof erwartet hatte, ehe jemand ihn unabsichtlich mit seinem Trecker zu Tode walzte, ein freundlicher Mensch, der mir nur einen Hänger voll Holz bringen wollte. Vielleicht sollte ich mir einen neuen Hund anschaffen. Das Haus kam mir sehr leer vor.

Ich legte mir eine CD von Paulchen Kuhn ein und hörte seinem melancholischen Klavier zu. Er kam mit *Blues bevor Sunrise* rüber, und es war eine richtig gute Kammermusik. Satchmo schlabberte zu meinen Füßen sein Futter, und es war alles in Ordnung. Irgendwann fand ich den Weg in mein Bett und war nur noch hundemüde.

* * *

Ich wurde wach und war stinksauer, weil es schon zehn Uhr war. In dieser Hinsicht war ich immer schon dümmlich. Niemand trieb mich, kein Termin, keine Arbeit lag an, und trotzdem hatte ich immer das Gefühl, versagt zu haben, wenn ich die Hälfte des Morgens verschlafen hatte.

Das Telefon neben mir gab nicht auf.

»Krematorium, Ofen vier«, sagte ich.

»Kannst du in einer halben Stunde mit mir in den Nationalpark fahren?«, fragte Rodenstock.

»Warum denn das?«, fragte ich.

»Weil unser unbekannter, sympathischer Freund Jakob Stern tot ist.«

»Du machst Witze!« Schlagartig war ich hellwach.

»Keineswegs«, widersprach er. »Er saß heute Morgen tot auf einer seiner heiligen Eichen. Also, bis gleich. Und nimm dein 400er Rohr mit.«

3. Kapitel

Natürlich war er pünktlich, und ich war gerade erst dabei, einen Gürtel in meine Hose zu fädeln. »Was weißt du denn?«

»Gar nichts«, sagte er frohgemut. »Kischkewitz bekam einen Anruf, ob er noch einmal helfen könne. Ein Ranger des Nationalparks wollte heute Morgen ein paar Ameisenhaufen kontrollieren und musste auf dem Weg an diesen Eichen vorbei. Und dann sah er den Jakob Stern. Erst wollte er den Mann da runterholen, weil er dachte, der habe sich einen Scherz erlaubt. Aber der Stern war sehr blass, atmete nicht und sah alles in allem traurig aus, kein Lebenszeichen mehr. Da rief der Ranger die Bullen. Die haben also die Pressekonferenz von heute Morgen in Sachen Jamie-Lee abgesagt. Sie haben sich laut Kischkewitz auf dem Hof von Stern eingeigelt, können aber wenig unternehmen, weil die Fernsehcrews einfach durch den Wald absteigen und aus allen Richtungen kommen. Nun mach schon, Junge, die warten nicht auf uns.«

»Brauchen sie doch auch gar nicht«, stellte ich klar. »Hast du keinen Kater?«

»Doch!«, erklärte er düster. »Es wäre mir lieb, wenn du fährst.«

»Und die Frauen schlafen noch?«

»Na, sicher. Die sind erst gegen sechs ins Haus gekommen. Ich glaube, Emma hat die Kleine aufgeklärt über die Sippe und ihre Toten und die elenden Hintergründe. Wer hat eigentlich gestern Abend mit diesem furchtbaren Thema angefangen?«

»Ich glaube, die Jennifer. Warte, noch der Kamerakoffer, und mein Tabaksbeutel. Deutet denn irgendetwas darauf hin, dass Stern getötet wurde? Erstochen, erwürgt, was weiß ich?«

»Sie wissen noch gar nichts. Kann ich eine Flasche Wasser greifen?«

»Greif nur. Mir auch eine. Besser als gar kein Frühstück.«

Endlich saßen wir in dem Auto, in dem man sich nur ein paar Zentimeter über den Schlaglöchern befand, und das so bretthart gefedert war, dass man jeden Kiesel im Steiß spürte.

»Du solltest dir gelegentlich ein richtiges Auto kaufen«, sagte ich.

Aber Rodenstock hörte mir gar nicht zu, er telefonierte schon wieder und bellte von Zeit zu Zeit nur ein strammes »Nein« oder »Ja« oder »Sieh mal an«. Schließlich erklärte er in meine Richtung: »Also, sie haben ihn noch nicht von diesem Baum runtergeholt, und Kischkewitz sagt, das müssen mindestens zwei starke Männer gemacht haben. Sie haben ihn ungefähr drei Meter über dem Boden auf einen dicken Ast gesetzt und dann mit einem ordentlichen Strick am Stamm festgebunden, sodass es aussieht, als sitze er da gemütlich, um die Landschaft zu bestaunen.«

»Wir müssen tanken«, sagte ich.

»Ich habe mein Geld vergessen«, sagte er.

»Ich habe etwas«, erwiderte ich.

Heyroth, Niederehe, der Verbinder nach Üxheim, Ahütte, Ahrtal, Blankenheim. Wir kamen schnell voran. Ich tankte oben auf der Höhe bei der Aral, und als ich bezahlte, eroberte Rodenstock zwei Brühwürste in Brötchen.

»Das geht schief«, sagte ich. »Das ging gestern schon schief.«

»Red keinen Scheiß«, kommentierte er verächtlich, aber als ich mich mit ziemlich schrillen Reifengeräuschen zwischen zwei LKW auf die B51 quetschte, fiel ihm das Brötchen komplett auf die Hose.

»Siehst du!«, sagte ich triumphierend.

Er fischte seine Wurst aus dem Bodenraum, fuhrwerkte sie ordentlich zwischen die Brötchenhälften und aß ganz kommentarlos weiter. »Was machen wir, wenn er ermordet wurde?«, fragte er.

»Dann habe ich eine Geschichte für Hamburg«, sagte ich. »Und dann werden wir im Auto leben und schlafen, weil wir ständig unterwegs sind und ständig neue und kaum glaubliche Rekorde einfahren. Ich habe gelesen, dass es einen sehr praktischen Autogrill gibt. Du brauchst nur einen 12-Volt-Anschluss, und fertig ist die Kirmeswurst.«

»Warum sollte jemand so einen Menschen töten?«, fragte er.

»Ich weiß es nicht. Alle sagten, er sei ein klasse Kerl. Vielleicht war er nur einmal keiner.«

»Kann es denn sein, dass er zum Sterben auf den Baum gekrochen ist?«

»Rodenstock! So was macht ein anständiger Schamane nicht!«

Endlich begann er zu lachen. »Und was macht ein anständiger Schamane?«

»Das werden wir herausfinden.«

Milzenhäuschen, Krekel, Rodenstocks Auto durfte jetzt richtig zeigen, was es konnte. Schleiden, Gemünd, dann nach links, das Ding röhrte, und wir schwiegen.

»Wo willst du denn eigentlich hin?«

»Na ja, in dieses Sauerbachtal«, sagte er. »Da, wo der Kerl auf dem Baum hockt.«

»Ich schlage die Stelle vor, von der aus man das Tal einsehen kann und das Gehöft gut zu übersehen ist. Dann kannst du Kischkewitz anrufen.«

»Das ist eine gute Idee«, antwortete er.

Also fuhr ich die Stelle an und nahm den Kamerakoffer mit. Ich setzte das 400er Rohr auf die Nikon und sah das Gewimmel dort unten in diesem unbeschreiblich grünen Tal.

»Kannst du irgendetwas erkennen?«, fragte Rodenstock.

»Ja, natürlich. Sie haben alles mit diesem rot-weißen Plastikband abgesperrt, es sind mindestens zehn in Uniform, und mindestens zwanzig Zivile. Sie rennen hin und her, sie reden miteinander, sie sind gut beschäftigt. Durch die Kamera sehe ich sie so, als seien sie ein paar Meter weit weg. Moment mal. Kannst du die drei Männer erkennen, die rechts auf dem Weg vom Gehöft stehen?«

»Ja, gut sogar.«

»Das ist Kischkewitz. Ruf ihn mal an und sag ihm, wir stehen auf dem östlichen Waldhang, wenn er den Kopf hebt, kann er uns sehen.«

Ich begann zu fotografieren, wobei ich erst einmal sämtliche Fernsehteams aufnahm. Ich zählte sechs. Ich bekam die heiligen Eichen gut zu sehen, konnte aber aus dieser Perspektive Einzelheiten nicht ausmachen, die Bäume waren zu dicht belaubt, wir standen zu hoch über ihnen.

Dann sah ich zwei uniformierte Polizisten zu den Eichen hinrennen und ein Fernsehteam ziemlich dicht an den Bäumen arbeiten, wahrscheinlich waren sie einfach aus dem Wald des jenseitigen Hangs gekommen und wurden jetzt verjagt.

Hinter mir sprach Rodenstock mit Kischkewitz, aber ich achtete nicht darauf, was er sagte. Ich versuchte, das kleine Haus zu fotografieren, das rechter Hand vom Gehöft in ungefähr zweihundertfünfzig Metern Abstand im Grün hockte. Es wirkte klein und komischerweise völlig neu, es wirkte wie die früheren Austragshäuschen, in denen die Alten bis zu ihrem Ende leben konnten. Ich bekam es nicht ganz aufs Bild, weil die rechte Seite von einer gewaltigen Buche verdeckt war, die unter uns im Hang stand.

»Bist du fertig?«, fragte Rodenstock hinter mir.

»Ich habe ungefähr sechzig bis siebzig«, antwortete ich. »Es ist ein guter Platz für eine Gesamtansicht, aber mehr auch nicht.«

»Wir sollen da in der Schneise runter«, sagte Kischkewitz. »Und wir sollen sagen, dass er auf uns wartet. Er will dein 400er Rohr ausnutzen, er sagt, der Fotograf, der da rumturnt, hat sein Handwerk gelernt, als der schnellste Apparat eine Box war.«

»Da runter? Mit dem Kamerakoffer? Der hat Nerven.«

»Na los«, sagte Rodenstock. »Stell dich nicht so an.«

Also turnten wir die Schneise hinunter, und zuweilen war es so steil, dass es aussah wie der freie Fall. Einmal rutschte mir der Koffer von der Schulter und machte sich selbstständig, bis er gegen einen Baumstumpf knallte und liegen blieb.

»Das ist gut für meine alten Knochen«, behauptete Rodenstock keuchend.

»Lüg nicht!«, erwiderte ich.

Endlich erreichten wir die Talsohle und wurden sofort von einem Uniformierten angesprochen, der hinter einem blühenden Holunder auftauchte und strahlend sagte: »Ts, ts, ts. Das haben wir aber gar nicht gern, meine Herren.«

»Wir werden erwartet«, sagte Rodenstock muffig. »Vom Oberrat Kischkewitz. Ich wäre Ihnen dankbar, wenn Sie ihn verständigen.«

Er fragte sehr förmlich nach, wen er denn zu melden habe, und sagte dann: »Bleiben Sie bitte hier stehen, ich kümmere mich um die Sache.«

»Wir bleiben hier!«, versprach ich. Dann öffnete ich den Koffer und setzte das Rohr wieder auf. Sicherheitshalber wechselte ich die Batterien für den Motor aus, es konnte peinlich werden, wenn die den Geist aufgaben.

Kischkewitz kam auf uns zu und winkte. Dann gingen wir ihm entgegen, und trafen ihn ungefähr hundert Meter von dem Gehöft entfernt. Er wirkte angespannt und müde, er sagte nicht einmal Guten Tag. »Passt auf, Baumeister: Um jeden Krach zu vermeiden, gehst du auf den Beamten der Mordkommission zu, der bisher fotografiert hat. Er heißt Roland Major, wie der Major. Ich habe ihn gebeten, dir zu sagen, was er für wichtig hält, damit da überhaupt keine Fragen aufkommen. Der Mann ist klug und erste Sahne, aber sein Gerät reicht mir nicht. Ich habe ihm gesagt, dass du das privat für die Kommission erledigst, also um Gottes willen nicht so spielen, als wärst du ein Krimineller. Wir nehmen den Toten in einer halben Stunde runter, du hast also nicht viel Zeit. Du verwendest auch später keines der Fotos, die du schießt. Keines! Ich habe sowieso ein Scheißgefühl bei dieser Sache. Wenn auch noch herauskäme, dass du ein Journalist bist, könnte das für mich richtig ungemütlich werden. Der Chef der Aachener ist ein alter Fuchs und gut, also um Gottes willen keine Antipathien entwickeln. Was er sagt, gilt unter allen Umständen. Sein Name ist Rainer Wessel, ich bin nur zur schnellen Hilfe hier. Er ist ein kleiner, dicklicher Mann, der den Eindruck macht, als sei er harmoniebedürftig. Aber das ist Maskerade. Du, Rodenstock, wirst offiziell von mir gebeten, herumzulaufen und kritische Punkte einzusammeln. Du kannst also hier offiziell mit einem Notizblock herumrennen. Wenn die Fernsehleute und die anderen der Printmedien herausfinden, dass Baumeister für die Presse und für die Bullen unterwegs ist, wird es Zoff geben, und genau das will ich vermeiden.«

»Eine Frage habe ich aber«, sagte Rodenstock ganz gemütlich, als gehe es hier um einen Liederabend mit dem Männergesangverein. »Habt ihr irgendwelche Verletzungen an dem Toten entdeckt?« Er schnaufte immer noch vom steilen Abstieg durch die Schneise.

»Bisher keine. Die ganze Geschichte ist sehr nebulös und reicht von Selbstmord bis Mord. Also, macht euch auf die Socken.« Damit ließ er uns stehen und ging zurück zu den Frauen und Männern, die ständig herumrannten, dauernd in Bewegung waren und in einem scheinbaren Chaos arbeiteten.

Aber ich wusste aus Erfahrung, dass dieses Chaos keines war, dass jeder von ihnen sehr gezielt vorging, und dann ein wichtiges Teilchen des Gesamtbildes liefern konnte. Es waren sicherlich zehn Frauen und Männer, und daraus war eindeutig zu ersehen, dass man zu Mord tendierte und nicht zu einer erklärbaren Harmlosigkeit.

Ich marschierte also zu den Eichen und wurde dauernd mit »Guten Tag, Kollege« begrüßt, was eine vollkommen neue Erfahrung war, die mich auf das Äußerste erheiterte.

Dann stand ich vor Roland Major und stellte mich vor. Er war ein freundlicher Mann, und er war sehr sicher ein Mann mit vielen, einschlägigen Erfahrungen von vielen Tatorten. Ungefähr einssiebzig groß, mit einer kleinen, soliden Wampe. Sein Gesicht war rundlich unter den weißen Haaren, sonnengebräunt und mit tausend Falten um die Augen ausgestattet. Wahrscheinlich lachte er gern.

»Sie kommen mit dem großen Geschütz«, sagte er. »Danke für Ihre Hilfe. Schauen Sie sich unseren Kandidaten in Ruhe an, er läuft uns nicht mehr weg. Und meine besonderen Wünsche sage ich Ihnen dann, wenn Sie mir gesagt haben, was Sie bei diesem Anblick denken.«

»Zunächst verwirrt es mich. Diese Leiter ist wahrscheinlich von Ihnen?«

»Ja, sicher. Die ist von uns. Da ist der Doktor schon x-mal rauf und runter. Und ich schon zwanzigmal. Verwirrung sagen Sie, die Empfindung teile ich.«

»Kann er es überhaupt selbst inszeniert haben?«

»Kann er, meiner Meinung nach, nicht. Sehen Sie den dicken Strick, mit dem er am Stamm gehalten wird? Ich denke, den kann er nicht selbst angebracht haben, denn dann hätte er den Strick um den Stamm werfen müssen, um ihn auf der anderen Seite aufzufangen. Und genau das geht nicht, weil erstens der Stamm zu dick ist und zweitens, weil auf der anderen Seite des Stammes ein anderer dicker Ast in der gleichen Höhe ein solches Manöver verhindert hätte.«

»Kann es Ihrer Meinung nach trotzdem ein Selbstmord sein?«, fragte ich.

»Ja«, er nickte bedächtig. »Aber dann hat er jemanden gebeten, ihm zu helfen. Und weil ich bei einer seiner Befragungen dabei war, würde ich sagen, dass er der Typ war, dem ich einen Selbstmord überhaupt nicht zutraue ...«

»Auch nicht unter Drogen?«

»Unter Drogen vielleicht. Aber er war wiederum kein Typ, der Drogen nimmt. Als bei der Befragung ein Kollege sich erkundigte, ob er jemals Erfahrung mit Drogen hatte, antwortete er: ›Ja, als Sechzehnjähriger habe ich einmal Hasch geraucht, aber davon wurde mir schlecht.‹ Ich war dabei, das klang sehr glaubhaft.«

»Was trägt er da eigentlich?«

»Das ist eine lange Bahn aus einem dunkelgrauen Stoff, in der in der Mitte ein Loch für den Kopf ausgeschnitten wurde. Zur Zeit wird dieses Gewand von Fußballbegeisterten in den Farben unseres Landes getragen. Aber mit Fußball hat das hier nichts zu tun.«

»Ich habe keine Ahnung von Fußball«, sagte ich.

»Ich auch nicht«, setzte er trocken hinzu und lächelte leicht.

»Was trägt er darunter?«

»Jeans, schwarze Socken, ein Hemd mit roten Streifen, halber Arm, darunter ein weißes T-Shirt. Bis an die Unterhose sind wir noch nicht gekommen. Interessant ist, dass er keine Schuhe trägt, nur schwarze Socken. Ich frage mich seit zwei Stunden, warum das so ist. Aber möglicherweise hat das gar keine Bedeutung.«

»Was brauchen Sie jetzt präzise?«

»Wie Sie sehen, hat der Stamm keine Kletterhilfen, keine langen Nägel, keine schweren Krampen. Der Tote sitzt exakt in 3,16 Metern Höhe, gemessen von seinem Arsch. Er kann nicht am Stamm nach oben geklettert sein, weil der viel zu dick ist. Eine Leiter haben wir zwar gefunden, aber die steht in einem Schuppen am Haus. Wenn also die Todesart auf irgendeine Weise verschleiert werden sollte, dann hat der Täter sich dämlich verhalten. Dann hätte er die Leiter hier stehen lassen, und möglicherweise hätten wir dann an Selbstmord geglaubt.«

»Haben Sie denn Spuren an der Leiter gefunden?«

»Ja, haben wir. Aber es sind so viele Spuren, dass sie eher verwirren, als Klarheit zu schaffen.

Was ich jetzt brauche, sind Aufnahmen des Toten total und detail mit einem möglichst feinen Raster, also superweit und supernah. Ich möchte die Hautporen zählen können. Das Gleiche gilt für den Stamm des Baumes, den Ast, auf dem er sitzt, und dann den Erdboden. Ich will wissen, ob möglicherweise eine Leiter hier gestanden hat. Nach Adam Riese muss eine Leiter im Spiel gewesen sein. Sollen wir die Leiter aus dem Schuppen holen?«

»Ja, unbedingt, die brauche ich. Ich fange schon mal an.« Dann kletterte ich die Leiter der Mordkommission hoch.

Das Gesicht des Toten war eindrucksvoll, asketisch, schmal unter dem kurzen, schwarzen Haar. Er hatte sich rasiert, die Partie um das Kinn wirkte leicht blau. Nichts erschien verzerrt in einem Schmerz, das Gesicht wirkte gelöst, heiter fast. Jemand hatte ihm die Augen geschlossen, also musste jemand nach seinem Tod auf einer Leiter hochgeklettert sein. Aber warum das?

Die Leiter, die ich benutzte, stand etwa drei Meter entfernt von der Lotrechten, aber ich kam mit wechselnden Objektiven extrem nah an meine Ziele. Roland Major hatte gesagt, er wolle die Hautporen zählen können, also fotografierte ich dementsprechend. Sterns Hände waren erstaunlich lang, elegant und gepflegt, noch keine Verfärbung ins Grau oder Blau, zuweilen erschien es mir so, als schlafe er nur.

Dann hatte ich plötzlich eine Idee und unterbrach meine Arbeit kurz. Ich rief Griseldis an und entschuldigte mich für die Störung. »Haben Sie eine Ahnung, ob Jakob Stern jemals eine Baumbestattung erwähnt hat?«

»Komisch, dass Sie das fragen. Ja, hat er. Und zwar ziemlich häufig. Er fand es besonders eindrucksvoll, dass ein bestimmter Indianerstamm in den USA früher seine Toten in Bäumen aufbahrte. Dort wurden sie mumifiziert. Sie glaubten, dass sie damit eine leichtere Reise in die Gefilde der Toten hätten und näher am Himmel und seinen Sternen seien. Das ist ja zweifelsfrei auch eine schöne Idee. Ist das etwa so geschehen?«

»Ja. Wenn ich Sie fragen würde, ob so etwas ein Selbstmord oder aber eine Tötung ist, was würden Sie antworten?«

»Auf keinen Fall Selbstmord. Das passt nicht bei Jakob, das passt ganz und gar nicht.«

»Ich danke Ihnen.«

Griseldis setzte nach: »Ich weiß nichts, ich will aber mehr wissen. Hier brodeln die Gerüchte. Was ist denn nun tatsächlich passiert?«

»Er sitzt auf einer seiner heiligen Eichen und ist tot. Mehr wissen wir noch nicht. Aber ich komme vorbei, versprochen, Hexenehrenwort.«

»Danke.« Sie lachte nicht.

Roland Major kam mit einem jungen Mann zurück, der eine Aluminiumleiter trug. Sie war um zwei Sprossen höher als die, auf der ich stand.

»Nicht direkt unter den Toten«, sagte ich. »Aber so aufstellen, dass ich die Eindrücke der Leiterbeine fotografieren kann.«

»Ja«, sagte Major, »wird gemacht.« Der junge Mann ging wieder fort, Major fragte mich: »Irgendetwas Auffälliges?«

»Er wirkt sehr friedlich, und irgendjemand muss ihm die Augen geschlossen haben.«

»Das ist richtig«, nickte er. »Sonst noch etwas?«

»Ja. Er muss am rechten Handgelenk eine Uhr getragen haben, deutlich zu sehen an einer weißen Hautstelle. Aber die Uhr fehlt.«

»Irgendeine Erklärung im Sinn?«

»Keine«, sagte ich. »Haben Sie ein Stück Papier? Und können Sie vier Schnipsel davon unter die Beine der Leiter da legen?«

Plötzlich strahlte er. »Das ist aber gut gedacht.«

»Na ja, auch ein blindes Huhn ...« Dann kletterte ich auf meiner Leiter runter, und Major stellte die Leiter einige Zentimeter weiter. »Haben Sie irgendein Maßband?«

»Habe ich. Dann wollen wir mal.« Mit erstaunlicher Behändigkeit glitt er auf den Boden und maß die Eindrücke der Leiterholmen anhand der Papierschnipsel. »Wir haben eine Breite von 1,10 Meter bei einer Entfernung von 1,30 Meter.«

»Dann wollen wir mal ganz vorsichtig suchen«, sagte ich und ließ mich auch auf die Knie nieder.

Es war nicht schwierig und dauerte nicht länger als zwei, drei Minuten. Die Leiter hatte leicht seitlich versetzt unter dem Körper über uns gestanden, Irrtum ausgeschlossen. Ich fotografierte die Eindrücke, und er legte sein Metermaß daneben, um einen Vergleich zu haben.

»Was brauchen Sie jetzt noch?«

»Die Eichen insgesamt, also als Gruppe. Dann ein paar Übersichten vom Haus, und von dem kleinen Häuschen da hinten. Wie viele haben Sie bisher?«

»Ich denke, etwa zweihundert von dem Toten und dem Ast und dem Baumstamm.«

»Das wird reichen.«

»Ich gebe Ihnen hinterher den Chip, dann haben Sie alles geschlossen beisammen.«

»Und Sie selbst?« Er war sehr erstaunt. »Ich denke, Sie machen die Entwicklung der Bilder.«

»Aber wir werden bestimmt von Kischkewitz bedient. Das hat sich so eingespielt. Wenn ich fotografiere, gibt er die Bilder an, die er freigibt.«

»Eine merkwürdige Konstellation«, stellte er lächelnd fest.

»Das sagen wir auch immer.«

»Ist es denn vorgekommen, dass Sie beruflich benachteiligt waren bei diesen seltsamen Deals?«

»Ja, einmal. Da wurde ein Foto von mir für eine Fahndung im Fernsehen gebracht. Normalerweise hätte das bezahlt werden müssen, aber da niemand das wusste, hat das niemanden geärgert.«

»Und wie passt dieser Rodenstock da rein?«

»Locker, ganz locker. Er hat halt sehr viele Erfahrungen, und er hilft, wo er kann. Und der Rest ist ein Netzwerk in der Eifel. Ich habe eben übrigens mit Griseldis telefoniert. Das ist eine hiesige Hexe. Sie hält Selbstmord bei Stern für ausgeschlossen.«

»Haben Sie die Adresse?«

»Natürlich. Dann gehe ich mal weiter fotografieren. Ach so, eine Frage noch: Liegt da oben bei unserm Freund noch Totenstarre vor?«

»Nein, keine mehr festgestellt. Er dürfte also mindestens zwölf bis sechzehn Stunden tot sein. Und die direkte Sonneneinstrahlung nicht vergessen. Es war verdammt warm in diesem Baum. Und noch etwas, das wir nicht vergessen dürfen. Es kommt darauf an, ob er unmittelbar nach seinem Tod auf den Baum gebracht wurde, oder erst, als er schon seit Stunden tot war. Da werden uns die Leichenflecken helfen, aber möglicherweise werden sie uns auch verwirren, weil wir nicht rekonstruieren können, wo er vorher lag. Ich bin jedenfalls leicht zu finden, wenn Sie fertig sind.«

Ich ging langsam zum Gehöft und umrundete es. Ich fotografierte den Garten, der ganz im Stil eines alten Bauerngartens gestaltet war: Sehr viele Blumen und blühende Sträucher, sehr viele Beete mit verschiedenen Gemüsesorten, und das alles liebevoll gepflegt. Und eine ganze Reihe von hohen Sonnenblumen in voller Blüte, die richtig angeberisch über dem Ganzen thronten. Hatte Jakob Stern das gemacht, war er ein liebevoller Gärtner gewesen? Er war ein Schamane, wie er selbst behauptete, warum also nicht auch Gärtner?

Das Gebäude der Stallungen, das im rechten Winkel zum Haupthaus gebaut war, bot eine Überraschung. Es war besenrein sauber und wirkte bis unters offene Dach riesig. Und es beherbergte zwei Traktoren, die beide uralt, aber höchst gepflegt wirkten. Ein Lanz, ein International. Und davor ein feuerwehrroter Triumph TR 6, nicht mehr zu bezahlen, kaum abschätzbar, vielleicht dreißig Jahre alt. Was machte ein Schamane mit so einem Gefährt? Fuhr er Liebschaften spazieren? Was war dieser Jakob Stern für ein Mensch gewesen?

Dann traf ich Rodenstock, der mit einem Notizblock ganz in sich versunken vor dem Haus stand und etwas aufschrieb. »Wie steht es bei dir?«, fragte er.

»Ganz gut. Du solltest dir den Toten ansehen. Nebulöse Geschichte. Und noch etwas, ich gebe den Chip aus der Nikon weiter. Dann muss uns aber Kischkewitz mit Bildern versorgen, wenn eben möglich.«

»Kein Problem«, nickte er. »Ich sage es ihm. Warst du schon in diesem Haus?«

»Nein. Das erledige ich jetzt.«

»Du wirst es nicht glauben«, stellte er fest, ging schon wieder weiter und hatte ein vor Konzentration ganz verkniffenes Gesicht.

Ich quetschte mich an einer Gruppe von vier Männern vorbei, die erregt miteinander diskutierten. Anscheinend ging es um eine Computeranlage, denn einer von ihnen sagte heftig: »Wer tut so was? Wer klaut einen PC? Das kann nur der Täter gewesen sein.« Und jemand mit großer Ruhe steuerte bei: »Falls wir überhaupt einen Täter haben.«

Die Haustür war ausgehängt worden und lehnte an der Wand. Wahrscheinlich hatten die Mitglieder der Kommission sich entschlossen, größere Stücke herauszutransportieren, um sie bei der Technik der Polizei untersuchen zu können.

Das Haus war ein einziger Raum, war schneeweiß gehalten, hatte verschiedene Ebenen und basierte ganz offensichtlich auf einem schweren Balkengerüst aus Eiche. Es nahm mir den Atem, es war irgendwie zeitlos, elegant und folgte scheinbar dem Ziel, ein Haus durchsichtig zu machen.

»Das ist verblüffend, nicht wahr?«, sagte ein Mann hinter mir. Dann schloss er an: »Ich bin Rainer Wessel, und angeblich bin ich hier der Chef.«

»Siggi Baumeister. Ich bin hier geduldet. Das Haus ist wirklich gelungen. Hat Stern das selbst gemacht?«

»Soweit wir wissen, ja. Zumindest hat er die Pläne gezeichnet, wir haben sie gefunden. Das war übrigens schweineteuer. Für die Bodendielen hat er Erlenbretter schneiden lassen. Und in der Küchenabteilung hat er Schiefer aus Mayen verarbeitet.

Und für sein Bett auf der dritten Ebene hat er Linde gewählt, für Einlegearbeiten Esche.«

»Was sagt denn der Fachmann, was war er für ein Mensch?«

»Vorsichtig ausgedrückt war er ein Phänomen, sicherlich außergewöhnlich. Das, was mich zutiefst unsicher macht, ist die Frage, woher er all das Geld hatte? Das hier muss mehr gekostet haben als ein kostspieliger Neubau. Die Banken hier am Ort sagen, er hatte Konten dort, er verfügte über genug Geld zum Leben, aber wirklich nichts Ungewöhnliches, keine großen Einkünfte. Aber genau das macht mir Sorgen. Wir fanden in einem kleinen Büroschrank auf der zweiten Ebene zweiundsechzigtausend Euro in bar. Warum bunkert er das hier?«

»Aber da werden die Banken doch sicherlich helfen«, sagte ich und fotografierte weiter.

»Falls die Banken das überhaupt können«, meinte er skeptisch.

»Ich hörte eben, dass ein PC geklaut wurde. Stimmt das?«

»Das stimmt.«

»Hat er hier mit jemandem zusammengelebt, mit einer Frau?«

»Hat er nicht.«

»Und was ist mit ihm als Schamane?«

»Ja, das ist auch merkwürdig. Er war sehr gefragt, er hatte Klienten, oder Patienten, oder Besucher aus dem Managerbereich, ich weiß nicht, wie man das fachgerecht nennt. Wir müssen abwarten, was diese Leute sagen, wenn sie überhaupt etwas sagen. Das wird nicht einfach sein.«

»Und das Finanzamt?«

»Auch merkwürdig. Er hat Steuern abgeführt wie ein Kleinverdiener, und niemals wurde etwas beanstandet. Ich habe zwei Spezialisten bei denen im Finanzamt. Der Kerl ist mir ein Rätsel.«

Eine junge Frau kam hinzu und sagte: »Chef, ich habe da was.«

»Was ist, Nina?«

»Jemand hat vor ein paar Stunden Geschirr gespült. Die Maschine wurde nicht geleert. Und unter anderem einige Gläser, in denen noch zwei, drei Tropfen Restwasser verblieben. Geht das zu den Chemikern?«

»Aber ja, Nina. Danke dir.«

»Noch was, Chef. Auf den Gläsern und dem Geschirr müssten nach aller Erfahrung Prints sein. Es sind aber keine da, so als habe niemand das angefasst.«

»Was schließt du daraus?«

»Der Täter muss ziemlich schlau sein.«

»Das kannst du annehmen«, nickte er gutmütig. »Gummihandschuhe? Dann müsstet ihr typische Schlieren finden. Und noch etwas. Such dir einen Techniker, der in der Lage ist, die Temperatur der Spülmaschine zu messen, damit wir wissen, wann die zuletzt durchgelaufen ist.«

»Ich erledige das.«

Ich sagte, ich müsse noch arbeiten und wechselte auf die nächste Ebene.

Das Raffinierte an diesem Haus war, dass Stern den gewaltigen Raum wie eine Treppe gebaut hatte. Auf dem Erdboden die Küche und den großen Wohnraum, dann auf der nächsten Ebene seine Arbeitsbereiche, sein Büro, sein Computer, dann eine Ebene, auf der eine große Ledergarnitur stand, in einem klassisch englischen, roten Braunton gehalten, an den Wänden Regale mit Büchern, und auf der folgenden höchsten Ebene der Schlafbereich. Zwischen den Ebenen Wendeltreppen. Stern konnte aus dem Bett auf den Eingangsbereich des Hauses schauen. Das wirkte auf mich wie ein genialer Einfall.

Wer hatte dieses Haus sauber gehalten? Es musste eine Putzfrau geben.

Ich brauchte für das Haus eine gute halbe Stunde, dann verließ ich es wieder, um den Chip an den Kriminalisten weiterzureichen.

»Falls ich etwas davon brauche: Kann ich mich an Sie heranmachen?«

»Aber natürlich«, antwortete er. »Noch etwas Besonderes entdeckt?«

»Es muss eine Putzfrau geben«, erklärte ich. »Und der Mann ist mir ein Rätsel.«

»Viel Arbeit vor uns«, sagte er.

* * *

Dann geschah etwas, vor dem ich wahrscheinlich seit Jahren schon eine geheime, nicht eingestandene Angst hatte. Ich zockelte auf der Suche nach einer Sitzgelegenheit auf das kleine Austragshäusel zu und entdeckte dann zwei gefällte Buchenstämme, die zersägt und auf einen Haufen geschichtet worden waren. Ich stopfte mir in Ruhe eine kleine Bora von Big Ben und paffte vor mich hin, saß träge in der Sonne und mühte mich, an gar nichts zu denken, obwohl das bei dieser Geschichte um Jakob Stern ganz unmöglich war.

Hinter mir sagte eine Frau giftig: »Unsere Rechtsabteilung wird sich mit Ihnen beschäftigen.«

Es war die junge Moderatorin, auf die wir vor dem Haus von Griseldis getroffen waren. Und neben ihr stand der Kameramann Alfie, hatte seine Kamera ordentlich auf dem Stativ stehen und drehte mich auf dem Buchenholz.

»Was soll das denn?«, fragte ich.

»Sie waren bei Griseldis, und jetzt sind Sie hier, und wir beobachten Sie schon seit einer Stunde«, giftete sie. »Und es ist doch komisch: Sämtliche Medienvertreter bleiben draußen, und Sie fotografieren wie wild am Tatort und den Toten und diskutieren mit den Kriminalbeamten. Und für Sie wird sogar extra eine Leiter angeschleppt, damit Sie es bequemer haben. Da kann man doch als Bürger nur auf den Gedanken kommen, dass Sie gute Freunde bei den Behörden haben. Was kostet es denn, wenn man zum engsten Kreis zugelassen werden will? Läuft das über Bargeld, kommt die Polizei bei Ihnen immer gut weg, plus Bargeld?«

»Mädchen, du gehst mir auf den Geist.«

»Das finde ich aber schon komisch«, sagte Alfie empört.

»Hören Sie auf zu drehen«, sagte ich. »Ich habe hier für die Polizei fotografiert.«

»So etwas gibt es doch gar nicht«, schrillte die Frau. »Als ob die Kriminalbeamten nicht fotografieren könnten. Das sieht nach einer dicken Schweinerei aus.«

»Passen Sie auf, junge Frau. Ich gebe Ihnen meine Visitenkarte, und mit der können Sie machen, was Sie wollen. Der Chef hier ist Oberrat Rainer Wessel, fragen Sie den.« Ich marschierte zu ihr hin und gab ihr die Visitenkarte. »Ich kann wirklich nichts dafür, wenn Sie auf der Suche nach Sensationen relativ erfolglos sind.«

»Ha«, sagte sie nur. »Das hat ein Nachspiel.«

»Ja, ja, ist schon recht. Dann nachspielen Sie mal schön.« Ich nahm meinen Koffer und hängte ihn mir über die Schulter. Dann ging ich weiter zu dem kleinen Haus.

»Wird tatsächlich auch noch beleidigend!«, bemerkte Alfie bitter hinter mir her.

Ich blieb stehen, öffnete meinen Koffer und fotografierte das kleine Haus mit einem Superweitwinkel. Es sah aus wie ein Spielzeug, war rundherum neu gestrichen, alle Fächer schneeweiß, die Balken schwarz, die Fenster klein und blitzsauber geputzt vor den karierten rot-weißen Vorhängen. Ich musste an das Hexenhäuschen bei Hänsel und Gretel denken.

Alfie drehte mich noch immer, und es machte mir nichts aus. Das gehörte wohl zu den Dingen, die eines Tages kommen mussten.

Allerdings konnte jede Rechtsabteilung eines Fernsehsenders ziemlich ekelhaft werden, weil es nicht einfach erklärbar war, dass Kriminalpolizisten Rodenstock und mich zu Tatorten zuließen, während andere Medienvertreter draußen bleiben mussten. Es basierte eigentlich nur auf Vertrauen, und Vertrauen zu erklären konnte mühselig werden, weil Vertrauen bei den Medien eigentlich selten vorkam. Am meisten fürchtete ich ein Disziplinarverfahren gegen Kischkewitz. Das konnte wirklich ekelhaft ausgehen.

Das Häuschen war verschlossen, und ich setzte mich auf die zwei Steinstufen am Eingang, um in Ruhe meine Pfeife weiterzurauchen. Von Alfie war nichts mehr zu sehen, und auch die Blonde war abgezogen.

Zwei Polizisten, die den Weg ins Tal bewachten, kamen herangeschlendert und grüßten freundlich. Dann gesellten sie sich zu mir und rauchten sehr heimlich jeder eine Zigarette, indem sie sie auf die uralte Art in der hohlen Hand hielten – ein Verfahren, mit dem ich schon als Vierzehnjähriger hinter den Stachelbeersträuchern gehockt hatte.

»Wir sind eine verfolgte Minderheit«, sagte ich zur Einleitung, um die Situation aufzulockern. »Aber bald können Sie heim, die aus Aachen packen schon ihre Sachen.«

»Das wird auch Zeit«, nickte der Jüngere. »Wir sind noch von der Nachtschicht übrig geblieben.«

»Das ist hart«, sagte der Ältere, etwas Fülligere.

»Wissen Sie etwas über Jakob Stern?«, fragte ich.

»Man sah ihn öfter in seiner roten Karre rumkurven, aber wirklich zu tun hatten wir mit dem nicht. Er war wohl beliebt, er grüßte Hinz und Kunz. Da fragt man sich schon, wie der auf den Baum kommt.«

»Haben Sie denn gehört, dass der ein indianischer Schamane war?«

»Ja, klar. So etwas hörte man, aber was da ablief, wissen wir ja nicht. Das war schließlich nichts Ungesetzliches.«

»Aber ich denke, ihr habt hier in der Gegend doch unheimlich viele Hexen und Wahrsager und Lebensberater und so.«

»Das stimmt«, bestätigte der Ältere. »Aber vielleicht hat das ja mit den vielen Touristen zu tun. Nationalpark Eifel und so.

Außerdem ist es ja so, dass viele Leute hier gerne wohnen. Wir sind eben beliebt. Und wer das mit dem Job hinkriegt, der baut hier oder mietet was.«

»Richtig, da könnte ein Zusammenhang bestehen. Was ist eigentlich mit diesem Häuschen hier? Gehörte das auch dem Jakob Stern?«, fragte ich.

»Ja, das gehört ihm wohl auch. Aber gewohnt hat er nie drin. Manchmal hat er seinem Bruder erlaubt, hier zu schlafen und so. Aber nicht immer. Und der Bruder ist einwandfrei ein Arsch. Also, das denke ich persönlich.«

»Wieso ein Arsch?«

»Na ja«, erklärte der Jüngere, »ein absoluter Loser. Und manchmal auch ein Penner. Und manchmal säuft er wie ein Loch und lungert auf den Straßen rum und haut wildfremde Leute an. Er fragt immer: ›Hast du mal einen Sozialbeitrag für eine arme Sau?‹ Die meisten geben ihm dann einen Euro. Also, die beiden waren wie Feuer und Wasser, einen größeren Unterschied kann man sich gar nicht vorstellen. Und manchmal, wenn es zu dicke kam, mussten wir ihn eine Nacht einlochen, aber wirklich gefährlich, also das war er nie. Und außerdem hatte Jakob ja eine Abmachung mit dem Sozialamt. Die sorgen für Franz, weil sie zuständig sind. Aber der Deal war so, dass das Sozialamt den Franz unterstützt, und dass Jakob das dann beim Sozialamt privat bezahlt.«

»Das ist ja ein unglaublicher Deal. Und warum das Ganze?«, sagte ich.

»Weil Jakob der Meinung war, dass seine Familie nicht auf Vater Staat angewiesen ist. Grundsätzlich nicht. Also hat er bezahlt. Cash. Ja, ja, heute sind die Behörden richtig anschmiegsam. Müssen wir auch sein, sonst werden wir eingemacht.«

»Wie alt ist denn dieser Franz?«

»Vierzig«, sagte der Ältere, »also drei Jahre jünger als Jakob. Aber mit dem war noch nie was los, immer auf Trebe und immer besoffen.«

»Da habe ich eine Frage zu diesem Tal hier. Ich nehme mal an, das Gehöft und dieses Häuschen hier gab es schon immer. Das hier ist Teil des Nationalpark Eifel, man sieht auch keinen einzigen Zaun, nur Wiesen und den Bach, die Sauer ...«

»Der Sauerbach, heißt das«, korrigierte mich der Jüngere.

»Also gut, der Sauerbach. Aber irgendjemand muss doch hier mähen, Heu machen und solche Sachen.«

»Das macht mein Vater«, sagte der Jüngere. »Er hat den Grund und Boden bei Jakob gepachtet, schon seit Jahren. Und wir nehmen das Gras als Futter und als Silage.«

»Wieso denn gar keine Zäune und gar kein Vieh?«

»Das war ziemlich schwierig, als es um den Nationalpark ging. Eigentlich war das Tal ohne das Gehöft vorgesehen, weil vor ein paar Jahren der Jakob sein Elternhaus verkaufen wollte. Da war mal die Rede, dass er in die Staaten gehen würde. Aber was da dran ist, weiß ich nicht. Jedenfalls ist es dann so gekommen, dass Jakob das ganze Tal für den Nationalpark freigegeben hat und durchsetzen konnte, dass er hier wohnt, weil eigentlich das Bauernhaus und das kleine Häuschen hier unter Denkmalschutz gestellt waren. Und die Bedingung war, dass Jakob außer seinem Gemüsegarten nichts mehr macht, und mein Vater solange Heu macht und Frischfutter, wie er kann. Was danach kommt, weiß noch kein Mensch, vielleicht lässt man die ganze Fläche verwildern und versteppen und den Sauerbach frei laufen, sodass er wieder ein natürlicher Bach ist mit Sumpfstellen und alten Läufen und neuen. Dass er frei mäandrieren kann. Ich denke, so wird es wohl kommen.«

»Ich habe gehört, dass Jakob Stern viele Frauengeschichten hatte. Stimmt das?«

Der Ältere lachte leise. »Das kann man so sagen. Jedenfalls hat er keine von der Bettkante gestoßen. Auch Frauen aus der Stadt, denke ich.«

»Aus welcher Stadt denn?«

»Aachen, schätze ich mal, Köln, Düsseldorf, alles, was schön und teuer ist. Konnte man ja an den Nummernschildern erkennen. Und natürlich an den Frauen.«

»Kann man da einen Unterschied zwischen den Frauen sehen?«

»Das würde ich aber bejahen«, sagte der Jüngere mit einem leichten Grinsen auf den Lippen. »Die aus den Städten sind anders gestylt, irgendwie modischer, mit anderen Haaren und so. Aber ich hab auch mal eine Frage. Da hat einer behauptet, Sie haben für uns Aufnahmen gemacht. Mit Speziallinsen und so. Stimmt das?«

»Das stimmt. Aber es sind im Grunde keine Speziallinsen, es sind extreme Linsen, die Sie auch kaufen können, also Superweit über komplette 180 Grad und 250er, 300er und 400er Rohre für extreme Entfernungen, oder aber extreme Nahaufnahmen, je nachdem, was gefordert ist. Sie können damit einzelne Barthaare aufnehmen, oder aber aus einer Entfernung von zwei bis drei Kilometern eine einzelne Person so, als stünden Sie direkt davor. Da können Sie noch Knöpfe an einem Anzug zählen.«

»Braucht man das häufig?«

»Nein, eigentlich nicht. Und die meisten Leute, die so etwas haben, benutzen es nur, weil es Spaß macht.«

»Darf ich denn fragen, was so etwas kostet?«

»Aber sicher, das dürfen Sie. Also, wenn Sie alle wesentlichen Objektive haben wollen und dazu zwei oder drei Gehäuse, die Sie schnell wechseln wollen, mit Motor und ohne, kommen Sie locker auf zwanzigtausend Euro. Machen Sie den Koffer auf, und lassen Sie sich Zeit. Angucken kostet nichts.«

»Das ist nett«, sagte er, hockte sich neben den Koffer und öffnete ihn. Dann sagte er andächtig: »Booh ey!«

Sein älterer Kollege lachte und bemerkte: »Er ist immer ganz aus dem Häuschen, wenn Kameras eine Rolle spielen.« Dann drehte er den Kopf und sagte erstaunt: »Da kommt Kundschaft,

Junge.« Dann ging er eilig zum Weg und stoppte den dunklen Volvo, der ziemlich schnell unterwegs war.

»Was ist denn hier los, Kollege?«, fragte Emma laut und fröhlich und stieg aus. Dann sah sie mich und jubelte: »Nein, so was aber auch! Sie wollte ich immer schon mal kennenlernen!«

»Die Rotweintruppe!«, bemerkte ich verächtlich.

»Sie dürfen hier aber nicht rein«, sagte der ältere Polizist lächelnd.

»Mein Mann ist aber hier und arbeitet!«, widersprach Emma.

»Kein Zutritt!«, sagte der Polizist unsicher.

»Wer sind die denn?«, fragte der Jüngere.

»Meine Frauen«, gab ich Auskunft.

Dann stieg auch Jennifer aus und lächelte betörend in die Landschaft. »Wir kommen, um zu prüfen, ob ihr alles richtig macht. Das hier ist aber schön romantisch.«

»Keine Sorge«, sagte ich. »Die gehören wirklich zu mir.«

Der kameraverrückte Polizist fragte unbeirrt: »Wir oft benutzen Sie diese Kamera denn?«

»Dauernd, weil ich sie beruflich einsetze.«

»Stimmt das, haben sie ihn wirklich tot in den Baum gesetzt?«, fragte Emma.

»Ja«, sagte der ältere Polizist, »haben sie. Aber den können Sie nicht mehr besichtigen. Er ist schon auf dem Weg in die Rechtsmedizin.«

Ein weißer VW-Bus kam vom Gehöft her und fuhr voll besetzt an uns vorbei.

»Das sind die Kriminaltechniker«, sagte der Ältere. »Die dürfen schon nach Hause.«

»Wisst ihr schon, was passiert ist?«, fragte Emma. Sie setzte sich neben mich auf die Stufen und zündete sich einen Zigarillo an.

»Niemand hat eine Ahnung«, sagte ich und berichtete ihr, was ich gesehen, gehört und fotografiert hatte.

»Das klingt schwierig«, murmelte sie sachlich. »Und mein Mann ist da hinten irgendwo? Also gehen wir mal.« Sie nahm Jennifer an die Hand und sie schlenderten gemächlich in Richtung des Bauernhauses. Die beiden Polizisten hinderten sie nicht daran.

* * *

Nach etwa einer Stunde kamen sie zusammen mit Rodenstock zurück, der sehr in sich versunken und wortlos wirkte, und ständig seine rechte Hand zur Faust ballte und dabei seine Fingernägel anschaute, als habe er vergessen, sie zu säubern.

Es war 15 Uhr, die Zeit war wie im Fluge vergangen, und ich war froh, als Emma ganz nebensächlich feststellte: »Der Schweinerei muss man auf den Grund gehen.« Sie war also dabei, sie wollte mitmachen.

»Ich hätte diesen Toten gern gesehen«, sagte Jennifer.

»Wir kriegen Fotos«, sagte ich. »Er machte den Eindruck, als gehöre er einer edlen Kriegerkaste an, obwohl ich weiß, dass das blödsinnig klingt. Irgendwie wirkte er unberührbar.«

»Jetzt wirst du unsachlich«, mahnte Emma an und legte mir den Arm um die Taille. »Er war tot, und irgendwie passt das nicht. Nicht zu seinem Haus, nicht zu diesem kleinen Häuschen, nicht zu seinem Wagen. Ich tippe auf Mord.«

»Ich tippe gar nicht«, sagte Rodenstock lächelnd. »Ich habe einen Mordshunger, ich muss etwas zu essen finden.«

»Hast du viele Problempunkte entdeckt?«, fragte ich.

»Ja, einige. Ich frage mich, warum er keine Schuhe trug. Und wo diese Schuhe jetzt sind. Und ich frage mich auch, warum er zweiundsechzigtausend Euro in bar einfach in einer Schublade liegen hat. Und dann frage ich mich, wie seine letzten achtunddreißig bis vierzig Stunden abgelaufen sind, und ob wir das je herausfinden können. Und dann müssen wir wissen, ob er bereits tot auf den Baum gehoben wurde oder ob er noch lebte, als sie ihn darauf banden. Ich hoffe, dass die Rechtsmediziner uns das sagen können. Ich würde sagen, wir fahren nach Vossenack, erobern etwas zu essen und besuchen dann einen Mann, der sich selbst als Hexer bezeichnet und der angeblich ein guter Freund des Toten gewesen ist. Er heißt Friedrich Vonnegut, ist achtundfünfzig Jahre alt und war in seinem vorigen Leben ein Kaufmann, der angeblich Millionen scheffelte. Er wohnt in Vossenack. Und wie kommen wir jetzt an mein Auto?«

»Ich fahre dich dorthin«, sagte Emma.

»Ihr habt ja wirklich ein merkwürdiges Hobby«, lächelte Jennifer. »Gruselt euch das nicht dauernd?«

»Weniger«, sagte Emma resolut. »Zum ersten Mal im Leben kann ich mir die Fälle aussuchen. Das ist ganz schön elitär, wenn man an die Arbeitswelt von heute denkt.«

»Sie guckt auch immer sehr elitär, wenn ich mich mit Baumeister um irgendeinen Fall kümmere. Dann sagt sie: ›Mit so was Ordinärem würde ich mich nicht mehr abgeben!‹ Richtig arrogant würde ich mal sagen. Aber dann merkt man plötzlich, dass es sie juckt. Und dann schielt man unwillkürlich auf ihren Colt Special. Wenn sie ihn mitnimmt, wird es für diesen oder jenen ungemütlich.«

Jennifers Augen weiteten sich und verengten sich dann extrem. Sie beugte sich leicht vor und fragte aggressiv: »Du willst doch nicht sagen, dass du Menschen erschossen hast, Tante Emma.«

»Das ist vorgekommen«, erwiderte Emma einfach.

Wie ein Kind fragte Jennifer weiter: »Und was waren das für Menschen?«

»Verbrecher«, antwortete Emma einfach. »Sie hatten Waffen, sie wollten schießen.«

»Es waren natürlich die Ausnahmen«, sagte ich beschwichtigend. Ich fürchtete, Emma könnte sich in die Ecke gedrängt fühlen und unangenehm rau werden.

Aber Emma beugte sich vor, legte Jennifer eine Hand auf den Arm und sagte ganz weich: »Das ist schwer zu erklären, aber ich werde es dir auseinandersetzen, wenn du das willst. Weißt du, ich habe früh im Leben lernen müssen, dass du in dieser Welt alles sein darfst, bloß kein Weichei.«

Jennifer zuckte zurück. »Das ist so unvorstellbar«, sagte sie dann tonlos. Sie wandte den Kopf, schaute Rodenstock an und fragte: »Was ist mit dir?«

»Nichts«, sagte Rodenstock freundlich. »Ich habe das nie tun müssen, meine Liebe. Aber etwas ist ganz wichtig, denke ich. Du musst mit Emma darüber sprechen, wenn du das kannst. Du hilfst ihr damit auch. Das hat sie mir jedenfalls gesagt.«

Emma lächelte ein schnelles, vages Lächeln.

»Lieber Himmel«, murmelte Jennifer nach einer Weile und war immer noch sichtlich verwirrt und unsicher.

Wir standen da in der Sonne vor diesem kleinen Häuschen, und das Leben hatte einen erschreckenden Moment lang stillgestanden.

»Wir fahren heim und essen«, erklärte Rodenstock dann, als sei das eine wichtige Entscheidung. Dann setzte er hinzu: »Kein Vossenack heute. Ich bin zu erschöpft.«

So etwas hörten wir selten von ihm.

»Ich bin auch durch den Wind«, sagte ich. »Fahrt mich zu dem Auto, ich fahre es nach Hause.«

Emma meinte: »Ja, das ist gut.« Dann setzte sie hinzu: »Es ist so, meine Liebe, dass du ein Leben lang grübelst, ob denn ein Schuss irgendeine Lösung gebracht hat. Und die Antwort ist immer gleich.«

Also fuhren wir auf die schmale Straße, auf der Rodenstocks Auto stand, und ich stieg aus. Dann stieg auch Jennifer wortlos aus und kam zu mir. Es wirkte wie die verkrampfte, unbedingte Vermeidung, zusammen mit Emma in einem Auto zu fahren, im gleichen Raum zu sein.

»Was ist denn das für ein Auto?«, fragte sie.

»Ein Spaßauto«, erklärte ich. »Die gibt es ja auch in São Paulo, oder?«

»Viele Spaßautos«, stimmt sie zu.

Ich wartete, bis sie sich angeschnallt hatte.

»Hat denn Tante Emma Rache genommen?«, fragte sie nach einer Weile nervös.

Ich brauchte drei Sekunden, um ihren Gedankengang zu verstehen.

»Nein, hat sie nicht. Das eine hat mit dem anderen nichts zu tun, die Nazis nichts mit den Verbrechern. Sie ist jetzt über sechzig. Als die Nazis 1945 besiegt wurden, da war sie ein Kleinkind. Und ganz Holland hatte ein Riesenproblem: die Deutschen.«

»Und wann hat sie angefangen, unsere Toten zu zählen?«

»Da war sie ungefähr fünfundzwanzig, hat sie erzählt. Und eure ganze Sippe war dermaßen am Boden, dass niemand in der Lage war genau hinzugucken, ohne gleich einen Weinkrampf zu kriegen.«

»Es war jedenfalls für mich ein Schock«, stellte sie fest. »Weil Tante Emma bei uns eine Heilige ist, wenn du verstehst, was ich meine.«

»Auch Heilige haben Macken. Müssen sie wahrscheinlich auch.«

»Hatte deine Familie auch damit zu tun?«

»Oh, ja. Meine Eltern. Und sie haben mich strikt belogen.«

Sie schwieg eine Weile, dann fragte sie: »Und wie sehen solche Lügen aus?«

»Ich habe meinen Vater und meine Mutter gefragt, ob sie irgendetwas über die systematische Ausrottung der Juden gewusst haben. Sie sagten: ›Nein, haben wir nicht.‹ Als ich achtzehn war bin ich in die Stadt gefahren, in der meine Eltern damals wohnten. Und ich fand ganz leicht und ohne aufwendige Recherchen heraus, dass in der Nähe der Wohnung meiner Eltern vier Juden Geschäfte hatten, bei denen auch meine

Mutter einkaufte. Und dann standen diese Läden plötzlich leer, und alle Leute wussten: Die sind im Lager, die werden sterben. Ich fand einen Mann in dem Haus, in dem meine Eltern damals lebten. Er sagte: ›Wer 1941 nicht wusste, was mit den Juden passierte, kann nicht in Deutschland gelebt haben.‹«

»Und du hast deine Eltern gehasst?«

»Ja, habe ich. Mein Vater ist bis zu seinem Tod bei dieser Lüge geblieben, und ich verstehe es bis heute nicht. Es war so unnötig. Aber ich hasse sie nicht mehr, ich liebe sie. Wieder. Und zuweilen ist es bedrückend, sich immer noch damit beschäftigen zu müssen. – Könntest du jemanden erschießen?«

»Das frage ich mich zuweilen auch. Ich glaube, nein.«

»Und wenn er im Zweifelsfall dich tötet?«

»Wie will man so etwas in einer halben Sekunde beantworten? Ich denke, ich würde in diesem Zweifelsfall schießen. Guck mal, da ist ein Kiosk.«

»Was gibt es da?«

»Furchtbare Sachen«, antwortete ich und fuhr rechts an den Straßenrand.

Für mich kaufte ich Fritten rot-weiß mit einer Currywurst, sie wollte dasselbe. Und dann saßen wir auf billigen Plastikstühlen am Straßenrand und stopften die Herrlichkeit in uns hinein.

»Das ist ja ein sehr eigenwilliges Essen, aber bei uns gibt es Ähnliches«, lächelte sie, und ich widersprach nicht.

Wieder im Wagen fragte ich: »Was ist mit deinen beiden Ehen?«

Sie überlegte sehr lange. »Eigentlich liegt es daran, dass ich eine Tochter reicher Eltern bin. Der erste war ein orthodoxer Jude, der mich auf Händen tragen wollte. Jedenfalls hat er das behauptet. Er handelte mit Diamanten, und er war erfolgreich. Er war nicht das, was ich mir erträumt hatte. Er konnte nächtelang vor einer Handvoll Diamanten sitzen und sie anstarren. Und er wollte ein halbes Dutzend Kinder von mir. Der zweite war kein Jude, sondern ein gerissener Geschäftsmann, der mit jedem Rock flirtete und auch ins Bett ging, wenn es sich zu lohnen schien. Und er schlug mich, wenn ihm danach war. Und ihm war oft danach. Mein Vater drohte ihm dann, er werde ihn erschießen, wenn das noch einmal passiert. Und es passierte, und mein Vater erschoss ihn nicht, weil er von ihm noch eine Million Dollar zu bekommen hatte. Es ist keine besonders erzählenswerte Geschichte, es ist im Grunde eine ziemlich miese.«

»Und jetzt schwebst du mit einem Haufen Fragen im All.«

»Ja. Und ich weiß nicht, was ich tun soll.«

»Das regelt sich«, behauptete ich, obwohl ich wusste, dass sich solche Sachen keineswegs einfach so regeln. »Wie lebt ihr denn? In einer Hazienda auf dem Land?«, fragte ich nach einer Weile weiter.

»Nein, das nicht«, antwortete sie. »In einem bewachten Ghetto der Reichen mitten in der Stadt. Mit einem Haufen Bediensteter, ich sage immer, für jede Untertasse einen Knecht.«

»Gibt es auch etwas, wovon du träumst?«

»Na, klar. Ich träume davon, einen ordentlichen Beruf zu haben. Und mein Vater behauptet immer noch, das sei Blödsinn, das bräuchte ich doch gar nicht. Also, werde ich von zu Hause weggehen müssen.«

»Und deswegen bist du unterwegs?«

»Deswegen«, antwortete sie. »Ich bin spät dran, nicht wahr? Warst du schon verheiratet?«

»Glücklicherweise nur einmal. Und es war schrecklich, und ich will keinen zweiten Versuch, obwohl immer behauptet wird, jeder Mensch bekomme eine zweite Chance. Der, der diesen Spruch erfunden hat, sollte lebenslang im Steinbruch arbeiten müssen.«

Mein Handy meldete sich, und Rodenstock dröhnte: »Kischkewitz sagte eben, dass unser Freund Jakob Stern schon tot war, als er auf dem Baum angebunden wurde. Und sie haben herausgefunden, dass irgendein Gift eine Rolle gespielt hat. Sie haben es wohl in bestimmten Muskelgruppen gefunden. Aber sie wissen noch nicht, welches Gift es war. Sie fuhrwerken noch mit chemischen Reaktionen herum. Wir haben es also mit einem Mord zu tun. Dann habe ich mit dem Mann in Vossenack gesprochen. Er sagt, wir können ihn morgen treffen. Wo seid ihr?«

»Noch eine Weile unterwegs. Wir hatten Fritten und Currywurst.«

»Widerlich!«, urteilte er. »Noch etwas: Einer von Kischkewitz' Männern meint, dass unser Schamane möglicherweise einen Job als Lebensberater in einem Astro-Sender übernehmen sollte. Das ist möglich, aber noch nicht bewiesen.«

»Weshalb sollte er so etwas tun? Und wie kommt dieser Kischkewitz-Mann darauf?«

»Keine Ahnung. Aber vielleicht ist das eine Erklärung für die zweiundsechzigtausend Euro, die wir gefunden haben. Vielleicht ein Honorar oder so etwas.«

»Wer zahlt ein Honorar von zweiundsechzigtausend Euro in bar aus? Frag doch mal die Griseldis, vielleicht weiß die etwas.«

»Der Mann war finanziell gesehen, jedenfalls nach den Angaben des Finanzamts, die geballte Harmlosigkeit. Bis auf dieses Bargeld. Irgendetwas stimmt da nicht. Bis später.«

»Halt, stopp! In dem kleinen Häuschen auf dem Grund von Stern soll doch der Bruder von Zeit zu Zeit gewohnt haben. Ist der mittlerweile aufgetaucht, gibt es den überhaupt?«

»Ja, den gibt es. Aber die Eingeborenen sagen, dass der manchmal wochenlang nicht auftaucht. Jedenfalls nicht, solange er noch einen Fünfer in der Tasche hat.«

»Warst du selbst in dem Haus?«

»Ja«, antwortete er. »War ich. Das Haus ist sauber, da war wochenlang niemand drin.«

»Wie ist denn die allgemeine Beurteilung des Toten? Hatte er viele Bekannte, Freunde, Verwandte? Oder lebte er ein Einsiedlerdasein?«

»Nein, kein Eremit. Er hatte eine Unmenge an Bekannten und sogar einige gute Freunde. Und einen davon, den Hexer, besuchen wir morgen in Vossenack. Und noch etwas ist wichtig: Erinnerst du dich, dass diese Griseldis erzählte, sie habe eine Kartei mit ungefähr sechshundert Namen?« Er wartete meine Antwort nicht ab. »Da habe ich mich schon sehr gewundert. Aber: Jakob Stern hatte noch mehr Leute in seiner Kartei, mehr als die Griseldis. Und darunter sind auch Promis, also Fernsehleute, Redakteure und Manager. Leute, die das Sagen haben. Das wird richtig lustig, Baumeister!«

* * *

»Ich muss hier mal anhalten«, sagte ich und fuhr auf meinen Hof. »Ich muss wissen, ob jemand mich angerufen hat. Bin gleich wieder da und fahre dich zu Emma.«

»Lass dir Zeit«, sagte sie. »Ich guck mir deinen Garten an. Emma sagt, der ist verwunschen wie im Märchen.«

»Na ja, es ist ziemlich viel Grün.«

Ich ging hinauf in mein Arbeitszimmer. Jemand hatte angerufen, ich ließ den Anrufbeantworter laufen. Es war ein Mann, der sich anfangs mehrmals räusperte, als müsse er jetzt einen vorgeschriebenen Text ablesen: »Ich melde mich bei Ihnen, weil ich Ihnen einen Hinweis geben kann, wer den Schamanen, also den Jakob Stern, umgebracht hat. Man hört ja so einiges. Also, es ist so, dass ich Zeuge eines seltsamen Vorgangs wurde. Das war vor ungefähr vier Wochen unten an der Bäckerei von Lenchen Schmude. Da hing der Bruder von Jakob Stern, Franz Stern, ziemlich betrunken auf einer Bank herum und bat unter anderem mich um eine Spende. Ich gab ihm einen Euro, und er bedankte sich ordentlich mit einer Verbeugung. Das macht der immer so. Dann schlief er wohl ein. Dann kam Jakob Stern mit seinem roten Sportflitzer angefahren und brüllte ihn an: ›Franz! Los! Einsteigen!‹ Aber Franz rührte sich nicht, ich nehme mal an, der schlief tatsächlich. Dann gingen dem Jakob Stern die Pferde durch, er stieg aus seinem Auto, ging zu seinem Bruder und schlug ihn ins Gesicht. Unheimlich brutal, muss ich sagen. Und dazu sagte er wütend: ›Du ewig besoffenes Schwein!‹ Natürlich war der Franz Stern jetzt wach, versuchte, die Arme vor den Kopf zu kriegen, um sich zu schützen. Das nutzte aber nichts, Jakob Stern schlug noch einmal zu. Dann ging er zu seinem Auto und fuhr weg. Meiner Ansicht nach müssen ungefähr vier bis sechs Zeugen das gesehen haben. Jetzt saß der Bruder Franz auf seiner Bank und war leichenblass. Und er sagte wörtlich: ›Ich werde dieses Schwein töten! Dieses hochanständige Schwein!‹ Ich habe jedes Wort verstanden, weil ich auf der nächsten Bank saß, und die ist knappe drei Meter entfernt. Jetzt sind Sie nicht erreichbar, ich werde mich aber wieder melden.« Kein Name, keine Adresse, keine Telefonnummer.

Die nächste Nachricht war von einer Frau hinterlassen worden: »Mein Name ist Ida Wohl, ich arbeite für den WDR in Köln. Da ich annehme, dass Sie über den Tod von Jakob Stern berichten werden, schlage ich vor, dass wir vielleicht unsere Fakten austauschen. Das bringt doch für beide einen Gewinn, denke ich. Meine Nummer ist ...«

Dann ging ich hinunter und gab dem Kater ein wenig zu fressen. Er war offenbar immer noch beleidigt und drückte sich auf der Terrasse herum, als gäbe es mich gar nicht. Den Napf mit dem Fressen übersah er, für jemanden mit Fresssucht wie ihn eine Spitzenleistung. Dann sprang er auf die Bank und von der Bank auf den Tisch.

»Hör zu«, sagte ich scharf. »Das ist immer noch mein Haus, und du benimmst dich hier, wie ich es will, verstanden?«

Jennifer saß in einem Gartenstuhl und bemerkte: »Das ist aber eine erfolgreiche, einmalige Dressur! Ihr zwei solltet im Zirkus auftreten.«

Mein Kater saß noch immer auf dem Tisch.

»Vielleicht klappt es, wenn du ihn höflich bittest«, sagte sie und lachte unverhohlen.

»Runter da!«, schnauzte ich und warf beide Arme drohend nach vorn. Er sprang runter und verdrückte sich.

»Das Landleben ist so gemütlich«, sagte die Frau aus São Paulo und grinste mich an. »Ach, da liegt übrigens ein Goldfisch im Gras.«

»Im Gras?«

»Da! Gleich stehst du drauf. Wie kommt der da hin?«

»Er wollte wahrscheinlich eine Spritztour machen. Nein, nein, das war der Kater. Das macht er jedes Mal, wenn er sauer ist.«

»Aber wie kriegt er sie?«

»Er legt sich ins Gras ans Wasser und rührt sich nicht. Und die Fische sind dämlich genug, ihn nicht zu entdecken. Sie kommen also an den Rand, knabbern an der Entengrütze und dösen, und mein Tiger schlägt erbarmungslos zu. Das Blöde ist, ihm schmecken sie nicht, er lässt sie einfach liegen.«

»Hast du einen Schluck zu trinken? Wasser vielleicht?«

»Habe ich.« Ich ging hinein und holte eine Flasche Wasser und die Gläser. »Und wenn deine Zeit bei Emma um ist: Wohin geht es dann?«

»Es gibt noch einen Ableger in Schweden, in Stockholm. Aber da werde ich wohl verzichten. Meine Mutter sagt, die sind so grauenhaft orthodox. Und das möchte ich mir nicht antun.«

»Und in welchen Beruf wirst du gehen?«

»Das weiß ich nicht. Vielleicht die UNO in New York. Mein Vater hat da Verbindungen. Aber da müsste ich vorher auf eine Uni und mindestens ein paar Semester Soziologie machen. Und Soziologie liegt mir wahrscheinlich nicht.« Sie wedelte mit beiden Händen. »Sag mal, könnten wir vielleicht über etwas anderes reden? Ich finde mich und mein Leben langweilig.« Sie wirkte hölzern und abwehrend, verlegen und seltsam hoffnungslos.

»Warum denn Soziologie? Muss das sein? Warum nicht Psychologie? Oder Wirtschaftswissenschaften? Und warum überhaupt ein Studium? Oh, ich will nicht indiskret sein. Wir könnten jetzt zu Emma fahren, wahrscheinlich warten die schon auf uns.«

»Erst mal muss ich für kleine Mädchen.«

»Rein ins Haus, im Flur halbrechts.«

Ich blieb hocken und starrte ins Wasser. Ich hatte Molche entdeckt und fragte mich, wie sie in meinen Teich gekommen waren. Es waren Kammmolche, und es waren mindestens fünf. Kamen die irgendwoher, weil sie den Teich wittern? Und wie nahmen sie die Straße und die steilen und senkrechten Mauern von meinen Nachbarn her? Konnte es sein, dass diese Molche im Efeu die Wände hochkletterten, um das Wasser zu erreichen? Der Teich war jetzt zwölf Jahre alt und hatte Wunderliches erlebt. Zum Beispiel ein brütendes Wildentenpaar, das sich ein Jahr lang dort wohl fühlte, aber keine Nachkommen hatte. Oder einen Fischreiher, der über die Häuser geflogen kam, regungslos im Teich stand und eine panische Angst bei mir auslöste, weil er mit scharfen Krallen sehr einfach die Folie hätte löchern können. Zum Beispiel eine Gelbbauchunke, die drei Jahre lang ihre Rufe in den Abend schickte und dann, von einem Tag auf den anderen, verschwunden war. Und warum hatte mein dickster Goldfisch, der Zarathustra, so einen merkwürdigen Schwanz? Nicht nur senkrecht stehend, sondern auch wie eine Fluke bei Walen, gewissermaßen ein doppelter Antrieb?

Warum konnte ein Mann wie Jakob Stern getötet werden, wo lag das Motiv? Und wo war dieser Bruder? Hatte der möglicherweise in wildem Hass den Bruder umgebracht? Kain und Abel in der Eifel? Warum nicht. Was treibt ein Mann, der sich Schamane nennt, den ganzen Tag lang? Was ist überhaupt ein Schamane? Was tut er? Kann er von seiner Kunst denn leben? Und warum sagt das Finanzamt, Stern habe keine nennenswerten Erträge versteuert? Und wie konnte ein solcher Mann sich ein derartig exklusives Haus bauen? Warum bewahrte er eine so große Summe Bargeld ganz einfach in einer Schublade auf? Die Hexe Griseldis hatte den Eindruck gemacht, als lebe dieser

Mann gut gelaunt in den Tag, schlafe hier und da mit einer Frau, genieße das Leben und höre den Tieren zu. War er das, was wir gemeinhin einen netten Kerl nennen, nicht mehr und nicht weniger? Oder hatte er ekelhafte Seiten? Warum schlug er den Bruder, bloß weil der betrunken und gut gelaunt war? Warum tat er das in aller Öffentlichkeit? War das ein Problem in der Familie Stern? Dann explosiv die Frage: Wer waren die Eltern der beiden, wie lange war der bäuerliche Betrieb gelaufen? Und wie sollten wir seine letzten vierzig Stunden rekonstruieren, wer könnte uns dabei helfen?

Eines war sicher: Der Mann, der den ersten Abschnitt dieser vierzig Stunden mitbekommen hatte, war Rechtsanwalt Meier. Der hatte Stern aus Aachen von der Kripo nach Hause geholt, der konnte möglicherweise wissen, was Stern vorgehabt hatte, was er tun wollte, um was es in dieser knappen Zeitspanne gegangen war.

Dann fiel mir wieder die kleine Jamie-Lee ein, deren Fall nichts mit dem Tod von Jakob Stern zu tun hatte, nichts damit zu tun haben konnte. Aber ich dachte, dass es vielleicht Berührungspunkte gab, an die wir jetzt nicht denken konnten, weil wir sie einfach nicht kannten. Aber der Tod der Kleinen hatte viel aufgewirbelt, hatte breite Spuren gezogen. Es war möglicherweise gut, gelegentlich daran zu erinnern, dass Jamie-Lee gewissermaßen vor einem Hintergrund mit denselben Verweisen gestorben war: Hexen, Schamanen, Lebensberater, Menschen, die die Zukunft lesen konnten und sich tagtäglich mit einem Erzengel trafen ...

Jennifer kam zurück, stellte sich hinter mich, legte mir die Hände erst auf die Schultern und dann an meinen Hals. Sie beugte sich tief herab und sagte dicht an meinem rechten Ohr: »Ist das richtig, lebst du hier wie ein Einsiedler? Und braucht ein Einsiedler von Zeit zu Zeit etwas Zuwendung?«

Ich fiel augenblicklich in eine Schreckstarre und wusste absolut nichts zu sagen. Ich dachte panisch: Hoffentlich nimmt sie die Hände da weg! Aber sie nahm sie nicht weg, und ihr Gesicht und ihr Haar waren sehr nahe. Ich stammelte dann den wohl dämlichsten Satz meines Lebens: »Ich bin belegt.«

Sie erwiderte sehr sachlich: »Ich meinte das nicht für die Ewigkeit.«

»Meine letzte Liebe ging vor achtundvierzig Stunden«, brachte ich heraus.

»Du bist also ein maßloses Sensibelchen«, stellte sie fest.

»Das wird so sein«, gab ich zu und bat irgendeine höhere Instanz, sie solle ihren Kopf und ihre Hände woanders unterbringen. Sie roch gut.

»Ich will eigentlich gar nichts von dir, ich wollte dich nur mal antesten«, hauchte sie und nahm ihren Kopf und ihre Hände von mir.

Antesten nannte sie das? »Dann ist es ja gut«, sagte ich und war mir bewusst, dass ich ab sofort wahrscheinlich eine unerbittliche Feindin fürs Leben hatte.

Natürlich war nichts passiert, natürlich hatte sie nichts von mir gewollt, natürlich waren wir sehr moderne Menschen, die so einen Zwischenfall locker abhakten und einfach nicht mehr darüber sprachen. Sie war ja auch nur im Gras gestolpert und hatte mich letztlich als Haltepunkte für beide Hände dankbar ergriffen. Für einen zufällig vorhandenen männlichen Hals ist man im fraulichen Leben ja immer dankbar.

Ich wollte ablenken, ich wollte eigentlich in die Luft gucken und pfeifen. Ich sagte: »Guck mal, ich habe ein Rotschwanzpärchen im Garten!«

Sie starrte mich an, als müsse ich dringend zu einem Psychiater. »Und jetzt können wir zu Tante Emma!«, stellte sie bissig fest. »Oder soll ich zu Fuß gehen? Oder hast du noch ein Pärchen, das erwähnenswert ist?«

»Ich bring dich schon, schließlich haben wir Rodenstocks Auto unter dem Hintern. Du kannst natürlich auch selbst fahren, das Auto gehört sowieso nach Heyroth.«

»Man sieht sich«, sagte sie pulvertrocken und ging zu dem Spaßauto. Dann donnerte sie rückwärts aus dem Hof, dass man meinen konnte, sie sei auf einer Kartbahn. Lieber Himmel, war die sauer!

Ich hob den rechten Zeigefinger und dozierte meiner Katze: »So bewahrt man seine Unschuld. Ich hoffe, du hast zugesehen und etwas gelernt.«

Meine Katze reagierte nicht, menschliche Schwierigkeiten interessierten sie nicht im Geringsten.

Dann tat ich das, was ich schon seit Stunden tun wollte, ich rief die Redaktion an und ließ mich mit Robert Hürth verbinden. Hürth war jemand, der schnell entscheiden konnte und dabei sogar riskierte, dass er daneben lag.

»Ich hätte da einen wunderbaren Mord«, sagte ich.

»Wer hat ihn begangen und warum?«

»Das kommt später. Erst einmal: Er ist ein Bauernjunge aus der Eifel, dreiundvierzig Jahre alt. Und er ist ein Schamane, ausgebildet in den USA. Und sein Mörder hat ihn in ein düsteres Tuch eingeschlagen und auf die Äste einer heiligen Eiche gezurrt. Es ist eine durchaus seltene Baumbestattung ...«

»Moment mal, so was gab es doch wirklich, oder? In den Staaten, bei Indianern. Um 1880 herum. Haben wir Fotos davon?«

»Ja, haben wir.«

»Und wie ist er zu Tode gekommen?«

»Das weiß ich erst in ein paar Stunden.«

»Ich will die Geschichte haben, aber nur, wenn wir wesentliche Bestandteile exklusiv bekommen. Klar? Und ran an die Bouletten, Junge!« Er pflegte ständig mit derartigen Schlachtrufen um sich zu werfen, was manche Leute zu dem Verdacht brachte, er sei an die Hundert. Er war achtundzwanzig.

Dann interessierte mich, was das Lexikon unter einem Schamanen verstand, und ich las, dies sei ein Wort aus dem Tungusischen. Es sei bei Naturvölkern ein Mann, der mit ungewöhnlichen seelischen Kräften begabt ist. Durch Tanz, Gesang und Musik, aber auch Narkotika versetze er sich in Ekstase, könne dann Kranke heilen, Unheil abwenden, Jagderfolge beeinflussen, sogar das Wetter zum Guten wenden. Es gebe auch Schamaninnen. Diese Menschen könnten das gestörte Verhältnis Mensch-Gottheit wieder in Ordnung bringen. In Nordasien und Nordamerika sei dieses Phänomen bekannt.

Das brachte mich nicht weiter, es brachte nur neue Fragen, weil Jakob Stern ausgesagt hatte, er nehme niemals Drogen. Wir mussten jemanden finden, der über diese Sitzungen bei den heiligen Eichen aussagen konnte. Das würde schwer sein, denn ihr Meister war tot und dieses Ereignis verwirrte die Schüler bestimmt und erfüllte sie mit Furcht.

Dann meldete sich das Telefon, und Emma fragte: »Kommst du zum Essen?«

»Eher nein. Ich habe noch viel zu erledigen.«

»Es wäre aber anzuraten«, murmelte sie. »Du hast das Kind ganz verwirrt.«

»Das Kind? Das Kind marschiert auf die Vierzig zu.«

»Sie weiß doch nicht, wie es mit ihr weitergehen soll.«

»Ich weine gleich. Bloß weil deine Verwandte im Moment nicht weiter weiß, muss ich doch nicht mit ihr ins Bett hüpfen.«

»Das meinte sie doch gar nicht so. Sie wollte nur lieb sein.«

»Emma. Du spinnst!«

»Komm doch her und rede mit ihr. Rodenstock kaut schon auf den Fingernägeln, weil er glaubt, sie bricht uns gleich zusammen.«

»Bin ich dein Familientherapeut? Es ist doch gar nichts passiert. Herrgott, ist das ein kleinkariertes Familienunternehmen. Ich habe andere Probleme als ausgerechnet deine Verwandte Jennifer.«

»Sie ist doch hier, um ihren Weg zu finden.«

»Ja, und?«

»Baumeister! Sie denkt, sie hat sich zu Tode blamiert.«

Emma, die Familienheilige.

»Ich komme gleich, verdammt noch mal.«

Aber erst einmal Claudia Reiche, die bereit gewesen war, für Jakob Stern einen Meineid zu schwören. Sie sei eine Heilerin in Ausbildung, hatte sie gesagt. Und ihr Ausbilder sei Jakob Stern. Sie hatte mir ihre Adresse und Telefonnummer dagelassen. Ich rief sie an.

Sie klang düster, sie klang nach Tränen.

»Es tut mir leid, was da passiert ist und ...«

»Haben Sie ihn gesehen? Da auf der Eiche?«

»Ja, habe ich. Ich habe ihn sogar fotografiert. Können Sie sich irgendetwas vorstellen? Was kann da abgelaufen sein?«

»Ich weiß es nicht«, sagte sie und weinte laut. »Ich weiß es wirklich nicht. Aber es gab ja immer Leute, die ihn bedrohten, weil er so ein kluger Mensch war.

»Was heißt ›bedrohen‹? Und wer bedrohte ihn?«

»Er hat nicht darüber gesprochen. Er sagte nur, es gebe miese Mitbürger, die es am liebsten sehen würden, dass er verschwindet. Jedenfalls hat er das so gesagt.«

»Er muss doch eine Andeutung gemacht haben. Frau Reiche, erinnern Sie sich!«

»Ich weiß gar nicht, was ich tun soll, ich werde hier noch verrückt.«

»Bevor Sie verrückt werden, sollten Sie lieber hierher kommen. Bitte, versuchen Sie, sich zu erinnern!«

»Er ist doch tot«, stellte sie fest, als sei das alles, was man dazu sagen könne. »Moment, ich brauch ein Taschentuch.« Ich wartete, bis sie mit rauer Kehle sagte: »Entschuldigung.«

»Sie müssen sich nicht entschuldigen. Ich habe eine Frage. Können Sie sich vorstellen, dass Jakob Stern jemanden gebeten hat, ihm bei seinem Selbstmord behilflich zu sein?«

Das Schweigen dauerte sehr lang. »Das gibt es doch gar nicht«, hauchte sie fassungslos. »So etwas gibt es doch gar nicht. Hat irgendeiner das behauptet?«

»Nein, niemand hat das behauptet. Wir versuchen nur, jeder Möglichkeit nachzugehen, wir überlegen schlicht alles, was uns in den Sinn kommt. Könnten Sie sich einen Selbstmord vorstellen?«

»Weshalb fragen Sie das? Er war jemand, der so etwas nicht tun könnte.« Jetzt war sie eindeutig wütend.

»Wir wissen nicht, woran genau er gestorben ist. Die Untersuchungen sind noch nicht beendet. Deshalb fragte ich das. Also: Ein Selbstmord ist unvorstellbar?«

»Ganz und gar!«, sagte sie fest. »Außerdem wollte er zusammen mit Friedrich Vonnegut nach Utah. Nächsten Monat. Sie wollten dort Indianer treffen, die eine Liste von Heilkräutern zusammengestellt haben. Und im September wollten sie nach Kasachstan, weil sie dort eine Liste von Kräutern bestellt hatten. Bei irgendwelchen Eingeborenen, ich weiß nicht, wie die heißen. Warum sollte er sich umbringen?«

»Ich weiß es nicht«, antwortete ich. »Kann ich Sie morgen treffen?«

»Das weiß ich nicht. Ich weiß nicht, ob das geht. Ich trenne mich gerade von meinem Lebensgefährten. Und der will sich morgen ein paar Möbel hier abholen. Warum?«

»Ich möchte Sie treffen, weil Sie ihn so gut kannten. Und weil ich mit allen Leuten sprechen muss, die ihn gut kannten. Friedrich Vonnegut will morgen mit uns sprechen. Wir haben nicht die geringste Ahnung, wie Jakob Stern lebte. Das müssen wir aber wissen, wenn wir weiterkommen wollen. Verstehen Sie das?«

»Ja, klar«, sagte sie leise.

»Ich nehme mal an, Sie hocken jetzt allein in Ihrer Wohnung, oder?«

»Ja, klar«, wiederholte sie.

»Dann könnten Sie doch herkommen, oder? Sagen wir mal, Sie fahren in einer Stunde los, dann sind Sie gegen halb neun hier. Geht das?«

»Aber was wollen Sie denn wissen?«

»Wie er lebte, Frau Reiche, wie er war. Wie er lachte, was er glaubte. Die Kripo wird sowieso bei Ihnen auftauchen.«

Nach einer Ewigkeit entschied sie: »Ja, gut. Ich bin dann gegen 21 Uhr bei Ihnen.«

* * *

Ich fuhr nach Heyroth hinüber, und Emma und Rodenstock saßen auf der Terrasse und zeigten sich erleichtert, dass ich kam.

»Was soll das, verdammt noch mal? Sie wollte irgendetwas anfangen, und ich wollte das nicht. Das ist alles.«

»Sie sitzt oben und heult«, sagte Rodenstock anklagend. »Das kannst du doch nicht gewollt haben.«

»Nein, wollte ich nicht. Aber das ändert nichts an der Tatsache, dass im Grunde gar nichts passiert ist. Und jetzt spielt sie das Seelchen? Also, ich habe nur gesagt, dass ich das nicht will. Keine schnelle Nummer. Ich bin raus aus dem Alter, ich treibe keinen Sport mehr.«

»Kannst du denn mit ihr reden? Kurz? Ihr Selbstbewusstsein ist gleich Null. Sie hat angefangen, das Geld ihres Vaters zu verfluchen und musste dann feststellen, dass sie nichts kann, keinen Beruf hat, nicht einmal von zu Hause weggehen kann, ohne die finanzielle Hilfe der Eltern. Sie ist einfach am Boden, Baumeister.« Emma griff nach einem ihrer Zigarillos und sah mich nicht an.

»Was macht denn dieser Vater eigentlich?«

»Immobilien«, sagte Emma trocken. »Sie ist oben in ihrem Zimmer.«

»Also gut«, brabbelte ich tapfer. »Für euch tue ich das. Aber eigentlich müsste man ihr den nackten Arsch versohlen.«

»Dann tu das doch«, Rodenstock grinste. »Ist ja ein schöner Arsch.«

»Tu es für mich«, hauchte Emma.

Also marschierte ich ins Haus und dann hinauf in den ersten Stock und polterte dabei so laut die Treppe hoch, dass es klang, als schlüge jemand die ganz große Trommel beim Junggesellenfest. »Kann ich mal reinkommen?«

»Ja«, sagte sie hohl. Sie lag auf dem Bett, hatte sich in eine fötale Haltung gekringelt und machte den Anschein, als ginge gleich die Welt unter.

»Hör zu«, sagte ich und hockte mich auf eines der Sesselchen, die Emma gleich dutzendweise gekauft hatte. »Ich weiß nicht genau, was du wolltest, aber wahrscheinlich lief das auf einen One-Night-Stand raus. Ich kann das im Augenblick nicht, ich reagiere auf solche Angebote allergisch. Und ich habe tatsächlich gerade eine Freundin verloren. Also kamst du in einem schlechten Augenblick. Du hast gesagt, du seiest ein verwöhntes Gör reicher Eltern, und wahrscheinlich hast du dir angewöhnt, dir das zu nehmen, was du gerade willst. Aber ich passe nicht in dein Beuteschema, wenn du verstehst, was ich meine. Und du hättest diese Geschichte auch besser verschwiegen, denn Emma regt sich jetzt auf und will unbedingt dein Seelchen schützen. Vielleicht musst du einfach erwachsen werden. Jetzt putz dir die Nase und komm runter. Passiert ist nichts, klar?«

Sie antwortete nicht. Ich verließ mein Sesselchen und ging wieder hinunter auf die Terrasse.

»Alles klar«, erklärte ich. »Sie wird sich schon einkriegen.«

»Sie ist so nervös«, murmelte Emma. »Das arme Kind.«

Rodenstock wollte loslachen, unterließ es klugerweise aber.

»Um neun Uhr ist eine Frau bei mir, die von Jakob Stern als Heilerin ausgebildet wurde. Dieselbe, die ihm ein Alibi lügen wollte, als Jamie-Lee starb. Claudia Reiche. Ihr seid eingeladen.«

»Ich habe einen Eintopf mit Chinakohl«, sagte Emma.

»Danke, jetzt nicht«, wehrte ich ab. »Ich fahre wieder zu mir und notiere ein paar Fragen.«

»Ich komme rüber«, sagte Rodenstock. »Was sagen die in Hamburg?«

»Die wollen die Geschichte zu den üblichen Bedingungen. Falls es sich zeigt, dass er irgendwie zu Tode kam.«

»Es war Gift«, murmelte Rodenstock. »Sie haben es jetzt nachgewiesen. Kennst du den Strauch, den man Engelstrompete nennt? Das sind so große, gelb-weißliche Blüten, die tatsächlich so aussehen wie Fanfaren. Die Pflanze wirkt massiv auf das Herz. Ein kräftiger Sud davon würde jeden Menschen töten. Wir gehen jetzt von Mord aus.«

4. Kapitel

Sie war pünktlich, und selbstverständlich trug sie Schwarz, war nicht geschminkt und sah edel aus. Sie sagte seltsam tonlos: »Ich bin einfach erledigt, ich habe so viel geheult. Nicht mal beim Tode meiner Mutter war es so schlimm.«

»Lassen Sie sich Zeit«, murmelte Emma sanft. »Wollen Sie Kaffee? Oder ein Wasser? Oder soll ich einen Tee machen?«

»Tee«, sagte sie. »Mein Kreislauf besteht zurzeit nur aus Kaffee. Tja, ich weiß nicht, ob ich Ihnen überhaupt helfen kann.«

»Das wird sich schnell herausstellen«, beruhigte Rodenstock freundlich. »Zuerst muss ich Ihnen sagen, dass Jakob Stern ermordet wurde. Er hat ein Herzgift zu sich genommen. Von einem Strauch, der auch in der Eifel in den Vorgärten steht. Engelstrompete nennt man ihn. Kennen Sie den Strauch?«

»Aber ja«, antwortete sie. »Meine Eltern haben so einen. Aber wer macht so etwas?«

»Es wäre schön, wenn wir das wüssten«, sagte Emma. »Ich mach mal den Tee.« Sie stand auf und ging hinaus.

»Sie haben ihn gemocht, nicht wahr?«, fragte Rodenstock.

»Ja«, sagte sie nur. Sie versuchte gar nicht, das weiter zu erklären, und kommentierte es nicht.

»Was war so faszinierend an ihm?«, fragte ich.

»Was wollen Sie eigentlich herausfinden?«

»Wer diesen Mann getötet hat«, gab Rodenstock zur Antwort.

»Aber, ich denke, das macht die Polizei«, stieß sie hervor.

»Da helfen wir manchmal«, lächelte Emma.

Sie schien sich kurz zu besinnen, dann sagte sie: »Er war so ganz anders. Er hat mich verändert.«

»Da gab es die Schilderung einer sehr privaten Szene«, nahm ich den Faden auf. »Sein Bruder, der Franz, saß irgendwo unten im Ort vor einer Bäckerei auf einer Bank. Jakob kam, Franz war betrunken, Jakob schlug zu. Der Zeuge sagt, Jakob schlug unheimlich brutal zu, und mehrmals. Würden Sie das glauben?«

»Ja, klar«, sagte sie und strich sich eine widerspenstige Strähne aus der Stirn. »Franz war ein Schwachpunkt, Franz war immer ein Schwachpunkt. Das hat Jakob so gesagt, und Jakob hat sich bei seinem Bruder auch mehrmals entschuldigt. Einmal war ich sogar dabei.«

»Wo ist dieser Franz eigentlich?«, fragte Rodenstock. »Wissen Sie das?«

»Nein, das weiß ich nicht, aber Franz ist mal hier und mal da. Das weiß kein Mensch. Außerdem trinkt er zu viel. Er hat da ein Problem. Er ist, wie gesagt, mal hier und mal da und manchmal in dem alten Hexenhäuschen im Tal. Und eigentlich ist er auch nicht schlimm, irgendwie. Er ist jemand, der zu viel trinkt, aber niemandem Schaden zufügen will. Die Leute sagen, er ist ein Quartalssäufer, er braucht das einfach von Zeit zu Zeit.«

»Wie kommt es dann, dass Jakob so brutal wurde seinem Bruder gegenüber?«, fragte ich weiter.

»Jakob sagte immer: ›Der Franz kann so viel, der hat so viele Talente. Und er lässt sie verkommen.‹«

»Sie sagten, Jakob habe sich mal in Ihrer Anwesenheit entschuldigt. Wie muss man sich das vorstellen, was lief da ab?«, fragte Rodenstock.

»Ich weiß nicht, was vorgefallen war, aber Franz saß mit im Kreis um das Feuer, und plötzlich sagte Jakob: ›Tut mir leid, mein Alter, dass mir die Pferde durchgingen, wird nicht wieder passieren.‹ Aber ich wusste gar nicht, was vorgefallen war. Franz jedenfalls sagte: ›Schon in Ordnung.‹ Und das war es dann.«

»War Jakob jemals verheiratet?«, fragte Rodenstock gefährlich beiläufig.

»Ja, war er. Mit ungefähr zwanzig hat er eine Frau aus Simmerath geheiratet. Aber die Ehe hielt nicht lang. Die Frau heiratete später wieder, aber ich weiß nicht, wen.«

Emma kam herein, stellte einen Becher Tee vor sie hin, setzte sich und fragte schnell und übergangslos: »Im Haus von Jakob hat man in einer Schublade zweiundsechzigtausend Euro in bar gefunden. Haben Sie eine Ahnung, wie man das erklären kann?«

»Das weiß ich nicht«, sagte sie. »Von seinen Finanzen hatte ich nie eine Ahnung.«

»Sie haben gesagt, er habe Ihres Wissens nach niemals Geld für irgendeine Behandlung, oder einen Ratschlag genommen. Heißt das, dass auch Ihre Ausbildung zur Heilerin nichts kostete?«

»Ja, das heißt es. Ich habe mal versucht, ihm pro Sitzung etwas zu geben. Er wollte nicht. Da habe ich mal einen Kuchen gebacken, mal einen Rollbraten mitgebracht. Dann lachte er immer und sagte, er würde ohne mich verhungern.« Jetzt war sie den nächsten Tränen gefährlich nahe und sie bemühte sich auch nicht, das zu verstecken. Sie wirkte gelöst.

»Sie wurden zu einer Schamanin ausgebildet«, folgerte Emma weiter. »Wie sah denn das aus? Was müssen wir uns darunter vorstellen? Da gibt es doch sicher keine Lehrbücher, oder?«

»Natürlich gibt es Lehrbücher, weil Heilpraktiker das brauchen.« Sie lächelte schmerzlich in der Erinnerung. »Ich habe selbst Hefte angelegt, die Kräuter notiert, Rezepte ausprobiert, Mischungen versucht. Und wahrscheinlich bin ich allen Verwandten auf den Keks gegangen, wenn die mal eine Grippe hatten. Nimm dies, nimm jenes und so weiter. Anfangs haben die mich ausgelacht, aber dann konnte ich einigen richtig helfen, und sie hörten auf zu lachen.«

»Moment mal.« Emmas Ton wurde jetzt schärfer. »Sie reden hier von Phytotherapie und Phytomedizin, sehe ich das richtig?«

»Ja klar, das ist es letztlich. Und die Indianer haben Kräuter, die wir nicht kennen, weil sie hier nicht wachsen. Und genau dasselbe kann man bei den Kasachen erleben, also in der Mongolei. Die meisten Heilpflanzen, das war jedenfalls Jakobs Meinung, kennen wir noch gar nicht.«

»Und was, zum Teufel, ist Phytomedizin?«, fragte Rodenstock.

»Heilpflanzenkunde«, sagte Emma spitz. »Ich habe dein Allgemeinwissen für etwas breiter gehalten.«

»Da gibt es aber doch die andere Seite«, Rodenstock grinste flüchtig, wirkte jetzt sehr behutsam. »Schamanen, so heißt es, nehmen irgendwelche Kräuter zu Hilfe, um sich selbst zu stimulieren. Oder bestimmte Pilze, die anregend wirken. Dann gibt es Tänze, dann gibt es Gebete, dann gibt es Meditationsübungen, dann spricht göttliche Weisheit aus ihnen. Gab es so etwas?«

»Drogen habe ich nie erlebt.«

»Wie lange bildete er Sie aus?«, fragte Emma.

»Zwei Jahre bis jetzt. Unregelmäßig, er war ja oft weg.«

»Hat er gesagt, wann Sie fertig sein werden?«

»Ja. In zwei Jahren. Er wollte mich im nächsten Jahr mitnehmen in die Staaten. Ich sollte Indianer kennenlernen, die Schamanen sind.«

»Ich glaube Ihnen nicht so ganz«, sagte Emma in die Stille. »Es gibt doch sicher den Punkt, an dem der Glaube anfängt und der Verstand aufhört. Beim Tanzen zum Beispiel.«

»Ja, klar, das gab es oft. Er nahm dazu Bongos, also kleine Doppeltrommeln. Und Klangschalen, die er aus Nepal mitbrachte ...«

»Ihre Naturaltreffen«, sagte ich leise.

»Was ist das?«, fragte Rodenstock schnell.

»Da ziehen wir uns aus und tanzen um das Feuer«, erwiderte sie einfach. »Da gibt es mehrere Tänze und auch Gesänge. Also, den Begriff Naturaltreffen gibt es normalerweise nicht. Wir haben es so genannt, weil dauernd irgendwelche Verwandten in Hörweite waren, die sich das Maul zerrissen haben. Sehr oft ist das nicht vorgekommen, laue Nächte gibt's ja bei uns selten.«

»Sie tanzen also nackt«, stellte Emma fest. »Sie überlassen sich Ihren Gefühlen. Wie wirkt das?«

»Na ja, befreiend«, antwortete sie. »Man wirft diese schrecklichen Schamgefühle einfach weg. Man tanzt. Man bewegt sich ganz frei, man ist nicht mehr so beengt. Da hatte ich anfangs große Schwierigkeiten. Es verändert dich, du urteilst auch nicht mehr so mies über andere, ihre Fehler und Macken.«

»Wer war dabei?«, fragte Emma. »Oder waren Sie allein mit Jakob?«

»Da waren zwei Frauen bei, die zusammen mit mir lernten. Ich war nur einmal mit Jakob allein, aber das war mehr ein Zufall, würde ich mal sagen.«

»Und da haben Sie mit ihm geschlafen«, sagte Emma freundlich.

»Richtig«, nickte sie. »Es war einfach schön.«

»Lieben Sie ihn?«

»Ja, auf eine gewisse Weise schon.«

»Hat die Trennung von Ihrem Lebensgefährten damit zu tun, dass Sie bei Jakob Stern in ein neues Leben hineinglitten?«, fragte ich.

»Das kann man so sagen, ja. Er war nicht damit einverstanden, dass Jakob mich unterrichtete, er ist einfach schrecklich konservativ.«

»Wie finanzieren Sie Ihr Leben?«, fragte ich weiter.

»Ich helfe als Verkäuferin aus, kellnere schon mal, also, ich komme zurecht.«

»Hat er jemals von seinen Eltern gesprochen?«

»Ja, hat er. Also die haben den Bauernhof ja noch richtig bewirtschaftet. Dann wurde das Gelände zum Nationalpark geschlagen, und die Alten hörten auf. Sie waren dann in einem Altenheim bei Simmerath. Das ist von Jakob bezahlt worden, das hat er mal erwähnt. Er war der Lieblingssohn seiner Eltern. Besonders viel hat ihn mit seinem Vater verbunden. Aber mehr weiß ich da nicht.«

»Was halten Sie von Hexen?«, fragte Emma.

»Ja, das ist ein weites Feld«, antwortete sie vage und verstummte dann.

»Kennen Sie Griseldis?«, fragte Emma weiter.

»Natürlich kenne ich sie. Tja, Hexe?«

»Wollen Sie nicht darüber sprechen?«, fragte Emma schnell.

»Doch, klar, warum nicht. Also Griseldis nennt sich Hexe, der Friedrich Vonnegut nennt sich Hexer, aber so bitter ernst nehmen die das gar nicht. Und manchmal hat man den Eindruck, sie machen sich einen Scherz daraus. Und Jakob hat sich manchmal auch einen Hexer genannt, aber ich glaube, er meinte das scherzhaft. Er meinte es ja auch scherzhaft, wenn er von sich als Schamane sprach. Und er hat auch immer betont, dass er gegen einen Allgemeinarzt niemals antreten würde, weil der Mann mehr Ahnung habe. Und wenn jemand mit unklaren Beschwerden kam, hat er die Leute einfach zu ihrem Arzt geschickt.«

»Haben denn nie Rituale stattgefunden? Anrufung von Göttern, Göttinnen, Sonne, Mond und Sternen. Herabflehen von positiven Kraftfeldern, Verscheuchen von schlechten Gedanken, das Bitten um Energien und so etwas?« Emma blieb hartnäckig.

»Wir haben über so etwas gesprochen, aber Jakob sagte auch immer, so etwas könne gefährlich sein. Wir könnten uns darin verlieren, sagte er. Und wir brauchten es eigentlich heutzutage nicht mehr. Na klar, Meditation spielte eine große Rolle, wir versuchten, uns zu konzentrieren und zu Einsichten zu kommen. Er sprach oft von Mutter Erde und von Mutter Mond. Und er erklärte, wie die Indianer das früher verstanden hätten. Er sagte auch, es sei einfach die Möglichkeit der Indianer gewesen, ihren Träumen nachzugehen und die Hilfe guter Geister zu erflehen, und böse Geister, wenn eben möglich, zum Teufel zu schicken. Bäume konnten gute Geister sein, die Eichen zum Beispiel, die er so sehr liebte. Die hatte sein Ururgroßvater schon erwähnt, sie sind wirklich sehr alt. Er sagte auch immer, diese Eichen seien sein Altar. Anfangs, das gebe ich zu, habe ich gelächelt, dann habe ich es verstanden. Er meinte es so, und ich konnte es dann auch so sehen.«

»Warum haben Sie sich nicht als Heilpraktikerin ausbilden lassen?«, fragte Rodenstock.

»Das ist ... ja, es ist blöde Paukerei. Bei Jakob war das etwas anderes. Und außerdem muss ich ja nebenbei noch mein Leben finanzieren.«

»Kennen Sie einen Menschen, der Jakob Stern genügend hasst, um ihn zu töten?«

»Nein, kenne ich nicht. Jakob ist einfach ein liebenswerter Mensch ... gewesen.«

Dann schellte es, Jennifer stand vor der Tür und sagte: »Ich bin zu Fuß gekommen, ich denke, ich komme nicht ungelegen.«

»Nicht die Spur«, sagte ich. »Komm herein.«

Es gab eine kurze Unterbrechung, ich stellte die Frauen einander vor, und Jennifer setzte sich brav neben Emma auf die Couch. Es war schon nach 22 Uhr. Die Zeit war sehr schnell vergangen. Rodenstock eroberte eine Flasche Cognac und suchte in meinen Zigarren nach dem richtigen Format, den Cognac teilte er brav mit Jennifer, Emma trank ebenso brav den Tee, schien aber nicht begeistert. Also holte ich eine Flasche Rotspon und goss ihr ein. Satchmo stand an der Terrassentür und kratzte am Glas. Ich ließ ihn herein. Die Familie war komplett.

»Sie würden also nicht sagen, dass irgendetwas Geheimnisvolles an diesem Jakob Stern war«, stellte Rodenstock fest.

»Na ja, für mich überhaupt nicht. Klar, ich wusste von seinem Leben eigentlich nichts. Er war ja dauernd auf Achse, er kannte ja Hinz und Kunz. Ich hab ihm mal gesagt, ich möchte nicht einen Tag mit ihm verheiratet sein. Und er lachte und sagte: ›Ich auch nicht.‹«

»Woher hatte er denn Geld?«, fragte ich. »Ich meine, er muss von irgendetwas gelebt haben. Was gab er denn als Beruf an?«

»Er sagte, er sei freischaffend. Er sagte auch, er hätte nie im Leben was Richtiges gelernt.« Sie zuckte mit den Achseln.

»Was sagen denn die Leute?«, versuchte Emma einen anderen Weg einzuschlagen. »Die reden doch immer, die müssen reden. Also, was reden sie?«

»Also, sie sagen, dass er von seinen Eltern viele Ländereien geerbt und sie alle nacheinander verkauft hat.«

»Aber das war doch auch Geld für Franz«, schob Rodenstock ein. »Ich meine, das musste er doch zu gleichen Teilen dem Franz geben, oder nicht?«

»Das weiß ich nicht. Ich habe nicht erlebt, dass er über Geld sprach.«

»Stimmt es denn, dass er viele wichtige Leute kannte, und dass die ihn auf dem Hof besuchten?«

»Ja, das kann ich so sagen. Also, da standen manchmal zwanzig Autos. Aber ich kenne die Leute nicht, ich weiß nicht, wer die waren. Ich weiß nur, dass meine Mutter immer spitz bemerkte, er würde sich seine Frauen nach Hause einladen, um nicht selbst hinfahren zu müssen.«

Sie lächelte strahlend, dieser Jakob war ihr Held und würde es ihr Leben lang bleiben.

»Also, Sie können uns nichts sagen über das Geld, das Jakob besaß oder nicht besaß. Sehe ich das so richtig?«, fragte Emma.

»Ja, das ist so. Es gibt in der Kirchengemeinde Gerüchte, dass Jakob Geld mit miesen Tricks machte, also ein Betrüger war. Ich habe mich anfangs darüber aufgeregt, aber dann begriff ich, dass sie von Jakob keine Ahnung hatten. Und dass das nur schmutzige Verdächtigungen waren. Warum sollte er denn ein Betrüger sein? Und wenn er einer war, warum hat ihn die Polizei dann nicht geholt? Ich denke, es war auch Neid, und ich denke, die Leute waren auch verbittert, weil er nie in die Kirche ging und auch bei Beerdigungen nicht die Kirche betrat. Er war so ganz anders als sie. Er sagte mal, die Kirche habe genug gesündigt und brauche ihn nicht.«

»War er auf einem Gymnasium gewesen?«, fragte Emma.

»Ja, war er. Und er hatte auch immer noch Kontakt zu seinen Schulkameraden, also zu denen, mit denen er Abitur gemacht hatte. Das weiß ich, weil sie jedes Jahr zusammenkamen und eine Feier machten und sich furchtbar betranken. Und natürlich ganz ohne ihre Frauen. Typische große Jungs.« Sie lächelte erheitert.

»Dann gibt es die einwandfreie Aussage, dass er als Berater tätig war, möglicherweise als Lebensberater. Wissen Sie darüber etwas?« Ich hoffte inständig, dass sie eine Antwort hatte, denn in dieser Richtung konnte Geld auftauchen, viel Geld.

Sie überlegte lange, dann lächelte sie wieder. »Ja, darüber ist bei uns auch sehr viel gesprochen worden, aber niemand wusste etwas Genaues. Und ich wusste natürlich auch nichts. Aber er hat ein paar Mal Andeutungen gemacht. Er hat erzählt, dass diese Management-Typen so irre schnell leben, dass sie viel Geld dafür bezahlen, wenn man ihnen zeigt, wo die Bremse ist. Für diese Typen war wohl das Extrabett im Haus. Haben Sie das gesehen?«, fragte sie mich.

»Nein, habe ich nicht«, gab ich zur Antwort.

»Also oben, wo sein Bett steht, ist an der Wand ein Bett angebracht, das man herunterklappen kann. Er sagte, dass er in der ersten Nacht darauf die Männer legt, wenn sie richtig stresskrank bei ihm auftauchten und herumjammern, dass sie nicht schlafen können.«

»Hat er dafür denn Geld genommen?«, fragte ich weiter.

»Das weiß ich nicht. Er hat Geld nie erwähnt.«

»Was für ein Mensch ist denn dieser Friedrich Vonnegut?«, fragte Rodenstock.

»Der soll ja ein Millionär sein, aber da weiß ich nichts Genaues. Er ist auch bei den Indianern in den USA gewesen und bezeichnet sich selbst auch als Schamane. Er war aber nicht mit Jakob Stern dort, das lief getrennt. Die haben sich erst hier kennengelernt, soweit ich das verstanden habe.« Sie wurde müde, sie blinzelte mit den Augen, schwierige Worte wurden zu Schwierigkeiten, sie sagte Schmane statt Schamane.

»Ich denke, wir hören hier auf«, bestimmte Emma. »Können wir Sie anrufen, wenn wir Fragen haben?«

»Natürlich.« Sie stand auf und sagte matt: »Dann will ich mal.« Sie gab jedem die Hand, sie mühte sich redlich ab, so freundlich wie möglich zu sein, aber sie war zu Tode erschöpft und leichenblass.

Dann fiel mir eine Sache wieder ein, ich dachte an das merkwürdige Haus im Tal, und ich fragte: »Sagen Sie mal, haben Sie in Jakob Sterns Haus geputzt?«

»Ja, manchmal«, antwortete sie. »Er rief mich dann an, wir machten eine Zeit aus, und ich kam putzen. Meistens war er ja nicht da. Ich habe den Schlüssel zum Haus.«

»Bezahlte er das?«

»Ja. Er legte mir unten einen Hunderter an die Garderobe. Ich habe den nicht annehmen wollen, aber er sagte, gute Arbeit müsse bezahlt werden, basta!« Sie sah uns der Reihe nach an. »Also, ich bin dann wieder weg.«

Ich brachte sie hinaus an ihr Auto und wartete, bis sie vom Hof rollte.

»Was machen wir nun damit?«, fragte Emma, als ich wieder drin bei den anderen war.

»Wenig«, sagte ihr Mann.

»Eher gar nichts«, steuerte ich bei. »Und jetzt werfe ich euch raus, denn jetzt bin ich müde und will unbedingt schlafen.«

* * *

Um ein Uhr war ich noch immer wach und ging in die Küche hinunter. Ich trank ein Wasser und stierte eine Weile durch das dunkle Fenster. Dann ging ich wieder ins Bett und schlief ein.

Um fünf Uhr meldete sich das Telefon, und Rodenstock sagte: »Ich würde vorschlagen, wir fahren nach Vossenack zu Friedrich Vonnegut. Sein Haus ist abgebrannt, und die Leiche, die man fand, scheint Vonnegut zu sein.«

»Ich brauche eine halbe Stunde«, sagte ich.

Er kam mit Emmas Volvo und wirkte hochkonzentriert. »Kischkewitz hat anrufen lassen. Das Feuer muss gegen Mitternacht ausgebrochen sein. Und weil das Grundstück hinter einem Wäldchen liegt, wurde es erst gegen ein Uhr entdeckt. Da war es aber schon zu spät. Alle Türen und Fenster waren von innen verschlossen, der Mann war offensichtlich allein.«

»Brandbeschleuniger?«

»Bis jetzt keine. Aber es war ein Holzhaus aus Finnland, keine Chance mehr. Bis jetzt sind nur Brandsachverständige da, die Mordkommission kann sowieso nichts mehr ausrichten. Die sind erst jetzt im Anmarsch.«

»Hatte er denn abends Besuch?«

»Weiß man nicht.«

»Weil er ein Freund von Stern war, hat die Mordkommission ihn doch schon vernommen. Was ist eigentlich dabei herausgekommen.«

»Das weiß ich nicht. Kannst du, bitte, fahren? Mein Kreislauf ist etwas wackelig.«

»Kommt das oft vor?«

»Nein, nicht oft. Manchmal, wenn ich zu wenig Schlaf kriege, nur zwei, drei Stunden, dann ist das so. Die beiden Frauen haben bis eben auf der Terrasse gesessen. Jennifer muss eine verdammte Menge Leben in einem verdammt kurzen Zeitraum lernen, sonst geht das alles den Bach hinunter. Eigentlich braucht sie nur auf ihr Erbe zu warten und kann dann leben, ohne einen Handschlag zu arbeiten. Das ist jetzt schon so, und das ist das Problem. Das weitaus größere Problem aber ist die Tatsache, dass sie das einzige Kind und Mamas und Papas Liebling ist.«

»Kann sie denn nicht einfach zu Ärzte ohne Grenzen gehen und in einem miesen Land helfen, so gut es geht?«

»Kann sie. Und darauf wird es auch hinauslaufen, wenn du mich fragst. Entweder das, oder ein Leben in Langeweile mit einem von den Eltern ausgesuchten dritten Ehemann. Und sie hat Angst vor allen, auch vor den Eltern. Und das gibt sie nicht zu.«

»Die armen, armen Reichen«, spottete ich. »Was könnte im Fall Vonnegut denn abgelaufen sein?«

»Stern wurde umgebracht, Vonnegut wurde umgebracht. Der eine Fall wird mit dem anderen zusammenhängen. Beide waren Freunde, oder mindestens gute Bekannte. Beide waren Schamanen, oder nannten sich so, beide hatten offensichtlich gleiche Interessen. Da zeigt sich nach den Angaben der Claudia Reiche ein bisher unbekanntes Feld. Das ist diese Beratungsszene, diese alleinerziehenden, verlassenen Frauen um die Vierzig, die behaupten, sie könnten mit Tarotkarten, mit Pendeln, mit geheimnisvollen Ritualen, mit Hilfeersuchen an diesen oder jenen Erzengel das Schicksal anderer zum Guten wenden. Das ist ein solcher Scheiß, dass es mich immer noch wütend macht. Vielleicht hat jemand sie getötet, weil sie zu viel über bestimmte Einzelheiten wussten, die wir noch nicht kennen.«

»Das würde auf ein starkes kriminelles Feld hindeuten. Und wer bringt heute noch Leute um, nur weil sie zu viel wissen? Er zerrt sie vor Gericht, aber er lässt sie nicht töten. Rodenstock, da geht deine schmutzige Fantasie mit dir durch. Woher sollen diese Mörder denn kommen?«

»Keine Ahnung«, sagte er dumpf. »Du kannst etwas langsamer fahren, ich bin nervös.«

Also fuhr ich langsamer.

Wir waren um 6.30 Uhr dort, und wir brauchten niemanden nach dem Weg zu fragen, denn die Brandstätte lag ziemlich zentral an einem ausgedehnten Südhang, und die Massierung von Feuerwehrfahrzeugen und vielen Neugierigen war unübersehbar. Sie standen da mit vor der Brust verschränkten Armen und froren.

»Wir gehen den Rest zu Fuß«, riet Rodenstock. »Hier kannst du noch parken, weiter vorne geht es nicht.«

Zur Straße hin war das Grundstück von einer dichten Hecke aus Kirschlorbeer abgeriegelt, nur unterbrochen durch zwei Tore – ein schmales für die Fußgänger, und ein sehr breites für die PKW und die Zulieferer.

»Sie können hier nicht durch«, sagte ein junger Feuerwehrmann freundlich.

»Doch, doch, die dürfen durch, die brauche ich dringend«, sagte Roland Major von der Mordkommission. Er trug einen roten Plastikhelm auf dem Kopf, stand im Kies der Auffahrt und wirkte wie ein Mann, der in seinem Element ist und sich darin wohl fühlt. Er hatte ein verschwitztes, schmutziges Gesicht. »Ich hoffe, junger Mann, Sie haben ihre großen Rohre bei sich. Die Bilder vom Fall Stern sind übrigens hervorragend. Schönen Dank dafür. Und da ist ja auch der sattsam bekannte Rodenstock, den die Branche als einen Zwitter zwischen Beamten und vorlauten Pressemenschen bezeichnet. Willkommen. Herein mit euch!« Er ging vor uns her wie ein Fremdenführer.

Es ging auf einer breiten Allee mit jungen Linden entlang, die sich um eine große Wiese zog. Dann knickte der Hang steil nach unten weg, und das, was Vonneguts Haus gewesen war, lag in einer Senke vor uns.

»Wie Sie sehen, war das Feuer sehr gründlich, da ist nicht mehr viel.« Major wedelte mit beiden Händen, als müsse er sich für das Chaos entschuldigen. »Wenn ich die Situation einmal erklären darf: Das Viereck des Hauses ist gut zu erkennen. Im von hier aus linken hinteren Bereich zum Tal hin fanden wir die Leiche, die übrigens noch in situ belassen wurde, weil wir keine Chance versäumen möchten, zu entdecken, wie es abgelaufen ist. Dieser linke, hintere Bereich war das sehr große Wohnzimmer zum Tal hin. Rechts daneben die Bereiche Küche und Bad, Flur, Eingangshalle, Gästeklo. Dann links vorne zu uns hin sein Schlafzimmer, daneben eine Sauna, anschließend ein kleines Schwimmbecken, ungefähr zwölf mal zehn Meter. Alles auf einer Ebene. Im ersten Stock, der schlicht verschwunden ist, lagen Gästezimmer, insgesamt drei, ein Raum mit einem Billardtisch, ein Raum mit Fitnessgeräten, ein kleines Büro, in dem er arbeitete. Seine Firma mit sechs Angestellten hatte er seit Jahren in Köln.«

»Wo hat es angefangen?«, fragte Rodenstock.

»Im Bereich Eingangshalle und Wohnzimmer, sagen meine Brandspezialisten. Einen Beschleuniger fanden sie bisher nicht, was aber nichts besagt, denn das Gebäude war komplett aus Holz, bis auf das Kellergeschoss, das in Beton gegossen wurde. Was meine Spezialisten unsicher macht, ist wohl die Tatsache, dass das Feuer auch im ersten Stock in seinem Büro, über dem Wohnzimmer ausbrach, und zwar an der linken Hausecke. Zwei Brandherde also. Kann aber sein, dass die Elektroleitungen Kurzschlüsse hatten, wir wissen es noch nicht. Merkwürdig finde ich den Platz, auf dem wir die Leiche fanden. Auf dem Fußboden nämlich, auf einem alten Seidenteppich mitten im Raum, also abseits von den beiden großen Sitzgruppen. Das macht uns zu schaffen, weil wir uns nicht vorstellen können, dass ein Mann mitten in einem großen Raum bei sich ausgreifenden Flammen einfach stehen bleibt, um dann tot umzufallen. Komisch ist auch, dass die Fenster alle aus Panzerglas waren. Gut, der Mann war reich, seine Versicherungen bestanden wahrscheinlich darauf ...«

»Aber es war ein Holzbau«, wandte Rodenstock energisch ein. »Wieso dann Fenster aus Panzerglas? Ich meine, wenn jemand unbedingt an den Bewohner heran wollte, brauchte er die Fenster doch gar nicht zu zertrümmern. Streng genommen konnte er mit einer Panzerfaust ein Loch in die Wand hineinschießen, oder Außentüren einfach zertrümmern.«

»Wir kennen doch alle die kuriosen Sicherheitslisten der Versicherungen bei wohlhabenden Leuten«, sagte Major. »Da wimmelt es von idiotischen Vorschriften. Demnächst genehmigen sie Bundeswehrzelte mit Panzerglas für saudische Scheichs. Was soll's. Der Mann wollte ein Holzhaus, der Mann hat es bekommen. Mit Panzerglas!«

»Bei welcher Temperatur platzen diese Fenster?«, fragte ich.

»Bei etwa 1100 Grad wird es kritisch, sie platzen nicht, sie reißen«, antwortete er. »Und für Sie habe ich eine kleine Liste mit den Punkten, die extrem nah fotografiert werden sollten.«

»Das ist gut«, nickte ich und steckte das Papier ein.

»Wie reich war er denn eigentlich?«, fragte Rodenstock.

»Das muss so alles in allem bei etwa fünfzig Millionen liegen, er kann von den Zinsen also gut leben. Aber das besagt nichts. Er stand noch voll im Saft, er arbeitete noch. Haben Sie Lust, mein Lieber, ein wenig mit Nachbarn zu sprechen?«

»Selbstverständlich«, sagte Rodenstock erfreut.

»Gab es heute Nacht Fahrzeuge, die nicht hierher gehören?«, fragte ich.

»Nein. Und die Feuerwehrleute haben eindeutig ausgesagt, dass alle Türen ins Freie verschlossen waren. Von innen. Die Schlüssel steckten. Es gibt also nicht den geringsten Hinweis auf Besucher oder Gäste.«

»Ich fange dann mal an«, sagte ich und hörte Rodenstock noch fragen: »Gibt es denn Verwandte von ihm?«

Die Leiche war die Nummer eins auf Majors Zettel, und sie war sehr schwierig aufzunehmen, weil sie in einer fötalen Haltung auf der linken Seite lag. Auf dem Zettel stand *Gesicht ganz nah* und *Körper in Ausschnitten ganz nah* und *Schuhreste an beiden Füßen ganz nah*. Dann noch: *Rechtes Handgelenk mit Uhr* und *Linke Hand mit Ring*. Wahrscheinlich würden sie seinen Zahnstatus bemühen müssen, um ihn überhaupt zu identifizieren.

Ihn zu fotografieren war auch deshalb schwer, weil auf dem ganzen Körper verbranntes und angebranntes Papier lag. Natürlich, genau über ihm war sein Büro gewesen, und das schwarze Stahlgestänge neben seinem Körper war der Rest seines Schreibtisches. Ich ging also zu Major, der zusammen mit Rodenstock mit einer Familie sprach. Ich winkte ihm zu, und er kam zu mir.

»Ich kann die Leiche nicht gut fotografieren, es liegt einfach zu viel Papier aus dem Büro auf ihr.«

»Haben Sie sie groß und detailliert mit dem Papier?«

»Habe ich.«

»Dann räumen Sie die Papierstücke ab.«

Ich ging zurück und hob vorsichtig die Papierreste von dem Toten. Dabei sah ich unter dem linken Knie einen Teil eines ziemlich großen Fotos, das nur halbverbrannt war. Es zeigte zwei junge Menschen, ganz in Schwarz gekleidet, mit weißen Gesichtern und schwarz umrahmten Augen. Die Lippen der Frau waren blutrot geschminkt, die des Mannes glänzend schwarz.

Ich ging wieder zu Major, hielt ihm die Aufnahme hin und fragte: »Wer ist das?«

»So eine Überraschung! Das ist das Gothic-Pärchen, das wir befragt haben, als es um die kleine Jamie-Lee ging und wir noch keine Ahnung hatten. Dann waren die also auch hier, sieh mal an.«

»Ich erinnere mich nicht an die Namen«, sagte ich.

»Aber ich!«, strahlte er. »Das sind Pilla Menge und Imre Kladisch. Ziemlich ausgebuffte Typen, ganz schön hart.«

»Was meinen Sie damit?«

»Satanisten eben«, sagte er beiläufig, als sei völlig klar, was für Typen Satanisten eben seien.

»Was heißt denn das?«

»Na ja, sie beten den Teufel an, alles Satanische eben. Besuchen Friedhöfe, tanzen und reden mit den Toten. Leichenfetischisten eben, ganz schön krank. Ich muss jetzt weitermachen.«

»Kann ich die Adresse oder das Telefon von denen haben?«

Er brauchte nicht nachzusehen; er hatte ein Gedächtnis wie der sprichwörtliche Elefant, und ratterte die Telefonnummer herunter. »Das ist in Schmidt«, sagte er.

»Wie machen Sie das?«

Er grinste. »Während eines Falls kommen Adressen und Telefonnummern an. Ich registriere sie und habe sie dann durchschnittlich ein Jahr lang parat. Kollegen meinen, ich hocke nachts am Küchentisch und lerne sie auswendig. Idioten!«

Ich ging zurück und fotografierte erst einmal das Foto mit dem Pärchen. Die Hälfte des Bildes war den Flammen zum Opfer gefallen, ich hätte gern gewusst, was die andere Hälfte zeigte. Irgendwo musste es einen elektronischen Speicher geben, der das ganze Bild zeigte, oder ein Negativ auf einem altmodischen Film. Hoffentlich konnten die Spezialisten etwas auf dem Rechner rekonstruieren, der schwarz verkohlt in der Nähe des ehemaligen Fensters lag. Ich nahm mir jedenfalls die Zeit, die verkohlten Papiere in der Nähe der Leiche auch noch anzusehen. Aber meine Ausbeute war gleich null.

Dann hatte Major geschrieben *Flecken Fußboden nahe Wohnzimmertür*, und da ich nicht erkennen konnte, welche Flecken er meinte, musste ich ihn erneut fragen. Es war ein mühsames Verfahren, und ich spürte, dass er sich auf bestimmte Fragwürdigkeiten konzentrieren wollte, die nicht erklärbar waren, oder aber nach einer Erklärung verlangten. *Mitte der Halle Deckenbalken* stand da, und es war nicht zu erkennen, was Deckenbalken waren und was nur heruntergefallene, verkokelte Dielen des Obergeschosses. Er hatte sechzehn Wünsche notiert, und es dauerte fast zwei Stunden, ehe ich die Liste abgearbeitet hatte. Bei einigen Objekten brauchte ich fünfzehn Minuten allein für die Einstellungen und Ausleuchtung, weil Trümmergewirr sehr kompliziert zu fotografieren ist, wenn es noch raucht, und kaum Tiefenschärfe entsteht. Die Feuerwehrleute waren so freundlich, mir eine ihrer 1000-Watt-Leuchten aufzustellen, um Lichtunterschiede herausarbeiten zu können.

Dann kam Rodenstock durch das Chaos geschlendert und rauchte eine dicke Brasil, was bei ihm tagsüber sehr selten war. »Es stinkt mir hier zu sehr«, erläuterte er. »Stört dich das nicht?«

»Doch, es stört mich. Aber ich kann keine Pfeife rauchen, wenn ich meine Hände zu was anderem gebrauche.«

»Ist dir etwas aufgefallen?«

»Nein, nicht die Spur. Doch, ein Foto von dem Gothic-Pärchen, das bei Jamie-Lee eine unbekannte Rolle spielte. Aber ich bin kein Spezialist in Jenseitsdingen. Jetzt nimm den Scheinwerfer mal da weg und stell ihn zehn Zentimeter nach links. Nein, Stopp, nach rechts. Und dann ungefähr einen halben Meter zurück. So ist es gut, jetzt konzentriere das Licht mal auf dieses Loch, das die zwei dicken Balken bilden. Ja, danke, gut so. Und was hast du herausgefunden?«

»Alltagskram. Er war mal verheiratet, ist aber seit fünfzehn Jahren geschieden. Die Frau wurde bei der Scheidung abgefunden. Andere Verwandte sind bisher nicht bewiesen, werden aber todsicher auftauchen, weil es auch um viel Geld geht. Er hat sein Geld übrigens mit Transportversicherungen verdient, er war ein ganz Großer in dem Geschäft. Er versicherte ganze LKW-Flotten, aber auch Schiffsladungen und Schiffe, Industrieanlagen und Hoch- und Tiefbauer. Mit Kleinkram hat er sich nicht abgegeben. Und unser Freund Jakob Stern war häufig hier. Es wird schwierig zu rekonstruieren sein, was er alles unter Vertrag hatte. Im Obergeschoss war ein Büro. Der ganze Papierkram ist verbrannt und unbrauchbar, wir können nur auf seine Banker hoffen. Und hoffentlich sitzen die nicht auf den kleinen Antillen.«

»Gibt es eine aktuelle Frau?«

»Das wissen wir nicht. Also, es gab in den vergangenen Jahren nicht den geringsten Wirbel wegen einer Frau. Hier lebte keine mit ihm, das ist sicher. Er scheint der reinste Tugendbold gewesen zu sein, kein sündhaftes Leben, keine Verfehlung, nicht mal eine feine, kleine Steuerhinterziehung, nichts auf der falschen Seite des Zauns. Richtig langweilig. Nur ein Interesse: Geld und Gewinn.«

»Hatte er denn wenigstens eine Putzfrau?«

»Ja. Mit der habe ich schon gesprochen, sie war unter den Schaulustigen. Sie kam dreimal die Woche, und nie war irgendetwas Besonderes. Er war ein netter, freundlicher Arbeitgeber und hat sie sogar ordentlich bei der Steuer angegeben und Sozialbeiträge abgeführt. Und sie kennt auch den Jakob Stern und hat ihn hier erlebt. Ach ja, er war dreiundfünfzig Jahre alt. Er stammt aus Köln, hat sich aber schon früh hier niedergelassen, das Haus steht seit etwa zwölf Jahren. Die Garage ist alles, was übrig geblieben ist. Da stehen ein schwerer BMW und ein Bentley, wobei ich mir, ehrlich gesagt, nicht vorstellen kann, was einer hier im Nationalpark mit einem Bentley macht. Vielleicht fährt er zweimal im Sommer über die Hauptstraße von Mützenich, da kann man so ein Ding schon werbeträchtig brauchen. Na ja, gut, vielleicht hat die Putzfrau ihn einmal pro Jahr abgestaubt ...«

»Den Bentley, oder den Vonnegut?«

»Gar hastig ist die Jugend mit dem Wort. Was weiß ich. Wenn jemand 50 Millionen besitzt, kann er von mir aus auch so eine Edelschachtel in der Garage haben. Was kostet so ein Auto denn eigentlich?«

»Zweihundertfünfzigtausend, ohne den rechten Außenspiegel, der kostet extra.«

»Du hast überhaupt keine Ehrfurcht vor Kaufleuten.«

»Habe ich auch nicht, es gibt zu viele davon, und zu viele miese«, erklärte ich. »Und jetzt muss ich rauf in den ersten Stock.«

»Aber da ist kein erster Stock mehr.«

»Doch, durchaus. Da ist die Treppe, nur teilweise angekokelt, und oben sind noch zwei bis drei Quadratmeter unberührte Natur. Die will er fotografiert haben.«

»Diese Neugier der Polizisten ist doch widerlich. Und wo könnten wir frühstücken?«

»Im Alten Forsthaus«, erwiderte ich. »Jetzt nimm mal den Koffer mit zur Treppe. Und den Scheinwerfer könntest du trotz deines hohen Alters auch tragen.«

»Hast du ein Gefühl entwickelt? Was ist das hier? Ein Unglücksort? Ein Tatort?«

»Also, wenn ich ehrlich sein soll, ist mir alles an dem Fall suspekt. Warum liegt seine Leiche dort, wo sie liegt? Das würde letztlich heißen, dass er sich in der Mitte seiner Wohnlandschaft aufbaute, um dann geduldig auf die Flammen zu warten, die sich ihm näherten, den Kopf zu senken, sich niederzulassen wie ein ungeborenes Kind im Mutterbauch und dann zu sterben. Er war voll bekleidet, also mit einer Cordhose und einem Gürtel, von dem ich noch die Schnalle fotografieren musste. Dann trug er ein rot kariertes Hemd, wie wir sie auch tragen, hellgraue Socken, wenn ich richtig gesehen habe und bequeme, lederne Slipper. Das heißt, er muss bei vollem Verstand vom Feuer überrascht worden sein, ohne sich zu bewegen oder einfach das Haus zu verlassen. Natürlich fackelt ein Holzhaus sehr schnell ab, aber immerhin bleibt dir doch diese oder jene halbe Stunde Zeit, dich zurückzuziehen.«

Major erschien und versuchte sich durch das Chaos der Reste in unsere Richtung zu bewegen. Er stolperte, sagte: »Ach Gott, ach Gott« und fragte dann: »Können wir ihn zur Gerichtsmedizin schicken?«

»Ja, ich bin fertig«, sagte ich. »Wissen Sie zufällig, ob der Arzt Gewebe entnahm? Und noch Blutproben genommen hat?«

»Weiß ich zufällig. Das hat er, die sind schon im Labor.«

»Wie sieht denn jetzt Ihr Gesamtbild aus?«, fragte Rodenstock.

Er überlegte eine Weile. »Ich lehne mich mal weit aus dem Fenster. Er wurde erst getötet, dann wurde die Bude abgefackelt. Diese Vermutung geht sehr weit, weil sie voraussetzt, dass mindestens eine andere Person das Haus jederzeit betreten und wieder verlassen konnte.«

»Sehen Sie das im Zusammenhang mit Jakob Stern?«

»Selbstverständlich. Bis Fakten auftauchen, die das Gegenteil besagen. Aber an solche Fakten glaube ich noch nicht.«

»Und wie erklären Sie, dass alle Außentüren von innen verschlossen waren?«

»Kein Kunststück, stinknormale Sicherheitsschlösser. Jemand muss nur ein Duplikat eines Schlüssels besitzen. Insgesamt gibt es sechs Türen ins Haus, vier im Erdgeschoss, zwei im Keller auf der Rückseite. Sie haben jeweils zwei Kanäle. Wenn der Schlüssel innen steckt, kann man auf der anderen Seite den Schlüssel einführen und auf- und zuschließen.«

»Das ist der nächste Irrwitz: Normale Sicherheitsschlösser und Panzerglas!« Rodenstock schüttelte den Kopf. »Na ja, das ist ein Problem des Versicherers, was rege ich mich auf. Ist eigentlich bekannt, wer auf die Idee mit dem Panzerglas gekommen ist?«

»Lieber Herr Oberrat und Kollege«, grinste Major. »Sie können ganz sicher sein, dass ich das Problem auch noch lösen werde. Der Tote war selber Versicherungsagent, da wird es schon eine Erklärung geben. Mich interessiert erst einmal die Frage, wer denn hingeht und zwei Männer umbringt, die im Grunde harmlose Naturburschen waren, die auf jeden Fall aber keine Feinde züchteten. Also: Wer tut so etwas?«

Ein Feuerwehrmann kam um die Ecke des Hauses und fragte: »Wir können jetzt abrücken. Brauchen Sie uns noch?«

»Nein. Wir danken euch, Leute. Und denkt daran, uns das Protokoll der Feuerbekämpfung fertigzumachen, vom Eingang des Alarms bis zum ersten Rohr und so weiter. Gute Arbeit, wir danken schön. Und sagt den Streifenwagen zwei und drei, sie können abhauen. Aber die Absperrung will ich beibehalten, ich sperre diesen Teil der Straße.« Dann meldete sich sein Handy wie eine alte Hupe, und er sagte hastig: »Ja, bitte? Ach, Martha! – Was soll ich mitbringen? Käse? – Wann ich komme? – Vielleicht gegen siebzehn Uhr, vielleicht ein, zwei Stunden später. – Was für Käse denn? – Eigentlich lieber nicht. Ich weiß nicht, ob du Radio gehört hast, aber aus Italien wurden elftausend Tonnen uralter Käse nach ganz Europa geliefert. Mit

Würmern und Maden und Schimmel und Mäusedreck. Das Ganze auf neu getrimmt. – Na, siehste!« Er steckte das Handy weg und krümmte sich ungeniert in einem Kicheranfall. Er hatte einen Heidenspaß.

»Kommt Kischkewitz eigentlich zu Hilfe?«, fragte ich.

»Na, das hoffe ich doch«, polterte er. »Wir haben jetzt zwei tote Schamanen. Und hoffentlich wird das keine Serie. Ich hab noch eine Menge zu arbeiten.«

Damit stapfte er davon und tanzte dann geradezu elegant um einen Haufen des immer noch qualmenden, hölzernen Durcheinanders, scheiterte dann an einer Latte und landete unerbittlich in einer tiefen Pfütze Löschwasser. Er erinnerte mich in diesen Sekunden an den dicken Oliver Hardy, der immer so unvergleichlich mit den dicken Fingerchen trommelte und zum Himmel hinaufsah.

»Er ist ein Guter«, sagte ich. »Und jetzt komm, Rodenstock, heb deinen Arsch und hilf mir mal ein bisschen mit den letzten Aufnahmen.«

Es dauerte nicht lange, dann waren wir mit den schäbigen Resten des oberen Stockwerks fertig und konnten gehen. Ich wechselte den Chip aus und machte noch einige Fotos für mich, um zu vermeiden, dass wir auf die Kripo in Aachen angewiesen waren. Ich gab Major seinen Chip mit den Aufnahmen für die Polizei und schleppte den Kamerakoffer zum Wagen.

Ich hatte noch nicht einmal ein paar Meter zurückgelegt, als Roland Major laut »Baumeister!« brüllte. Dann kam er mit einem großen, gelben Umschlag zu mir und sagte: »Die Fotos von Jakob Stern. Wir danken sehr.«

»Wirst du eigentlich für den Auftrag bezahlt?«, fragte Rodenstock im Wagen.

»Nicht die Spur«, sagte ich. »Hätte ich etwa ein Honorar ausmachen sollen?«

»Die Selbstkosten vielleicht«, meinte er und schüttelte den Kopf: »Du wirst das mit dem Geld niemals verstehen.«

»Richtig. Und jetzt will ich ein Frühstück. Es ist elf Uhr.«

»Ich dagegen frage an, ob die Frauen meines Lebens schon aus dem Bett sind.«

Wir bekamen tatsächlich noch ein Frühstück an einem einsamen Zweiertisch, und Rodenstock bemerkte süffisant, ich sei im Gesicht mindestens so schwarz wie die Sünde, und wahrscheinlich fürchte sich die Bedienung vor mir. Ich ging mich also erst einmal säubern, was schwierig war und lange dauerte, weil Ruß bekanntlich sehr schmierig und widerstandsfähig ist.

»Die Frauen sind noch nicht wach«, erklärte er. »Niemand vermisst uns.«

»Ich möchte unbedingt diese finsteren, schwarzen Gestalten besuchen, diese Gothics. Hast du Lust?«

»Nicht schlecht, die Idee«, sagte er. »Hast du eine Adresse?«

»Habe ich. Ich rufe sie mal an.«

Jemand mit einer tiefen, durchaus Vertrauen verströmenden Stimme sagte: »Kladisch und Menge. Ja, bitte?«

»Baumeister, Journalist. Während des Falles Jamie-Lee habe ich von Ihnen reden hören. Kann ich Sie besuchen?«

»Aber der Fall ist doch erledigt«, wandte er ruhig ein.

»Jetzt heißt der Fall Jakob Stern. Außerdem waren Sie bei Friedrich Vonnegut in Vossenack, da liegt es nahe.«

»Und wann soll das sein?«

»Sofort von mir aus, oder in einer Stunde. Und wie ist Ihre Adresse?«

Er nannte sie mir und fügte an: »In einer Stunde also.«

* * *

»Vielleicht sind das einfach nur Modefreaks«, murmelte Rodenstock betroffen, als wir vor dem kleinen Einfamilienhaus ankamen. Es wirkte geradezu schrecklich kleinkariert und mittelmäßig, dass mir jeder Mut abhanden kam und ich aufgeben wollte. Der handtuchgroße Vorgarten war ein Paradestück an Ödnis und Wüste, vor vierzig Jahren angelegt und am folgenden Tag ein für allemal vergessen.

Der junge Mann, der die Tür öffnete, zeigte die ganze Kriegsbemalung seiner Art: ein stark gebleichtes, scharf geschminktes Gesicht, schwarze, glänzend geschminkte Lippen, rabenschwarze, mittellange, glatte Haare, von denen eine Strähne malerisch über das linke Auge fiel. Die Augenbrauen waren zwei elegant geformte Sicheln, todsicher gezupft und gepflegt. Seine Fingernägel waren extrem lang und selbstverständlich schwarz lackiert. Seine Kleidung war erlesen einfach und ebenfalls schwarz, nichts als eine schwarze Tuchhose und ein schwarzes T-Shirt. Er war sehr groß und gertenschlank. Auf den ersten Eindruck wirkte er jedenfalls edel, höflich, zuvorkommend, selbstbewusst und vor allem vollkommen gelassen.

»Rodenstock und Baumeister. Wir haben eben telefoniert. Danke, dass Sie sich die Zeit nehmen.«

»Gerne«, erwiderte er einfach. »Gehen Sie einfach gerade durch. Was möchten Sie trinken? Ich habe einen guten Côtes du Rhône da.«

»Zu früh, danke«, murmelte Rodenstock, während wir an ihm vorbeigingen. »Vielleicht ein Wasser.«

Von irgendwoher sagte er: »Ein Wasser.« Und dann: »Nehmen Sie Platz, wo immer Sie mögen.« Eine Eisschranktür wurde geöffnet und geschlossen, Gläser schlugen leicht aneinander.

Wir blieben erst einmal stehen, weil es gar nicht so einfach war, sich zurechtzufinden. Der Raum war vollkommen schwarz. Es gab keine glatten Wände, es gab nur schwarzes Tuch, das vor den Wänden in breiten Bahnen von der Decke herabhing. Natürlich war die Sitzgruppe aus schwarzem Leder. Das Licht war merkwürdig blau, bis ich begriff, dass es aus winzigen, dunkelblauen Strahlern flutete, die überall an der Decke angebracht waren. Es war ein sehr kaltes Licht.

Er kam herein mit einem Tablett voller kleiner Wasserflaschen und Gläser. Er ordnete die Dinge auf dem Tisch fast ein wenig pedantisch, sehr schnell und leise wie ein Oberkellner. Er wiederholte höflich: »Bitte, setzen Sie sich doch.« Er selbst wählte einen Sessel an der Schmalseite des kleinen Tisches. Rodenstock nahm das Sofa, ich den zweiten Sessel. Dann herrschte erst einmal das große Schweigen, wobei er uns freundlich ansah und ermunternd nickte.

Ich begann: »Es ist so, dass wir keine Ahnung haben. Weder von Ihnen, noch von anderen spirituellen Dingen, Strömungen und Überzeugungen, die möglicherweise in Ihre Richtung gehen. Wir sind also Greenhorns. Wenn Sie so wollen, befinden wir uns im Status nascendi und werden vermutlich Fragen stellen, die Ihnen naiv vorkommen. Aber in der Regel ist das eine gute Ausgangsbasis.«

»Das denke ich auch«, nickte er. »Frage Nummer eins?«

»Sie sind jung«, begann Rodenstock. »Darf ich raten? Fünfundzwanzig?«

»Vierundzwanzig«, verbesserte er.

»Gut, vierundzwanzig. In der Szene werden Sie ein Gothic genannt, wobei ich da schon gleich die zweite Frage habe. Wieso Gothic?«

»Nun ja, diese Bezeichnung trifft auf mich sicher nicht zu, ich habe einen ganz anderen Hintergrund. Gothic nennt man in England diese reinen Modetypen, weil sie tatsächlich etwas Mittelalterliches, Gotisches haben. Düster, hochragend, aber im Wesentlichen nur Kleiderständer in schwarz mit einer Aussagekraft, die gleich null ist. Gothic bedeutet dann eben nur ein Modefreak.« Er sprach leise, leicht und mühelos. Dann lächelte er und fragte schnell: »Was machen Sie mit dem Material, das ich Ihnen liefere?«

»Journalistisch zunächst einmal gar nichts«, sagte ich. »Wir sammeln Eindrücke, wir haben zwei Morde in einer Szene, die wir bisher nicht kannten. Also versuchen wir, uns ein umfassendes Bild zu machen. Und erst dann könnte man an eine Veröffentlichung denken. Und also frage ich Sie: Wo stehen Sie persönlich? Was vertreten Sie?«

»Den Satan«, erwiderte er einfach. »Mein Gott ist der Satan persönlich.«

»Sprechen Sie mit ihm?« Die Frage von Rodenstock kam sehr schnell.

»Zuweilen, in wichtigen Entscheidungen.«

»Was sind denn wichtige Entscheidungen?«, fragte ich.

»Das erlebten wir gerade. Wichtige Entscheidungen können anstehen, wenn ein kleines Mädchen namens Jamie-Lee irgendwie zu Tode kommt und ich gefragt werden könnte, wie ich dazu stehe und ob ich mit diesem Mädchen irgendetwas zu tun habe.«

»Wie lautete denn die Antwort des Teufels?«, fragte Rodenstock.

»Nun ja, wir kannten Jamie-Lee ja, wir haben mit ihr gesprochen, wir waren aber keinesfalls betroffen oder erschrocken. Der Tod ist Teil des Daseins, nicht wahr? Es gab die verrückte Vermutung in der Nachbarschaft, dass sie, also die Kleine, eine Schülerin von mir ist. Das war sie nicht, im Gegenteil, ich würde niemals Kinder in meinen Kreis aufnehmen. Außerdem hat mir der Orden noch nicht die Befähigung zur Lehre ausgesprochen. Also gab mein Teufel mir den Rat, das genau den Leuten zu sagen. Das habe ich dann getan.«

»Und wie haben die reagiert?«

»Wie üblich, sie haben angefangen zu stottern, wurden verlegen, drehten sich ab und gingen davon. Aber das tun sie ja immer, und ehrlich gestanden erheitert mich das auch.«

»Warum leben Sie hier? Warum leben Sie nicht in einer Stadt, wo Sie leichter Gleichgesinnte finden?«, fragte ich.

»Weil man sich auf das große Leben vorbereiten muss. Das geschieht in ländlicher Umgebung durchaus besser. Mein Orden sagt mir, wann ich meinen Wohnort wechseln sollte.«

»Welcher Orden, bitte?«, fragte Rodenstock.

»Ich bin Angehöriger des Ordo Templi Orientis, unser Prophet Aleister Crowley gründete ihn. Und sein Rat ist für mich Gesetz: Tu, was du willst!«

»Sprechen Sie auch mit ihm?« Rodenstock griff nach seinem Glas.

»Nein, das kann ich nicht. Aleister war ein Sterblicher, und er sitzt jetzt neben Lucifer und hört ihm zu. Aber manchmal kann ich spüren, was er gewollt hätte.«

»Ich sehe da in dem Regal zwei Totenschädel. Sind die echt?«, fragte ich.

»Ja, die sind echt. Manchmal hat man Glück und ist dabei, wenn alte Gräber aufgelassen werden. Da kann man so ein Gefäß dann bekommen.«

»Sie sollen eine Gefährtin haben. Pilla Menge soll sie heißen. Ist das richtig?« Rodenstock lächelte ihn freundlich an.

»Pilla ist nicht meine Gefährtin, sie ist meine Sklavin, sie gehorcht mir. Streng genommen atmet sie nicht einmal, wenn ich es ihr untersage.«

»Und das meinen Sie ernst?«, fragte ich einigermaßen fassungslos.

»Vollkommen ernst«, nickte er.

»Haben Sie hier in dieser Gegend Gleichgesinnte?« Rodenstock hatte jetzt ganz schmale Augen.

»Es gibt einige, die uns besuchen und mit uns über unsere Religion diskutieren. Aber sie schrecken vor unserer Unbedingtheit zurück, den meisten fehlt der Mut, sich offen zu bekennen. Aber das wird sich ändern, wenn unsere Zeit gekommen ist.«

»Ist das richtig? Sind Sie Sendboten des Teufels?«, fragte ich.

»Das ist gut formuliert, ja, das ist so.«

»An was glauben Sie denn eigentlich?«, fragte ich weiter.

»An das Schlechte, das Destruktive, an zerstörerische Kräfte, an das tiefe Tal aller Demütigungen, an die tägliche Normalität der sexuellen Knechtungen, an menschliche Geilheit. Dazu würden mir noch viele Dinge einfallen. Ausgeschlossen nenne ich die christliche Moral, die christliche Ethik, die christlichen Grundsätze, alles, was mit dem so genannten lieben Gott zusammenhängt. Der erscheint mir in einem lächerlichen Zustand und ohne Kompetenzen.«

»Dann leben Sie hier aber doch in totaler Isolation!«, wandte Rodenstock schnell ein. »Wie reagieren denn Ihre Nachbarn auf solch einen blühenden Unsinn?«

»Sie sagen Unsinn, ich sage, es ist mein Glaube.« Er hob die Stimme nicht, wurde nicht bissig, klang eher herablassend. »Sie können Ihren Gott nicht beweisen, das Böse aber kann ich beweisen, jeden Tag und jede Stunde. Und es ist immer stärker als Gott, wenn ich das einmal erwähnen darf.«

»Sagen Sie«, begann ich vorsichtig, »da war doch einmal ein kleiner Junge, der Imre Kladisch hieß. Er hatte Geschwister, er hatte Eltern, er ging in eine Schule. Was ist mit dem passiert, dass er mir heute so ungeheuer brutal kommt?«

»Der kleine Junge wurde ein Realist«, sagte er lächelnd.

»Sie haben eine gute und klare Sprache, Sie können formulieren, sie haben denken gelernt. Sie wirken geradezu erschreckend erwachsen. Ich nehme an, Sie haben ein Gymnasium besucht und dann studiert. Ist das richtig?« In Rodenstocks Stimme war eindeutig ein Hauch von Verachtung.

»Das ist richtig. Ich habe Philosophie studiert. Aber nicht promoviert und nicht mit irgendeinem Titel abgeschlossen, obwohl man so ein Studium ohnehin nicht abschließen kann. Wann kann man Philosophie abschließen, sie ist doch ein stetiger Prozess?«

»Demnach haben Sie Schopenhauer gründlich gelesen?«, fragte Rodenstock weiter.

»Aber selbstverständlich. Unter anderem.« Er wirkte herablassend.

»Darf ich den Gedankengang von Herrn Baumeister fortführen und nach Ihren Eltern fragen?«

»Das sind brave Leute, weitere Auskünfte gebe ich nicht.«

»Haben Sie sich von denen getrennt?«

»Sagen wir so: Manchmal besuche ich sie.«

»Wovon leben Sie?«, fragte ich.

»Die Frage ist zu persönlich, darauf werde ich nicht antworten.«

»Heißt das, dass Sie keinen Beruf haben?«

»Das ist zu persönlich, so etwas beantworte ich nicht.«

»Gehen Sie auf den Friedhof und feiern Sie dort schwarze Messen? Oder köpfen Sie dort Hühner, lassen sie ausbluten und rufen dabei Luzifer an?«, fragte ich und setzte schnell nach: »Es mag sein, dass das eine sehr naive Frage ist, es ist auch nur das, was mir einfällt, wenn ich an Satanismus denke.«

»Und das meiste ist Geschwätz«, sagte er freundlich lächelnd. »Ein Friedhof ist ganz generell zu einer schwarzen Messe nicht notwendig. Dazu braucht man doch keine Friedhöfe. Und das, was Sie schwarze Messe nennen, bezeichne ich als Gebetsstunden von Jugendlichen, die nach dem richtigen Weg suchen.«

»Der Volksmund sagt, dabei werden Jungfrauen geopfert«, schloss Rodenstock ganz schnell an. »Ist das auch Geschwätz?«

Er überlegte ein paar Sekunden. »Sehen Sie, diese etwas absurden Vorstellungen können wir nicht wirksam bekämpfen. Und sie fördern ja auch die Angst vor uns. Erinnern Sie sich an die Manson-Familie in Kalifornien? Oder an den Film Rosemarys Baby? Das waren Bluttaten, die direkt vom Satan eingegeben wurden. Zumindest glauben wir das. Aber wir wären ja sehr dumm, wenn wir durch ähnliche Ereignisse unsere Verfolgung anregen würden. Ich gehöre zu der Generation, die lieber im Verborgenen arbeitet.«

»Aber Sie kennen das Symbol des umgedrehten Kreuzes?«, fragte Rodenstock.

»Oh, ich kenne sogar Leute, die das höllische Pentagramm auf Grabsteine sprühen. Aber das sind kleinliche Leute, die brauchen so etwas.«

»Kommen wir in die Gegenwart«, murmelte Rodenstock. »Herr Vonnegut ist tot. Er verbrannte in seinem Haus in Vossenack. Wir kommen gerade von dort, wir haben ein Foto von Ihnen dort gefunden. Wann waren Sie dort?«

»Das letzte Mal ist zwei oder drei Wochen her. Ich war mit Pilla öfter dort, vielleicht zehnmal insgesamt. Herr Vonnegut hat sich mit uns geschmückt, wenn ich das so sagen darf.« Und erst dann begriff er, was Rodenstock gefragt hatte. »Ist er wirklich tot? Wirklich verbrannt? Das tut mir leid. Er war so fröhlich.«

»Was meinen Sie damit: Er hat sich mit Ihnen geschmückt?«, fragte ich.

»Nun ja, er lud Leute ein und uns auch. Er stellte uns vor als die vom Teufel Gesandten, und er hatte bei seinen Leuten großen Erfolg damit.«

»Ist das nicht ein wenig billig?«, fragte Rodenstock schnell.

»Oh, nein. Er hat übersehen, dass wir dabei Menschen treffen konnten, die möglicherweise zu uns gehören wollen. Wir verfolgen ja eine Mission.«

»Kann man diese Mission formulieren?«, fragte Rodenstock weiter.

»Natürlich. Wir suchen Jünger für die Arbeit des Satans.«

»Und Sie kannten selbstverständlich Jakob Stern. Und Sie haben in den Nachrichten gehört, dass er getötet und dann in einer heiligen Eiche beigesetzt wurde. Wie schätzen Sie diesen Mann ein?«

»Er war ein freundlicher Mann, und er hatte eine starke Ausstrahlung. Er glaubte an die Weisheit der amerikanischen Indianer, an ihr Leben mit der Natur. Er war sehr lebendig, wie ich das sehe, aber er war auch zu gut. Also, ich meine, er glaubte an das Gute im Menschen, obwohl da eigentlich wenig Gutes ist. Mich würde stark interessieren, wer das getan hat.«

»Uns auch, uns wirklich auch«, Rodenstock klang sarkastisch. »Waren Sie auch dort zu Gast?«

»Ja, natürlich. Wir haben manchmal in diesem Kreis um ein Feuer gesessen. Unter den Bäumen dort. Aber ich fand es schrecklich langweilig und habe es ihm auch gesagt. Er hat nur gelacht und hat es nicht einmal übel genommen.«

»Wie lange leben Sie schon hier?«, fragte Rodenstock.

»Drei Jahre.«

»Und von Beginn an mit Pilla Menge?«

»Von Beginn an. Ich lernte sie vor fünf Jahren in Krefeld kennen. Sie war auf der Suche.«

»Hat sie denn formuliert, was sie sucht?«

»Ja, hat sie. Sie wollte dem Satan dienen.«

»Könnten wir ihr diese Fragen ...?«

»Selbstverständlich«, nickte er. Er hatte nichts in der Hand, womit er einen Lautsprecher betätigen konnte, er sprach keine Nuance lauter, er sagte leise: »Pilla! Kannst du mal runterkommen?«

Genau über uns waren Schritte, dann ging jemand eine Treppe hinunter, dann stand die Frau im Raum.

»Guten Tag«, sagte sie einfach und strahlte uns an.

Sie war genau so hergerichtet wie ihr Freund und Meister, nur ihr Lippenstift war grellrot und der Lack ihrer Fingernägel auch. Sie trug ein schwarzes, sehr kurzes Kleid, das ihr nicht einmal bis zu den Knien reichte. Sie ging auf extrem hohen Hacken ein paar Schritte vorwärts, bis sie neben dem Sessel ihres Gefährten stand, dann reichte er ihr die Hand. Ohne jeden Zweifel war sie eine schöne Frau, und ohne jeden Zweifel wusste sie das auch. Ihre Augen waren grau und glänzten strahlend.

»Ist das richtig, sind Sie seine Sklavin?«, fragte Rodenstock.

»Ja«, bestätigte sie. Ihre Stimme war leise und angenehm. »Ich gehorche ihm, und ich bin das menschliche Laster und die Sünde.«

»Und wie muss ich mir das vorstellen?«

»So!«, sagte Imre Kladisch und deutete auf die gegenüberliegende Wand, auf der ein Viereck aus Licht erschien. Wie er den Recorder und den Beamer an der Decke steuerte, war nicht zu erkennen, aber es wirkte wie eine gute Show und war zweifelsfrei auch so gedacht.

Da standen vier nackte, junge Männer mit stark erregtem Glied. Die Kamera schwenkte dann von ihnen fort auf die nackte Pilla Menge. Sie hatte ihre Schamhaare rasiert, und sie stand breitbeinig vor einem dunkelblauen Vorhang. Sie wirkte ebenfalls erregt, sie wand sich, sie griff sich zwischen die Beine. Dann winkte sie, und einer der Männer löste sich aus der Reihe und trat zu ihr. Er kniete nieder.

»Also, eigentlich bin ich nicht hier, um einen Porno zu sehen«, meinte Rodenstock ganz gemütlich.

»Es ist nicht nur ein Porno«, versicherte Imre Kladisch.

Jetzt war nur das blaue Tuch zu sehen. Dann fiel ein langes, sehr breites Messer darauf. Dann sah man einen nackten Körper, aber nur in einem Streifen quer über die Taille. Von oben her kam das Messer, geführt von einer blutigen Hand, und schnitt diesen Körper auf. Das Blut quoll und lief über das Fleisch.

»Das ist doch nur ekelhaft«, sagte Rodenstock abwehrend.

Dann kam, bildfüllend, die Scham der Frau. Eine sehr ausgeprägte Männerhand griff vom oberen Bildrand in das Fleisch.

»Es ist nicht einmal gut gemacht«, sagte Rodenstock. »Herr Kladisch, Sie müssen einfach wissen, dass ich ziemlich viele Jahre hindurch Leiter von Sonderkommissionen und Mordkommissionen war. Bei Tötungen im Milieu der Prostitution fanden wir dauernd derartige Streifen.« Jetzt schaltete Kladisch den Film aus, und Rodenstock fuhr fort: »Mit derartigen Filmchen hätten Sie nicht einmal vor dreißig, vierzig Jahren Aufsehen erregt. Was bezwecken Sie damit?«

»Ich mache die Menschen geil«, sagte er lächelnd. »Ich zeige sie, wie sie sind.«

»Frau Menge, wie alt sind Sie?«

»Ich bin neunzehn«, antwortete sie.

Rodenstock war jetzt stinksauer und angeekelt. »Haben Sie einen Beruf?«

»Nein, habe ich nicht. Ich bin nur Imres Sklavin.«

»Nehmen Sie es mir nicht übel«, murmelte Rodenstock und stand auf. »Ich möchte gehen, und ich möchte Ihnen sagen, dass ich Ihr Gewäsch nicht ernst nehmen kann. Und das Filmchen da auch nicht. Damit können Sie Teenager wahrscheinlich beeindrucken, mich nicht. Ihre Version vom Satanismus ist recht ordentlich und für Ihr Alter gut eingeübt, aber ernst nehmen kann man das nicht. Mit anderen Worten: Ich werde noch nicht einmal einen Staatsanwalt darauf aufmerksam machen. Baumeister, wir können.«

Kladisch wusste nicht, ob er aufstehen sollte, blieb dann aber sitzen. Er sagte: »Sie werden mich noch erleben.«

Seine Gefährtin wirkte geschockt, sie kaute betreten auf ihrer Unterlippe.

So marschierten wir hinaus, und ich ließ die Haustür hinter mir ganz sanft ins Schloss fallen.

»Wollen wir heim?«, fragte ich im Auto.

»Wollen wir. Was denkst du von diesem Pärchen?«

»Ehrlich gesagt, macht mir so etwas Angst. Aber wahrscheinlich hast du recht, wahrscheinlich wollen sie einfach ganz verkrampft anders sein als andere. Bloß weg vom Mainstream.«

»Ja«, nickte er. »Ich finde nur die erschreckende Potenz bedrückend, die da aufgebaut wird. Was ist, wenn so ein Kerl langsam aber sicher ausrastet? Was ist, wenn er ein Kind entführt und es in einer Zeremonie vor Publikum opfert?«

* * *

Rodenstock setzte mich gegen halb fünf vor meinem Haus ab, und ich versprach, mich zu melden, falls irgendetwas geschah oder der Fall weiterging.

Er sagte: »Vielleicht kannst du noch mal kurz mit Jennifer sprechen, damit die von ihrem schlechten Gefühl runterkommt.«

»Du klingst wie ein evangelikaler Prediger. Das sind die Leute, die behaupten, jeder Tag müsse unbedingt gut enden und mit einem Gespräch mit einem Erzengel abgeschlossen werden.«

»Tatsächlich?«, fragte er verunsichert. »Ach, Gott.«

Mein Kater lag auf der Terrasse auf der Lauer und erzählte mir irgendeine Geschichte, die er wahrscheinlich in der Zwischenzeit erlebt hatte. Ich gab ihm zu fressen, und er hielt für ein paar Minuten den Mund.

Der Gedanke an Imre Kladisch und seine Sklavin Pilla Menge machte mich immer noch nervös. Was konnte denn wirklich geschehen, wenn dieser Mann sich in seine Rolle hineinsteigerte und in eine Psychose schlidderte? Es war wirklich eine erschreckende Szene, in der wir uns bewegten.

Dann wollte ich Musik, unbedingt eine kräftige Musik. Ich legte von art by heart *Reflecting the Blues* ein. Christian Willisohn mit Boris van der Lek, Rehearsal at Grasland. Zuweilen ist es tröstlich, gute Musik wie einen klaren Schluck Wasser zu trinken und das endlose Palaver unter den Menschen zu vergessen.

Seit unserer zweiten Reise in den Nationalpark, seit ich mit Britt Babenz gesprochen hatte, die versuchte, ohne Geld ihre Kinder durchzubringen, und die versucht hatte, mit lächerlich untauglichen Mitteln an ein Informationshonorar zu kommen, hatte ich irgendetwas vergessen, verdrängt, nicht verstanden, übersehen. Ich wusste, es war wichtig, aber ich wusste nicht, was es war. Hatte es irgendetwas mit den Toten Jakob Stern oder Friedrich Vonnegut zu tun, irgendetwas mit der Szene, irgendetwas mit Gerüchten? Babenz hatte gesagt, sie könnten tatsächlich vielen helfen, die zu ihnen kämen. Natürlich, ich hatte die Frage nach dem Wie nicht gestellt. Ich rief sie an und hoffte, dass sie zu Hause war.

Sie meldete sich mit ganz kleiner Stimme, sie klang nach Unglück, sie sagte: »Ich habe den zweiten Job eben verloren. Sie haben gesagt, ich konzentriere mich nicht genug auf die Arbeit, sie haben mich gefeuert.«

»Und was willst du unternehmen?«

»Weiß ich nicht. Vielleicht rede ich mit Semana, vielleicht weiß die etwas. Ich würde mich am liebsten besaufen.«

»Das wird deinen Kindern nicht gefallen. Wo sind die denn?«

»Die sind bei meinen Eltern, sie haben ja jetzt Ferien.«

»Ich kann dir ein Informationshonorar bezahlen, nicht viel, dreihundert vielleicht. Du musst nur ein paar Fragen beantworten.«

»Aber ich habe kein Auto«, sagte sie kläglich.

»Brauchst du nicht, ich komme zu dir.«

»Und wann soll das sein?«

»Jetzt«, sagte ich.

5. Kapitel

Ich nahm *Reflecting the Blues* mit, Willisohns Klavier und Boris van der Leks Saxophon kamen sehr eindringlich, es klang mühelos und brillant, aber dahinter steckten zwei Profis mit lebenslanger Erfahrung. *St. James Infirmary* war ein Genuss, und ich ließ es gleich viermal laufen.

Wenn du ein Leben lang Journalist gewesen bist, weißt du ganz genau, wo die Schwächen eines Menschen liegen, an welchem Punkt du ihn dazu bringen kannst, von seinem Elend zu berichten. Du brauchst kein kompliziertes Drehbuch, keinen teuflischen Plan, du brauchst nur ein paar Dinge zu erwähnen, von denen du weißt, dass sie Wunden aufreißen. Du wirst so sicher wie das Amen in der Kirche anschließend ein mieses Gefühl haben, aber du wirst in der Geschichte weiterkommen.

Es war halb acht am Abend, als ich das Haus in Wolfgarten erreichte, und es regnete. Die Temperaturkurve hatte einen Knick nach unten gemacht und lag im einstelligen Bereich.

Sie hatte sich eine Flasche Rotwein geöffnet, aber noch nichts getrunken. Sie hatte ein uraltes Gesicht ohne Hoffnung, sagte tonlos: »Komm rein« und ließ sich dann auf die Couch fallen. »Ich weiß ja nicht, was ich noch sagen soll.«

»Das weiß ich auch nicht. Aber mir sind ein paar Fragen aufgestoßen, die ich dir stellen will. Und ich zahle dir ein kleines Informationshonorar. Besser als gar nichts, denke ich.«

»Ja«, nickte sie nur. »Willst du Wein?«

»Danke. Ich will nur einen Schluck Wasser.«

»Dann hole ich dir welches. Eigentlich müsste ich mal Hausputz machen, eigentlich müsste ich alles Mögliche machen. Aber ich bin nur noch müde, und ich mache nichts.«

»Du hast gesagt, dein Mann hat vor einem Jahr mit den Zahlungen aufgehört. Wer zahlt denn die Miete hier?«

»Mein Vater.«

»Und du zahlst mit deinen Jobs die Ernährung, die Klamotten, alles eben?«

»Ja. Aber das reicht nie.«

»Warst du noch nicht beim Sozialamt?«

»Nein, war ich nicht. Hat auch keinen Zweck. Mein Vater hat gesagt, er hört sofort auf, mir zu helfen, wenn ich zum Amt gehe und Hilfe beantrage. Er sagt, unsere Familie tut so was nicht. Basta!«

»Ich lege dir dreihundert hin, dann kommst du einen Monat weiter.« Ich fummelte dreihundert Euro aus der Tasche und legte sie auf das Tischchen. »Das ist rabenschwarz, du brauchst es nicht zu quittieren. Was ist denn bisher gelaufen? Ich nehme an, du kommst in keinem Monat richtig hin. Wer hat dir dann geholfen?«

»Semana. Die hat mich gefragt. Wenn es eng war, hat sie mir einen Hunderter gegeben, damit wir durchkommen.«

»Aber das ist doch kein Zustand!«

»Nein, ist es nicht. Aber was will ich machen?« Jetzt begann ihr Gesicht zu zucken, und sie weinte. »Manchmal denke ich: Das muss doch irgendwann mal aufhören. Aber es hört nicht auf, es geht immer weiter. Und du kommst dir vor wie der letzte Dreck.«

»Hat diese Semana auch einen richtigen Namen?«

»Ja, hat sie. Aber sie will nicht, dass er eine Rolle spielt.«

»Sagt Semana denn, dass sie dir hilft, weil du ganz unten bist, oder denkt sie, dass das ein Kredit ist, den sie dir gibt? Habt ihr da irgendetwas ausgemacht?«

»Nein, haben wir nicht.«

»Findet das mit den Hexen immer hier statt?«

»Ja, das findet immer hier statt. Die Frauen kommen und legen ihre Probleme offen, und Semana hilft ihnen.«

»Wie hilft sie denn? Wie sieht das aus?«

»Na ja, das ist verschieden, je nach Problem. Wir helfen bei unerträglichen Situationen, also wenn die Frauen sich nicht von dem Mann trennen können, obwohl der trinkt oder rumhurt oder nur noch lügt und mit anderen Frauen rummacht. Dann helfen wir, dass das funktioniert. Dann kommt Semana mit ihrer Puppe und meistens wird alles gut. Also, wenn ich die Frauen dann beim Einkaufen oder so treffe, machen die einen ganz anderen Eindruck, irgendwie fröhlicher und erleichtert. Und sie sagen mir, dass sie jetzt gut klar kommen. Und zwei oder drei haben mir gesagt, sie haben eine neue Liebe, und alles wird gut.«

»Was heißt, ›Semana kommt mit ihrer Puppe‹?«

»Na ja, sie hat eine große Puppe, selbstgemacht. Aus Stoff. Und es gibt lange Stricknadeln. Und wenn beim Ritual gefragt wird, wie der Teufel auftritt, dass also der Mann trinkt oder immer untreu ist, dann bohrt Semana der Puppe eine Stricknadel durch das Herz oder auch durch die Leber, weil der Mann mit dem Trinken aufhören soll.«

»Und das hilft?«

»Ja, ziemlich oft sogar.«

»Aber dann müsste dir das doch auch helfen, oder?«

»Eigentlich schon, aber Semana sagt, dass so etwas sehr lange dauern kann. Sie sagt, da muss ich erst durch ein tiefes Tal. Aber irgendwann wird es helfen.«

»Wie lange dauert denn deine Krise schon?«

»Zweieinhalb Jahre.«

»Hat dein Mann auch getrunken?«

»Nein, hat er nicht. Er hat mich nur mit anderen Frauen beschissen. Dauernd. Und er hat den Kindern dauernd etwas versprochen und nie eingehalten.«

»Aber du liebst ihn immer noch?«

»Ja, manchmal wenigstens.« Sie schlug beide Hände vor das Gesicht. »Es ist einfach furchtbar. Und es hört nicht auf.«

»Britt, ich brauche den bürgerlichen Namen von Semana.«

»Das kann ich nicht machen.« Sie sprang auf und lief aus dem Raum. Sie kam nach Sekunden wieder, hatte Papiertaschentücher in der Hand und schnäuzte sich ausgiebig. Sie hockte sich auf das Sofa und zog die Beine unter den Körper.

»Das musst du machen«, beharrte ich.

»Aber was soll das bringen?«

»Das weiß ich nicht. Aber ich vermute, es bringt dir Klarheit.«

»Ob sie Semana heißt oder einen anderen Namen hat, ist doch egal. Was soll das bringen? Was ändert das denn an dieser Scheiße hier?«

»Vielleicht nichts, vielleicht alles. Ich weiß das nicht, ich habe nur ein Gefühl, dass da irgendetwas nicht stimmt.«

»Was soll denn da nicht stimmen? Mir geht es dreckig, meinen Kindern geht es dreckig, das ganze Leben ist dreckig. So sieht es aus, verdammt noch mal.« Jetzt war sie wütend, richtig zornig, und sie schlug hilflos mit der rechten Hand auf die Lehne des Sofas.

»Wie heißt denn die zweite Hexe aus eurem Coven?«

»Gaia.«

»Was ist das für ein Name?«

»Das ist keltisch. Sie war eine Göttin, und sie beschützte die Frauen und die Familien. Und was soll das, was soll das bringen?«

»Das weiß ich nicht. Ich denke, irgendetwas übersiehst du, oder wir übersehen es. Kannst du dich an einen Fall erinnern, in dem der Zauber besonders gut gewirkt hat? Du hast gesagt, ein paar Frauen wären dir danach richtig fröhlich vorgekommen. Welche Frau? Ich möchte mit einer sprechen.«

»Da wäre vielleicht Iris. In der Grundschule war sie schon in meiner Klasse. Aber was soll sie sagen? Sie lebt wieder mit ihrem Mann zusammen, und beide haben einen Job. Da hat es geklappt, und Semana hat gesagt, es wird alles gut.«

»Iris? Und wie weiter?«

»Iris Buschkamp. Aber was willst du mit der?«

»Sie fragen, wie es ihr geht, wie sie sich jetzt fühlt. – Wo ist sie zu Hause? Hier?«

»Nein, unten in Heimbach.«

»Wollen wir sie anrufen?«

»Und was willst du fragen?«

»Nichts Besonderes, wie es ihr geht. Also, wie heißt Semana mit bürgerlichem Namen?«

»Ortrud Richter. Aber was soll das?«

»Wo lebt sie denn?«

»In Schleiden.«

»Hat sie einen Beruf, oder ist sie Hausfrau? Wie alt ist sie denn?«

»Sie ist sechsundfünfzig, aber sie sieht noch toll aus.«

»Na, das ist aber ein großer Trost. Ruf diese Iris an und frag sie, ob sie mal eben kommen kann. Es dauert nicht lange, es geht ganz schnell.« Ich stand auf. »Ich gehe mal an die frische Luft. Ruf sie bitte an, sag ihr einfach, du brauchst ihre Hilfe.«

Ich ging aus der Wohnung die Treppe hinunter und stellte mich auf die schmale Straße. Ich stopfte mir eine kugelige Crown 200 von Poul Winslow und hoffte, dass ich irgendeinen Erfolg haben würde. Ich wollte Britt Babenz helfen, ich wollte ihren Kindern helfen, die ich gar nicht kannte. Als ich mich fragte, was denn das mit dem toten Jakob Stern und dem toten Friedrich Vonnegut zu tun haben könnte, musste ich mit einem schlichten »gar nichts« antworten. Irgendeine Verbindung war nicht erkennbar.

Dann öffnete Britt ein Fenster und sagte: »Sie kommen gleich. Iris sagt, sie bringt ihren Mann mit, weil der schließlich auch betroffen ist.«

»Das ist gut. Hast du ein Stück Brot?«

»Ja, sicher.«

Sie hatte eine scheußliche Marmelade auf das Brot gestrichen und sagte einfach: »Ich habe nichts anderes, wir haben nie etwas anderes in der letzten Zeit. Und ich weiß nicht, was das gleich bringen soll. Da kommt doch nichts bei heraus.«

»Langsam«, sagte ich. »Das wissen wir noch nicht.«

Zehn Minuten später kamen sie. Iris Buschkamp war eine dralle Person, die viel Fröhlichkeit ausstrahlte, aber jetzt deutlich misstrauisch war. Ihr Mann, Peter, war ein typischer Eifeler.

Jung, freundlich aber zurückhaltend, mit dem Gehabe eines Handwerkers, richtig solide.

»Was ist denn los?«, fragte Iris. »Irgendwas passiert?«

»Nein, es ist nichts passiert«, erklärte ich. »Wir wollen nur ein paar Fragen klären. Also, die Hexen haben Ihnen geholfen, wenn ich Britt richtig verstanden habe.«

»Kann man so sagen«, erwiderte Iris. »Wir, also mein Mann und ich, waren damals auseinander. Jetzt sind wir wieder zusammen. Aber wir möchten eigentlich nicht drüber reden, weil wir daran interessiert sind, dass dieser Zustand schnellstens aufhört. Und die Leute von der Sparkasse haben zugesichert, dass sie mitziehen und den Kredit ablösen.«

»Wieso Kredit?«, fragte Britt verwundert.

»Na, ja, was damals ablief«, sagte Iris sachlich. »Du weißt das, ich dachte, du bist dabei gewesen, ich dachte, ihr macht das immer so.«

»Moment mal ...« Britt rutschte von ihrem Sofa und stand mit den Schienbeinen an dem kleinen Tischchen. »Was machen wir immer so?«

»Setz dich doch«, beschwichtigte ich. »Lass doch die Iris mal erzählen.«

»Also, erst mal möchte ich aber wissen, wie das hier abläuft«, sagte Peter ganz ruhig. »Ich meine, wir kommen hierher und müssen doch nicht alles erzählen. Oder wenn schon, dann will ich wissen, was dabei rauskommt. Die Sache war schließlich kompliziert genug, und richtige Hilfe war es ja auch nicht.«

»Du hast recht«, nickte ich. »Also, ich bin ein Journalist und kümmere mich um die beiden Todesfälle. Jakob Stern und Friedrich Vonnegut. Dabei habe ich Britt kennengelernt. Und sie erzählt mir eine miese Geschichte. Dass sie überhaupt aus ihrem persönlichen Tief nicht richtig rauskommt, und dass diese Hexe Semana sagt, das dauere noch eine Weile. Und ich habe den Verdacht, dass hier Sachen abgelaufen sind, die gar nicht sauber waren. Das ist eigentlich alles.«

»Also, zu Jakob können wir aber nichts sagen«, stellte Peter fest. »War eine gute Type, das ist klar, und war auch immer fair, wenn ich ihm seine Karre reparieren musste. Was soll denn diese Geschichte hier bringen? Ich meine, veröffentlichst du das? Und wo? Wir waren ja schon bei dem Kredit dabei, das bei RTL oder Pro Sieben zu melden, dass die mal was tun. Also, um was geht es hier eigentlich?«

»Ich will Britt helfen, weil sie tief im Mist steckt. Und ob das was mit Stern zu tun hat oder nicht, ist eigentlich egal. Und außerdem erscheint das, was ich veröffentliche, nicht morgen in BILD. Ich will nur Klarheiten haben, sonst nichts. Iris, du hast was von einem Kredit gesagt. Wie lief denn das?«

»Das will ich jetzt aber auch wissen«, hauchte Britt.

»Also, es war so, dass wir damals auseinander waren, Peter und ich. Es lief nicht mehr, so was kommt ja mal vor. Schatz, du hast doch nichts dagegen, dass ich das mal erwähne?«

»Mach mal«, sagte er und zündete sich eine Zigarette an.

»Also, ich rannte rum und hatte gar nichts mehr, keinen Mut, kein Zutrauen und so. Und Peter konnte kein Geld rüberschieben, weil er selbst nichts hatte. Und da traf ich Britt, und die sagte, sie wüsste, wie sie mir helfen kann. Dann machten wir einen Termin, hier in der Wohnung. Und da waren die Hexen, die Gaia und die Semana, also die Ortrud Richter. Und sie machten ein Ritual. Ich musste mich da in diesen Kreis auf den Boden setzen, und dann musste ich an Peter denken und ihn beschimpfen und so. Jedenfalls war ich hinterher erleichtert. Das ging so dreimal, glaube ich. Und mir ging es wirklich besser, und ich dachte, den Peter, den Scheißer, brauche ich nicht mehr, nie mehr. Und ich hatte keinen Job und kein Geld, ich war einfach mies dran. Jedenfalls habe ich das Honorar für Semana dann bezahlt, und es hieß ...«

»Wie viel war das denn?«, unterbrach ich.

»Sechshundert, und meine Mutter hat mir das vorgestreckt.«

»Wie bitte?«, fragte Britt.

»Wieso ›wie bitte‹? Das weißt du doch.«

»Nein«, schrie Britt. »Keine Ahnung!«

»Das gibt es doch gar nicht!«, sagte Iris mit mildem Vorwurf. »Ist ja auch egal.«

»Nein, ist es nicht.« Britt hatte ein vor Aufregung rotes Gesicht.

»Also, das mit den sechshundert hat Semana mir gesagt, als wir hier aus dem Haus kamen. Unten auf der Straße. Das musst du doch eigentlich wissen. Kleimanns Gabi hat achthundert gelappt. Na ja, es ging so weiter, dass Semana mich anrief und sagte, sie hätte eine Lösung für mich. Ihr Mann, also der Manfred Richter, könnte mir helfen. Das sei eine Ausnahme. Erst zweitausend, dann noch einmal viertausend. Übrigens: Kleimanns Gabi hat achttausend aufgenommen. Jedenfalls kamen wir, also Peter und ich, wieder zusammen. Dann hat Peter ausgerechnet, dass ich für meine sechstausend ungefähr neunzehn Prozent Zinsen zahle. Wir wollten den Richter anzeigen, aber die bei der Sparkasse sagten, dass das keinen Zweck hätte, denn der Kreditvertrag sei nicht anzufechten. Also, da war nichts zu machen. Der Sparkassenmann sagte, wir sollten erst mal monatlich abzahlen und nichts sagen. Und wenn alles gut geht, wenn wir unsere Jobs behalten, wenn wir verdienen, löst die Sparkasse den Kredit ab. Das ist eigentlich alles, das war es schon.«

»Wer ist dieser Manfred Richter?«, fragte ich.

»Der hat ein Schild an der Tür. Er nennt sich Finanzmakler«, sagte Peter. »Aber dieser Mensch von der Sparkasse hat gesagt, dass man dagegen nichts machen kann. Wenn die Verträge unterzeichnet sind, kannst du nur noch zahlen. Da hilft kein Gericht, das ist alles wasserdicht.«

Britt Babenz hatte jetzt ein ganz weißes Gesicht und starrte mit leeren Augen irgendwohin.

»Hast du ihnen zu Kundschaft verholfen?«, fragte ich

»Ja, klar«, antwortete sie tonlos. »Sie haben gesagt, wenn ich Frauen kenne, die mies dran sind, soll ich sie ansprechen.«

»Und du wusstest das mit dem Geld nicht?«, fragte Iris.

»Sie wusste es nicht«, sagte ich. »Oder sie hat an den kritischen Stellen immer dicht gemacht.«

»Naumanns Lenchen hat gesagt, dass sie vorher gar nicht gewusst hat, wie gierig du bist. Und ich habe ihr gesagt, du hast einfach nichts vom Geld gewusst. Stimmt das nicht, Peter?«

»Ja«, nickte Peter brav.

»Wie viel hat die aufgenommen?«, fragte ich.

»Zehntausend«, sagte Iris leichthin. »Und das hat gerade mal für ein Jahr gereicht. Jetzt steht sie schon wieder auf der Matte, weil ihr neuer Freund sie verlassen hat.«

»Kannst du denn da was machen, wenn du das veröffentlichst?«, fragte Peter.

»Ich möchte es gern, aber ich bin unsicher«, gab ich ehrlich zu. »Vielleicht würde das helfen, Britt, wenn du alle Namen der Frauen notierst, die mal hier bei Semana waren.«

Sie antwortete nicht, sie nickte nicht einmal.

»Och, Schätzchen«, sagte Iris sehr mütterlich, stand auf, ging hinüber zu Britt und nahm sie in den Arm.

»So eine Scheiße«, fluchte Britt. »Ich habe mindestens zwanzig, dreißig Frauen aufgetan. Oder noch mehr, noch viel mehr.«

»Dann warst du sehr erfolgreich. Dreißig Frauen, die jeweils runde sechs- bis achttausend aufnehmen, sind ein verdammt gutes Stammkapital für eine kleine, feine Finanzadresse, die 19 Prozent nimmt.«

Es war zwei Uhr, als ich heimkam.

* * *

»Wenn du zum Essen kommst«, sagte Emma, »kannst du erzählen, und wir können planen, was zu tun ist. Es geht ja wohl um die letzten Stunden des Jakob Stern. Und um die letzten Stunden des Friedrich Vonnegut. Rodenstock hat Angst, dass wir die letzten Stunden der beiden nicht mehr rekonstruieren können.«

»Ja«, sagte ich. »Ich komme rüber. Hat Kischkewitz denn irgendetwas?«

»Nein, hat er nicht. Er selbst ist nicht mehr beteiligt, er hat zwei komplizierte Selbstmordfälle. Nur zwei Leute von ihm helfen in Simmerath. Es gibt übrigens Hirschgulasch, falls dich das freuen kann.«

»Es freut mich. Bis gleich.«

Es war Mittag, mein Kater war sauer, dass er auf der Terrasse überleben musste. Er war der Meinung, dass ihm in einem anständigen Haushalt mindestens der Platz auf dem Schaffell in meinem Sessel zustünde. Er hatte in fast freier Natur auf der Terrasse übernachten müssen, welchem Kater von Rang war so etwas zuzumuten? Weil ich ein enorm schlechtes Gewissen hatte, reichte ich ihm einen großzügigen Anteil an meiner Leberwurst. Er nahm das gnädig an, blinzelte aber weiter sehr muffig. Als ich die Fische fütterte, sah er mir zu, und sein Blick sagte einwandfrei: »Und die kriegen viel mehr als ich.«

Dann wunderte ich mich, dass meine Efeuhecke so fantastisch gradlinig und präzise wirkte. Hinter mir stand mein Nachbar Rudi Latten und lachte leise vor sich hin. »Ich habe die Heinzelmännchen gerufen, du kommst doch sowieso zu nichts mehr.«

Wer hat schon solche Nachbarn?

Kurze Zeit später verließ ich das Haus und fuhr nach Heyroth zum Hirschgulasch. Es regnete, weshalb denn die Terrasse nicht infrage kam. Sie hockten am Esstisch zusammen, Emma, Rodenstock und Jennifer.

»Rodenstock hat eine Theorie«, erklärte Jennifer gut gelaunt. »Er nimmt an, dass beide, also dieser Stern und der Vonnegut im großen Stil mit Drogen gehandelt haben und sterben mussten, weil sie einen Großdealer betrogen haben. Ich finde, das ist sehr einleuchtend.«

Rodenstock saß da und grinste begeistert. »Das wäre doch mal was, das fiele doch aus dem Rahmen. Sie waren beide scharf auf heiße Kräuter aus fernen Weltgegenden und haben dabei Indianer getroffen, die groß im Meskalingeschäft sind, und Stämme aus Nordasien, die tonnenweise Rauschpilze angeboten haben. Das Geschäft platzte, weil beide einen unanständigen Preis von den hiesigen Dealern haben wollten und weil sie einem niederländischen Drogenboss in die Quere kamen, der diese Verträge mit den Eingeborenen haben wollte. Der Drogenboss schickte ein paar Torpedos, die erst den Jakob Stern umbrachten und ihm dann den Gefallen taten, ihn in seiner heiligen Eiche beizusetzen ...«

»Das ist sehr gut«, lobte ich. »Man hört ja immer wieder, dass Rauschgiftleute in der letzten Zeit sehr einfühlsam auf den letzten Willen von Leuten eingehen, die die Preise hochschrauben wollten, und die sie deshalb leider killen müssen. Und kurz bevor er den letzten Atemzug tat, röchelte Jakob Stern: ›Ich möchte in die Eichen da!‹«

»Sehr schön«, sagte Emma. »So wird sich das abgespielt haben. Und Friedrich Vonneguts letzte Bemerkung war: ›Ich möchte verbrannt werden!‹«

»Wunderschön!«, sagte ich. »Jetzt fehlt nur noch der Killer, der das alles gefilmt hat.«

»Nun sag doch mal, wie das bei der Britt Babenz war«, forderte Rodenstock.

»Es war richtig aufregend.« Dann berichtete ich und schloss mit den Worten: »Ich weiß, dass das nichts mit Stern und Vonnegut zu tun hat, aber irgendwie war ich wütend und wollte es wissen.«

»Es gehört aber durchaus in die Szenerie«, gab Rodenstock zu bedenken. »Und wer kann uns sagen, was Stern und Vonnegut in den letzten Stunden trieben?«

»Erstens der Rechtsanwalt Meier. Denn der ließ Stern aus Aachen bei der Kripo abholen. Und der hat vielleicht gehört, was Stern tun wollte, was er vorhatte. Jedenfalls wäre das ein Anfang«, schlug ich vor.

»Und vom Vonnegut wissen wir gar nichts«, stellte Emma fest. »Wer könnte wissen, wie dessen Tag aussah?«

»Erst mal der Hirsch«, murmelte Rodenstock. »Ich hoffe, dass er nicht aus dem Nationalpark stammt.«

Also aßen wir unter dem Kommentar von Emma, dass der Hirsch volle drei Stunden vor sich hingeköchelt habe. Es schmeckte sehr gut, das Gemüse war erlesen, die Bratkartoffeln ein Genuss. Jennifer erzählte, ihre Mutter habe angerufen und sie darauf hingewiesen, sie solle allen europäischen Männern aus dem Weg gehen, denn die seien anfangs durchaus nett und würden sich später als Machos erweisen und als brutale Herrenmenschen.

»Eine typisch koloniale Einschätzung«, kommentierte Rodenstock. Dann fragte er unvermittelt: »Wenn ich das richtig sehe, könnten wir uns aufteilen. Ich laufe mit Emma bei der Hexe Griseldis auf, und Jennifer und Baumeister gehen zu dem Anwalt Meier.«

Wir waren einverstanden, wir teilten uns und verabredeten, uns per Handy zu verständigen. Dann wurden unsere Opfer angerufen, und sie hatten ein wenig Zeit für uns. Die Tändelei war vorbei, die harte Arbeit begann.

Eine Zeitlang zockelte ich hinter Emmas Volvo her, dann wurde mir das zu gemütlich und ich legte etwas an Geschwindigkeit zu.

»Wie geht das jetzt weiter? Wir fragen Leute, die wir fragen können. Und dann?«

»Dann fassen wir einmal am Tag zusammen, was wir haben. Und irgendwann schält sich dann ein Täter heraus, oder mehrere Täter.«

»Und die Polizei?«

»Wir teilen der Polizei mit, an welchem Punkt wir sind. Umgekehrt bekommen wir von der Polizei Hinweise. Auf mögliche Informanten oder mögliche Risiken. Wir nehmen der Polizei keine Recherche ab.«

»Und wo liegt der Unterschied?«

»Eigentlich liegt er im Grund der Recherche. Ich kann nur die journalistische Seite gebrauchen, also das, was anschließend im Blatt steht, was farbig ist, was die Szenerie beschreibt. Bei der Polizei klingt das viel zu sachlich und wissenschaftlich. Wir arbeiten also mit anderen Zielen.«

»Und wie oft passiert das?«

»Vielleicht einmal pro Jahr. Höchstens. Also, dieser Fall ist besonders brisant, weil da zwei Männer getötet wurden, die sich als Schamanen bezeichnet haben und die vollkommen aus der bürgerlichen Norm bei uns herausfallen. Sie sind also seltene Exemplare, wenn du so willst, und sie erregen einfach Neugier. Sie sind etwa im Abstand von vierundzwanzig Stunden getötet worden. Das riecht natürlich nach einem Täter oder einer Tätergruppe.«

»Kann es denn sein, dass es Täter waren, die nichts miteinander zu tun haben?«

»Es ist meine Erfahrung, dass auch das sein kann. Aber wir müssen geduldig sein.«

»Und wie machst du das? Ich meine, für wen arbeitest du?«

»Für ein Magazin. Da habe ich Verbindungen. Ich sage ihnen, wie der Fall voraussichtlich aussieht, was wir erwarten können, und sie entscheiden sich für Ja oder Nein.«

»Und wenn sie Nein sagen?«

»Dann muss ich mich mit anderen in Verbindung setzen. Mit der Konkurrenz. Es ist also wie in jeder Branche.«

»Weshalb sprechen wir jetzt mit diesem Rechtsanwalt?«

»Er hat sich eingeschaltet, als Jakob Stern als ein Verdächtiger im Fall der kleinen Jamie-Lee verhört wurde. Er kümmerte sich darum, als Jakob Stern verhört wurde, es gelang ihm, Stern freizukriegen. Stern hat diesen Rechtsanwalt getroffen, also weiß der Rechtsanwalt unter Umständen, was Stern vorhatte, welche Pläne er hatte, ob er jemanden irgendwo traf, all diese Dinge. Das heißt ganz praktisch, Stern wurde nachmittags gegen 17

Uhr freigelassen und kam dann hierher zurück. Bis zu seinem Tod verging der Rest des Tages Nummer eins, dann der gesamte Tag Nummer zwei. Und am Morgen des Tages drei wurde er tot aufgefunden. Wir müssen also eine zeitliche Spanne von mindestens vierundzwanzig bis zweiunddreißig Stunden schließen. Und da wir immer noch kaum etwas über ihn wissen, dürfte das eine schwierige Aufgabe sein.«

»Ich kann mir immer noch nicht Tante Emma in diesem Beruf vorstellen.«

»Vielleicht ist das Bild falsch, das du von Emma hast. Sie war ihr Leben lang eine knallharte Kriminalistin. Und wenn sie in deiner Familie eine Heilige ist, dann passt das nicht immer zusammen.«

»Und Rodenstock ist so sanft und ...«

»Da würde ich zur Vorsicht raten. Rodenstock kann sehr hart sein, genauso hart wie seine Frau.«

»Ich beneide die beiden.« Das klang wie ein langer Seufzer.

Ich fuhr rechts ran, um mir eine Pfeife zu stopfen. Ich wählte eine kleine, sehr massive schwarze von Vauen, die man Opus genannt hatte. Als sie brannte, fuhr ich weiter.

»Ich wollte dann sagen, dass ich ganz blöde reagiert habe«, sagte sie.

»Hast du gar nicht, Weib. Im Grunde hast du ganz normal reagiert, im Grunde ist nur passiert, dass ich dir einen Korb gegeben habe, weil ich nicht anders reagieren konnte. Mach dir keine Gedanken, es ist schon okay so. Es ist nur so aufgeblasen worden, weil du mit Emma darüber gesprochen hast.«

»Tante Emma ist meine Heilige.«

»Lass das mal lieber sein«, murmelte ich. »Das kann in die Hose gehen. Hast du denn so etwas wie ein Liebesleben?«

Sie schwieg eine lange Weile, dann sagte sie: »Eigentlich nicht. Und das ärgert mich.«

Als wir vor dem Haus ankamen, war es 14 Uhr. Der Rechtsanwalt begrüßte uns und führte uns in das große Wohnzimmer auf der Rückseite des Hauses. Wir bekamen einen Kaffee und ein Wasser, dann setzte er sich und sagte spontan: »Die Geschichte macht mich richtig fertig, ich habe sogar unseren Urlaub verschoben. Stern war ein eigenwilliger Typ, aber dass jemand hingeht und ihn tötet, will mir nicht einleuchten. Was ist mit seinem Freund, diesem Vonnegut? Liegt da der Fall deutlicher?«

»Nein«, sagte ich. »Wir fischen im Trüben, wir haben keine Ahnung. Hat Stern geäußert, dass er Vonnegut treffen will?«

»Hat er nicht. Jedenfalls nicht exakt. Er hat gesagt, er habe viel vor, müsse viele Leute treffen. Und er war stinksauer, dass die Mordkommission ihn zum Verhör geschafft hat. Und ich muss noch einmal betonen, dass dazu kein Grund gegeben war. Das hat der verrückte Kommissionschef zu verantworten.«

»Wollen Sie klagen?«

»Wir wollten. Aber ob das jetzt noch Sinn ergibt, scheint mir fraglich.«

»Können wir jetzt mal ganz pingelig einen Zeitrahmen aufstellen?«

»Klar. Also, ich erreichte, dass Stern um 17 Uhr im Polizeipräsidium in Aachen freigelassen wurde. Ich hatte einen Mann aus der Nachbarschaft hier mit meinem Wagen dorthin geschickt, um ihn abzuholen. Das passierte auch genau um 17 Uhr, ein paar Minuten plus-minus. Als er hier ankam, war es ungefähr 18.15 Uhr. Stern kam herein und heulte fast vor Wut. Er setzte sich hier in einen Sessel, und ich brachte ihm sofort einen Schnaps, weil ich dachte, er müsse erst einmal auf den Boden kommen. Er rührte den Schnaps nicht an. Dann fiel mir ein, dass er eigentlich nie Alkohol trank, oder nur ganz wenig. Das weiß ich von seinen Sommerfesten, zu denen wir immer eingeladen waren. Bei diesen Festen trank er so gut wie nichts, man sah ihn ständig mit einem Glas Wasser herumlaufen.«

»Moment, bitte. Wen lud er denn ein?«

»Also die Nachbarschaft im erweiterten Sinne. Da kamen locker schon mal hundert Personen aus der Gegend zusammen.

Vonnegut war übrigens auch da. Das war vor vier Wochen. U der Bruder Franz stand wie immer an dem riesigen Grillfeuer und versorgte uns mit Essen. Das macht der richtig genial.«

»Zwischenfrage!«, sagte ich. »Dieser Bruder Franz war ja wohl alkoholgefährdet, wenn ich das richtig verstanden habe. Ich hatte einen anonymen Telefonanruf. Ein Mann behauptete, er sei Zeuge eines Vorfalls gewesen, der sich irgendwo in der Ortsmitte an einer Bäckerei abgespielt habe. Franz habe betrunken auf einer Bank gesessen, sein Bruder sei mit dem Auto gekommen, wollte den Franz wohl abholen. Dann habe Jakob Stern seinen Bruder geschlagen, und zwar ziemlich brutal ins Gesicht. Dann sei er weggefahren. Wie passt das ins Bild der beiden Brüder?«

»Das passt ziemlich exakt, soweit ich informiert bin. Zwischen den beiden herrschte eine Hassliebe. Seit vielen Jahren. Jakob sagte immer, Franz habe viele Talente und sei ein prima Mensch. Aber dann kamen diese Sauftouren und machten alles kaputt. Dann hakte Franz aus, dann war er nicht mehr zu kontrollieren. Und Jakob flippte dann aus und hatte einen total dicken Hals.«

»Also kein Fall Kain und Abel?«

»Nein, auf keinen Fall, es gab einen Riesenzoff, aber der war nach ein paar Tagen vorbei.«

»Wo ist dieser Bruder jetzt?«

»Das kann ich Ihnen nicht sagen, die Mordkommission hat mich das auch schon gefragt.«

»Wie lange war Jakob bei Ihnen, als er aus Aachen abgeholt war?«

»Eine Stunde würde ich schätzen, also bis etwa 19.15 Uhr. Er bat darum, nach Hause gefahren zu werden. Das passierte auch. Zum Essen jedenfalls blieb er nicht, das macht meine Frau gegen 20 Uhr, wenn alle Angestellten aus dem Haus sind.«

»Wie verlief diese Stunde?«

»Er brauchte Zeit, sich zu beruhigen, saß hier und trank einen Kaffee. Er war sich vollkommen klar darüber, dass die der kleinen Jamie-Lee auf ewig an ihm kleben wusste genau, dass er Neider hat und viele Art zu leben nicht nachvollziehen konnten und die Welt setzten. Immer neue Gerüchte, an denen ts dran war, und die meistens mit seiner Funktion als Schamane zusammenhingen.

Das ist für die Meisten hier so etwas Geheimnisvolles, dass Gerüchte unvermeidlich sind, und zuweilen sind diese Gerüchte grotesk. Zum Beispiel, dass er junge Hexen ausbildete und heranzog. Eine dieser kleinen Hexen war angeblich Jamie-Lee. Es gab auch das Gerücht, dass er schwarze Messen feierte und dazu kundige Frauen einlud. Sie versammelten sich nachts auf Friedhöfen, stellten Kerzen auf die Grabsteine und beteten den Satan an. Kundige Frauen müssen solche gewesen sein, die hellsehen konnten, dauernd mit ihren persönlichen Schutzengeln sprachen, im engen Kontakt zu den Erzengeln lebten und das Leben jedes Menschen entweder vergiften oder vergolden konnten. Und sie zogen sich am Lagerfeuer unter den Eichen aus, legten sich nackt ins Gras. Dann wurden ihnen erhitzte Edelsteine auf den Rücken gelegt, und diese erhitzten Steine strömten dann ihre Energien in diese Menschen hinein. Und diese Menschen wurden dann göttlich und konnten eine Zeitlang Dinge sehen, die mit der Gesundheit aller Anwesenden zusammenhingen. Ich betone: So sehen Gerüchte aus, von denen man nicht ein einziges beweisen konnte.« Er schüttelte ein wenig sprachlos den Kopf. »Mir ist das mit dem Jakob sehr nahe gegangen, und ich hatte mir vorher ein Buch besorgt, in dem die japanische Heilmethode Reiki mit Edelsteinen beschrieben wird.« Er griff in die Tasche und holte einen Zettel heraus, den er glatt strich. »Ich hatte einen Mandanten, der in kurzer Zeit mit viel Glück Riesengewinne an der Börse machte. Also das, was wir so als Riesengewinne bezeichnen, einige zehntausend Euro. Das wurde von einem gehässigen Nachbarn bestritten und zum Betrug umfunktioniert. Wobei dieser

Nachbar behauptete, seine Frau habe von ihrem Engel erfahren, der Mann habe schlicht betrogen, und die Gewinne seien kriminell. Es ist dem Gericht durch die Lappen gegangen, dass die Ehefrau sich auf Engel und Edelsteine verließ. Sie stand dann als Zeugin vor einem fassungslosen Richter. Ich habe aus diesem Buch nur einen Satz aufgeschrieben, um mir klarzumachen, was da mit Menschen getrieben wird. Der Satz lautet: ›In der Welt der Edelsteine sind göttliche Kräfte manifestiert worden, die in konzentrierter Weise wirksam werden, wenn wir sie aktivieren.‹ Man stelle sich das vor. Und dann geht die Autorin hin und fügt diese angeblich göttlichen Edelsteine mit Engeln zusammen, die ebenfalls im Leben eines jeden tätig werden, und zwar immer dann, wenn man sie braucht. Und dann taucht zu allem Überfluss die richtige Katholikin Maria auf und wird als liebe Frau angebetet. Ich habe Jakob danach gefragt und er sagte nur: ›Die Menschen wollen beschissen werden, das war schon immer so, seit es Menschen gibt.‹«

»Gut, das wollen wir mal annehmen«, unterbrach ich. »Aber es ist doch eine Tatsache, dass Jakob Stern Leute um das Lagerfeuer versammelte, die den Tieren des Waldes lauschten. Was steckte denn dahinter?«

»Die Tiere des Waldes«, antwortete er lächelnd. »Mein Sohn Mark war dabei. Und er sagte, dass die Runde tatsächlich sehr viele Geräusche hörte, die von Tieren kamen, eindeutig. Und dann haben sie miteinander gesprochen, welche Tiere das wohl sein könnten. Und an dieser Stelle muss ich auch erwähnen, dass ganze Schulklassen Jakob Stern besuchten, weil er eben so viel wusste. Und auch der Franz war auf diesem Sektor gut. Im Winter hat er den Kindern die Spuren der Tiere im Schnee gezeigt.«

»Können wir jetzt zurückkommen auf den frühen Abend, als Jakob Stern aus Aachen hierher kam?«

»Oh, Entschuldigung, natürlich. Wir haben kurz überlegt, ob wir gegen die Bezeichnung ›möglicher Täter‹ klagen sollen. Er wollte das, ich war auch dafür. Dann sagte er, er habe noch einen Termin. Und zwar in Köln. Mit wem, das sagte er nicht. Und am Tag drauf sollte er Besuch kriegen von einer Frau, nein halt, von zwei Frauen, die sich für seine Rolle als Schamane interessierten. Die waren vom Fernsehen, aber ihre Namen hat er nicht erwähnt, und er erwähnte auch nicht, von welchem Sender sie waren. Es ist also möglich, dass diese beiden Frauen am Tag drauf zu ihm auf den Hof kamen, ihn aber nicht antrafen. Oder: ihn trafen, um irgendetwas zu besprechen. Man müsste diese Frauen finden. Er erwähnte noch einen Gedankengang. Er sagte: ›Die sind auch nur am Bargeld interessiert.‹ Ich weiß nicht einmal, ob sich das auf die Frauen bezog. Und er sagte auch, dass Friedrich Vonnegut noch einen Termin für ihn habe. Aber er erklärte nicht, was das für ein Termin war. Und das ist alles, bis auf einen Hinweis. Er sagte, dass sein Bruder Franz zu ihm kommen wollte. Aber er sagte nicht, wann, und er sagte auch nicht, warum.«

»Ziemlich wenig für eine Stunde«, wandte ich ein.

»Stimmt!«, gab er zurück. »Aber wir haben im Wesentlichen nur über dieses kriminelle Verhalten der Mordkommission gesprochen.«

Plötzlich sagte Jennifer neben mir: »Wir sollten den Bruder finden. Haben Sie eine Ahnung, wo der stecken könnte?«

»Keine Ahnung. Aber wahrscheinlich könnte mein Sohn Mark da weiterhelfen. Soll ich ihn mal eben holen?«

»Das wäre gut«, sagte Jennifer.

Es dauerte nur wenige Minuten, dann kamen Vater und Sohn.

»Mark, grüß dich. Ich habe ein Problem, ich suche den Franz Stern, und ich weiß nicht, wo ich ihn finden kann. – Das ist meine Freundin Jennifer.«

»Hallo. Also meistens ist er im alten Hexenhäuschen unten am Hof. Wenn er da nicht ist, könnt ihr nach Simmerath fahren. Da geht ein Weg nach links, dann kommt ein altes Haus, in dem keiner mehr ist. Da ist er dann mit seinen Kumpels, sie hängen da rum, aber nur, wenn sie was zu trinken haben, also Bier und Schnaps und so was. Es kann auch sein, dass er in Ottos Klause ist. Das ist ein altes Haus, in dem mal eine Gastwirtschaft war. Das steht leer, seit ewig schon. Das ist, wenn du nach Eicherscheid fährst. Du kommst dran vorbei, also es ist links, bevor der Ort anfängt.«

»Danke. Wie schätzt du ihn ein? Ist er jemand, mit dem man einen Streit haben kann?«

»Nein«, antwortete er strikt und schnell. »Klar, wenn er getrunken hat, ist er komisch. Er steht dann rum und schwankt ganz langsam hin und her, und manchmal lacht er. Aber er ist kein Streitmensch.«

»Wir danken dir«, sagte ich.

Minuten später saßen wir im Auto, fuhren zunächst nach Simmerath und konnten den Weg nach links sehr leicht finden, weil das Dach eines Hauses über dem Hügel erkennbar war.

Es war ein kleines, altes Bauernhaus, dessen Dach eingesackt war, und dessen Scheune wie eine markige Ruine in den Himmel ragte. Im Eingang zu diesem Haus saß ein Mann, der eine Flasche Bier zwischen den Knien hatte. Er wirkte unrasiert, er wirkte wie ein Penner und war wahrscheinlich einer.

Ich ging zu ihm hin und fragte: »Können Sie mir sagen, wo ich Franz Stern finde?«

»Das kann ich nicht, meine Junge«, erwiderte er würdevoll. »Ich weiß nur, dass mich dieser Schweinehund gelinkt hat. Ich war mit ihm hier verabredet, gestern Abend. Und er ist nicht gekommen. Wenn du einen Euro zahlst, kriegst du ein Bier.«

»Ich zahle den Euro. Und er ist wirklich nicht hier?«

»Er ist wirklich nicht hier, die treulose Tomate.«

»Soll ich nicht lieber im Haus nachgucken, oder im Keller?« Ich reichte ihm ein Zwei-Euro-Stück.

»Im Haus ist er nicht, da habe ich geschlafen. Und im Keller ist alles verschissen. Die Leute heutzutage haben alle keine Kinderstube mehr. Nein, im Ernst, Kumpel, er ist nicht hier.

Aber falls du ihn triffst, sag ihm, dass Jonny auf ihn wartet und stinksauer ist.«

»Ich sag's ihm«, versprach ich. »Wann habt ihr euch denn verabredet?«

»Das ist drei, vier Tage her«, antwortete er.

Ich tippte Eicherscheid in das Navigationsgerät und folgte den Anweisungen der strengen Frau, die niemals Widerspruch duldet und alles besser weiß.

»Was machen wir, wenn wir ihn nicht finden?«, fragte Jennifer.

»Dann sprechen wir mit Rodenstock und entscheiden.«

Es dauerte nur ein paar Minuten, dann tauchte linker Hand die alte Gastwirtschaft auf. Der ehemalige Parkplatz war mit jungen Birken und Ginsterstauden zugewachsen, am Haus selbst gab es sogar noch eine alte Bierreklame, die wahrscheinlich von Jugendlichen zertrümmert worden war. Wie der Gerstensaft hieß, der hier einmal gezapft wurde, war nicht mehr erkennbar.

»Ich bin gleich wieder da«, sagte ich.

»Ich gehe mit«, sagte Jennifer.

Die Tür in das Haus war zweiflügelig gewesen, existierte aber nicht mehr. Links die Theke, deren Umrisse am Boden noch zu erkennen waren. Ein altes Metallschild *Trink Brohler, dann wird dir wohler*, ein Haufen Scherben am Boden. Jemand hatte auf den hölzernen Dielen ein Feuer gemacht, es hatte Löcher in den Fußboden gebrannt.

»Puhh, jede Menge Spinnweben«, sagte Jennifer halb laut und bewegte die Arme vor dem Körper. »In der Küche sind noch Fliesen zu sehen. Und hier, schau mal, hier haben sie Wurst gekocht und so was, wenn sie geschlachtet haben. Eine richtige Wurstküche. Wir haben so was auf dem Land. Ein Riesenherd, so was haben wir auch. Aber der hier ist kaputt. Es ist komisch in alten Häusern, du glaubst, du kannst Stimmen hören. Die Stimmen der Menschen, die hier mal gelebt haben.«

Irgendwo tropfte Wasser.

»Wieso auf dem Land?«, fragte ich. »Ich dachte, ihr lebt in São Paulo.«

»Mein Vater hat ein paar Schafherden und hat sich eine Ranch gekauft. Igitt, da hat jemand hinge ... hingemacht.«

»Vorsicht, da ist ein Loch im Boden. Fall mir nicht in den Keller.«

»Durch das Loch passe ich nicht. Gehen wir die Treppe hinauf?«

»Wir gehen«, nickte ich. »Hier im großen Raum waren sicher die Tanzveranstaltungen. Ich möchte mit den Leuten reden, die damals hier ihre Auserwählte angeschmachtet haben.«

»Angeschmachtet? Was ist denn das für ein Wort?«

»Angebetet würde man heute sagen. Sieh mal, ein richtiger alter Kanonenofen aus Gusseisen. Der wurde mit Holz befeuert. Tänze kosteten damals Geld. Du musstest einen Groschen pro Tanz zahlen. Den Groschen kriegte die Musik.«

»Wie lange ist das her?«

»Ich weiß es nicht genau. Um 1935 und 1940 war das noch so.« Ich rief sicherheitshalber zweimal »Hallo!«, es blieb totenstill.

Sie ging vor mir die Treppe hinauf. »Hier haben die Wirtsleute gewohnt, nicht wahr?«

»Das ist anzunehmen.«

»Wieso werden so alte Häuser nicht abgerissen? Ich meine, wenn sie es abgerissen hätten, wäre es doch ein guter Bauplatz.«

»Aha, die Tochter des Immobilientycoons. Das kann verschiedene Gründe haben. Neue Besitzer, die sich nicht entscheiden können. Erben, die absolut kein Interesse haben. Vielleicht ist auch die Gemeinde der Besitzer und hat kein Geld, um das alte Gemäuer abzureißen. Abriss ist teuer.«

»Hier war das Schlafzimmer. Man sieht noch, wo das Bett stand. Und sieh mal da.« Sie zeigte auf ein kleines, sehr massives Brett an der Wand. In Holz geschnitzt standen dort die Worte: *IN TREUE FEST!*

»Das klaue ich«, sagte ich. »Und ich verstehe nicht, wieso ein solcher Kitsch nicht längst geklaut worden ist.« Ich nahm das Brett vom Nagel und klemmte es mir unter den Arm.

»Da ist zu«, sagte sie und blieb vor einer Tür stehen.

»Einfach aufdrücken!«, riet ich.

Das war schwierig, die Tür klemmte. Als ich sie aufschob, gab sie mit einem Knall nach.

»Sieh mal einer an!«

Das Zimmer war bewohnt, eindeutig. Jemand hatte vor die Fensterhöhlung eine alte Decke genagelt. Am Boden lag eine verhältnismäßig neue Matratze, daneben zwei Unterteller, auf die vier Kerzen geklebt waren. Daneben eine volle Flasche Korn, nicht geöffnet. Und ein alter Wecker mit einem Janosch-Motiv, der munter vor sich hintickte und die korrekte Zeit angab. Dann noch ein Fetzen Papier, auf dem ein altes Stück Brot lag. Es war trocken, es hatte sich verzogen, und an einer Stelle zeigte sich grüner Schimmel.

»Kann das auf den Franz hindeuten?«, fragte Jennifer.

»Ich weiß es nicht, ich weiß nichts von ihm. Ein klassischer Penner ist er sicher nicht. Aber ein klassischer Penner hat hier auch nicht gelebt. Der hätte wohl niemals einen Wecker. Und der lässt eine Flasche mit Korn nicht unangetastet. Also, vielleicht war es der Franz. Schauen wir mal weiter.«

Wir gingen wieder nach unten und suchten die Tür zum Keller. Als wir sie fanden, ging Jennifer vor mir her nach unten. »Vorsicht, kein Geländer!«, sagte sie.

Der Geruch war sehr intensiv. »Das ist Bier«, sagte ich. »Hier war der Bierkeller. Ich glaube, den Geruch kriegt man niemals aus dem Haus.«

An einer Stelle war die Wand angefault und dann wohl auf zwei Metern Länge eingebrochen. Da lag ein Haufen Steine. Und hier tropfte das Wasser. Es kam eine Stromleitung entlanggelaufen und tropfte dann auf einen alten Deckel von einem Kochtopf.

»Ach!«, sagte Jennifer erstickt. Dann drehte sie sich um und rannte mich mit einem schneeweißen Gesicht über den Haufen. Ich fiel erst gegen die Wand, dann auf den Haufen loser Steine. Dann hörte ich, wie sie sich übergab.

Jetzt sah ich die Figur.

Offensichtlich war es ein Mann, er lag auf dem Rücken. Und dann merkte ich den Geruch, er war widerlich süßlich.

Der Mordspezialist Mark Benecke hatte mir einmal gesagt: »So ein Geruch wirkt wie ein Schock. Aber wenn du dir klarmachst, dass du wenigstens hinschauen musst, um zu erkennen, was los ist, wird es erträglicher. Da ist einfach ein Körper in Verwesung und der riecht nun mal, wie er riecht.« Die Erinnerung an Beneckes Worte wirkte zwar nicht sonderlich erleichternd, aber trotzdem konnte ich zu dem Mann hingehen und ihn aufmerksam betrachten.

Er war vielleicht vierzig Jahre alt, unrasiert, mit halblangen, wirren, schwarzen Haaren, und offensichtlich hatte ihm jemand den Schädel eingeschlagen, das Blut auf seinem Gesicht war schwarz, das Loch auf der Stirn wirkte krass, seine weit offenen Augen waren drohend wie die eines Aliens, fremdartig, eindringlich, nicht von dieser Welt.

»Glaubst du, es ist Franz?«, fragte Jennifer hinter mir.

»Ich weiß es nicht, ich habe ihn nie gesehen. Geh mal bitte zum Auto. Hinten drin steht ein schwerer Koffer. Den brauche ich hier. Und mein Handy ist im Wagen, bring es bitte mit. Und wir dürfen nicht mehr in diesen Raum gehen, wegen der Spuren.«

Es dauerte einige Minuten, bis sie schwer atmend wieder bei mir anlangte. Dann hörte ich die Lasche des Kamerakoffers, dann fragte sie: »Was brauchst du?«

»Das größte Rohr, was du siehst, und die Kamera, auf der ein Blitzgerät aufgesattelt ist. Aber erst einmal das Handy.«

Ich rief Rodenstock zweimal an. Beim ersten Mal legte ich nach dreimaligem Läuten auf und wählte die Nummer sofort noch einmal. Das war das Zeichen, dass es dringend war.

»Ja, bitte?«, fragte er.

»Ich bin in Eicherscheid, und ich glaube, ich habe Franz Stern gefunden. Sicher bin ich nicht. Aber die Mordkommission müsste das wissen, und es wäre gut, wenn ihr hierher kommt. Linker Hand vor dem Ortsrand ist ein altes Gasthaus, der Wagen steht an der Straße.«

»Ich veranlasse alles«, sagte er. »Bis gleich.«

»Und jetzt kannst du mir die Kamera geben«, sagte ich zu Jennifer.

* * *

Es war ein Chaos in Slow Motion.

Zuerst kam ein Streifenwagen unter Horn und Blaulicht. Die beiden Beamten stiegen aus und herrschten uns nervös an, was wir hier zu suchen hätten. Ich sagte, die Meldung sei von mir gekommen. Sie waren damit nicht einverstanden, sagten, sie hätten ihren Einsatz von der Kripo bekommen. Ich erwiderte, dass das ja auch richtig sei.

Sie fragten dann: »Wo liegt denn eine tote Person?«

Ich sagte nur: »Im Keller!«

Sie verschwanden, kamen nach kurzer Zeit wieder heraus, einer von ihnen übergab sich und der andere fragte, ob ich denn wisse, wer die Person im Keller sei.

Ich sagte: »Ich habe keine Ahnung.«

Sie fragten, warum wir denn in dieses Haus hineingegangen seien.

»Weil ich jemand gesucht habe.«

»Sie bleiben auf jeden Fall hier und rühren sich nicht vom Fleck!«, sagte einer der beiden und klang jetzt richtig sauer.

»Ich hatte auch nicht vor, wegzugehen.«

Erst Wochen später erfuhr ich, dass der eine von ihnen zwei Stunden vorher Vater geworden war, und dass das Leben voller Wunder war.

Dann kam Rodenstock mit Emma. Sie stiegen aus und kamen zu mir.

Der jüngere Polizist sagte bissig: »Sie sollten aber nicht zusammen reden!«

Rodenstock schnaubte: »Was soll das denn?«

»Sie sind doch Zeugen«, sagte der Polizist.

»Zeugen wofür?«, fragten Rodenstock und ich gleichzeitig.

»Na ja, für den Totschlag hier, oder was das ist. Wir sperren jetzt ab.« Sie fingen an, ihr rotweißes Plastikband anzubringen, und da wenig zum Anbringen vorhanden war, nahmen sie vier Jungbirken und ein paar Ginstersträucher, es wirkte schrecklich mittelmäßig, wie eine schlechte Baustellenabsperrung.

Einer der Polizisten fragte Jennifer: »Sind Sie im Keller gewesen und haben den Toten berührt?«

»Nein«, sagte Jennifer, »weniger.«

»Was heißt denn ›weniger‹?«, fragte der Polizist wütend.

Erst als Rodenstock fragte: »Ist der im Keller der Franz Stern?« nickten sie, und die Sache bekam klare Konturen. Eine Dreiviertelstunde war vergangen.

»Jetzt wird der Fall richtig mies«, sagte Emma und griff nach ihrem silbernen Etui mit den holländischen Zigarillos. »Drei Tote sind drei zu viel.«

»Wie war es denn bei der Griseldis?«, fragte ich.

»Ganz aufschlussreich«, bemerkte Rodenstock. »Aber weit entfernt von einem Durchbruch. Sie glaubt, dass Jakob Stern irgendetwas vorhatte, irgendetwas Wirtschaftliches. Aber sie hat keine Ahnung, was das sein könnte. Sie sagte auch, das könnte mit Friedrich Vonnegut zusammen gelaufen sein.«

»Und sie hat natürlich mit Jakob Stern geschlafen«, bemerkte Emma spitz. »Der Meinung war ich von Anfang an. Unser genüssliches Hexchen!«

Es dauerte sehr lange, bis jemand auftauchte, der zur Mordkommission gehörte.

Vorher kam der Rechtsanwalt Meier mit seinem Sohn Mark, stieg aus und fragte: »Irgendetwas Besonderes?«

»Das kann man wohl sagen«, antwortete ich. »Das ist aber nichts für Mark. Warum bringen Sie ihn mit? Franz Stern ist tot.«

»Mark wollte unbedingt mit. Ich hatte so ein komisches Gefühl«, erklärte der Vater einfach. »Umgekippt und tot? Oder irgendetwas mit Drogen? Prügelei?«

»Na ja«, sagte Rodenstock unbehaglich.

»Darf ich ihn angucken?«, fragte der Junge.

»Das geht nicht«, sagte sein Vater schnell. »Das macht nur die Polizei.«

»Aber wieso denn nur die Polizei?«, fragte der Junge.

»Das ist eben so«, erklärte sein Vater nicht sehr hilfreich.

»Kannst du mir helfen?«, fragte ich den Jungen.

»Na, klar«, nickte er.

»Dann gehen wir mal hinter das Haus.«

Wir gingen um das Haus herum, wo die Umgebung vollkommen unberührt schien. Buschwald, ein Feld blühender Waldweidenröschen, sonst nichts.

»Du warst schon ein paar Mal hier, nicht wahr?«

»Ja, klar.«

»Und was war da angesagt?«

»Nichts Besonderes. Franz war oft hier. Und deshalb waren wir hier.«

»Was war, wenn er getrunken hatte?«

»Das konnte man ja sehen. Dann gingen wir wieder.«

»Du sagst immer ›wir‹. Was heißt ›wir‹?«

»Jamie-Lee war dabei und Törtchen und Kalle. Unsere Clique eben.«

»Ihr habt wahrscheinlich mit ihm geredet, oder?«

»Ja, sicher. Und was ist jetzt mit ihm?«

»Er ist tot, er hat eine schwere Wunde auf der Stirn. Jemand hat ihm mit irgendeinem Instrument auf den Kopf geschlagen.

Wir warten jetzt auf Fachleute aus Aachen. Und sie sind schon unterwegs. Ich nehme mal an, ihr habt Franz sehr gemocht.«

»Ja, so war das. Er war ja auch unheimlich cool. Er erzählte auch Geschichten, das war auch cool. Und er sagte immer: Alle meine Geschichten habe ich gelogen! Und dann mussten wir raten, was daran gelogen war, und solche Sachen. Wer hat das gemacht?«

»Wir wissen es nicht.«

Dann war sein Gesicht sehr plötzlich schneeweiß, und er setzte sich schnell auf ein altes Brett, das im Gras lag. »Wieso ist das alles so?«, fragte er klagend.

Es war zu viel für einen kleinen Jungen, er verstand die Welt nicht mehr, sie war schmierig verwischt und unleserlich. Da stimmte nichts mehr. Jamie-Lee, Jakob Stern, jetzt Franz Stern. Ich wusste auch keinen Rat, und ich war wütend auf mich selbst.

Ich setzte mich neben ihn, legte ihm meinen Arm um die Schulter. »Das ist einfach schwer, auch für mich, und ich will dich nicht belügen. Jamie-Lee ist einfach gestorben, aber die beiden Brüder Stern sind getötet worden, und wir haben keine Ahnung, warum das so passiert ist, und wir wüssten gern, wer das getan hat.«

Er weinte ganz still und sagte kein Wort, und er rang nach Atem.

Baumeister, halte ihn in Bewegung, frag irgendetwas, beschäftige ihn.

»Wer war denn besser? Franz oder Jakob?«

»Also, für mich jedenfalls Franz. Er kann nachmachen, wie ein Puter läuft, wenn er angeben will.« Er schniefte ein paar Mal. »Also, er breitet die Arme aus und ruckt immer so mit dem Kopf nach vorn und rennt dabei im Kreis. Das war irre, und wir konnten nicht mehr vor Lachen. – Also, wer macht so was?«

»Das wissen wir nicht, das wollen wir herausfinden.«

»Und die Polizei auch?«

»Und die Polizei auch. Sie sind gut, sie schaffen das. Sag mal, der Jakob war doch ein Schamane. Und er hat das in Amerika gelernt. Warst du mal dabei, wenn er die Götter angerufen hat?«

»Ja, klar. Aber er hat die Götter nicht angerufen, er sagte, er ruft die Mutter Natur um Hilfe an für alle Tiere und so. Weil wir ja nicht gut mit der Erde umgehen.«

»Hat er dabei irgendetwas geraucht?«

»Nein, Jakob hat nicht geraucht. Er trank ja auch keinen Alkohol, und er sagte, Drogen wären schlecht und würden niemals helfen.«

»Aber Franz hat Alkohol getrunken. Oft?«

»Nein, nicht oft. Manchmal hat er gesagt, er braucht das. Dann dauerte das eine Woche oder so, und dann war alles wieder in Ordnung.«

»Und wenn er Alkohol getrunken hat, wurde er nicht brutal oder so?«

»Nein. Das habe ich nie erlebt. – Was passiert mit denen, die das gemacht haben?«

»Sie werden bestraft, sie kommen vor ein Gericht.«

»Und wenn sie nicht gefunden werden?«

»Dann kann man nichts machen. Kannst du dir irgendeinen Menschen vorstellen, der Jakob und Franz töten würde?«

»Nein, kann ich mir nicht vorstellen.«

Mach es etwas komplizierter, frag nicht so naiv, Baumeister.

»Also, wir haben bei Jakob Stern ein Problem. Wir wissen gar nicht, womit er sein Geld verdient hat. Er hat ja keinen Beruf erlernt. Und für seine indianischen Sachen hat er kein Geld genommen. Er hatte aber viele Leute zu Gast, die er beraten hat ...«

»Ja, ich weiß, zum Beispiel dieser Dürre, der dauernd Comedy macht, auf ProSieben oder RTL, oder ich weiß nicht. Als der da war, hat er Jakob ein Briefkuvert gegeben und gesagt: ›Da ist dein Honorar!‹ Also, das weiß ich sicher, weil ich nämlich gerade mit Jakobs Trecker da stand, und weil ein Gang nicht reinging und ich nicht weiterfahren konnte. Das weiß ich noch genau. Und diese Schauspielerin, diese dunkelhaarige, ich weiß nicht, wie die heißt, die war ja auch da. Aber da war nichts mit Geld, die habe ich nur gesehen.«

»Wenn du dich an die Namen erinnerst, kannst du mir die aufschreiben?«

»Ja, mach ich. Jetzt weiß ich es wieder, dieser Mann heißt Heiner Sieweking, und sie sagen alle, der ist der Beste!«

»Ach, der. Na gut, den frage ich mal. Und sonst war nichts?«

»Mit Geld?«

»Mit Geld.«

»Außer, dass Franz gesagt hat, sie wären bald reich. Also, wenn das Kräuterschiff kommt.«

»Was ist das Kräuterschiff?«

»Das weiß ich nicht so genau, das war ein Joke. Der lief immer zwischen Jakob und Franz. Sagte der eine: ›Man müsste sich einen Carrera kaufen‹, sagte der andere: ›Wenn das Kräuterschiff kommt.‹ Und die Clique hat das dann übernommen. Wenn Jamie-Lee unbedingt ins Kino wollte, haben wir gesagt: ›Wenn das Kräuterschiff kommt!‹ Und Törtchen will immer ein Eis am Stiel, wenn wir unterwegs sind. Und wir sagen dann: ›Wenn das Kräuterschiff kommt.‹ Das war eben ein Joke.«

»Ihr seid oft auf dem Hof gewesen, nicht wahr?«

»Ja, dauernd. Warum ist das so? Irgendwie ist alles kaputt.«

»Herr Baumeister«, sagte sein Vater hinter mir. »Ich glaube, Sie müssen mal mit Ihren Apparaten helfen.«

»Natürlich«, sagte ich. »Ich komme gleich wieder.«

»Was musst du denn helfen?«

»Ich denke, ich soll den toten Franz fotografieren. Ich mache das mal.«

Rodenstock stand mit Major vor dem Haus, und sie sprachen leise miteinander. Kripotechniker in ihren weißen Anzügen liefen herum.

»Was brauchen Sie?«, fragte ich.

»Die Wunde, die ganze Figur, wie sie liegt«, sagte er. »Mein Ding macht das nur mit Blitz, und der automatische Blitz verschiebt die Lichtverhältnisse.«

»Schon klar.« Ich schleppte meine Sachen zurück in den Keller. Regenwolken waren aufgezogen, im Keller war es dunkel, aber Major wollte keinen Blitz. »Habt ihr Strahler im Wagen?«, fragte ich einen Techniker.

»Aber ja. Soll ich welche holen? Welche Stärke? Anstrahlung oder Ausleuchtung?«

»Ausleuchtung. Ich denke, ich nehme zwei Hunderter.«

»Ist recht«, nickte er. »Dann bringe ich das Kabel gleich mit.«

Dann war Jennifer hinter mir und fragte: »Kann ich irgendetwas helfen?«

»Das ist lieb, du kannst das Licht steuern. Kommt gleich. Hältst du das aus?«

»Es geht schon«, sagte sie.

Dann kam Emma, stellte sich vor den Toten und fragte: »Wieso hat er nicht mal die Arme hochgerissen, um das Gesicht zu schützen?«

»Das werden wir nie wissen«, sagte ich. »Vielleicht war er betrunken?«

Der Techniker mit den Lampen kam herein und fragte: »Dauert das lange?«

»Zwanzig Minuten«, antwortete ich.

»Ich frage, weil die Leute mit der Wanne da sind.«

»Ich beeile mich. Jennifer, stell mal einen Strahler ungefähr an der Hüfte neben den Mann, richte den Strahler aber an die Decke. Ich brauche indirektes Licht.«

»Es kann sein, dass er den Schlag bekommen hat, als er lag«, sagte Emma nachdenklich vor sich hin. »Waren oben in diesem Zimmer Blutspritzer auf der Matratze?«

»Habe ich nicht gesehen«, sagte Jennifer.

»Nein, keine«, klärte ich auf.

Wir arbeiteten konzentriert etwa eine halbe Stunde. Wie üblich gab ich Major den Chip, und er strahlte mich an und erklärte: »Das war der letzte Liebesdienst. Ich kriege nächste Woche eine neue Ausrüstung. Ich habe die Verwaltung vier Monate lang madig gemacht, jetzt ist sie eingeknickt.«

»Herzlichen Glückwunsch«, erwiderte ich. »Ist Ihnen irgendetwas aufgefallen an dem Toten?«

»Nein«, er schüttelte den Kopf. »Ich nehme aber an, er hat den Schlag nicht kommen sehen. Ich nehme an, es war ein, kurzes, normales Stemmeisen. Etwa so lang wie mein Unterarm. Ich habe solche Löcher schon gesehen.«

»Heißt das, er kannte den Täter?«

»Durchaus möglich«, nickte er.

Inzwischen standen ein paar Schaulustige an dem Plastikband und starrten zu uns herüber.

»Wissen wir etwas über die letzten Stunden des Friedrich Vonnegut?«

»Ich weiß es nicht, aber wenn Sie den Chef anrufen, wird er es Ihnen sagen. Die Abzüge schicke ich Ihnen zu.«

»Ich muss in Hamburg Bescheid geben, dass wir jetzt drei Leichen haben«, sagte ich zu Emma und Rodenstock. »Das wird langsam unheimlich. Wenn ihr Jennifer mitnehmt, kann ich heimfahren und arbeiten. Außer Schamanen und Hexen haben wir nichts.«

Mein Handy meldete sich, über die automatische Umleitung kam ein Anruf von meinem Festnetztelefon. Jemand, dessen Stimme ich kannte, der Mann, der mich schon einmal anonym angerufen hatte, sagte: »Halleluja, Herr Baumeister, da können wir Gott danken, er hat das Böse zerschmettert, und den Schüler des Satan getötet. Ich will Ihnen nur schnell sagen, dass ich ohne Pause gebetet habe, und dass mein Rufen erhört wurde. Halleluja, nun können wir froh in die Zukunft gehen. Sie sehen, das Gute wird siegen.« Die Stimme klang nach Schnaps und hundert Zigaretten pro Tag und nach sehr viel Hass.

Ich unterbrach die Verbindung und knurrte: »Spinner.«

»Wie hat denn Jennifer reagiert?«, fuhr Emma unbeirrt fort.

»Ausgesprochen gut. Sie hat sich selbst überwunden. Ich fahre dann.« Ich wollte nur noch heim, ich sah keinen hellen Punkt am Horizont, und ich war todmüde. »Wir sollten telefonieren.«

»Ja«, nickte Rodenstock. »Das machen wir.« Sein Gesicht war grau und voller Falten.

Ich dachte daran, dass er eines Tages hoffnungslos sagen würde: »Ich kann das nicht mehr.« Und ich wusste, dass ich darauf keine Antwort haben würde.

* * *

Als ich auf meinen Hof fuhr, war es 17.30 Uhr. Mein Kater kam heran und rieb sich an meinen Beinen. Ich gab ihm zu fressen und telefonierte dann mit der Redaktion in Hamburg. Ich setzte mich an den Computer und schrieb einen Recherchenbericht, den ich postwendend per E-mail nach Hamburg schickte.

Die vier Seiten verbreiteten Hoffnungslosigkeit und ergaben nicht einmal einen theoretischen Lösungsansatz. Sagen wir so: Meine Geschichte klang derart deprimierend, dass kein Redakteur von Rang die Geschichte einplanen konnte. Bis jetzt war meine Story Schrott.

Bei den Toten hatten wir es mit der Groteske zu tun, dass wir keine Ahnung von ihrem alltäglichen Leben hatten und nicht einmal genau wussten, mit was sie ihr Brot verdienten, wie sie sich finanzierten, ob sie irgendwelche Projekte verfolgten. Bei Vonnegut konnte man noch großzügig und vage sagen: Er machte in Versicherungen. Bei Jakob Stern und seinem Bruder hatten wir nichts. Wir wussten buchstäblich nichts, außer ein paar merkwürdigen, fraglichen Tatsachen über Schamanismus, über zeitweiliges Saufen, über hellauf begeisterte Kinder und den Fund von zweiundsechzigtausend Euro in bar. Du stehst in solchen

Situationen als Journalist dicht vor einer Betonwand und gestehst: Ich habe nichts, ich weiß nichts, ich ahne nichts! Und das ist eine Anklage gegen den Journalisten, keine Entschuldigung. Wir hatten von Beginn an irgendetwas grundsätzlich falsch gemacht, und wir hatten keine Ahnung, was das sein könnte.

Dann noch diese verrückte, immer noch unklare Tatsache, dass der Bruder Franz vom Sozialamt unterstützt wurde, und der Bruder Jakob das Geld anschließend in bar zurück zum Amt trug. Was war das? War das eine der berühmten Eifel-Schleifen, in denen alles anders gehandhabt wird als anderswo auf der Welt? Welche Behörde lässt sich auf so ein Spielchen ein? Und noch einmal die zweiundsechzigtausend in bar: Welches Finanzamt führt einen Schamanen aus der Eifel unter dem Begriff »keine nennenswerten Einnahmen«, wenn der ziemlich viel Bargeld in seinem Haus achtlos in eine Schublade stopft? Es kam noch erschwerend hinzu, dass der Mann ein altes Bauernhaus entkernt und dann sehr teuer, durchaus luxuriös ausgebaut hatte. Und das mitten in einem Nationalpark, in dem man nicht einmal ein Gänseblümchen ungestraft pflücken darf, und in dem es alte und neue Häuser gibt, die man aus Gründen eines rigiden Naturschutzes leer räumt, um sie später entweder abzureißen oder einfach vergammeln zu lassen. Was lief da im schönen Einruhr?

Ich brauchte den Ortsvorsteher, und zwar sofort. Und notfalls musste ich ihn an seinen Wappenteller nageln, bis er alles gesagt hatte. Nach einigen telefonischen Umwegen kam ich an eine Durchwahl.

Er hieß Hoppe, und er wirkte gemütlich. Er sagte zu Beginn: »Also, was ich weiß, kann ich Ihnen ruhig sagen. Wir verstecken hier nichts.«

»Das ist lobenswert«, sagte ich. »Ich stehe vor ein paar Problemen bei den Gebrüdern Stern. Wir haben da den Jakob, der in seiner heiligen Eiche ruhte. Das Finanzamt sagt, er zahlte keine nennenswerten Steuern. Aber sein Haus im Sauerbachtal ist dermaßen luxuriös ausgebaut, dass man Ehrfurcht kriegt. Und wir fanden Bargeld, einen schönen Haufen Bargeld, für den eine alte Frau lange stricken muss. Bei seinem Bruder ergibt sich ein noch kurioseres Bild. Der wird vom Sozialamt bezahlt, und der Bruder Jakob trägt das dabei ausgezahlte Geld ein paar Tage später in bar ins Amt zurück. Herr Hoppe, das klingt alles ein bisschen stark illegal, um es vorsichtig auszudrücken. Und nun sagen Sie mir mal, was dahintersteckt.«

»Tja, was soll ich da sagen?«, lärmte er.

»Nur die Wahrheit«, sagte ich. »Nichts als die Wahrheit.«

»Das ist schwierig«, bemerkte er.

»Das mag ja sein. Aber wenn ich etwas schreibe, dann stehen Sie hinterher – wie man im Ruhrgebiet sagt – nackicht inne Erbsen. Sie müssen die kritischen Dinge aushalten.«

»Was würden Sie denn schreiben?«, fragte er listig.

»Herr Hoppe, was ist los? Nun machen Sie doch mal ein Angebot.«

»Also, bei Jakob ist es ja so, dass alles illegal war.«

»Was ist denn alles illegal?«

»Na, mit dem Haus und so, eben alles.«

»Herr Hoppe, wir telefonieren morgen noch, wenn Sie diese Geschwindigkeit beibehalten. Was war denn illegal bei der Sache?«

»Na, der Bau war illegal. Es gab keinen Bauantrag, also das Baudezernat hat mir gestern noch gesagt, dass da kein Bauantrag gestellt wurde, niemals. Und ich kann Ihnen versichern, dass mir das viel Arbeit macht.«

»Heißt das auf gut deutsch, dass er den gesamten Umbau illegal durchgezogen hat?«

»Ja«, sagte Herr Hoppe. »Obwohl ich doch bei der Einweihung war.«

»Noch einmal für Bausparer: Jakob Stern hat das Haus seiner Eltern entkernt und dann innen vollkommen neu aufgebaut. Und das Ganze ohne Genehmigung.«

»Ja, nicht ganz ohne Genehmigung, meine ich. Sagen wir mal so: Wir wussten längst nicht alles.«

»Was wussten Sie denn nicht?«

»Also, welchen Umfang das hatte. Der Nationalpark war ja einverstanden, als Jakob Stern sagte, er lebt da, und anschließend kann die Gemeinde mit dem Bau machen, was sie will. Also, wenn er tot ist. Und dann bekam ich eine Einladung zur Einweihung, und ich dachte, mich laust der Affe.«

»Das heißt also, er hat den Bau entkernt und dann von innen neu aufgebaut, das Ganze ohne Genehmigung, und jetzt haben der Kreis und der Ort ein paar Problemchen, und ...«

»Also, nee, also so ist das nicht. Problemchen haben wir jetzt keine mehr. Jetzt ist Jakob ja tot, und sein Erbe auch, wenn ich das richtig verstanden habe. Also, ich meine den Franz, den irgendeiner gefunden hat.«

»Ich war der irgendeiner, Herr Hoppe«, sagte ich.

»Häh?«

»Ich war der Mensch, der Franz Stern gefunden hat. Und nun will ich mal etwas hören zum Bruder Franz. Wie kommt es denn, dass das Amt den Franz unterstützt und Bruder Jakob die Unterstützung wieder ins Amt trägt?«

»Also, das fällt nicht in mein Gebiet, ich weiß nicht, wie die das geregelt haben. Aber das ist ja irgendwie gelaufen, und kein Mensch hatte was dagegen. Muss ja so sein.«

»Na ja, wenn kein Mensch davon weiß. Herr Hoppe, Sie weichen dauernd aus, obwohl Sie betonen, dass Sie mir alles sagen wollen. Also, das riecht nach Korruption, um das Kind mal beim Namen zu nennen. Noch einmal zurück zu Jakob. Der entkernt das Haus, und kein Mensch sieht die zwanzig, dreißig LKW voll Schutt, die da abgefahren werden. Dann kommen etwa runde vierzig bis sechzig Raummeter Balkenholz auf mindestens acht Achsen, mindestens fünfundzwanzig Meter lang, durch Ihren Ort, und die ganze Herrlichkeit rollt ins Sauerbachtal. Das hat kein Mensch mitgekriegt, behaupten Sie, weder

Sie noch Ihr Amt. Und kein Mensch hat Anzeige erstattet, als die halbe Einwohnerschaft zur Einweihung erschien. Ich habe den dringenden Verdacht, dass Sie mich verarschen. Ist das so richtig?«

»Ja, das kann man so sagen. Also, ich verarsche Sie doch nicht, guter Mann. Aber was bringt Ihnen das, wenn Sie jetzt drüber schreiben? Ist doch passé, ist doch Schnee von gestern. Und dann noch die Sache mit der Firma, du lieber Gott, da steigt doch kein Mensch mehr durch.«

»Was denn für eine Firma, Herr Hoppe?«

»Diese Firma, die da gemacht wurde. Mit diesem Vonnegut, diesem Versicherungsmenschen, der den Brand nicht überstanden hat. Da in Vossenack.«

»Wo finde ich denn diese Firma?«

»Das weiß ich nicht. Also, von den wirtschaftlichen Dingen habe ich nicht die geringste Ahnung.«

»Wer ist denn im Finanzamt zuständig für den Buchstaben V und den Buchstaben S?«

»Hellmann«, antwortete der Wunderknabe affenartig schnell. »Amtsrat Wolfgang Hellmann macht das.«

»Dann haben Sie auch eine Telefonnummer, oder?«

Er diktierte sie mir.

»Und können Sie mir auch sagen, warum das alles in den Pressekonferenzen der Mordkommission nicht vorkam? Ich meine, die Leute meines Berufs wussten nichts von der komischen Arie mit dem Ausbau des Hauses, der obskuren Sache der Sozialhilfe für den Franz, von Jakobs Firma, die er zusammen mit Vonnegut hatte. Warum habt ihr so getan, als gebe es das alles nicht? Ich meine, das ist doch ungewöhnlich, oder? Wie viele Leute haben denn da Dreck am Stecken?«

»Na ja, wir wollten nicht, dass das an die große Glocke gehängt wird.«

»Jetzt sind alle Beteiligten tot, und ihr glaubt ernsthaft, dass das nicht an die große Glocke gehängt wird? Was ist denn das für eine merkwürdige Logik? Wenn Sie schon von der Firma nichts wussten, wussten Sie dann wenigstens, was diese Firma macht?«

»Ja, sicher, also wir verschweigen doch nichts. Kräuter sollte die machen, nichts als Kräuter, also Heilkräuter und so was.«

»Herr Hoppe. Wer sollte für wen denn Heilkräuter machen?«

»Na ja, diese Firma eben. Für ... also Kräuter für die Firmen und Apotheken, für die Menschen eben. Also für den Nationalpark Eifel.«

»Herr Hoppe, wenn ich mal meine Memoiren schreibe, kommen Sie als die größte Nervensäge meines Lebens vor. Wieso Kräuter für den Nationalpark?«

»Also, das war doch von Anfang an klar, das weiß doch jeder.«

»Ich bin nicht jeder, Herr Hoppe. Was sollte das für eine Firma sein?«

»War ja noch gar keine, sollte ja erst in zwei Monaten richtig losgehen.«

»Herr Hoppe, Sie können fest damit rechnen, in Schwierigkeiten zu geraten. Wo wohnt denn dieser Mensch vom Finanzamt, dieser Wolfgang Hellmann?«

»In Woffelsbach, Herr Baumeister. Hübsches kleines Häuschen. Und sagen Sie bloß nicht, dass ich mit Ihnen geredet habe. Ich danke für das Gespräch.«

Da ich sowieso schon schlechte Laune hatte und stinksauer war, machte ich gleich weiter und tippte die Nummer, die Hoppe mir gegeben hatte, in den Apparat.

»Mein Name ist Siggi Baumeister, ich bin ein Journalist. Kann ich Herrn Wolfgang Hellmann sprechen?«

»Mein Mann hat jetzt keine Zeit«, sagte die Frauenstimme energisch.

»Ich brauche ihn aber. Passen Sie auf, machen wir das so: Ich gebe Ihnen jetzt meine Telefonnummer, und Sie sagen Ihrem Mann, er möge mich bitte anrufen.« Ich diktierte ihr die Nummer und fügte dann an: »Wenn möglich in den nächsten zehn Minuten. Und sagen Sie ihm bitte, dass ich genau weiß, warum Herr Stern, der tote Jakob Stern, so gut wie nie Steuern zahlte. Und dass ich das für eine üble Form von Korruption halte. Ich danke Ihnen zutiefst.«

Es dauerte sieben Minuten, bis das Telefon klingelte.

»Mein Name ist Hellmann, und ich frage mich, was Sie dazu veranlasst haben könnte, ein so schweres Geschütz aufzufahren?«

»Das ist ziemlich einfach. Die Mordkommission teilte mit, dass nach Auskunft des zuständigen Finanzamts Jakob Stern ein Mann sei, der ganz geringe Steuern zahlte, weil sein Einkommen gleich Null war. Ich sprach eben mit dem Ortsbürgermeister, der mir sagte, das sei alles nur zu erklären mit einer gewissen Firma, die Kräuter liefere, und bei der der ebenfalls umgebrachte Friedrich Vonnegut beteiligt sei. Nun fragt sich jeder Normalbürger, was dahinterstecken könnte. Punkt zwei: Jakob Stern hat sein Elternhaus auf eine Weise ausgebaut, die ich nur als luxuriös bezeichnen kann. Das muss Hunderttausende gekostet haben. Nun frage ich mich, was ich mit diesen Auskünften anfangen soll. Ich bemühe mich um ein Bild, Herr Hellmann, ich bemühe mich, diese Toten und ihr Leben zu beschreiben, und der Ortsbürgermeister sagt mir, niemand habe gewollt, dass das an die große Glocke gehängt wird. Und nun frage ich Sie, Herr Hellmann, was denn an die große Glocke gehängt werden könnte? Und sagen Sie jetzt bitte nicht: kein Kommentar. Und gleichzeitig will ich fragen, ob Sie denn auch zu der Einweihung von Jakob Sterns Haus eingeladen waren?«

»Sie klingen sehr sauer. Ja, meine Frau und ich waren eingeladen, und Sie haben recht: Der Bau war sehr teuer. Und von dieser Firma wissen wir auch, und die Auskünfte, die der Ortsbürgermeister Ihnen gegeben hat und die Sie von der Mordkommission bekommen haben, lassen vermuten, dass da getrickst wurde. Aber ich werde Ihnen am Telefon darüber keine Auskunft geben. Rufen Sie mein Sekretariat an und machen Sie einen Termin. Wie war noch mal Ihr Name?«

»Siggi Baumeister, zu Hause in der schönen Eifel ...«

»Moment mal, sind Sie der Mann, der für die Mordkommission fotografiert hat?«

»Ja, der bin ich.«

»Und Sie arbeiten mit einem gewissen Kriminaloberrat a.D. Rodenstock zusammen? Und Sie haben Franz Stern gefunden? Und Sie recherchieren für das Magazin in Hamburg?«

»Na, sehen Sie, die Buschtrommel funktioniert doch. Ja, der bin ich.«

»Können wir uns irgendwo treffen, an irgendeinem neutralen Ort, wo man mich bestimmt nicht kennt? Oder bringt das Magazin die Geschichte schon am kommenden Montag?«

Da konnte man mal sehen, der Mann war helle. »Nein, nicht am kommenden Montag. So schnell schießen die Preußen nicht.«

»Und wann können wir uns treffen?«

»Wenn es Ihnen dringlich ist, gerne jetzt. Ich gebe Ihnen meine Adresse.« Ich diktierte sie ihm mitsamt allen Telefonnummern.

Dann atmete ich langsam und genussvoll zehn Minuten tief ein und aus, setzte mich auf meine Terrasse und starrte in den Garten. Die Elstern schossen durch den Abendhimmel und wollten unbedingt auf der Terrasse landen, weil sie es auf meines Katers Knabberspaß abgesehen hatten. Die zwei Rotschwänzchen benahmen sich so, als seien sie beim zweiten Nestbau, und aus dem Teich kam der Quaklaut der Unke, von der ich angenommen hatte, es gebe sie nicht mehr. Warum tat ich mir diese Geschichten an? Warum jagte ich die Mörder anderer Leute, warum schrieb ich über sie? War das zwanghaft?

Dann rief ich bei Emma an, und als sie sich meldete, sagte ich, ich bekäme Besuch und sei in das öffentliche Leben der Gebrüder Stern eingestiegen. Mit überraschenden Folgen. Und falls Sie teilnehmen wollten, ein Informant sei in etwa einer Stunde bei mir.

Emma erklärte, ich sei einwandfrei ein Wunder. Ich widersprach ihr nicht.

Ich holte mir zwei Scheiben Brot und ein großes Stück jungen Gouda und begann genüsslich zu mümmeln. Dazu trank ich Dreiser Sprudel aus meiner Heimatgemeinde. Es war ein richtiges Triumphmahl in meiner provinziellen Heimat.

Wenn ich mich vorbeugte, konnte ich im Dämmerlicht den Mond sehen, der sich anschickte runder zu werden. Wie viel war in den letzten paar tausend Jahren schon in dieses runde Stück Gestein hineingedeutet worden? Was für Kräfte hatte man der käsigen Kugel nicht schon angedichtet? Diesem Ding da oben waren sie alle verfallen: Gothics und Quacksalber, Schamanen und Hellseherinnen ... da sollte einer den Überblick behalten.

Dann kamen die Männer.

Sie fuhren nicht auf den Hof, sie kamen auch nicht von der Straße. Sie kamen zu Fuß zwischen den Häusern entlang und ich hatte den Eindruck, als wüssten sie genau, wo ich saß. Dann nahmen sie bedächtig die vier Stufen zu meiner Terrasse hin, und ich brauchte keine Zehntelsekunde, um zu begreifen, dass ich in Schwierigkeiten steckte.

Sie waren etwa gleich groß und gleich kompakt. Sie trugen sicherheitshalber Sturmhauben, wie sie Motorradfahrer tragen.

Einer von ihnen sagte: »Wir sollen ausrichten, dass du über diese Geschichte nicht schreiben darfst. Wenn du es trotzdem tust, kommen wir immer wieder. Bis du den Mund hältst.«

»Ach, ja?«, sagte ich. »Und wer sagt das?«

»Wir sagen das.«

»Na, klasse!«, gab ich zurück. »Zwei Sturmhauben auf Brautschau!«

»Soll das heißen, wir sind schwul?«, fragte einer von ihnen aggressiv.

»Viel schlimmer als schwul!«, sagte ich. Eine kurze Sekunde überlegte ich, ob es möglich war, zwischen ihnen durchzuwischen, mit einem Satz im Garten zu landen und zu entkommen. Aber ich wusste in der gleichen Sekunde, dass das nicht gelingen konnte. Nicht bei diesen Typen. Sie waren auf so etwas geeicht.

»Also, verstanden? Wir kommen immer wieder!«

»Ja, du Armleuchter!«

Der Linke stand mit einem Schritt neben mir und blieb dort stehen. Der Zweite kam auch und nahm meinen linken Arm und zog daran. Ich rutschte unwillkürlich nach vorn, und das war der Fehler. Er nahm das Knie hoch und schlug meinen Arm darauf.

Es schmerzte höllisch, und es hörte nicht auf. Ich fiel nach vorn und konnte mich mit dem linken Arm nicht abstützen, den rechten brachte ich nicht mehr nach vorn. Ich fiel auf die Knie, ich bekam keinen Schutz nach vorn, mein Gesicht landete flach auf den Steinen der Terrasse, es tat weh, und ich konnte nicht mehr atmen, alles war Schmerz.

»Wir kommen immer wieder!«, sagte eine Stimme.

6. Kapitel

Ich hatte zunächst keine Ahnung, was geschehen war. Ich lag flach auf dem Rücken und begriff sofort, dass ich auf meiner Terrasse lag. Ich begriff auch, dass Rodenstock über mir immerzu sagte: »Wach doch auf, Junge. Wach doch auf, Junge.« Neben seinem Gesicht war ein anderes Gesicht, das ich nicht kannte.

»Ich bin Hellmann«, sagte das andere Gesicht. »Wir haben Sie eben gefunden. Was ist passiert?«

»Na komm, Junge«, sagte Rodenstock im Ton eines besorgten Vaters.

Dann war Emmas Stimme zu hören, aber ich verstand nicht, was sie sagte.

»Mein Arm«, sagte ich. »Kommt nicht daran.«

»Wieso Arm?«, fragte Rodenstock.

»Mein linker Arm«, sagte ich. »Er hat ihn gebrochen.«

»Wer hat ihn gebrochen?«

»Männer. Nicht drankommen.«

Rodenstock sagte: »Geht mal da weg. Ich will den Arm sehen.«

Das Gesicht, das Hellmann gehörte, verschwand. Rodenstock verschwand auch, tauchte dann auf der anderen Seite wieder auf und berührte den Arm. Ich schrie, oder ich versuchte zu schreien.

»Ja, ja, schon gut. Ich lass dich liegen, ich fass dich nicht an. Emma, hast du wen?«

»Notarzt und Rotes Kreuz«, erwiderte sie sachlich.

Ich verstand sie erstaunlich gut, aber ich konnte nicht sprechen, ich bekam zu wenig Luft, ich bekam Panik, eine maßlose Angst. Irgendwie ging das Leben zu Ende. Dann räusperte ich mich, und das funktionierte seltsamerweise. Ich kam vorübergehend wieder auf der Erde an.

»Es waren zwei. Sie kamen von rechts zwischen den Häusern hindurch. Sie sagten, ich darf nicht drüber schreiben, sonst kommen sie immer wieder. Sie sagten: ›Wir kommen immer wieder.‹«

»Und dann haben sie dir den Arm gebrochen?«, fragte Rodenstock.

Ich nickte und sagte: »Ganz einfach war das.«

»Und was haben sie mit deinem Gesicht gemacht?«

»Nichts. Ich fiel nach vorn. Sehe ich gut aus?«

»Sehr gut«, nickte Rodenstock. »Wie eine große Portion Gehacktes, halb und halb.«

»Hallo, Baumeister. Du machst Sachen!«, sagte mein Nachbar Rudi von irgendwoher.

Jennifer sagte: »Also, so was!« Das klang sehr empört.

Dann verlor ich das Bewusstsein oder dämmerte ein oder schlief, ich weiß es nicht. Dann fühlte ich mein Gesicht höllisch brennen und wachte wieder auf. Dann schmerzte der Arm unerträglich, und mein Gesicht brannte schärfer. Ich wünschte, ich würde die Besinnung verlieren, aber ich wusste nicht, ob das klappte.

Bis eine Stimme sagte: »Fraktur. Okay, alles klar. Ich spritze Ihnen jetzt was gegen die Schmerzen, Herr Baumeister. Herr Baumeister? Können Sie mich verstehen? Verstehen Sie mich, Herr Baumeister? Nimm mal die Schere und schneide ihm das T-Shirt runter, ich will eine Schiene anlegen. Jetzt gleich gibt es einen kleinen Pieks, Herr Baumeister. Und schon passiert. Da sind wir doch zufrieden, das läuft doch gut, das läuft ganz fantastisch!«

Ich fragte mich im Wegdämmern, warum Ärzte auf der ganzen Welt immer den gleichen Blödsinn absondern, wenn sie einen Patienten versorgen. Pieks, Herr Baumeister.

Aber immerhin schlief ich ganz ruhig ein und bekam überhaupt nichts von all dem mit, was sie mit mir anstellten. Und es erheiterte mich ungemein, dass Jennifer zum Abschluss sehr zornig bemerkte: »Also, da werde ich doch richtig sauer!«

An die Fahrt mit dem Ambulanzwagen kann ich mich nicht mehr erinnern, auch das Röntgen und das anschließende Eingipsen gingen spurlos an mir vorüber.

Dann allerdings kam zu meiner großen Erleichterung ein Moment, den ich nicht vergessen werde. Ich lag in einem kleinen Raum, ich war allein, ich war angenehm eingelullt von zahlreichen Schmerz- und Beruhigungsmitteln, da öffnete sich die Tür, und Beate Latten, Schwiegertochter meiner Nachbarn Maria und Rudi und ebenfalls meine Nachbarin, sagte mit großen Augen: »Also, wie ich gehört habe, hast du ja komische Gäste. Jedenfalls siehst du im Gesicht so aus, als wäre dir jemand mit dem Eisenkamm durchgegangen. Aber das wird schon wieder. Jetzt wird geschlafen, Siggi, und du marschierst hier nicht herum, ich will dich nicht auf dem Flur sehen. Und wenn irgendwas ist, drückst du auf die Klingel.«

Es geht eben nichts über Deutschlands schönste Provinz.

* * *

Ich wurde wach, weil sich irgendetwas veränderte, wahrscheinlich schlug irgendjemand eine Tür zu, oder ein Windhauch strich über mein Gesicht.

Da saß Rodenstock und machte einen sehr gestressten Eindruck. Er sah aus, als würde er gleich im Sitzen einschlafen.

»Du kannst dir ein Bett hereinrollen lassen. So, wie du aussiehst, musst du zwanzig Stunden in die Waagerechte.«

»Ich habe keine Minute geschlafen. Ich fahre gleich heim, und jeder, der mich stört, muss mit der Todesstrafe rechnen. In meinem Alter sollte man so etwas nicht mehr machen. Also gut, du siehst besser aus, du hast keine Schmerzen, du hast den Gips, jetzt hörst du mal zu.«

»Moment, Moment«, unterbrach ich. »Wann kann ich denn hier verschwinden?«

»Bald«, sagt die Ärztin. »Keine gesundheitlichen Einwände. Jetzt hör mir zu.«

»Wann ist denn bald?«

»Morgen, oder heute Nachmittag schon, ich weiß es nicht. Ich frage mich die ganze Zeit, warum wir die Bürokraten nicht eher eingeschaltet haben. Das dürfte in unserem Alter eigentlich nicht mehr passieren. Wir haben über Tage wichtige Fragen an wichtige Leute nicht gestellt, was mich auf den Verdacht bringt, dass das Alter mich eingeholt hat. Und Altwerden ist beschissen, glaub mir das. Wie auch immer, ich sage dir jetzt, was Griseldis gestern Emma und mir gesagt hat, und ich sage dir, was dieser Wolfgang Hellmann vom Finanzamt gesagt hat. Wir haben bis sechs Uhr morgens in deinem Wohnzimmer getagt. Du hast nichts mehr im Eisschrank, und deine Rotweinvorräte sind drastisch reduziert. Du hast auch Ebbe bei deinen unbeschreiblichen Dosen mit Eintöpfen. Aber wir sind endlich weiter gekommen. Wenn du einverstanden bist, konzentriere ich mich erst einmal auf den Jakob. Der ist der Schlüssel der Ereignisse. Und dann sage ich dir etwas zu den Männern, die dich gestern Abend besuchten.«

»Dann leg mal los. Soll ich nach einem Kaffee rufen?«

»Kein Kaffee mehr! Die ganze Geschichte ist nur zu verstehen, wenn man weiß, wie der Jakob zum Schamanen wurde. Ich mische hier mal die Aussagen der Griseldis mit denen von dem Finanzamtsmenschen, der übrigens eine gute Type ist, aber ganz heillos korrumpiert, wenn es um die Eifel geht. – Es fing eigentlich schon an, als die Mutter von Jakob Stern, Liesel Stern, ihren Söhnen beibrachte, was man alles mit Kräutern aus der Eifel bei menschlichen Krankheiten ausrichten kann. Liesel hatte es schon von ihrer Mutter und Großmutter übernommen, Liesel hieß bei den Leuten die Kräuter-Fee, und sie hatte eine Fülle von Rezepten gegen beinahe alles, was man sich an Gebrechen und gesundheitlichen Schwierigkeiten vorstellen kann. Jakob lernte begierig, Franz weniger, weil er zu sprunghaft war, weil es ihm schon als Kind schwer fiel, sich zu konzentrieren. Es war von Beginn an eindeutig, dass Jakob den Hof weiterführen würde. Und es war ebenfalls klar, dass auch Franz auf dem Hof arbeiten sollte. Die beiden Brüder liebten sich, übrigens bis zuletzt, und im Ernstfall sprang jeder von ihnen dem anderen bei. Also war es in gewissem Sinn eine heile Welt. Dann aber änderte sich einiges, es kam die Idee vom Nationalpark Eifel auf, und es war von Beginn an vollkommen klar, dass unter diesen Umständen der Hof nicht mehr zu halten war. Er liegt schlicht mittendrin, das konnte nicht gut gehen. Ich verzichte hier auf Einzelheiten, ich beschränke mich auf Wichtiges. Die Eltern der beiden Brüder wurden alt, sie waren häufig krank, sie konnten den Hof nicht mehr bewirtschaften, sie mussten sich auf die Söhne verlassen. Und das konnten sie zunächst auch. Irgendwann landeten die Eltern in einem katholischen Altenheim, und die Kosten, die jenseits der Pflegekasse auftraten, brachten Jakob und Franz irgendwie auf, sie schufteten sehr konzentriert, und sie sorgten rührend für ihre Eltern. Die Kräuter-Fee sagte ihrem Sohn Jakob, er solle doch weiter Kräuter suchen, und es sei wirklich möglich, damit etwas Geld für den Lebensunterhalt zu verdienen. Aber das glaubte Jakob einfach nicht.«

Rodenstock macht eine kurze Pause und schien seine Gedanken ordnen zu müssen. »Teil eins der Aufgabe des Hofes bestand darin, die Rinderherde abzuschaffen, es waren gut zweihundert Tiere. Die Brüder kassierten großzügig bemessene landwirtschaftliche Prämien von der Europäischen Union, das heißt, sie konnten verdammt gut leben und hatten zunächst keine Schwierigkeiten. Aber da die finanziellen Hilfen irgendwann auslaufen würden, waren sie gezwungen, für sich selbst andere Wege zu suchen. Franz versuchte das gar nicht ernsthaft, Franz glaubte, dass es irgendwie immer weiterging, dass irgendjemand sich für ihn zuständig fühlte. Sein Bruder zum Beispiel. So kam es, dass Franz offiziell Unterhalt beantragte beim Sozialamt. Jakob war sauer und behauptete, diese Familie könne immer noch sich selbst ernähren. Und es kam zu dem unglaublichen Zustand, den wir ja schon kennen: Das Sozialamt zahlte dem Franz den Lebensunterhalt, und Jakob verdiente irgendwie genug, um diese Summe jeden Monat dem Sozialamt zurückzuzahlen. Frag mich nicht, wie die das gefingert haben, irgendwie kriegten die das geregelt, und todsicher kann man dem Amt Bestechlichkeit vorwerfen, Vergehen im Amt, Betrug und weiß der Teufel was noch alles. Es kam natürlich auch vor, dass Jakob zuweilen nicht genug verdiente, um das Geld zurückzuzahlen, und alle Beteiligten hielten den Mund. Irgendwann brachte er das Geld dann. Die haben – nur für den Franz – eine richtige schwarze Kasse geführt, und wie in diesem Land so üblich, ist alles peinlich genau notiert worden.«

Er rieb sich mit der Rechten einmal durch seine schläfrigen Augen und fuhr fort: »Dann verschwand Jakob zum ersten Mal, und niemand wusste, wohin er gegangen war. Und niemand wusste, ob er jemals zurückkommen würde. Jakob war kurzerhand in die Vereinigten Staaten gereist, Jakob wollte Verbindung zu indianischen Stämmen aufnehmen. Er hatte ein Buch gelesen, in dem gesagt wurde, dass Indianer in den USA nach wie vor seltene Kräuter kannten, mit denen Krankheiten gut zu bekämpfen waren. Jakob blieb sechs Monate. Als er zurückkehrte, war er ein anderer Mensch, und er vertrat die Meinung, dass man diese Kräuter auch hier im Nationalpark heimisch machen könne. Er erzählte nicht viel, aber immerhin wissen wir, dass er bei einem Indianerstamm heimisch wurde und der Schüler eines Schamanen war. Er lernte also mit Kräutern umzugehen, Kräuter zu sammeln, Dosierungen zu finden, Basisrezepte zu entwickeln, den feinen Unterschied zwischen Wurzeln und Blüten, den noch feineren zwischen Stängeln und Wurzeln. Natürlich lernte er auch die Riten des Schamanen, also Regentänze, Fruchtbarkeitstänze und dergleichen Dinge mehr. Jakob nahm die Sache sehr ernst, und Jakob lernte und lernte.«

Ich war froh, dass es Schmerzmittel gab, so konnte ich seinen Ausführungen ungehindert lauschen.

»Ein Punkt, der zunächst überhaupt nicht beachtet wurde, war die Bestattung in einem Baum. Jakob hatte sich erzählen lassen, dass einige Indianerstämme eine Baumbestattung kannten. Das heißt, sie banden die Toten auf einem Baum fest und ließen ihn dort vertrocknen, also mumifizieren. Jakob erzählte in der Eifel davon und er sagte, dass er das eigentlich für eine gute Idee hielt. Zurück zur Natur! Natürlich wusste er, dass das hier nicht möglich sein würde, aber er legte großen Wert auf die Wichtigkeit einer solchen Einstellung. Es folgten Jahre, in denen er vier Monate in Amerika lebte und dann acht Monate hier. Wie er das finanzierte, wie er immer weiter für Franz bezahlte, wissen wir noch nicht, aber langsam schälte sich eine Lebensweise heraus, in der es merkwürdigerweise nicht mehr vorkam, dass er pleite war, oder keinen finanziellen Ausweg fand. Das ist ein Punkt, den wir unbedingt klären müssen, ich will wissen, wie Jakob das deichselte.«

Ich nickte stumm.

»Tatsache ist wohl, dass er zunächst in Köln Leute fand, die mit ihm zusammen eine Firma gründen wollten, eine Firma, die sich mit der Zucht bestimmter Kräuter befasste und mit dem Transport der Kräuter hierher nach Europa. Gleichzeitig experimentierte Jakob im Nationalpark Eifel. Er baute ganz unauffällig Kräuter und Pflanzen aus Nordamerika und aus der Inneren Mongolei hier im Nationalparkgebiet an. Er ging so weit, sehr komplizierte Bodenuntersuchungen zu machen, versuchte sogar, Pflanzen und Sträucher hier mit dem originären Boden aus den Herkunftsländern zu züchten. Er schaffte diese Böden in Eimern hierher. Mal klappte das, mal nicht. Auf jeden Fall war er für die heimischen Biologen hier ein wahres Wunder. Wir wissen nicht, wer diese Leute waren, mit denen er die Gründung der Firma durchziehen wollte, aber wir werden sie bestimmt finden, denn dieses Projekt kann nicht ungesehen über die Bühne gegangen sein.«

Rodenstock atmete einmal tief durch und fuhr fort: »Tatsache ist auch, dass Jakob von dem Schamanen außerdem Methoden lernte, mit denen man Menschen, die gestresst sind, helfen kann. Kurios ist, dass der Finanzbeamte Hellmann ihn gefragt hat, womit er denn seinen Lebensunterhalt verdiene. Und Jakob antwortete: ›Mit den Wehwehchen der Menschheit.‹ Sie machten einen Deal: Jakob verpflichtete sich schriftlich, alle Steuern rückwirkend zu bezahlen, sobald die Firma angelaufen sei. Mit anderen Worten: Gewusst haben es alle, und mitgemacht haben sie es auch. Der große Deal mitten in der schönsten Provinz Deutschlands. Gleichzeitig trat parallel ein anderes Ziel in den Vordergrund: Kräuter aus Nordasien, also der Inneren Mongolei und Kasachstan. Jakob wollte auch von dort Kräuter hier einführen, und er reiste mindestens viermal dorthin, und es muss auch zu Verträgen gekommen sein, wobei wir keine Ahnung haben, wo diese Verträge sind. Dann traf er eine Verabredung mit der Gemeinde. Er wollte sein Elternhaus erhalten und innen ausbauen. Soweit wie möglich kam man ihm entgegen. Dass er es dann ohne den Hauch einer Baugenehmigung ausbaute, ist gesichert. Und das Bauamt wusste die ganze Zeit davon, ebenso wie der Finanzbeamte Hellmann. Sie wussten es alle, und sie hielten alle den Mund. Bis es dann vor etwa anderthalb Jahren ausgerechnet der Finanzbeamte Hellmann war, der Jakob mit Friedrich Vonnegut zusammenbrachte. Die beiden verstanden sich auf Anhieb, weil ausgerechnet Vonnegut jemand war, der ebenfalls Reisen in die Kräuterwelten gemacht hatte und der ebenfalls fasziniert von diesen Möglichkeiten war. Sie reisten dann zusammen. Die Verbindung zu den Leuten in Köln, die ursprünglich eine Firma mit Jakob machen wollten, ließ man einschlafen.«

Rodenstock war jetzt richtig in Fahrt, ich lauschte gespannt weiter: »Vonnegut siegte auf der ganzen Linie, Vonnegut hatte reichlich Geld, für Vonnegut trat kein Problem auf, denn bekanntlich siegt immer der, der schon am meisten hat. Und Vonnegut erledigte Jakobs Steuerproblem mit einem Scheck. Er zahlte ohne Aufforderung und freiwillig eine halbe Million

Euro an das Finanzamt zur Erledigung der Steuern des Jakob Stern. So viel war grotesk und gar nicht fällig, es war bei grober Betrachtung noch nicht einmal die Summe von zweihunderttausend, rückwirkend für etwa fünf bis sieben Jahre. – Wie auch immer: Hellman bestätigte schriftlich, dass die Steuern des Jakob Stern erledigt seien, bezahlt, Schnee von gestern. In dem Schreiben stand auch, dass das Finanzamt die überschüssigen Mittel an Jakob Stern zurückzahlen werde. Ob das passiert ist, wissen wir noch nicht, Hellmann sagt, er guckt in seinen Kassen nach. Aber das ist inzwischen gleichgültig, weil sämtliche Verpflichtungen erledigt sind, niemand ist finanziell im Rückstand, niemand muss irgendetwas erklären. – Und dann ging jemand hin und brachte sie um, alle drei.«

»Hat denn irgendjemand eine Idee, warum das passierte?«

»Niemand weiß etwas, niemand hat eine Ahnung, niemand kann das erklären.«

»Wie ist es denn dazu gekommen, dass das Bauamt und das Sozialamt und das Finanzamt alle über Jahre hinweg den Mund gehalten haben? Das ist doch ganz ungewöhnlich, das hat doch Seltenheitswert. Alle korrupt, alle bestechlich, alle ... ja, was denn eigentlich?«

Er grinste und wartete ein paar Sekunden. »Wahrscheinlich ist das Eifel, kristallklare Eifel. Wenn schon korrupt, dann bitte alle, und alle gründlich. Wir haben heute Nacht besonders diesen Punkt diskutiert. Es war so, dass Jakob ein Mensch war, der nicht betrog, keine Ausflüchte suchte, der stattdessen sagte: Ich brauche erstens Zeit und zweitens Zeit. Ich bin mit den Steuern im Rückstand, ich müsste vom Bauamt bestraft werden, das Sozialamt hat mit mir zusammen ein geradezu blödes Ding durchgezogen. Stimmt alles. Ich mache es wieder gut.«

Er hielt kurz inne und sagte dann: »Ich muss hier eine Kleinigkeit erwähnen, die wirklich unglaublich ist. Franz bekam das Geld aus dem Sozialamt natürlich über eine Computeranweisung der Verwaltung. Nun tauchte aber der Jakob auf und legte das Geld bar auf den Tisch der Behörde. Was sollte diese Behörde nun tun? Kein Mensch geht hin und zahlt etwas bar über die Ladentheke. Und was ist passiert? Einer der Angestellten richtete ein Unterkonto bei seinem Privatkonto ein, ausschließlich dazu gedacht, Jakobs Gelder darüber laufen zu lassen. Wie kann man nun begründen, dass das so passiert? Überhaupt nicht. Sie haben alle die Augen geschlossen und gebetet, dass kein Mensch es merkt. Und kein Mensch hat es bemerkt. Dann spielte etwas anderes eine große Rolle: der Nationalpark. Urwald als Ziel, die Möglichkeit einer Firma, die die Kräuter und Wurzeln gerade dieses Gebiets vermarktet, eine eigene Firma, die diese Naturschönheiten anpreist und verkauft, eine geradezu ideale Chance. Und alle, die das mitgetragen haben, sagten sich: Um Gottes willen, der Jakob Stern muss hier bleiben! Der muss aus dem Nationalpark heraus seine Produkte verkaufen! Der darf mit seiner Firma auf keinen Fall abwandern! Sie schaukelten sich gegenseitig hoch. Klar, dass eigentlich zehn bis zwölf Leute aus den Ämtern gefeuert werden mussten, aber niemand hat auch nur eine Sekunde daran gedacht, dass das wirklich passieren würde. Sie alle wollten diese Firma, und sie alle haben Jakob Stern vertraut, und sie wollten alle das Beste für die Eifel. Und für den Jakob war klar, dass er ihr Vertrauen zu schätzen wusste. Er wollte diese Firma im Nationalpark. Und im Hintergrund wartete Vonnegut mit seinem vielen Geld und wusste genau: Das würde ein schweinemäßig gutes Geschäft werden. Und wenn du mich fragst: Es wäre eines geworden.«

»Aber für so etwas braucht man einen Vertrieb, da reicht keine Scheune voll Kräuter und Wurzeln. Und auf diesem Sektor gibt es doch schon massenhaft Firmen.«

»Richtig. Aber Vonnegut hat an alles gedacht. Sie hatten einen Deal mit einem großen Pharmakonzern, der wollte die Vermarktung erledigen, eine neue Vertriebsfirma auf die Beine stellen, alle die Pillen und Salben auf den Markt werfen. Es war ein wasserdichtes Projekt, wenn du mich fragst.«

»Was passiert denn jetzt?«

»Das weiß man noch nicht. Hellmann sagt: Der Pharmariese will angeblich das Gelände sondieren. Vielleicht gibt es eine Möglichkeit, die Sache trotzdem durchzuziehen. Sie suchen dringend Leute, die Verbindungen zu den Lieferanten aufnehmen. Zu den Indianern und den Eingeborenen in Nordasien. Sie sagen, das Ding hat nach wie vor gute Chancen. Und: Sie haben schon einen Namen für diese Firma. Sie wollen sie ›Jakobs Arche‹ nennen. Ein richtig schöner Name.«

»Was ist mit den beiden Männern, die mich überfielen?«

»Also, das sieht nach unserer Meinung nach einer Auftragsarbeit aus, die Männer sind Torpedos. Und wir sollten das verdammt ernst nehmen. Und eine Verwechslung kann nicht vorliegen. Kannst du dich daran erinnern, mit irgendeinem Menschen kollidiert zu sein?«

»In dieser Geschichte? Nein. Wir haben doch nur mit Leuten gesprochen, die am Rande beteiligt waren. Ein paar betrügerische Hexen, die mit der Not von Frauen Geschäfte machen. Griseldis, die das mit der Hexe eigentlich ironisch meint. Ein anonymer Anrufer, der den Teufel persönlich bekämpfen will und den lieben Gott hinter sich weiß. Nein, ich bin mit niemandem kollidiert. Wie sind sie denn gekommen, und wie sind sie wieder verschwunden?«

»Wir nehmen an, dass sie mit Motorrädern kamen, weil das die schnellste Möglichkeit bietet, wieder zu verschwinden. Hast du ein Motorrad oder mehrere gehört?«

»Nein, habe ich nicht. Im Gegenteil, es war sehr still, zu dem Zeitpunkt kam nicht einmal ein Auto durch.«

»Und sie haben einwandfrei gesagt: ›Wir kommen immer wieder‹?«

»Ja, das haben sie. Mehrere Male sogar.«

»Würdest du die Stimmen wiedererkennen?«

»Vielleicht, keine Ahnung. Ich weiß ja nicht mal genau, welcher von den beiden Männern sprach, der linke oder der rechte oder beide. Sie hatten Sturmhauben auf dem Kopf, und ihre Münder konnte ich nicht sehen. Es wurde langsam dunkel. Sie waren auf jeden Fall gnadenlos brutal.«

»Kann es denn sein, dass sie etwas anderes meinten als die Nationalpark-Geschichte?«

»Nein, auf keinen Fall.«

»Willst du eine Waffe?«

»Bist du jetzt verrückt geworden?«

»Ich meine das ernsthaft.«

»Ja, ja, ich weiß das. Ich will keine Waffe.«

»Ich frage nur«, wehrte er ab. »Sie werden wiederkommen, nehme ich an.«

»Dann können wir darüber reden, wenn sie auf der Matte stehen. Was soll ich mit einer Waffe?«

»Schießen!«, sagte er eher beiläufig.

»Du bist schon ein komischer Heiliger.«

»Ich bin ein besorgter Heiliger.«

»Wer könnte denn etwas dagegen haben, dass ich weiter recherchiere und schreibe?«

»Ich kann mir niemanden vorstellen«, sagte er mit einem Achselzucken. »Und jetzt verlasse ich dich. Es kann sein, dass die beiden Frauen vorbeikommen. Ansonsten bin ich in Heyroth erreichbar. Und pass auf dich auf.«

»Hier werde ich nur von Krankenschwestern und Ärzten bedroht, und die schaffe ich schon.«

In der Tür hob er noch einmal die Hand zum Gruß und war dann verschwunden.

Ich starrte an die Decke, ließ irgendeine Infusionslösung in mich hineinlaufen und fragte mich, was sie an Medikamenten darin versteckt hatten. Und da ich keine Ahnung von Medizin habe, wurden diese Überlegungen schnell fade, und ich schlief ein.

* * *

Ich wurde wach, weil eine Frau freundlich sagte: »Das Abendessen!«

Dann folgte ein junger Mann, der sich mit den Worten vorstellte: »Ich bin der Mensch, der Sie heute Nacht verarztet hat.«

»Und? Wie war ich?«

»Verwirrt«, grinste er. »Mit wem haben Sie sich denn geprügelt?«

»Mit niemandem. Ich prügele mich nie, ich werde verprügelt.«

»Dann kennen Sie die falschen Leute. Das im Gesicht gefällt mir jetzt besser, die Salben wirken.«

»So kann man es ausdrücken. Ist es ein glatter Bruch?«

»Sehr glatt wie aus dem Bilderbuch. Ich denke, Sie werden keine Schwierigkeiten haben. Wir müssen nach einer Woche etwa einen anderen Gips umlegen, aber das ist eine Sache von einer halben Stunde. Jemand sagte, der Arm sei absichtlich gebrochen worden.«

»Ja, das stimmt. Der, der das machte, muss Übung haben. Er nahm mit der Linken meinen Ellenbogen, mit der Rechten mein Handgelenk. Dann hat er es wie einen Stock auf sein Knie gedonnert, es wirkte sehr professionell.«

»Sie sollen schon mit heftigeren Blessuren ins Haus gekommen sein.«

»Das stimmt. Und ich wurde immer gut versorgt. Was glauben Sie, wie lange ich bleiben muss?«

»Sie können morgen früh nach Hause gehen. Immer vorausgesetzt, mein Chef spielt mit.« Er nickte mir zu und ging hinaus.

Ich konzentrierte mich auf mein Abendbrot, auf eine Scheibe Roggenbrot und eine Scheibe Käse auf Schinkenwurst. Den Tee würde ich nicht anrühren, er hatte eine einwandfrei merkwürdige Färbung.

Da ging die Tür auf, und Emma kam mit Jennifer im Schlepptau. Sie waren mit diversen Beuteln und Taschen behängt und machten aus dem Zimmer im Nu eine Garderobe für die modisch gekleidete Dame von heute.

»Ach, mein Herzensschatz!«, hauchte Emma. »Hast du Schmerzen?«

»Nein.«

»Hast du Hunger?«

»Nein.«

»Willst du Schokolade?«

»Ja.«

»Hallo!«, sagte Jennifer und drückte mich beherzt. Sie roch gut, und sie starrte mich an, und irgendetwas machte ihr Angst.

»Was ist denn?«, fragte ich.

»Ich kann mir nicht vorstellen, dass hier Leute rumlaufen, die anderen den Arm brechen. Das kann ja vielleicht bei uns in São Paulo so sein, wo wir richtige Gangster haben. Aber doch nicht hier, in diesem idyllischen Land. Und dein Gesicht haben sie ganz zerdetscht!«

»Zerdetscht? Das ist aber ein schönes neues Wort. Ja, die Eifel holt auf«, sagte ich. »Wir sind in jeder Beziehung eine kommende Landschaft.«

Dann führten sie mir eine halbe Stunde lang vor, was sie alles in den Läden und Boutiquen der Stadt gefunden und gekauft hatten. Das ging so weit, dass Jennifer ihr T-Shirt auszog und uns demonstrieren wollte, wie ein neues T-Shirt ihre Figur betonte. Und wie sie da so in einem grellroten BH stand, kam eine dickliche, gemütlich wirkende Frau herein und wollte das Tablett erobern. Sie stand da und vermutete wohl eine wilde Orgie, jedenfalls verdrehte sie ihre Augen zum Himmel und flehte wahrscheinlich Mutter Maria an. Unzucht im Maria-Hilf-Krankenhaus zu Daun.

Dann fragte Emma: »Wie geht es weiter?«

»Wir müssen dringend an einen Comedian heran, an einen Mann namens Heiner Sieweking. Ich kenne keine Comedians, die sollen angeblich witzig sein, sagt der Sohn von Rechtsanwalt Meier. Aber er soll gut sein, sozusagen die Spitze. Und wir erreichen ihn irgendwie in Köln.«

»Und was soll er sagen?«

»Ob Jakob Stern Geld von ihm verlangt hat. Stressbewältigung und so.«

»Und was kann das bringen?«

»Hinweise auf Leute in Köln, die irgendetwas mit Jakob zu tun hatten. Wir wissen nichts aus dieser Periode.«

»Das kann Rodenstock machen. In welche Richtung wollen wir überhaupt recherchieren?«

»Wir wollen Leute finden, die einen einleuchtenden Grund hatten, Jakob Stern zu hassen und ihn zu töten.«

»Dein anonymer Anrufer vielleicht, der Halleluja sagte, als Jakob tot war. Jakob ist in meiner Vorstellung überhaupt kein Mann, den man hassen kann.«

»Dieser Ansicht bin ich nicht«, widersprach ich. »Er hat todsicher mit Frauen geschlafen, die verheiratet waren, oder? Die Schilderungen sind doch eindeutig.«

»Aber das ist doch kein Grund, drei Männer zu töten«, sagte sie empört.

»Irgendjemand hat es aber getan«, beharrte ich. »Was wissen wir eigentlich über seinen Schamanismus?«

»Wir wissen von Griseldis, dass er damit kein Schindluder trieb, er hat das nicht missbraucht. Er hat im Gegenteil sogar gesagt, dass der Schamanismus heute überhaupt nichts mit Trancezuständen und göttlichen Offenbarungen zu tun habe, nichts mit rauschhaften Zuständen unter Drogen. Er wollte nur das Wissen der Schamanen weitergeben.«

»Warum dann der Bruder Franz?«, fragte ich.

»Ich weiß es nicht«, antwortete sie.

»Was ist denn, wenn dieser Verbrannte, dieser Vonnegut, mit dem Tod von Jakob zu tun hatte? Zu diesem Zeitpunkt lebte er doch noch.« Jennifer fragte das in aller Unschuld. Als sie unsere ungläubigen Mienen sah, erklärte sie: »Wenn Franz etwas mit dem Tod seines Bruders zu tun hatte, dann kann der Vonnegut genauso gut etwas mit dem Tod des Jakob zu tun gehabt haben. Oder?«

»Du hast recht«, gab ich zu. »Ich fürchte nur, das führt uns in die Irre. Wir kennen keinen einzigen Menschen mit einem handfesten Motiv. Und noch erschreckender wirkt es auf mich, für jeden der Toten einen eigenen Mörder anzunehmen.«

»Etwas wissen wir aber genau!«, sagte Emma. »Da sind die zwei Torpedos, die dir den Arm brachen, und die eindeutig sagten, sie kommen immer wieder, wenn du weiter in dieser Sache recherchierst und schreibst. Es muss also Leute mit einem handfesten Motiv geben.«

»Ist eigentlich jemals erwähnt worden, was diese neue Firma an Umsatz erwartete?«, fragte Jennifer ganz kühl.

»Nein, ist es nicht. Jedenfalls hat das niemand erwähnt«, gab ich zur Antwort.

Eine Krankenschwester kam herein und hängte mir eine neue Infusionslösung an. Dann verschwand sie wieder.

»Wir verlassen dich jetzt«, sagte Emma. »Hier werden wir den Fall nicht lösen können.«

* * *

Das große Haus wurde langsam leiser, und ich sah die Nacht kommen. Meine Nachbarin Beate kam und fragte, ob ich irgendetwas bräuchte.

»Ich brauche nichts. Aber ich würde gern eine Pfeife rauchen.«

»Das kannst du doch«, sagte sie. »Aber langsam gehen, nicht hasten, dein Kreislauf könnte Schwierigkeiten machen. Ich hänge dir die Infusion ab, sonst gibst du ja doch keine Ruhe. Der Raucherbereich ist unten. Da, wo sie alle im Qualm stehen.«

Ich stand ganz vorsichtig auf und blieb sehr lange stehen, um meinen Kreislauf anzupassen. Es funktionierte, ich schwankte nicht, registrierte keine Störung, ich schien vollkommen in Ordnung zu sein. Und weil ich vorher schon Pflaster in meinem Gesicht ertastet hatte, ging ich in das kleine Badezimmer, um zu inspizieren, wie ich aussah. Es war nicht gerade ein Schock, aber für meine Verhältnisse doch ein starker Brocken. Ich sah sechs Pflaster in meinem Gesicht, zwei große, zwei mittlere, zwei kleine. Wer mich nicht kannte, würde niemals auf die Idee kommen, ich sei mit einem markanten Gesicht gesegnet. Auf jeden Fall würden Leute, die mich kannten, garantiert zusammenzucken. Eigentlich war es nicht geraten, in diesem Zustand in die Öffentlichkeit zu gehen, aber ich gab meiner Sucht nach.

Vor dem Haupteingang stand eine Bank, besetzt bis auf den letzten Platz. Ich stopfte mir eine stark gebogene hölzerne Kostbarkeit von design berlin und paffte vor mich hin. Aber es machte keinen Spaß, zur verfolgten Minderheit zu gehören, ich ging geruhsam zurück in mein Zimmer und benutzte die Treppen. Es tat mir gut, und ich hatte keine Schwierigkeit einzuschlafen, ich spürte den Bruch im Arm nicht einmal mehr.

Rodenstock kam gegen neun Uhr und teilte lapidar mit, der Comedian Sieweking sei um zehn Uhr bei mir. »Ich habe Druck gemacht«, erklärte er. »Ich habe gesagt, die Sache sei entschieden komisch, und er solle die ganze Wahrheit sagen. Da war er entsetzt, da vermutete er Unheil, da fragte er sofort, ob das seiner Karriere schaden könnte. Hast du alles?«

»Ich habe alles. Sogar Schmerzmittel, nur noch vier Pflaster im Gesicht und die guten Wünsche des Hauses.«

»Wie ist der Gips?«

»Ungewohnt, aber sehr neu und sehr eindrucksvoll.«

»Du wirst niemals erwachsen«, murmelte er.

»Kann ich mir nicht erlauben«, bestätigte ich.

Im Wagen fragte ich vorsichtig, ob er das mit dem Altwerden tatsächlich so beschissen fände, und er antwortete knapp: »Tatsächlich.«

»Aber warum das? Dein Gehirn funktioniert ausgezeichnet, körperliche Gebrechen hast du auch nicht, und du wirkst abgeklärt und souverän.«

»Haha!«, kommentierte er. »Ich bin impotent, ich bin so was von impotent, dass ich nicht mal einem Huhn gefallen würde.«

»Rodenstock! Was sind denn das für Vergleiche? Hast du es jemals mit Hühnern getrieben?«

»Eher weniger«, sagte er und musste lachen.

»Du könntest es mit Viagra versuchen.«

»Klar, könnte ich. Aber wer macht das schon?«

»Millionen. Ich kenne einen Mann, der es regelmäßig für einen alten Kumpel besorgt. Mit Rezept. Soll ich es dir besorgen?«

»Ich soll es nicht nehmen, wegen des Blutdrucks.«

»Ach, Rodenstock, es gibt so viele Wege.«

»Ja, klar. Es gibt viele Wege, sich zu blamieren.«

»Du hast mir mal erzählt, ihr hättet es im Auto getrieben.«

»Ja, und? Das ist eine Million Jahre her.« Dann kicherte er unvermittelt. »Habe ich auch erzählt, dass dabei die Beine von Emma aus dem Auto ragten?«

»Nein, hast du nicht.«

»Ja. Und dann kam ein Bauer auf einem Trecker und sah natürlich nur die Beine, sonst nichts. Er war so empört, dass er mich anzeigen wollte. Aber Emma hat ihm erklärt, dass sie grundsätzlich die Beine aus dem Fenster streckt, wenn sie im Auto unterwegs ist. Und der Bauer machte dauernd ›Hä?‹«

»Siehst du? Was ist dagegen schon das bisschen Impotenz?«

»Ja, da hast du wohl recht. Und ich frage mich noch heute, wie diese verdammte Stellung aussah. Wieso hielt sie die Beine aus dem Fenster? Ich meine, verdammt noch mal, wo bin ich da gewesen?«

»Im Fußraum, Rodenstock. Zwischen Gas und Bremse wahrscheinlich.«

Die nächsten zehn Kilometer kicherte er nur noch.

Heiner Sieweking erwies sich als ein dürres, kleines Männchen, bei dem ich an alles Mögliche dachte, nur nicht an einen Clown oder lustigen Menschen. Er war ungefähr vierzig

Jahre alt, hatte ein rundes, gutmütiges Gesicht unter langen, sehr dünnen, blonden Haaren, die man mit einem Staubwedel hätte wegwischen können. Er war ein ausgesprochenes Tränentier und hatte vor Furcht ganz große Augen, als erwarte er den augenblicklichen Untergang der Welt. Er sagte zur Einleitung ganz traurig: »Ich bin stark verunsichert.«

»Warum das denn?«, fragte Rodenstock.

»Na, wegen meiner Verbindung zu Jakob Stern. Der Mann ist ja nun tot, und da fragt man sich doch gleich, ob da ein dickes Ende kommt. Eine Zeitung schreibt, er wäre ein Schamane, aber auf keinen Fall ernst zu nehmen.« Seine Hände flatterten wie verirrte Vögel. Dann sah er mich und meinen Gips an und bemerkte: »Der ist aber sehr neu, oder? Tut weh, oder?«

»Ja!«, ergriff Rodenstock die Chance. »Herr Baumeister wurde von unbekannten Männern attackiert, die ihm den Arm brachen und versicherten, sie kämen immer wieder, wenn Herr Baumeister weiter in der Sache Jakob Stern recherchiert. Also, sehr massiv.«

»Ach, du lieber Gott!«, stieß Sieweking hervor. »Das muss man dann ja ernst nehmen.«

»Das denken wir auch!«, dröhnte Rodenstock. »Nun erzählen Sie mal, wie Sie an Jakob Stern gekommen sind.«

»Ja, eigentlich ganz normal. Er hockte da in einer Kneipe am Dom, wo wir immer alle hocken. Und er war ja in, jeder wollte was von ihm.«

»Was wollten die Leute denn?«, fragte ich.

»Ratschläge, also gesundheitliche Ratschläge. Er war ja ein begehrter Therapeut, er galt ja als der Beste.«

»Er war aber doch kein Therapeut im klassischen Sinn«, hielt ihm Rodenstock entgegen.

»Das hat er auch nie behauptet«, sagte Sieweking etwas schrill und hielt seinen Zeigefinger hoch. »Man sagte ja immer, er sei ein Schamane.«

»Hat er sich selbst so bezeichnet?«, fragte Rodenstock weiter.

»Nein, hat er eigentlich nicht. Aber wir wussten ja alle, dass er Kräuter und Wurzeln kennt und jede Menge Teesorten mischt und besondere Salben. Und dass er dauernd bei den Indianern in den Staaten war, und dann auch in Asien irgendwo. Dass es da eine Firma geben sollte, die das alles vermarktet, darüber wurde auch geredet. Das habe ich inzwischen erfahren oder gelesen oder gehört, ich weiß nicht mehr. Schade um den Mann. Meine Frau hat gesagt, sie würde auch gerne mal zu ihm in die Therapie gehen.«

»Wie sah denn die Therapie aus?«, fragte ich.

»Er packte mich sofort bei meiner Ehre«, sagte er. Es klang wie eine Schlagzeile. »Meine Frau sagte, das sei ganz richtig so. ›Du musst endlich mal zugeben, dass du auch was falsch gemacht hast.‹«

»Was haben Sie denn falsch gemacht?«, fragte Rodenstock. Er trommelte mit den Fingern der rechten Hand auf die Sessellehne, was immer bedeutete, dass er innerlich zu kochen begann.

»Ich denke, ich habe mich zu sehr dem Stress meines Berufes ausgesetzt«, erklärte er.

»Sie waren also nervös, hatten schlechte Blutwerte, waren dauernd erschöpft, konnten nicht schlafen«, half Rodenstock weiter. »Und was machte nun der Jakob Stern mit Ihnen?«

»Er ließ mich am Freitagabend antanzen«, erklärte der Comedian, als sei damit alles gesagt.

Eine Weile herrschte Schweigen.

»Guter Mann!«, sagte Rodenstock gefährlich leise. »Sie wollten freundlicherweise hierher kommen, um uns einiges zu berichten. Nun berichten Sie doch mal.«

»Ja, ich musste also am Freitagabend kommen. Er hat mir nichts erklärt, er hat mich nicht irgendwie vorbereitet, mit keinem Wort erwähnt, was er mit mir vorhatte ...«

»Können wir uns darauf einigen, dass Sie nicht erzählen müssen, was er nicht tat und auch nicht vorhatte? Herr Sieweking, wir sind hinter Mördern her, die drei Menschen umgebracht haben. Sie sind doch eloquent, sie können sich doch ausdrücken.«

»Ja«, sagte er zögerlich. »Meine Frau sagt immer: ›Wenn du keinen Zettel vor dir hast, weißt du nichts zu sagen.‹« Dann strahlte er uns an. Vielleicht erwartete er, dass wir klatschten.

»Was passierte an diesem Freitagabend?«, versuchte ich es noch einmal.

»Ja, also ich kam an. An diesem alten Bauernhof in diesem schönen Tal. Wenn Sie darüber schreiben, glauben Sie, dass das meiner Karriere schadet?«

»Ich weiß nicht, ob ich Sie überhaupt erwähne«, versicherte ich. »Noch haben Sie kein Wort erzählt.«

»Wie? Ach so, ja. Also, es war am Freitagabend so gegen sechs, nehme ich mal an. Er war allein in diesem unglaublich schön ausgebauten Haus, also außen uralt und innen brandneu. Und freundlich war er, das muss ich sagen. Er bot mir auch gleich etwas zu trinken an, ich glaube Wasser. Dann saßen wir beieinander und sprachen über das, was mich bewegte. Stress und nervöse Unruhe und zu hoher Blutdruck und der Druck der vielen Termine und die ganzen Auftritte und die Arbeit beim Fernsehen und mein Publikum, das ich nicht enttäuschen darf. So ging der Abend dahin. Meine Frau sagt immer, dass ich meine Probleme ängstlich verstecke.«

»Sie hat ohne Zweifel recht«, fuhr Rodenstock dazwischen. »Sie sollten hier nichts verstecken. Wir werfen Ihnen doch nichts vor.«

»Aber meine Frau sagt, vielleicht wird dem Jakob Stern vorgeworfen, dass er ein Hochstapler ist, ein Täuscher sozusagen.«

»Wie kommen Sie darauf?«, fragte ich.

»Weil meine Frau das sagte, weil man heutzutage ja nicht weiß, was alles geredet wird. Vielleicht haben die Leute auch was gegen mich, weil ich mich vielleicht blamiert habe, als ich sein Honorar bezahlte.«

»Wie viel haben Sie ihm denn bezahlt?«, fragte ich weiter.

»Zweitausend. Und seine Bedingung war: bar, keine Quittung und keine Rechnung.« Er knetete jetzt seine rechte Hand mit der linken. »Also, eigentlich hat die ganze Sache offiziell ja nicht stattgefunden, könnte man sagen. Und meine Frau meinte ...«

»Jetzt habe ich aber die Nase voll!«, knurrte Rodenstock. »Herr Sieweking, was treiben Sie hier mit uns? Ihre Frau interessiert uns einen feuchten Kehricht, Sie stehen hier nicht vor Gericht, Sie sollen nur Auskunft geben, was Ihnen bei Jakob Stern widerfahren ist, was er mit Ihnen machte, wie er Sie behandelte, was er Ihnen vorschlug.«

Er strahlte plötzlich. »Sehen Sie! Mein Publikum schreit immer vor Lachen, wenn ich sage: Meine Frau hat gesagt ... also, das finden die irre.«

»Wir finden das aber gar nicht irre«, versicherte ich. »Noch einmal, Herr Sieweking: Was geschah an jenem Freitagabend? Sie kamen an, Sie sprachen mit Jakob Stern, Sie gaben ihm zweitausend Euro in bar. Für was, Herr Sieweking?«

»Ja, für die Zeit von Freitagabend bis Sonntagmittag. Das war so ausgemacht, vorher meine ich. Schwarz, keine Quittung.«

»Wie hat er Sie behandelt? Was hat er mit Ihnen gemacht?«, fragte Rodenstock, der den Eindruck machte, als sei er für alle Zeiten besiegt und schwer erschöpft.

»Mir fiel auf, dass es da so ruhig war. Und wir wohnen ja in Köln in der Südstadt, in unserer Straße ist immer was los, viele Kneipen. Aber bei Jakob Stern war überhaupt nichts los. Man kann sich nicht vorstellen, wie wenig da los ist. Und es war ja ausgemacht, dass ich keine Medikamente mitbringe, keine einzige Pille. Und ich konnte nicht schlafen, weil ich ja sonst immer ein Antidepressivum nehme, also ein leichtes, zum Schlafen. Und jetzt das. Ich musste unten im Wohnbereich auf einer Couch liegen. Er hatte mir da Decken hingelegt und Kissen. Aber es war so still, dass ich immer wacher wurde. Du hörtest nichts, absolut nichts. Es gab zwar was zu lesen, aber es war für mich zu still, um zu lesen, nicht mal ein Auto, oder so was. Jedenfalls kam er dann runter aus seinem Schlafbereich und hat mich gefragt, was ich denn denke, und warum ich nicht schlafe. Ich habe ihm die Wahrheit gesagt, ich habe brutal gesagt: ›Junge, hier kann ich nicht schlafen, hier nicht!‹« Er machte eine sehr lange Pause. »Und dann sagte er: ›Komm mit!‹ Und ich musste mit raufkommen, dahin, wo er schläft. Erst dachte ich: Na, der wird doch nicht ... Aber meine Frau sagt immer, dass ...«

»Herr Sieweking!«, begann Rodenstock, schon leicht matt. »Ich glaube, ich sagte schon, dass Ihre Frau uns nicht interessiert. Wir sind auch nicht mit der verheiratet, sie ist hier auch nicht anwesend. Weiter, bitte!«

»Ja, natürlich. Also, ich dachte schon, der will doch wohl nix von mir, das kann der doch nicht bringen, aber ... Also, dann kam aber was ganz Dolles. Er klappte ein schmales Bett von der Wand und sagte: ›Du wirst jetzt schlafen, in aller Seelenruhe.‹ Aber ich schlief nicht. Er hat sogar leise geschnarcht, und das fand ich ganz furchtbar. Meine Frau sagt immer ...«

»Herr Sieweking, Ihre Frau ist uns egal. Was passierte dann?«

»Na ja, ich schlief nicht. Keine Minute. Um sechs Uhr wird er wach und springt aus dem Bett.

Er ist ganz fröhlich und sagt: Es geht raus in die Natur. Ich denke, er ist verrückt, aber bitteschön, wenn er will. Dann reicht er mir ein T-Shirt, ein ganz altes, und Boxershorts. Das soll ich anziehen, sonst nix. Nicht mal Schuhe! Und: Kein Schluck Kaffee! Ich dachte: Das breche ich ab, das kann der mit mir nicht machen! Jedenfalls ging es raus auf die Wiesen da. Und die waren nicht gemäht, die standen gut hüfthoch, und sie waren klatschnass von dem Nebel in der Nacht, und nach zwanzig Metern hatte ich einen eiskalten, nassen Arsch. Und das Ganze barfuß!« Er war immer noch so erzürnt, dass er uns anfunkelte.

»Wie lange dauerte das?«, fragte ich.

»Drei, vier Stunden«, antwortete er. »Und da merkte man eben, dass er ein richtiger Zauberer ist, äh, war.« Jetzt strahlte er wirklich. »Anfangs dachte ich, der wird irgendwann zum Haus zurückkehren, und dann gibt es Frühstück. Ja, von wegen! Nach einer Stunde waren wir ganz weit weg und sehr hoch, und man konnte einen See sehen. Ich wollte keinen Kaffee mehr, kein Frühstück, eigentlich wollte ich nur weitergehen. Und er hat kein Wort gesagt, er hat nichts erklärt. Dann waren mein T-Shirt und die Boxershorts wieder trocken, und ich fühlte mich richtig wohl. Er sagte nur einen Satz: ›Du musst riskieren, dich auf dich selbst einzulassen.‹ Er sagte auch, ich solle nicht dauernd von meiner Frau quatschen. Und ich dachte: Dann tue ich das mal. Wir kamen mittags wieder in seinem Haus an, und ich wollte eben schnell meine Frau anrufen, um Bescheid zu sagen, wie es so läuft. Und er sagte: ›Schmeiß das verdammte Handy weg, das brauchst du nicht.‹ Ich sagte, ich müsse aber wenigstens meinen Agenten anrufen, vielleicht hätte der was für mich. Und er sagte: ›Das brauchst du auch nicht.‹ Und dann ging es erst richtig los.« Er saß da, hatte die Augen eines Kindes und rieb die Hände aneinander. »Es gab eine Kleinigkeit zu essen, und dann sagte er, wir müssten mal eben nach Schöneseiffen hoch, er müsste da mit einer Bekannten reden. Na klar, sagte ich. Es ging nur bergauf, es hörte nicht auf, es nahm kein Ende, ich hatte keine Puste mehr. In Schöneseiffen redete er mit einer Bekannten und ...«

»Wer war das?«, fragte Rodenstock schnell.

»Es war eine Frau, aber ich kannte sie nicht. Um die Vierzig würde ich sagen.«

»Wie lange dauerte das Gespräch?« Rodenstock ließ nicht nach.

»Wir saßen vor einer Kneipe, und ich trank ein Wasser. Ich denke, das dauerte so eine halbe Stunde.«

»Und wann genau war dieses Wochenende?«, fragte Rodenstock. »Das kann wichtig sein, Herr Sieweking.«

»Also, meine Frau meinte heute Morgen, dass das vor genau einem Jahr war. Und meine Frau ist in derartigen Sachen gut, sie hat ein Gedächtnis wie ein Elefant.«

»Standen die beiden bei dem Gespräch auf der Straße, am Straßenrand, oder wie muss man sich das vorstellen?« Rodenstock hatte schmale Augen.

»Nein, die standen neben dem Auto dieser Frau. Und dann setzte die Frau sich rein und fuhr los. Und ich weiß noch, dass ich dachte: Der hat aber teure Verhältnisse! Es war ein schwerer Mercedes, wollte ich sagen. Und die beiden haben auch nicht normal miteinander geredet, das sah aus, als hätten sie einen Streit. Einwandfrei. Ich sehe so was, ich lese Menschen, müssen Sie wissen.«

»Können Sie die Frau beschreiben?«

»Also, ehrlich, sie sah nuttig aus. Von allem zu viel, wenn Sie verstehen, was ich meine. Meine Frau sagt immer ...«

»Wie alt war diese Frau ungefähr?« Rodenstock wiederholte die Frage, weil er testen wollte, ob Sieweking bei seiner Aussage blieb.

»Vierzig würde ich sagen«, wiederholte er. »Ja, und weißblonde, mittellange Haare. Irgendwie passte die nicht zu Jakob. Er war ja ein Naturbursche, eine ganz eigenwillige Type, im Wald zu Hause, sage ich mal. Ich habe ja erlebt, wie er sich im Wald bewegt. Und bei der Frau konnte man sich Wald überhaupt nicht vorstellen. Ich stakste da rum und trat dauernd auf spitze Sachen, wie ein Storch im Salat. Jakob ging, als wäre da Parkett verlegt. Und dann setzte er sich einfach unter die Bäume, hob die Hand und sagte: ›Ein Eichhörnchen!‹ Ich hörte und sah absolut nichts, aber dann sah ich ein Eichhörnchen über uns durch die Zweige flitzen. Wirklich, sagenhaft, der Junge.«

»Hat Jakob Stern irgendetwas zu dieser Person geäußert?«, fragte ich.

»Nichts«, sagte er. »Ich fand es nur komisch, dass wir beide stundenlang durch den Wald tigern, um eine Frau zu treffen. So was macht man doch anders, oder?«

»Und es machte den Eindruck, als habe die Frau in Schöneseiffen extra auf Stern gewartet?«

»Ja, einwandfrei. Denn als wir die Kneipe erreichten, stieg sie aus dem Auto aus. Ich fragte mich noch, was wohl passiert wäre, wenn Jakob sich unterwegs einen Fuß verrenkt hätte.«

»Sie sind dann mit Jakob Stern zurück zum Hof? Ist das richtig?«, fragte ich.

»Ja«, bestätigte Sieweking. »Dann machte er uns ein Essen, also, wir haben uns gemeinsam ein Essen gemacht, und er fragte mich nach meinem Beruf und so. Es war unheimlich entspannt, so ruhig war ich seit Jahren nicht mehr. Ich wollte noch nicht mal die Tagesschau sehen. Ich habe meinen Agenten nicht angerufen, und meine Frau auch nicht. Um neun Uhr oder so lag ich auf der Couch. Ich habe zehn Stunden geschlafen.« Wieder strahlte er, wieder sagte er: »Der Jakob war ein richtiger Wunderdoktor.«

»Und Sie sind sicher noch mehrmals zu Stern gefahren?«, fragte ich.

»Nein. Der war ja dauernd belegt, für Monate, da gab es einfach keine Termine mehr. Ich kam sowieso nur an die Reihe, weil ein anderer abgesprungen ist.«

»Er war also ausgebucht?«

»Vollkommen. Und er hat ja auch nicht jeden durch die Pampa gescheucht, er hatte für jeden eine eigene Methode.« Er kicherte. »Da gab es eine Redakteurin beim WDR, die einen Tanzfimmel hatte. Sie wollte überall und immer und mit allen Salsa tanzen. Was hat er gemacht? Er hat sie um sechs Uhr früh in seine nasse Wiese gestellt, und sie musste Salsa tanzen, ganz für sich allein. Und dazu singen. Bis Mittag. Dann hat sie angeblich nur noch geheult. Das erzählte man sich.«

»War der Jakob Stern oft in dieser Kneipe am Dom?«, fragte Rodenstock.

»Ja, eine Zeitlang schon.«

»Hatte er Freunde bei sich, irgendeinen, der ihn besonders gut kannte oder mochte?«

»Nein, würde ich nicht sagen. Es machte ihm eben Spaß, und es war auch nicht wegen dem Kölsch. Er trank ja kaum was.«

»Da gab es den Plan, eine Firma zu gründen. Wissen Sie etwas darüber?« Jetzt war Rodenstock wieder hellwach, jetzt funktionierte sein Gehirn.

»Na ja, was man so hörte. Aber das ging mich nichts an, das hat mich nicht interessiert.«

»Aber mich interessiert das«, widersprach Rodenstock weich. »Mit wem wollte er diese Firma denn gründen?«

»Also, angeblich mit Luchmanns Manni. Aber das habe ich sowieso nie geglaubt.«

»Wer ist denn Luchmanns Manni?«, warf ich ein.

»Na, der Bordellbesitzer«, sagte Heiner Sieweking fröhlich. »Es hieß, der wollte Millionen in so eine Firma stecken, weil er glaubte, das sei das große Geschäft. Aber da muss ich ehrlich sagen, dass das Gerede war. So genau weiß ich das eigentlich nicht. Der Luchmann hat ja gleich ein paar gut gehende Bordelle. Oder heißt das Bordells? Alle sagten, wenn Luchmann einsteigt, muss das ein Riesendeal sein. Und: Luchmann wollte ja auch endlich eine bürgerliche Existenz, also was ganz ohne Bordsteinschwalben. Aber dann hat das ja nicht geklappt, ich weiß nicht, warum.«

»Wer könnte uns dazu etwas sagen?«, fragte Rodenstock.

»Das weiß ich nicht. Es wird ja viel geredet, wenn der Tag lang ist.«

»Was redet man denn jetzt, nach drei Toten?«, fragte ich.

»Alle sind ziemlich durch den Wind und fragen sich, was da abgelaufen ist. Der, der das getan hat, kann doch nur ein Irrer sein, oder?«

»Kann man vermuten«, nickte Rodenstock. »Haben Sie eine Vorstellung, wann der Plan, mit diesem Luchmann eine Firma zu machen, aufgegeben wurde?«

»Keine Ahnung. Das muss schon gelaufen sein, als ich bei Jakob Stern war. Das weiß ich deshalb, weil jemand mir vorher erzählt hat, Jakob Stern hätte jetzt einen anderen Partner.

Der wäre viel besser als Manni Luchmann. Das wurde gesagt, und es muss anderthalb Jahre her sein.«

»Haben Sie eine Ahnung, wie viele Klienten oder Patienten Jakob hatte?«, fragte ich.

»Nein, habe ich nicht. Hundert, zweihundert? Ich weiß es nicht.«

»Hatten Sie den Eindruck, dass er dringend Geld brauchte?«, schloss ich an.

»Geld? Der und dringend Geld? Nie, der hatte doch genug, der schwamm doch drin. Und außerdem war er doch ein bescheidener Mann. Er fuhr keine Riesenschlitten, er machte nicht groß was her, er lebte seinen kleinen Stiefel in der Eifel. Und er zockte ja auch nicht. Also, Geldnot wirklich nicht.« Dann verzog er plötzlich das Gesicht. »Ich muss aber fragen, ob Sie das Material, das ich Ihnen jetzt geliefert habe, sofort verwenden? Ich meine, wenn Herrn Baumeister schon der Arm gebrochen wurde, was machen diese Leute dann mit mir? Ich weiß jedenfalls, dass meine Frau sofort danach fragen wird.«

»Ausnahmsweise hat Ihre Frau recht. Dann sagen Sie ihr, dass da keine Gefahr besteht. Denn das Material, wie Sie das nennen, wird bestenfalls erst in ein paar Wochen verwendet, nicht eher.« Rodenstock war jetzt freundlich und verbindlich. »Ich denke, Sie haben uns sehr geholfen.« Er lächelte sogar, und ich dachte aus alter, jahrelanger Erfahrung: Jetzt geht es erst richtig los!

Rodenstock beugte sich weit vor. »Sie könnten uns bei einem Problem sicher weiterhelfen. Ich weiß nicht, ob Sie von den Merkwürdigkeiten gehört haben. Jakob Stern war tot, vergiftet.

Dann wurde er auf den schweren Ast einer so genannten heiligen Eiche gesetzt und festgebunden. Man könnte das ein Ritual nennen, und ich muss zu Ihrer Kenntnis hinzufügen, dass es Indianerstämme in den USA gibt, bei denen das früher eine Bestattungsform war. Nach unserer Ansicht kann das nur jemand getan haben, der genau wusste, dass Jakob Stern diese Bestattungsform mochte. Das heißt, wir müssten es mit einem Täter zu tun haben, der in enger Verbindung zu Jakob Stern stand, der zumindest wusste, wie er über den Tod dachte, der zumindest gehört hatte, dass Jakob das durchaus ernst nahm. Können Sie sich einen solchen Menschen vorstellen? Kennen Sie einen solchen Menschen?«

»Nein, wirklich nicht.« Dann überlegte er eine Weile. »Muss ich mir das so vorstellen, dass der Mörder ihn erst vergiftet und sich dann die Mühe macht, ihn auf einem Baum festzubinden?«

»Durchaus!«, nickte Rodenstock.

Er dachte konzentriert nach. »Also, jemand bringt ihn um und sagt sich dann: Du wolltest immer schon auf einem Baum sitzen, dann tu ich dir mal den Gefallen?« Er sah uns sehr misstrauisch an. »Also, dieser Mörder kann doch nicht ganz dicht sein. So etwas macht doch kein Mensch, das ist doch in jedem Fall eine sehr deutliche Spur, so blöde ist doch niemand, oder?«

»Trotzdem ist es aber so abgelaufen«, sagte Rodenstock mit einem Seufzer.

»Und wenn der Mörder den Bullen einen Hinweis geben wollte?«

»Das kann auch sein«, stimmte ich zu. »So etwas hat es schon gegeben.«

»Und was ist mit der Leiter?«, fragte er.

»Wieso Leiter? Wie kommen Sie auf eine Leiter?«, fragte Rodenstock scharf.

»Na ja, das steht in der BILD. Die lese ich normalerweise nie, aber heute habe ich sie gekauft. Und da steht drin, dass eine Wahrsagerin aus, warte mal, aus Seifenauel, ja, so heißt das, also, dass sie behauptet hat, dass bei dem Mord an Jakob Stern eine Aluminiumleiter eine große Rolle gespielt hat. Und dass die Kripo die Öffentlichkeit an der Nase herumführt, weil sie diese Leiter verschweigt.« Plötzlich bewegte er sich, stand auf und sagte aufgeregt: »Moment mal, das haben wir gleich.«

Er rannte hinaus auf den Hof. Seine Autotür klackte, dann warf er sie wieder zu und kam mit der Zeitung herein. »Ich wusste doch, dass ich das gelesen habe.«

Er legte die Zeitung auf den Tisch, nahm sie wieder hoch, suchte nach dem Beitrag und murmelte: »Hier! *Wahrsagerin Sonja: Die Polizei verschweigt uns etwas Wichtiges! Wo stammt die Leiter her? Was spielte sie für eine Rolle? Warum verschweigt die Kripo ein wichtiges Beweisstück beim Mord an dem Waldmenschen? BILD sprach mit der Frau, die immer schon in die Zukunft sehen konnte.* Und so weiter und so fort. Das ist doch sehr komisch, oder?«

»Na ja«, murmelte Rodenstock. »Also, Sie haben uns alles gesagt?«

»Alles«, versicherte er. »Und wenn mir noch etwas einfällt, rufe ich Sie an.«

»Das ist schön«, sagte ich. »Und vielen Dank.«

Wir gingen mit ihm auf den Hof hinaus, er stieg in sein Auto, er streckte den Daumen hoch, als habe er gesiegt, und verschwand.

»Und jetzt?«, fragte ich.

»Jetzt rufst du den Major von der Aachener Mordkommission an und fragst, wer da geschwätzt hat. Wir wissen, dass es eine Leiter gab, du hast sogar die Holmabstände gemessen. Aber woher wusste diese Frau das?«

* * *

Es wurde eine Hetze.

Ich erreichte Roland Major von der Aachener Mordkommission auf seinem Handy. Ich konnte gerade meinen Namen sagen, als er mich schon unterbrach und hastig vermutete: »Ich denke mir, Sie wollen an diese Sonja ran, diese Wahrsagerin aus Seifenauel. Wegen dieser Geschichte in BILD. Also, sie heißt mit bürgerlichem Namen Sonja Papritzky, hinten mit Ypsilon. Das Alter habe ich vergessen. Und sie hat folgende Telefonnummer ...« Er diktierte sie mir und setzte dann hinzu: »Rufen Sie mich an, wenn Sie etwas erfahren, das ich wissen müsste. Vielleicht hat sie auch nur richtig geraten, weil eine Leiter notwendigerweise gebraucht wird, um einen Leichnam auf den Baum zu kriegen.«

»Hat einer Ihrer Leute das vielleicht verraten?«

»Ich kenne meine Mädchen und Jungen sehr genau. Ich würde sagen: Nein.«

Dann rief ich diese Sonja an. Ihre Stimme klang nach hartem Schnaps und mindestens dreißig Gauloises ohne Filter am Tag.

»Ich bin ein Journalist, und ich bitte um einen Termin. Wenn es geht, noch heute.«

»Das geht, Schätzchen. Ich bekomme für die Sitzung einhundert Euro, darunter geht gar nichts. Und die Sitzung dauert maximal dreißig Minuten. Wo bist du denn jetzt?«

»Noch eine Weile weg. Ich kann in etwa einer Stunde und zehn Minuten da sein. Und wo, bitte, finde ich Sie?«

»Wir sind nicht gerade eine große menschliche Ansiedlung, Schätzchen. Jeder weiß, wo Sonja zu Hause ist.«

Dann hörte ich ein paar Sekunden zu, wie Rodenstock seiner Emma klarmachte, dass wir durchaus und sofort wieder auf dem Weg in den Nationalpark seien. Ich hörte sie deutlich »Nein!« brüllen. Und dann: »Wir wollen mit!« Mein Rodenstock sagte mit Inbrunst: »Wir fahren allein, wir haben eine Verabredung mit einer göttlichen Frau.«

Im Wagen sagte er: »Wir müssen tanken.«

»In Blankenheim«, sagte ich.

Er sagte: »Ich habe kein Geld bei mir.«

»Dann bezahlst du mit Karte.«

»Ich habe auch keine Karte bei mir.«

»Dann bezahle ich. Aber du kaufst keine Brühwurst im Brötchen! Ich sollte meine Spesen generell anheben lassen. Den Sprit kann doch kein Mensch mehr bezahlen.«

»Das Schlimmste ist, dass das jeder sagt und jeder tankt.«

»Was kann man machen?«

»Auf neue Antriebe warten und bis dahin in die Pleite rauschen. Auf keinen Fall können wir uns auf die Politiker verlassen. Die zahlen ihren Sprit nicht selbst, die reden nur. Ich frage mich, ob diese Sonja irgendetwas mit der Leiter bezweckt?«

»Was soll sie denn bezwecken?«

»Vielleicht etwas, was sie gar nicht weiß.«

»Jetzt bewegst du dich aber im Bereich der Märchen«, sagte Rodenstock.

»Mit Leuten wie dir sollte ich überhaupt nicht sprechen.«

»Hast du einen Schluck zu trinken bei dir?«

»Wasser«, sagte er und reichte mir eine Flasche. »Warum?«

»Weil mein Arm sich meldet.« Ich nahm eine Tablette, was bei diesem beinhart gefederten Auto ziemlich schwierig war. Ich musste gewissermaßen mit dem Maul nach dem Flaschenhals schnappen.

»Ich frage mich«, begann Rodenstock von Neuem, »was eine Wahrsagerin bei Jakob Stern wollte. Wahrsagen konnte er nicht.«

»Vielleicht war es einfache Neugier?«

»Kann sein. Was könnte denn noch dahinterstecken?«

»Absicht eben. Ausloten, wie dieser Junge tickt. Sich einmischen in seine Geschäfte?«

»Wie sollte das vor sich gehen? Sein Geschäft konnte ein anderer nicht erledigen. Aber vielleicht wollte ein anderer sich einmischen und mitverdienen an dieser neuen Unternehmung. Und da ist es ja gut, wenn man den Mann mal ausführlich beobachtet. Was hältst du davon?«

»Nicht schlecht«, sagte ich. »Nicht schlecht. Du machst dich langsam. Für dein Alter ist das schon mal gut.«

Er fuhr sehr schnell und beachtete Hinweise auf Geschwindigkeiten gar nicht erst. Dazu gab er jede Menge wichtige Hinweise für das Leben an sich. Zum Beispiel, dass alle Autofahrer, die auf diesem Streckenabschnitt unterwegs seien, Lackel wären und hirnlose Idioten. Dass der LKW-Fahrer vor uns garantiert seit vierzehn Tagen nicht mehr in den Rückspiegel geschaut habe, und wieso sämtliche Kreisverkehre in der Eifel grundsätzlich zu klein angelegt seien. Er war richtig gut drauf.

Es war die Strecke, die wir mittlerweile gut kannten. Im Kreisverkehr in Schleiden nach rechts Richtung Olef, dann links ab auf die L207 nach Herhahn, dann die B266 an Vogelsang vorbei Richtung Einruhr, dort nach links, und dann in einem Rechtsbogen zu unserem Ziel. Eigentlich eine traumhafte Strecke, und vor allem die steile Abfahrt durch das Sauerbachtal war landschaftlich sehr schön, aber wir waren an anderem interessiert, wir wollten zu Sonja, die mich im ersten Satz zum »Schätzchen« erhoben hatte.

»Wie bezahlen wir die eigentlich?«, fragte Rodenstock.

»In bar«, erwiderte ich. »Das ist so üblich.«

Wir fragten eine alte Dame, die langsam quer über eine Kreuzung trabte.

Sie sah uns misstrauisch an, sie quengelte: »Sonja? Ich glaube da!« Es klang viel schlimmer als eine Beleidigung.

Es war ein kleines Haus, gebaut aus dem braunen Bruchstein, den man hier findet. Es gab Geranien auf den Fensterbänken, und es gab neben der Klingel eine hausgebackene Scheibe Ton, in die das Wort *Sonja* eingeritzt war. Links stand in einer Einfahrt ein mindestens dreißig Jahre alter Renault, der wahrscheinlich seit ebenso langer Zeit nicht mehr bewegt worden war. Beide Vordersitze fehlten.

Ich klingelte.

Dann stand sie in der Tür, ein Berg von einem Weib. Sie dröhnte: »Da seid ihr ja endlich!«

Sie war über 1,80 Meter groß, hatte schwarz getönte Haare, die ihr bis auf die Schulter hingen. Die Schultern waren breit wie eine Schrankwand. Sie trug einen grauen Trainingsanzug, auf dem *University '68* stand und Plastiklatschen, die rosafarben leuchteten.

»Ich geh mal vor«, dröhnte sie. Für jede ihrer Türen war sie zu groß, was zur Folge hatte, dass sie den Kopf ständig leicht nach rechts geneigt trug. »Ich hatte heute wüst Betrieb«, erklärte sie. »Da machste was mit!«

Es war unmöglich zu schätzen, wie alt sie sein mochte. Sie konnte ebenso fünfzig sein wie siebzig. Ihr Gesicht war zu ahnen, aber nicht zu erkennen, sie hatte es gezielt verwüstet. Ihre Augen, wahrscheinlich braun, waren stark tiefschwarz breit umrandet, der Lippenstift, den sie benutzte, zeigte eine merkwürdig dunkle Färbung ins Violette hinein. Ich konnte sie mir sofort als Domina vorstellen, die ihre Kunden lautstark anbrüllt: Was will mein Baby? Willst du Mama nicht endlich gehorchen, muss die Mama dich strafen? Brauchst du die Peitsche?

Der Raum, in den sie uns führte, war ein Chaos. Ich lege normalerweise auf innenarchitektonische Feinheiten keinen Wert, aber so viel Nippes auf einem Haufen hatte ich noch nie gesehen. Es gab Plüschtiere in allen Größen, es gab Keramik und Porzellan in allen Varianten, es gab Teddys, Entchen, Küken, Dinos, Giraffen, Wale und Soldaten und Polizisten aus Plüsch. Und es gab Bilder von Jesus, die meisten über zwei Quadratmeter groß. Jesus im Olivenhain, Jesus vor den Toren Jerusalems, Jesus, der über das Wasser geht, Jesus, der einer Menschenmenge predigt, Jesus, der das Brot bricht, Jesus im Kreise seiner Jünger, Jesus, der sein flammendes Herz zeigt. An den Wänden war kein Quadratzentimeter mehr Platz.

»Mein Gott!«, sagte Rodenstock neben mir inbrünstig.

In der Mitte gab es einen kleinen Schreibtisch, der ebenfalls mit Nippes überladen war, und auf dem gebrauchte Tassen und Gläser in Mengen herumstanden. Sie hatte für sich einen schwarzen Bürostuhl vorgesehen, und vor diesem Platz lag eine dicke Glaskugel auf einem Stück blauer Seide auf der Schreibtischplatte. Wir bekamen zwei sehr harte und unbequeme Stühle auf der anderen Seite. Über diesem Schreibtisch hing ein kleiner Kronleuchter mit etwa zwanzig leuchtenden Elementen in Blau und Rot.

»So etwas habt ihr noch nicht gesehen«, stellte sie einleitend fest und lachte dann, dass es schepperte. »Was kann ich für euch tun, Jungens?«

»Das wissen wir noch nicht genau«, sagte Rodenstock sehr gemütlich. »Es gibt zwei Möglichkeiten: Entweder, Sie üben Ihren Beruf aus, oder aber wir unterhalten uns vernünftig.«

»Und was ist eine vernünftige Unterhaltung?«, fragte sie lächelnd, und ihre Gesichtszüge wurden erstaunlich weich.

»Wir knobeln an drei Morden herum.« Ich nahm meine Geldbörse in die Hand und legte ihr zweihundert Euro auf den Tisch. »Sechzig Minuten«, sagte ich.

»Okay, Jungens. Wenn ich das richtig sehe, wollt Ihr abklären, was das in der BILD zu bedeuten hat?«

»Das ist richtig«, nickte Rodenstock. »Und wir wissen, dass Sie Gast bei Jakob Stern waren.«

»Sieh mal an!«, sagte sie und lachte. »Er wohnte ja auch gleich um die Ecke. Wer hat euch das gesteckt?«

»Die Bullen«, antwortete ich.

»Woher haben Sie von der Leiter gewusst?«, fragte Rodenstock.

»Ich habe das nicht gewusst«, sagte sie leise und weich. »Ich habe das in der Kugel gesehen. Ich sehe solche und andere Dinge in der Kugel, ich sage die Wahrheit. Ich muss niemanden belügen. Warum auch?«

»Können Sie das mal demonstrieren?«, bat Rodenstock.

»Sicher«, sagte sie. Dann steckte sie sich eine Zigarette an und goss sich einen Schnaps aus einer großen Flasche ohne Etikett ein. »Ich brauche das«, erklärte sie.

»Kann ich mir eine Pfeife stopfen?«, fragte ich.

»Aber ja, Schätzchen.«

Ich stopfte mir eine italienische Silvano und zündete sie an.

Sie zog die Kugel auf dem blauen Tuch dicht an sich heran und legte beide Hände darum. Dann konzentrierte sie sich, und die Muskeln in ihrem Gesicht bewegten sich heftig und wurden dann ganz schlaff. Jetzt sah sie plötzlich hässlich aus. »Ich sehe die Bäume«, sagte sie tonlos. »Ich sehe diese heiligen Eichen, wie Jakob sie nannte. Es ist Nacht, es sind drei Figuren, drei

Menschen. Ja, es sind drei. Einer geht weg. Er geht zu dem Haus von Jakob. Es ist ein Mann. Er geht nebenan in die Scheune, und er kommt mit einer Leiter heraus. Er trägt sie über der Schulter und geht zu den Bäumen. Es regnet nicht, man kann ein paar Sterne sehen. Jetzt verschwimmt das Bild, ich kann es nicht zurückholen.«

»War einer dieser Menschen eine Frau?«, fragte ich.

»Das weiß ich nicht. Das habe ich nicht gesehen.«

»Kennen Sie diese Menschen?«, fragte Rodenstock.

»Nein, ich kenne sie nicht. Ich sehe ihre Figuren, wie sie sich bewegen, aber ich kenne sie nicht. Ich kann auch nur selten sehen, ob es ein Mann oder eine Frau ist.«

»Ist es so dunkel, dass diese Menschen nichts sehen können? Ich will darauf hinaus, ob sie vielleicht Taschenlampen bei sich haben.« Rodenstock, das war jetzt sicher, wollte sich auf die Kugel einlassen.

»Ich kann Taschenlampen nicht erkennen. Aber es ist auch nicht finstere Nacht, es ist eine laue Nacht, und die Dunkelheit lässt trotzdem noch Umrisse erkennen.«

»Können Sie auch etwas zweimal aufrufen oder dreimal?«, fragte Rodenstock.

»Manchmal geht das, manchmal nicht.«

»Und das mit den drei Personen ist sicher?«

»Ja, das würde ich sagen. Es sind drei Menschen.«

»Ist dieser tote Jakob denn zu sehen?«

»Nein, ich kann ihn nicht sehen. Aber das ist vielleicht auch nicht ausschlaggebend. Wenn er tot ist, dann haben sie ihn sicher zu ihren Füßen liegen, dann sehe ich ihn nicht.«

»Und was dann geschieht, können Sie nicht sehen?« Rodenstock blieb hartnäckig. »Also, Sie sehen nicht, wie sie ihn mit Hilfe der Leiter oben auf einen Ast setzen?«

»Nein, das sehe ich nicht.«

»Mochten Sie den Jakob eigentlich?«, fragte ich.

»Ja. Er war einfach ein Klassekerl. Wir haben viel gelacht.«

»Was schätzen Sie, wie oft haben Sie ihn getroffen?«

»Oh Schätzchen, das weiß ich nicht. So etwas zählt man ja nicht. Vielleicht zehn- oder zwanzigmal pro Jahr. Das ist ja nichts Besonderes. Er ging unten in Einruhr einkaufen, ich ging einkaufen. Wir waren doch Nachbarn. Manchmal haben wir uns auf einen Kaffee hingesetzt und getratscht, manchmal haben wir zehn Minuten auf der Straße gestanden. Wie Hausfrauen so sind.« Sie lachte, sie mochte das Leben, sie wirkte sehr selbstsicher.

»Wenn Sie eine Szene sehen, können Sie dann die gleiche Szene aus einem anderen Blickwinkel noch einmal ansehen? Ich meine: Wenn Sie einen Menschen nicht erkennen, weil ein anderer ihn halb verdeckt, können Sie dann in Ihrer Glaskugel einen Schritt nach rechts oder links gehen, um den verdeckten Menschen zu erkennen?« Rodenstock war eindeutig fasziniert.

»Manchmal geht das«, nickte sie. »Aber ich weiß nicht, warum das so ist, warum das mal klappt und mal nicht.« Dann beugte sie sich weit vor und fragte ganz vertraulich: »Wo habt ihr denn die Probleme, Jungens?«

»Das kann ich Ihnen sagen«, begann Rodenstock. »Wir haben nicht die geringste Ahnung, wo Jakob Stern vergiftet wurde. War das in seinem Haus, ist er irgendwo weit entfernt in einem anderen Haus vergiftet worden? Wir wissen, wie das Gift wirkt: Das Herz rast und hört auf, zu schlagen. Ich will sagen, wir wissen nichts von dem Vorgang der Vergiftung, wir wissen nicht, wie Jakob unter seine Bäume kam, ob man ihn dorthin trug, oder ob man ihn von weiter her in einem Auto brachte, wir haben schlicht keine Vorstellung der Abläufe. Und die Spurenlage lässt auch keine Aussagen zu. Wir wissen nichts, und das ärgert uns alle schrecklich.«

»Ich würde so gerne helfen«, sagte sie mit einem Seufzer. »Schon weil der Kerl mir so gut gefiel. Mit dem hätte ich gerne mal Himbeeren gesucht.« Sie strahlte uns an, und sie verbarg nicht, dass ihr die Tränen in die Augen stiegen. Sie schniefte, suchte nach einem Taschentuch, entdeckte keines und zog sich den Handrücken quer über die Nase. »Verdammte Hacke!«, sagte sie wütend.

»Sind Sie aus dem Ruhrgebiet?«, fragte Rodenstock.

»Hagen-Haspe«, nickte sie. »Es ist aber auch zu blöde. Da bin ich Wahrsagerin und kann nicht mal dem Jakob helfen.« Dann stand sie auf, verschwand irgendwohin, und wir hörten sie gewaltig in ein Taschentuch schnäuzen. Als sie zurückkehrte, murmelte sie: »Entschuldigung. Passiert nicht noch mal.«

Rodenstock wedelte mit den Händen und sagte: »Ich bitte Sie!«

Sie setzte sich, sie holte die Glaskugel wieder dicht an sich heran und sagte schroff: »Also, dann versuchen wir unser Glück eben noch mal. Auf was kommt es euch denn an?«

»Wo starb Jakob?«, fragte Rodenstock.

»War eine Frau dabei?«, fragte ich.

Sie goss sich einen weiteren Schnaps ein, sie konzentrierte sich, ihr Gesicht verzog sich vor Anstrengung, wurde alt und schlaff.

»Jakob sitzt. Er sitzt auf einem Stuhl, nein, auf einem hohen Hocker. Dann fällt er ... aber ich sehe nicht, wohin. Da ist eine Frau, aber ich kann nicht sehen, wie sie aussieht. Sie dreht mir den Rücken zu. Aber sie trägt eine Perücke, das ist sicher. Weißblond.«

7. Kapitel

Nach einer Weile kehrte sie in die Wirklichkeit zurück und sah uns an.

»Wieso Perücke?«, fragte ich.

»Man kann das im Nacken am Haaransatz sehen«, erklärte sie.

»Wir haben eine Weißblonde in diesem Fall. Das war vor etwa einem Jahr. Sie traf damals den Jakob in Schöneseiffen. War so eine Weißblonde bei ihm auf dem Hof, haben Sie diese Frau einmal gesehen?«, fragte Rodenstock.

»Nein, habe ich nicht«, antwortete sie. »Er hat ja über sein Privatleben auch nie etwas gesagt. Also, das war tabu.«

»Was erzählte man in der Gegend hier über sein Privatleben?«, fragte ich.

»Also, das war dauernd Thema«, sie lachte rau. »Klar, gut aussehender Mann in den besten Jahren. Ich möchte nicht wissen, in wie vielen Frauenträumen der Jakob vorkam. Und wir haben hier ja auch einen Haufen grüner Witwen mit kleinen Kindern, die sich langweilen. Meistens jedenfalls. Es gibt eine Geschichte, die ich erlebt habe. Ich glaube, das war auf einem Sommerfest bei ihm. Da war eine Moderatorin vom WDR-Fernsehen, so eine teure Blondine, ich meine das richtig teure Blond. Die war unnahbar, und ständig waren die Kerle um sie herum und sabberten. Entschuldigung. Und dann ging die Fete zu Ende, und ich sehe, wie Jakob vorbeikommt, der sich vorher einen Dreck um die Frau gekümmert hatte, und zu ihr sagt: ›Geh schon mal ins Haus, Liebes.‹ Und was macht die Frau? Geht ins Haus, natürlich. Also in der Beziehung war er Luxusklasse. Aber es ist ja auch typisch, dass er nie bei einer blieb, er war immer der Wanderpokal, und die Mädchen standen Schlange.«

»Ist denn vorstellbar, dass eine Frau ihn ermordete?«, fragte Rodenstock.

»Bei Jakob ist alles vorstellbar«, erwiderte sie. »Sie meinen, dass jemand ihn aus Hass tötete?«

»Passt eigentlich nicht«, nahm Rodenstock seine Frage zurück.

»Aber Tod passt bei Jakob überhaupt nicht. Der Junge stand im besten Alter, der Junge wollte eine Riesenfirma machen, der Junge hatte seinen Durchbruch, er wollte durchstarten – und dann das.« Sie zündete sich die nächste Zigarette an, griff wieder zu der Schnapsflasche, und sagte noch einmal: »Das brauche ich.«

»Und warum verfrachtet der Mörder ihn auf einen Baum?«, fragte ich.

»Das war aber doch bekannt«, sagte sie schnell. »Er hat doch davon geredet, dass er den Indianerstamm versteht, der das so macht. Das wusste doch jeder.«

»Das beantwortet die Frage nicht«, wehrte ich ab. »Wenn eine Frau ihn aus Hass tötet, ist noch lange kein Grund gegeben, ihn auf einer Eiche zu deponieren. Das muss irgendetwas Besonderes bedeuten.«

»Flieg, Seelchen, flieg!«, bemerkte sie und lachte schallend, um gleich darauf mit Tränen in den Augen auf ihrem Bürostuhl zu sitzen.

»Leben Sie hier schon lange?«, fragte Rodenstock.

»Ein paar Jährchen«, gab sie zur Antwort. »Vorher bin ich rumgezogen, von Kirmes zu Kirmes. In einem Wohnwagen. Das war ein lausiges Leben, sage ich euch. Und wenn ich einen Kerl hatte, hat er abkassiert. Und wenn ich keinen Kerl hatte, war ich todunglücklich. So ist das Leben. Jetzt will ich keinen Kerl mehr.«

»Können Sie in der Glaskugel auch Dinge sehen, die Sie betreffen?«, fragte ich.

»Kann ich nicht. Und das ist auch verdammt gut so.«

»Und was halten Sie von Astro-TV?«, fragte Rodenstock grinsend.

»Das ist doch Pipifax«, sagte sie voll Verachtung. »Da wird doch nur abgekocht, und sie behaupten, sie hätten nur Top-Berater, die seien liebevoll und so. Das ist Abzockerei, sonst nichts. Vor ein paar Jahren war das so, dass du als Wahrsagerin auf einer Kirmes durchaus noch eine achtbare Person gewesen bist. Jetzt tanzen da Hunderte von Leuten im Fernsehen herum, die dir pausenlos gute Ratschläge geben, und du darfst dafür auch noch bezahlen. Und sie verscherbeln alles, was zu verscherbeln ist. Das ist doch eine Einrichtung für Hirnamputierte. Und wisst ihr, was mir an den Weibern überhaupt nicht gefällt? Sie haben alle durch die Bank ein grauenvolles Make-up und grauenhafte Fingernägel, man sollte ihnen warmes Wasser reichen.« Dann lachte sie herzlich und schloss mit einem explosiven »Scheiß drauf!« ab.

»Jetzt mal zu dieser Firma«, sagte Rodenstock. »Aber erst mal die Frage, was Sie eigentlich für einen Schnaps trinken?«

»Wollen Sie einen?«

»Nein, danke, ich muss noch fahren. Einen? Ach, einen darf ich.« Sicherheitshalber sah er mich nicht an, denn von ihm stammte der Satz: Keinen Kilometer Auto nach einem Kognak!

Sie stand auf, wahrscheinlich musste sie ein sauberes Glas holen. Sie kam mit einem kleinen Wasserglas zurück und bediente ihn reichlich.

»Tja, die Firma. Da ist ja viel geredet worden, und wieder mal hauptsächlich deshalb, weil keiner etwas Genaues wusste. Also zuerst war die Rede von einem Investor in Köln. Ich glaube, das ging so ein Jahr. Dann kam die Rede auf Vonnegut, also diesen Mann, der jetzt in Vossenack verbrannt ist. Und mit dem ging es wohl Schlag auf Schlag. Die beiden waren übrigens oft zusammen, hier oder auf dem Hof oder beim Vonnegut. Der war ja nicht so meine Kragenweite, weil er zu kühl war, zu geschäftsmäßig, würde ich mal sagen. Aber gut, ich musste ja auch nicht in seinem Bett liegen. Die beiden waren schon ein gutes Team, der eine strotzte vor Zuversicht und Selbstvertrauen, der andere rannte mit einem Taschenrechner hinterher und rief dauernd ›Weiter so!‹ Die Idee war ja tatsächlich sehr gut. Jakobs Arche. Fand ich echt stark. Und was wird jetzt daraus?«

»Das wissen wir eben nicht«, sagte ich. »Deshalb fragen wir. Was wird denn geredet?«

»Die Leute nehmen an, dass jetzt alles den Bach runtergeht. Kein Jakob mehr, kein Friedrich mehr, kein Franz mehr. Wer soll das machen? Und der Friedrich hat bestimmt Erben, die sich überhaupt nicht für Heilkräuter interessieren. Wozu denn auch, es ist ja genügend Geld da. Und was diese Leute bei Pharmkraut wollen, ist ja auch nicht bekannt. Vielleicht verzichten die jetzt auf den ganzen Kram.«

»Heißt so das Pharmaunternehmen?«

»Ja. Pharmkraut. Ich glaube, diese Firma ist extra gegründet worden. In Frankfurt. Die Leute sagten, die wollten da mit vielen Millionen rein, die wollten den weltweiten Vertrieb. Aber ich kann euch nicht sagen, was davon stimmt. Ich weiß es einfach nicht. Gestern traf ich meinen Bürgermeister auf der Straße und der sagte: ›Sonja, alles Scheiße!‹«

»Es war also klar, dass auch Franz in die Firma sollte?«, fragte Rodenstock.

»Ja, soweit ich das weiß, ja. Er sollte jedenfalls im nächsten Jahr mit Jakob und Friedrich in die USA und dann nach Kasachstan und so. Aber auch das weiß ich nicht sicher.«

»Hat es eigentlich Ehemänner gegeben, die den Jakob verprügeln wollten?«, fragte ich ohne jede Hoffnung auf Antwort.

»Aber klar«, sie wirkte plötzlich heiter. »Wir haben hier so einen überzeugten Katholiken. Dem ist die Frau weggelaufen, und angeblich direkt zu Jakob auf den Hof. Sie ist nicht mehr zurückgekehrt, und der Mann ist jeden Tag in der Kirche und betet, was das Zeug hält.«

»Wie heißt der?«, fragte ich.

»Wormer«, gab sie Auskunft. »Aber von mir habt ihr den Namen nicht.«

»Hat der ein Telefon?«

»Na, sicher hat der eins. Moment mal.« Sie sah in irgendeiner Liste nach, dann sagte sie: »Ja, klar, Wormer, Hans, Elektroinstallateur. Brauchst du die Nummer?«

»Das wäre gut«, sagte ich und zückte mein Handy.

Sie diktierte die Nummer, ich wählte, die Verbindung kam zustande, jemand sagte muffig: »Wormer hier.«

»Ihre Frau lässt Sie schön grüßen«, sagte ich.

»Was soll das?«, kam es zurück. »Meine Frau ist in Kur.«

»Wie lange noch?«, fragte ich.

»Jetzt hören Sie mir mal zu, sie Sauhund. Das machen Sie nicht mit mir, mit mir nicht, und überhaupt möchte ich mal klarstellen ...«

Ich beendete die Verbindung. »Bingo! Der war es.«

»Ach, wie schön«, murmelte Rodenstock. »Gibt es vielleicht noch weitere Ehemänner aus der Sammlung Jakob?«

»Nicht, dass ich wüsste. Aber einmal ist Jakob mit viel Geld auf die Bank gegangen. Das heißt, er wollte auf die Bank. Aber soweit ist er gar nicht gekommen. Am Ortseingang haben ihn zwei Schlägertypen aufgehalten und gesagt: ›Jetzt geht es dir dreckig!‹ Jakob hat sie windelweich geschlagen, und er hat auch keine Anzeige gemacht. Und sein Geld wollten sie auch gar nicht. Er hat behauptet, er habe sie nicht erkannt. Aber das kann so nicht stimmen, denn er kam hierher und sagte: ›Kann ich mal dein Telefon benutzen?‹ ›Klar‹, sagte ich. Dann telefonierte er und sagte zu irgendwem: ›Du bist ein mieses Schwein, und das nächste Mal schlage ich sie tot! Lass das also lieber!‹«

»Sieh einer an«, strahlte Rodenstock. »Was es nicht alles gibt. Der Schnaps ist übrigens ausgezeichnet. Können wir noch mal wiederkommen, wenn Fragen anstehen?«

»Aber immer, ihr Schätzchen. Und hoffentlich findet ihr die Bösen.« Dann sah sie mich an und fragte teilnahmsvoll: »Beruflich?« und zeigte dabei auf meinen Arm.

»Ich bin von Berufs wegen verprügelt worden«, nickte ich. »Genauso wie Jakob.«

* * *

Wir fuhren nach Hause und sprachen kaum. Nur Rodenstock sagte einmal: »Eine bewundernswerte Frau. Sie hatte es wahrscheinlich ihr ganzes Leben lang nicht einfach. Aber sie hat nie gekniffen Und das mag ich.«

»Und die Geistererscheinung mit der weißblonden Perücke?«

»Ach, weißt du, die hat sie vielleicht gesehen, vielleicht auch nicht. Auf jeden Fall hat sie bemerkenswert wenig gelogen.«

»Das stimmt. Und was machen wir jetzt?«

»Wir sollten ganz schnell mit den Leuten von Pharmkraut sprechen, wenn sie überhaupt mit uns sprechen wollen. Und dann müssen wir dringend alles zusammenholen, was bei den polizeilichen Ermittlungen bei Jakob, Franz und Friedrich herausgekommen ist. Möglich, dass es da Bemerkenswertes gibt. Und ich wäre dankbar, wenn ich in Blankenheim bei Aral eine Brühwurst im Brötchen erobern dürfte. Mit deinem Geld, versteht sich.«

Also kauften wir das, saßen dann genüsslich im Auto und futterten vor uns hin. Keines der kostbaren Teilchen landete im Fußraum oder auf unseren Hosen. Alles wird gut.

Als Rodenstock startete und gemächlich weiterfuhr, weil nichts uns zur Hetze trieb, bemerkte er: »Kischkewitz ist wieder drin. Mit vier Leuten. Nachbarschaftshilfe. Und ich glaube, ich lege morgen einen Bürotag ein. Kleinkram erledigen, Todeszeiten, aus dem Rahmen fallende Spuren und dergleichen mehr. Du könntest vielleicht einen Termin in Frankfurt besorgen. Bei dieser Pharmkraut.«

»Dann fahr mich bitte nach Hause. Ich habe Lust auf einen gammeligen Abend.«

* * *

Zu Hause dachte ich einigermaßen gelassen: Ich mache es mir gemütlich, ich mache mir ein warmes Bad, vielleicht zappe ich mich durch neunundvierzig Kanäle und finde irgendetwas mit

Clint Eastwood oder Will Smith, das nett blutig ist und das ich nicht allzu ernst nehmen muss. Dann könnte ich vielleicht daran denken, mir Bratkartoffeln zu machen und dazu drei Spiegeleier, oder Bratkartoffeln und dazu einen Brathering – falls die mir überhaupt meinen Hering gelassen haben.

Ich ging in die Küche und stellte fest, dass auch der Brathering den Weg allen Fisches gegangen war. Aber: Bratkartoffeln waren möglich, ich fand noch eine Handvoll Knollen, zwar schrumpelig, aber eindeutig Kartoffeln. Im Eisschrank befand sich ein kümmerlicher Rest Leberwurst, etwas Griebenschmalz, ein Ei. Ich besaß noch zwei Scheiben Brot. Es war nicht gerade das, was einen guten Abend versprach.

Jede meiner möglichen Planungen wurde über den Haufen geworfen, als es klingelte, ich die Tür öffnete, ein freundlicher Mann mich anlächelte und sagte: »Wir kommen im Auftrag der Freunde des Mondes.«

»Das ist aber schön«, sagte ich. »Ich habe nur leider keine Zeit für den Mond.«

Neben ihm stand eine Frau, die genauso freundlich lächelte wie der Mann. Sie sagte: »Ich bin ganz sicher, Herr Baumeister, dass Sie für uns eine kleine Weile Zeit haben. Es ist uns nämlich gelungen, den Mörder der drei Männer zu finden.«

»Das glaube ich nicht.« Ich war wahrscheinlich vollkommen verdattert, und wahrscheinlich machte ich auch keinen sonderlich intelligenten Eindruck.

»Nur ein paar Minuten«, bat der Mann inständig.

Zeugen Jehovas, dachte ich.

»Es ist eigentlich ganz einfach«, sagte die Frau. »Man muss nur die richtigen geistigen Verbindungen haben. Und die sind uns letzte Nacht vom großen Mondgeist geschenkt worden.«

Viel schlimmer als Zeugen Jehovas, dachte ich. »Na, dann kommen Sie mal. Ich nehme an, Sie wohnen im Nationalpark Eifel.«

»Ja«, sagte der Mann. »Das ist sehr nett.« Und marschierte an mir vorbei.

Er war vielleicht fünfzig Jahre alt, trug einen entsetzlich konservativen, braunen Anzug mit viel zu kurzen Hosen über schwarzen Halbschuhen und ein weißes Hemd mit einer himmelblauen Krawatte. Ich hatte schon mal gehört, dass man heutzutage alles zusammen tragen kann, aber das verstieß eindeutig gegen mein ästhetisches Empfinden. Da machte es auch nichts mehr aus, dass seine Frau Schuhe trug, wie man sie bei uns vor zwanzig Jahren angeboten hat: grau, am Spann geschnürt, Kreppsohle, das Leder mit Löchern, damit es der Fuß schön luftig hat. Genau genommen waren die beiden viel schlimmer als eine Kompanie Urlaubsdeutscher in kurzen Hosen, Sandalen und Söckchen.

»Nehmen Sie Platz«, bot ich an, kam aber zu spät, sie saßen schon.

»Möchten Sie etwas zu trinken?«

»Wasser vielleicht«, sagte die Frau. Sie war so alt wie der Mann, aber ich wusste nicht, ob sie seine Frau war.

Ich holte also Wasser und Gläser und dachte: Hoffentlich wollen die nichts zu essen.

Der Mann sagte: »Also, wir sind wohnhaft in Schleiden.« Dann räusperte er sich und setzte hinzu: »Meine Frau und ich leben nach dem Mond. Schon zwanzig Jahre. Und es geht uns gut damit. Unser Name ist Hammes.«

»Das ist aber schön«, sagte ich. »Ich stopfe mir mal eine Pfeife, wenn Sie nichts dagegen haben.«

»Oh«, sagte die Frau mit einem Kiekser in der Stimme, »da weiß ich aber nicht, ob ich das dulden kann. Auch Passivraucher sind ja gefährdet.«

»Aber Sophie!«, sagte der Mann.

»Lassen Sie nur, Herr Hammes. Wenn Ihre Frau das nicht aushalten kann, möchte sie vielleicht im Auto warten?«

»Aber es ist doch so, Friedbert ...«, versuchte die Frau einen erneuten Vorstoß.

Friedbert murmelte: »Wir sind hier aber im Haus von Herrn Baumeister, Sophie.«

»Das ist richtig«, stimmte sie zu.

Ich dachte: Nimm sie als die lustige Sondernummer des Tages, schlimmer kann es nicht mehr kommen. »Was, bitte, sind denn die Freunde des Mondes?«, fragte ich.

»Wir haben einen Freundeskreis«, begann Sophie. »Wir stimmen unser ganzes Leben mit dem Freundeskreis ab. Es ist ein Freundeskreis e.V., und mein Mann macht das Büro.«

»Du musst das anders erklären«, sagte Friedbert mit mildem Vorwurf.

»Wissen Sie, wie mir das erklärt wird, ist eigentlich wurscht, Hauptsache es wird erklärt. Und Sie wollten mir ja den Mörder der drei Männer nennen.«

»Ja«, sagte Friedbert. »Also, wir haben in den Zeitungen und dem Fernsehen verfolgt, dass die drei Männer wohl getötet wurden, aber niemand eine Idee hat, wer es denn gewesen sein könnte. Das liegt wohl im Dunkel. Wir machten also eine Mondkonferenz im Freundeskreis und – was soll ich Ihnen sagen – schon hatten wir den Täter.«

Ich stopfte mir betulich eine genial geschnittene, kleine Pfeife von Stanwell und äußerte: »Sie sind nicht hergekommen, um mich zu verarschen?«

»Das liegt uns ganz fern«, versicherte Friedbert. »Vor allem haben wir eine direkte Verbindung zu dem kleinen Mädchen herstellen können, das tot aufgefunden wurde. Der, der dieses Mädchen so unzüchtig schminkte, ist mit Sicherheit der Täter, also der Mörder. Denn er ist voll Hass! Es ist ein Mann aus Syrien, ein gewisser Hamid.«

»Wie kommen Sie darauf?«

»Der Hamid ist erst vor sechs Monaten nach Deutschland gekommen«, sagte Friedbert. »Und das, obwohl die Behörden wussten, dass er gefährlich ist.«

»Was hat denn das mit dem Mond zu tun?«

»Wir bekamen eine Verbindung mit dem Erzengel Michael, der uns das vermittelte«, sagte Sophie vollkommen ernst. Dann setzte sie hinzu: »Ich bin das Medium der Freunde.«

»Der Reihe nach«, sagte ich. »Sie glauben an den Mond. Ist das richtig so?«

»Er ist unsere höchste Instanz«, nickte Friedbert. Dann lächelte er unvermittelt und erklärte: »Wir wissen, dass die meisten Menschen uns mit großem Misstrauen begegnen, und zuweilen lächeln sie sogar ironisch und lassen uns links liegen. Aber dann machen wir immer darauf aufmerksam, dass der Glaube an den Mond genauso alt ist wie die Menschheit. Und südlich der Sahara wird der Mond noch heute von vielen Religionen angebetet, wie wir alle wissen. Vater Mond und Mutter Sonne ...«

»Da gibt es herrliche kleine Anekdoten«, jubilierte Sophie. »Also, dass der Mond die Mutter Sonne reizen wollte, um sich mit ihr zu vermählen. Und dass Mutter Sonne ihm wohl kräftig den Marsch geblasen hat. Na ja, solche Geschichten eben.«

»Das führt jetzt aber zu weit«, tadelte sie Friedbert.

»Das führt zu weit«, stimmte ich zu. »Ihr Lieben! Ich habe nur begrenzt Zeit ...«

»Also, es ist so«, sagte Friedbert. »Wir leben nach dem Mond. Das heißt, wir haben das Wissen, dass der Mond als garantiert frühester Gott der Menschheit sehr viel Einfluss auf uns ausübt ...«

»Moment, Moment«, unterbrach ich. »Da sträuben sich mir die Nackenhaare. Können wir uns also darauf einigen, dass Sie bei der Sache bleiben und mit Beweisen kommen? Warum Hamid, warum diese drei Männer?«

»Weil nach unserem Wissen Hamid ausgesandt wurde, um einen Kreuzzug gegen die westlichen christlichen Länder zu führen«, sagte Sophie ganz selbstverständlich, als hätte ich das längst begreifen müssen.

»Moment, Moment, Moment«, sagte Friedbert. »Da haben wir etwas vergessen. Also wir wissen, dass Sie über die Eifel, aber auch für die Eifel schreiben. Da wollen wir mit unseren Erkenntnissen zu Ihnen kommen, damit Sie schreiben können, dass die Freunde des Mondes aus dem Nationalpark Eifel den Fall aufgeklärt haben.«

»Aber ihr habt doch gar nichts aufgeklärt, Leute. Das mit dem Hamid kann ich glauben oder nicht. Wo ist er denn, der Hamid? Draußen in eurem Auto? Und wieso heißt er Hamid? Und warum führt er seinen Kreuzzug hier und nicht in Buxtehude? Frage: Wo ist dieser Hamid in diesem Augenblick?«

»Er hat die Eifel natürlich schon wieder verlassen«, sagte Sophie.

»Wieso natürlich?«, fragte ich.

»Weil er seinen Kreuzzug in einem anderen Land fortsetzen will«, erklärte Friedbert fest. »Das hat Sophie als das Medium der Gruppe einwandfrei gesehen, da war die ganze Gruppe Zeuge. Hamid ist auf dem Weg nach England. Danach kommt Frankreich. Wir kennen jede seiner Stationen. Und er wird wieder töten.«

»Gut, Leute, ihr seid eine hervorragende Pausennummer, aber jetzt raus mit euch! Ich habe die Nase voll von neurotischen Zeitgenossen.« Ich stand auf und machte ihnen Platz.

Friedbert wollte noch einmal etwas sagen, aber ich kam mit einem strikten »Raus!«, und da blieb ihm keine andere Möglichkeit. Ihre Mienen waren eine unbeschreibliche Mischung aus kindlichem Trotz, Wut und tiefer Verachtung für jeden, der ihren Glauben nicht teilen wollte.

»Und nicht vergessen: Hamid grüßen!«

* * *

Der Abend war gar kein Abend mehr, und zu essen hatte ich auch nichts. Also rief ich die Tomate in Niederehe an und bestellte mir einen griechischen Bauernsalat mit Putenstreifen. Was immer auch passieren mochte, ich würde meine Haustür nicht mehr öffnen, außer für den Salat.

Emma rief an und versuchte mich einzuladen, eine Kleinigkeit bei ihnen zu essen. Aber ich hatte keine Lust auf Emma, Rodenstock und Jennifer, ich hatte nicht einmal mehr Lust auf meinen Kater Satchmo, der sich irgendwo depressiv herumdrückte. Irgendwie machte Esoterik mich krank, raubte mir die Ruhe, machte mich aber auch wütend. Da wurde offensichtlich mit den Heilsbestrebungen der Menschen viel Schindluder getrieben.

Ich las in den Anpreisungen einer Indigo-Essenz den Satz: *Sie enthält die Energien von Lao Tse, Hilarion, St. Germain, Helion, Metatron, Baum und dem Ursprung* ... Und man sollte sie dem zappeligen Kind einfach in die Mundhöhle sprayen. Eine Frau hatte das still und heimlich im Kleinen Landcafé in Kerpen hinterlassen, zusammen mit einer Visitenkarte, damit die verehrten Kunden wussten, an wen sie sich wenden konnten.

Dann kam mein Salat, und ich machte mich postwendend darüber her. Mein Kater zeigte sich zumindest sehr angetan, als ich ihm einen Streifen Puter ins Maul schob. Anschließend verlor sich seine Depression im Nirwana der Eifel, und er wurde richtig übermütig, als er auf den Tisch hüpfte, um näher an den Herrlichkeiten zu sein. Dann schob er vorsichtig die rechte Kralle aus, und ich ließ ihn, weil der Puter schon verschwunden war und er Oliven garantiert nicht wollte. Er betrachtete das kullernde dunkle Ding mit reinem Entsetzen. Mensch und Tier in friedlicher Eintracht.

Dann meldete sich Rodenstock, weil es ihm unmöglich war, Arbeit einmal Arbeit sein zu lassen.

»Wenn du mal ein Papier nehmen willst, dann kannst du mitschreiben. Ich habe eben mit Kischkewitz gesprochen, und sie haben jetzt einen Fahrplan, in welchem Abstand sie getötet wurden. Hast du ein Papier?«

»Ich habe ein Papier, Chef, ich höre, Chef.«

»Jakob kam um 17 Uhr in Aachen frei, unterhielt sich mit seinem Rechtsanwalt Meier. Der ganze nächste Tag vergeht, es geschieht nichts, zumindest nichts, von dem wir wissen. Morgens um sieben, wiederum am Tag drauf, wird er in der Eiche entdeckt. Friedrich Vonnegut wurde um fünf Uhr morgens entdeckt, als sein Haus abgebrannt war. Wichtig ist, dass zwischen dem Tod von Jakob Stern und dem von Friedrich Vonnegut mindestens vierundzwanzig Stunden liegen. Es ist medizinisch bestätigt, dass Vonnegut bereits tot war, als es in seinem Haus zu brennen anfing. Vonnegut ist schlicht erschossen worden. Mit einem Kaliber neun Millimeter von hinten durch den Kopf. Das Waffengutachten ist noch nicht abgeschlossen. Wieder vierundzwanzig Stunden später ist Franz Stern getötet worden. Es kann als sicher angenommen werden, dass er im Keller getötet wurde, wo du ihn entdeckt hast. Aufgrund bestimmter Schleifspuren nimmt die Kommission an, dass er auf der panischen Flucht in den Keller rannte, sich dann drehte und den Schlag bekam. Bei ihm haben wir es mit einer Erschwernis zu tun: Er hatte 2,2 Promille im Blut. Aber, an diesem Punkt ergeben sich zusätzliche Fragen, denn unser guter Franz hatte unter anderem eine bestimmte Sorte Alkohol getrunken, die normalerweise bei ihm nicht vorkam, wohl aber bei seinem Bruder. Es handelt sich um einen sehr seltenen schottischen Malt-Whisky, der wegen seiner stofflichen Zusätze über Tage im Körper nachweisbar ist. Das Zeug kostet im übrigen zweihundert Euro die Flasche. Mit anderen Worten: Am Abend, als Jakob Stern vom Rechtsanwalt Meier nach Hause fuhr, also zu seinem Hof, muss sein Bruder gekommen sein. Und genau das hat der Rechtsanwalt ja bestätigt, das sollte so passieren. Am gleichen Abend wollte Jakob Stern nach Angaben des Anwaltes auch noch nach Köln. Ob diese Fahrt nach Köln überhaupt stattfand, wissen wir nicht. Und am Tag darauf wollten ihn angeblich zwei Frauen vom WDR besuchen, von denen wir absolut gar nichts wissen. Die sind nicht einmal identifiziert. Und jetzt wird es etwas wirr. An dem gleichen Abend, als Franz bei seinem Bruder war, war er auch bei Vonnegut in Vossenack. Die Wissenschaftler können das deshalb so präzise eingrenzen, weil der gute Franz bei Vonnegut auch Alkohol trank, der ebenfalls lange nachweisbar ist, und von dem eine Flasche tatsächlich bei Vonnegut stand. Es war ein mintgrüner Likör mit giftgrüner Lebensmittelfarbe, die über Tage nachweisbar ist. Und weshalb jemand, der als kräftiger Trinker bekannt ist, so etwas überhaupt zu sich nimmt, ist schleierhaft. Aber das nur nebenbei. Warum der Franz bei seinem Bruder und anschließend bei dessen Kompagnon war, ist allen Beteiligten ein Rätsel. Vor allem deshalb, weil man irgendwelche Nachrichten auch telefonisch hätte austauschen können. Mit anderen Worten, warum Franz am gleichen Abend erst im Sauerbachtal und anschließend in Vossenack auftauchte, wissen wir nicht, und wir haben dafür auch nicht den Hauch einer Erklärung. Bist du mitgekommen?«

»Ja, bin ich. Gibt es denn irgendwelche übereinstimmenden Spuren bei Jakob und Vonnegut?«

»Bisher nicht, die Techniker arbeiten noch, wissen aber nicht, wonach sie suchen müssen. Und auf noch etwas will ich dich aufmerksam machen: Jakob wurde vergiftet und auf die Eiche gebracht. Vonnegut wurde zuerst erschossen, dann verbrannt. Franz aber wurde einfach der Schädel zertrümmert. Es hat den Anschein, als wolle uns jemand täuschen, als wolle jemand vorspiegeln, da habe ein Penner den anderen erschlagen. Rein theoretisch wäre das ja auch möglich gewesen, denn Franz hatte ein Paar Kumpels, die so etwas im Suff vielleicht fertig bringen würden. Warum dieser Täuschungsversuch? Für mich zeigt das deutlich eine ganz andere Art von Ablauf. Für mich klingt das so, als hätte Franz erfahren, dass sein Bruder tot war. Anschließend hat ihm jemand gesagt, Vonnegut wurde getötet. Dann fing er in Panik an zu rennen, weil er konsequent gedacht haben muss: Jetzt bin ich dran! Kannst du das nachvollziehen?«

»Ja, kann ich gut, klingt logisch. Also müssen wir auch versuchen, die letzten Stunden von Franz zu rekonstruieren.«

»Richtig«, sagte er. »Mach uns den Termin bei dieser Firma in Frankfurt.«

* * *

Der Morgen begann mit einem starken Regen, von dem ich wach wurde, weil er so laut auf das Dach der Terrasse trommelte. Es war ein paar Minuten vor sechs, und ich fühlte mich gut und ausgeruht. Als ich auf die Terrasse ging, empfing mich mein Kater mit unglaublicher Verachtung. Demonstrativ erhob er sich von seinem Kissen auf seinem Stammstuhl, drehte sich einmal betulich und ließ sich dann – Rücken streng abgewendet – wieder nieder. Es war natürlich eine Zumutung, so früh geweckt zu werden.

Ich war jedenfalls guter Dinge, setzte mich auf die Bank und starrte in mein Grün. Es regnete immer noch. Und dann sah ich das Bällchen durch die Büsche hüpfen. Es schwang sich behände von Ast zu Ast, flatterte hinüber zur Vogelbeere, schoss dann auf die Wasserfläche des Teichs nieder, nahm Wasser auf, landete irgendwo im Schilf, kam dann wieder in Sicht. Ich hatte einen Zaunkönig zu Gast. Und weil das Ganze bei Regen so beschaulich war, freute ich mich daran, bis der kleine Ball verschwand.

Ich dachte an meinen Beruf und schrieb einen neuen Recherchenbericht für Hamburg, anschließend den Text für die Leute im Nationalpark Eifel. Als beides auf dem Weg war, war es schon neun, und ich konnte an den Termin denken.

Das ging viel schneller, als ich gedacht hatte. Pharmkraut gab es tatsächlich, und es gab tatsächlich eine aufmerksame Dame im Empfang, die alles ganz locker regelte.

»Sie müssen wissen«, plauderte sie, »dass wir eine neue Firma im Konzern sind. Und wir haben auch einen Ersten Geschäftsführer. Der heißt – wenn Sie mitschreiben wollen – Detlev Stromberg, Dr. Detlev Stromberg. Aber der sitzt in Köln in einer Kanzlei namens Stromberg und Freunde, Alter Markt 24 b. Die Telefonnummer ist ...« Und immer wartete sie geduldig, bis ich alles notiert hatte.

Ich wählte die Kölner Nummer, kam gleich durch. »Mein Name ist Baumeister, ich bin Journalist. Ich möchte mit Dr.

Stromberg sprechen. Es geht um die Firma Pharmkraut, es geht um drei Ermordete, aber das wird er schon wissen.«

»Soll ich ihm das ausrichten?«, fragte die Frau.

»Eher nein«, sagte ich. »Ich würde es ihm gerne selbst sagen.«

»Ich weiß nicht, ob ich ihn jetzt stören kann.«

»Das ist Ihr Problem, meine Liebe.«

»Ich versuche es mal.« Eine Minute Pause.

»Stromberg hier.«

Ich stellte mich vor und kam gleich zur Sache: »Ich recherchiere im Bereich der drei Ermordeten, die ebenfalls im Bereich Pharmkraut tätig sein sollten, jetzt aber verhindert sein werden. Ich möchte um einen Termin bei Ihnen bitten.«

»Oh, das wird sehr zwecklos sein. Einfach gesagt, hängen wir in der Luft, nichts geht mehr.« Er hatte eine angenehme Stimme. »Sehen Sie, wir haben sozusagen die operierende Spitze verloren, wir müssen jetzt erst einmal abwarten. Diese Spitzenleute sind nicht zu ersetzen, jedenfalls nicht von heute auf morgen. Diese drei waren Spezialisten auf ihrem Gebiet, weltweit betrachtet. Ich würde eigentlich lieber mit Interviews warten, bis wir Ersatzleute gefunden haben. Und ich würde Sie herzlich bitten wollen, uns vorerst aus dem Spiel zu lassen.«

»Das wird nicht gehen, Herr Dr. Stromberg. Meine Redaktion in Hamburg erwartet von mir eine klare Recherche. Und die ist ohne Ihre Aussage keineswegs klar.«

»Aha, Hamburg«, sagte er nachdenklich.

Das ist immer wieder so, das sagen sie alle. Dieses »Aha, Hamburg« ist gleichermaßen von Furcht und Nachdenken geprägt.

»Und wenn Sie mir eine Liste Ihrer Fragen schicken?«

»Das ist absolut unprofessionell, Herr Dr. Stromberg. Dann kann ich nicht nachfragen, und meine Chefredaktion wird mich wegen akuten Versagens um einen Kopf kürzer machen.«

Er griff zu dem Trick, zu dem immer mehr Leute neigen: Er machte es eng. »Ab Morgen bin ich weg. Es geht eigentlich nur heute um zwei. Aber das ist wahrscheinlich zu kurzfristig für Sie, wenn Sie extra aus der Eifel anreisen müssen.«

»Das passt schon. Danke«, sagte ich, »bis heute Mittag, Herr Stromberg!«

* * *

Wir fuhren gegen zwölf, und Emma und Jennifer begleiteten uns, weil sie beschlossen hatten, sich die Kölner Altstadt anzusehen und vielleicht dieses oder jenes Geschäft heimzusuchen.

Emma sagte: »Wir können den Rechtsanwalt nicht zu viert überfallen, da macht der dicht. Also haben wir das Vergnügen und ihr macht die Arbeit. Wie das so üblich ist.«

»Ich will den Dom sehen«, sagte Jennifer unternehmungslustig. »Da kann ich meinen Enkeln viel erzählen.«

Ich bat um eine Wasserflasche, und Rodenstock reichte sie mir. »Ich hoffe, es sind Heilschmerzen«, sagte ich und nahm eine der Schmerztabletten. Sie wirkten schnell und sehr gut. Ich fühlte mich durchweg ein bisschen benommen, wenn ich sie nahm. Kein guter Zustand.

»Alles im Dienste der Wahrheit«, bemerkte Emma ironisch. »Jennifers Mutter hat angerufen und gesagt, dass jemand um Jennifers Hand angehalten hat.«

»Ich wusste gar nicht, dass es so etwas noch gibt«, bemerkte Rodenstock.

»Es ist ein älterer Mensch, knapp über fünfzig. Witwer. Er hat noch viel mehr Geld als mein Vater, und wahrscheinlich will er sich mit mir schmücken.« Sie sprach hastig, gewollt lustig und wedelte dabei mit ihren Händen. »Und Mutter hat gesagt, er will auch auf jeden Fall ein Kind.«

Die beiden Frauen saßen vorne, Emma fuhr und legte Jennifer die Hand auf den Arm. Es wirkte sehr vertraut und tröstlich.

»Wie hältst du das eigentlich aus?«, fragte ich. »Was sagte deine Mutter noch? Dass du den Antrag annehmen sollst?«

»So hat sie es ausgedrückt. Es sei eine Ehre, hat sie gesagt. Wieso aushalten? Das ist bei uns so, das ist doch vollkommen normal.«

»Das ist es nicht«, murmelte Rodenstock. »Du bist sechsunddreißig.«

»Ja, und? Bei uns sind sie konservativ, aber sie sorgen sich um mich. Sie wollen das Beste, das steht fest.« Sie wirkte trotzig.

»Ich würde an deiner Stelle zu Hause anrufen und sagen, sie sollen sich nicht einmischen.« Ich merkte dass ich wütend war, und ich wollte sie reizen. »Wie ist das denn bei deinen zwei anderen Ehen gelaufen? Haben Papa und Mama da gesagt, du sollst die Kerle nehmen?«

»Ja, das haben sie. Aber was soll man denn dagegen haben?«

»Das ist, glaube ich, kein gutes Thema«, bemerkte Emma.

»Das ist sogar ein sehr gutes Thema«, widersprach Rodenstock heftig. »Ich erlebe einigermaßen fassungslos, wie Jennifer sich darauf verlässt, dass ihre Eltern ihr Leben managen und planen. Ihre Eltern entscheiden letztlich, ob sie ein Baby kriegt oder nicht. Und wahrscheinlich bestimmen sie auch, wer ihr Frauenarzt ist. Sie haben ihr bereits zwei Männer vermittelt, mit denen sie nicht leben konnte ...«

»Aber mein Vater will doch endlich Opa werden«, sagte Jennifer wild.

»Das Thema ist gar nicht gut«, sagte Emma wieder, jetzt schon eine deutliche Spur lauter. »Wir können sie nicht treiben. Ihre Eltern haben bisher bestimmt ...«

»Herrgott!«, schnauzte ich. »Das tut doch weh. Sie darf doch eigentlich gar nicht mehr nach Hause fahren, sie muss doch eigentlich hier bleiben, bis sie eine Entscheidung getroffen hat. Sie muss sich lösen. Das kommt spät, aber es kommt. Sie muss ihren Eltern die Brocken vor die Füße werfen, sie muss sagen, ich scheiße auf euer Geld und ...«

»Baumeister!«, brüllte Emma. »Jetzt gehst du aber zu weit. Es ist ihr Leben, und wir sollten es nicht diskutieren. Und wir sollten, verdammt noch mal, ihr jetzt nicht vorschreiben, was sie zu tun und zu lassen hat.«

»Das arme, stinkreiche Mädchen!«, sagte ich. »Das kommt alles ein bisschen sehr spät.«

»Lasst mich raus«, sagte Jennifer weinerlich. »Ich kann mir ein Taxi nehmen.«

»Rechts stehen Weißtannen, links Mischwald. Kein Taxi!«, sagte Rodenstock stinksauer. »Was habt ihr denn eigentlich dagegen, dass das Thema auf die Tagesordnung kommt?

Sind eure Seelchen verklemmt? Wollt ihr es zart und sanft? Verdammt noch mal, wenn Jennifer jetzt nach Hause fliegt, wird sie den dritten Ehemann bekommen und ein Kind. Und im nächsten Jahr ruft sie Emma an und sagt: Ich bin fertig, ich will zu euch.«

»So geht das nicht. Hört jetzt auf!«, sagte Emma verbissen.

»Jennifer, du musst was unternehmen«, fuhr ich fort, jetzt aber in versöhnlicherem Tonfall.

»Und was?«

»Selbst was tun«, sagte ich.

»Hört jetzt auf, es ist schwierig genug.« Emma zündete sich einen Zigarillo an.

Jennifer weinte ganz still.

»Sie wollen nur das Beste für dich«, versicherte Emma sanft.

»Ach, jee«, sagte sie nur und schnupfte in ein Taschentuch.

Danach war es einige Kilometer lang still, niemand hatte ein gutes Gefühl, und die Explosion war nur eine halbe Sache gewesen.

Emma parkte unter der Domplatte, und wir verabredeten uns im Früh für sechzehn Uhr.

Während wir gemächlich unserem Ziel zutrabten, fragte Rodenstock: »Was wollen wir von ihm? Was genau?«

»Nur die Geschichte der Firma«, antwortete ich. »Diese Firma ist mir rätselhaft, und also will ich verstehen, was da gelaufen ist. Eines wissen wir mit Sicherheit: Es gab für die Firma wechselnde Partner. Das heißt, die erste Garnitur der Leitenden wurde offensichtlich ausgewechselt. Und es kann sogar sein, dass auch dieser Stromberg vollkommen neu ist, dass er über die erste Garnitur gar nichts weiß. Wir müssen ihn treiben.«

»Hoffentlich funktioniert das«, bemerkte er düster.

»Was ist mit dir? Hast du jetzt den großen Nebel im Hirn?«

»Ach Gott«, sagte er, »so weit musst du nicht gehen. Es macht mich nur krank, wenn eine junge Frau aus der Verwandtschaft antanzt und demonstriert, dass sie aus dem vorigen Jahrhundert stammt und dabei unglücklich wurde. Ich dachte bisher, die Menschheit werde sich langsam nach vorn entwickeln.«

»Emma war stinksauer. Sehr eindrucksvoll«, bemerkte ich.

»Ach was! Sie hätte am liebsten mitgeschimpft, ich kenne sie doch. Sie wird jetzt warten, bis unsere Ausbrüche sich in Jennifers Herzchen gesenkt haben, und dann wird sie sie harmlos, freundlich und knallhart fragen: Was hast du entschieden, für oder gegen São Paulo?«

»Und? Was tippst du?«

»Ich weiß es noch nicht. Jennifer hat nichts gelernt, sie hat keinen Beruf. Und sie hat auch noch nicht einen Tag richtig gearbeitet und dafür kassiert. Das ist schwer, mein Lieber, sehr schwer.«

Eine abgerissene männliche Gestalt kam uns entgegengeschwankt und lallte, ob wir vielleicht einen Euro für einen antikapitalistischen Umtrunk hätten. Wir gaben ihm zwei.

* * *

Detlev Stromberg war eine eindrucksvolle Erscheinung. Groß, schlank, durchtrainiert, ein Häuptling Silberlocke, vielleicht fünfzig Jahre alt. Mich störte nur, dass er sein Lächeln nicht mehr ausknipsen konnte.

Er sagte zur Eröffnung: »Ich weiß überhaupt nicht, wie ich Ihnen helfen kann, denn gegenwärtig läuft eigentlich nichts, kann nichts laufen. Die operative Führung ist durch bedauerliche Ereignisse ausgefallen.«

»Stimmt es Sie denn nicht nachdenklich, dass die gesamte operative Führung ermordet wurde?«, fragte Rodenstock.

»Mehr als nachdenklich«, gab er zu. »Meine Kanzlei hier stand vor großen Veränderungen, ich sollte zukünftig im Rahmen des Konzerns die Firma in Frankfurt führen. Das kann ich alles abblasen, da sind wir platt vor die Wand gefahren worden. Unser Spielraum beträgt jetzt sechs Monate. In diesen Monaten müssen wir versuchen, neue Leute an Bord zu nehmen. Und auf dem Sektor, in dem wir arbeiten, sind neue Spezialisten rar wie weiße Elefanten.«

»Könnten Sie nicht zurückrudern?«, fragte ich. »Im Anfang war doch wohl Manni Luchmann dabei. Hat der jetzt keine Lust mehr?«

»Das war insgesamt kein tauglicher Versuch«, erwiderte er schnell.

»Heißt das, dass das Geld Luchmanns nicht sauber ist?«, fragte Rodenstock.

Der Mann räusperte sich. »Sauber ist es schon«, sagte er. »Aber es kam eigentlich aus der falschen Ecke, nicht wahr?«

»Geld aus Prostitution ist aber doch gutes Geld, oder?«, fragte ich.

»Könnte man so sehen«, pflichtete er bei. »Aber das war dem Vorstand nicht recht. Er war froh, als wir die andere Schiene laufen konnten. Es ist ja auch ein wenig anrüchig, wenn ausgerechnet Luchmann jetzt Heilkräuter vertreibt und Salben anbietet. Ja, es war durchaus gutes Geld, aber es stank.«

»Wie muss man sich die operative Spitze denn vorstellen?«, fragte Rodenstock. »Was hatten die Sterns und der Vonnegut denn zu tun?«

»Also, man sagt, dass Naturheilmittel heutzutage in einem sehr kompakten Markt hergestellt und vertrieben werden. Im Grunde kommen in diesem Markt neue Kräfte und neue Firmen gar nicht erst in gute Ausgangspositionen. Aber die Gebrüder

Stern und der Vonnegut hatten eben Ansatzpunkte, die einfach neu waren. Jakobs Arche war nicht nur eine gute Idee, sondern kam auch mit neuen Verfahren.«

»Da fällt mir eine Frage ein«, sagte ich. »Wie viele Heilkräuter gibt es eigentlich?«

»Rund vierzehntausend«, erwiderte er. »Ich weiß, diese Fülle verwirrt, aber die Zahl stimmt tatsächlich. Dauernd reisen Biologen und Botaniker im Auftrag der Firmen rund um den Globus und suchen nach neuen Pflanzen, Pilzen, Wurzeln, Knollen. Dabei ist das Wichtigste, dass sie Pflanzen finden, die viele Heilstoffe in sich bergen. Es kann sein, dass eine Pflanze in Chile sehr viel Heilkraft hat und die gleiche oder ähnliche Pflanze in Tibet fünfzig Prozent weniger. Allein über Thymian könnte ich Ihnen einen zweistündigen Vortrag halten. Jakob Stern und Vonnegut haben, zunächst völlig ohne unser Zutun, mit Eingeborenen Verträge abgeschlossen. Die sicherten diesen Leuten ein definitiv höheres Einkommen. Parallel hat Stern alles an Rezepturen gesammelt, was er finden konnte. Dann hat er Versuche mit den entsprechenden Pflanzen gemacht. Einfach ausgedrückt: Er hat die Pflanzen zu kultivieren versucht, also an neuen Standorten angepflanzt. Das klappte nicht immer, aber es klappte immer häufiger. Dann hat er versucht, einen Teil dieser Pflanzen im Nationalpark Eifel anzubauen, in Randlagen. Auch das funktionierte nicht immer, aber einige Male eben doch. Den Partnern im Ausland hat er beigebracht, die Fundstellen der Pflanzen nicht abzuräumen, sondern mit Vorsicht zu behandeln, sodass auch in den folgenden Jahren geerntet werden konnte. Er hat sich über die Jahre immer weiter spezialisiert, und letztlich konnte ihm niemand mehr in der Branche etwas vormachen.«

»Und dann ging jemand hin und tötete ihn sowie die beiden anderen. Was haben Sie gedacht, als die Nachricht Sie erreichte?«, fragte Rodenstock.

»Ich habe es einfach nicht geglaubt. Dann Vonnegut, dann der Franz. Es kam mir vor, als würde jemand auf mich einprügeln.«

»Wer könnte denn dieser Mörder sein?«, fragte Rodenstock weiter. »Was glauben Sie?«

Er sah uns an, er breitete die Arme aus, er lächelte etwas verkniffen. »Ich weiß es nicht, ich habe absolut keine Vorstellung.«

»Würden Sie uns beschreiben, wie die erste Firma zustande kam?«, bat ich.

»Das war wohl eine private Verbindung zwischen Herrn Luchmann und Jakob Stern. Genaues weiß ich da nicht. Irgendwie haben sie sich kennengelernt, und Luchmann war Feuer und Flamme.« Er grinste. »Für einen linksrheinischen Katholiken war das natürlich der Schritt in die Bodenständigkeit, und genau das wollte ja Luchmann, er wollte weg von dem Geruch der Prostitution.«

»Und jetzt, nachdem wir drei Tote haben, steht er garantiert hier auf der Matte und will zurück ins Geschäft«, sagte Rodenstock schnell.

»Nein«, wehrte Stromberg ab. »Der kommt nicht rein, dessen Geld wollen wir nicht. Es ist schließlich Geld genug da, und also können wir uns sauberes suchen.«

»Wie ist denn die Hausnummer?«, fragte Rodenstock.

»Die Hausnummer liegt bei etwa fünfundzwanzig Millionen. Also, fünfundzwanzig Millionen auf der Seite der Produktion und Produktionsentwicklung. Wir sind mit fünfzig Millionen auf der Vertriebsseite drin. Weltweit.«

»Und Banken?«, erkundigte sich Rodenstock weiter.

»Kommen weniger in Frage. Banken sind auf diesem Sektor absolute Laien, der Markt ist klein und hochspezialisiert. Es gibt zwar genug Risikokapital auf Seiten der Banken, aber wir wollen privates Geld.«

»Und Sie werden es bekommen?«, fragte ich.

»Ohne Zweifel«, antwortete er. »Ich denke, dass wir einen gleichwertigen personalen Ersatz für die drei nicht bekommen, aber wir nehmen das Beste, was wir kriegen können.«

»Was sollte eigentlich der Franz machen?«, fragte ich. »Er war ja kein einfacher Partner, wenn ich das richtig verstanden habe.«

»Richtig. Sprit-Fränzchen haben wir immer gesagt. Also, der Franz hat die letzten Reisen mitgemacht, drei, glaube ich. Dabei stellten sie fest, dass Franz einen Riesenspaß entwickelte, wenn es um die Handelspartner ging, also die Indianer in den Staaten und die Leute in Kasachstan und so weiter. Und: Er trank eindeutig weniger.«

»Er hatte 2,2 Promille im Blut«, sagte Rodenstock freundlich aber bestimmt.

»Dann hatte er einen guten Tod«, sagte Stromberg leichthin und begriff in der gleichen Sekunde, dass er etwas grundsätzlich Faules gesagt hatte. Er wollte es unbedingt und ein für allemal reparieren und setzte hinzu: »Wenn er so voll war, wird er nichts gespürt haben.«

»Tja«, bemerkte Rodenstock sarkastisch. »Wie die Kölner sagen: Tot ist tot.«

»Zurück zu der Geschichte der ersten Firma«, bat ich. »Wie ist denn der Bordellbesitzer an Sie herangetreten?«

»Das war ganz einfach. Er hatte wohl herausgefunden, dass mein Unternehmen bei so einem Deal vielleicht einsteigen könnte. Wir sind schließlich der größte europäische Anbieter. Und damit hatte er ja recht. Ich dachte auch anfangs: Das geht glatt. Aber dann wollte Luchmann immer mehr und immer mehr, denn er ist letztlich einfach habgierig, nichts sonst. Und meine Leute wurden zu Recht langsam sauer, und wir sagten uns: ›Wir brauchen sauberes Geld, einen neuen Partner.‹ Dann kam die Trennung relativ schnell. Ich schrieb ein Briefchen an Luchmann und überwies ihm das Geld zurück, wir wickelten ab. Im Geschäftsleben ist das letztlich normal, du kannst nicht immer gewinnen.«

Er lächelte uns immer noch an, er stellte es nicht ab. Aber er hatte etwas Falsches gesagt.

»Und das ging so glatt und widerstandslos?«, fragte Rodenstock scheinbar verblüfft. »Da will ein linksrheinischer Bordellbetreiber in eine Heilmittelfirma einsteigen, handelt und mauschelt, trickst und versucht, und wird zum schlechten Schluss dann einfach hinausgeworfen? Hat Luchmann Ihnen denn keine Torpedos geschickt? Keine Schläger, die Sie aufgemischt haben? Sehen Sie den gebrochenen Arm bei Herrn Baumeister?«

»Wie bitte?«, fragte er plötzlich. »Wollen Sie etwa sagen, Manni Luchmann ist kriminell? Und ist Herr Baumeister etwa von Schlägern besucht worden?«

»Ja«, entgegnete Rodenstock betrübt. »Das vermuten wir. Einwandfrei. Bei einbrechender Dunkelheit kamen mitten in der Vulkaneifel zwei Schläger um die Ecke und haben Herrn Baumeisters Arm demoliert. Und es war gar kein Spaß.«

»Das glaube ich Ihnen nicht«, sagte er dann merkwürdig tonlos.

»Und ich glaube Ihnen nicht, dass Sie das nicht glauben«, schnappte Rodenstock. »Luchmann mag ja ein guter Katholik sein, aber er handelt nach wie vor mit Sex, und er lebt in einer gefährlichen Branche. Wenn er es nicht weiß, wer dann?« Dann legte er eine kurze Pause ein und fragte: »Spielt auf der Seite von Manni Luchmann vielleicht eine Dame mit, die ungefähr vierzig Jahre alt ist und weißblond?«

Du lieber Himmel, dachte ich, warum fragte er das jetzt? Wir hatten nur dieses weißblonde Haar und nichts sonst.

»Weißblond?«, fragte Stromberg zurück. »Kein Weißblond. Ich habe nie eine Frau mit weißblondem Haar gesehen. Luchmanns Frau hat eine feuerrote Mähne mit hellen Streifen.«

»Sie war dabei, nicht wahr?«, fragte ich.

»Ja, sie war ein paar Mal dabei«, bestätigte er.

»Und welchen Job sollte sie in der Firma bekommen?«, fragte Rodenstock energisch. »Und erzählen Sie mir nicht, da sei nichts gewesen.«

»Geschäftsführerin«, sagte er. »Aber das nur zu Ihnen und zu niemandem sonst.«

»Hat sie einen Namen?«, fragte Rodenstock.

»Walburga«, sagte Stromberg. »Sie heißt Walburga, und sie ist ein furchtbares Weib. Aber diese Fakten gebe ich nicht frei, das können Sie nicht verwerten.«

Ich dachte, es sei besser, ihm eine Ruhepause zu gönnen, und wollte ablenken. »Wie kamen Sie eigentlich auf Friedrich Vonnegut?«

Er war deutlich dankbar für die Frage, er räumte sich auf, er bewegte die Schultern und Ellenbogen. »Das Komische war, dass wir von Vonnegut keine Ahnung hatten, und Jakob Stern kannte ihn auch nicht. Da gab es in der Eifel einen Finanzbeamten namens Hellmann, der zu Jakob sagte: ›Schau dir den an, der ist gut, der hat die Mittel, und er hat gleiche Interessen.‹ Vonnegut war irgendwann in seinem Leben ernsthaft krank, und die herkömmlichen Medikamente halfen nicht. Er stieg auf pflanzliche Heilmittel um und wurde gesund. Seitdem interessierte er sich dafür, und er kam mit Leuten zusammen, die viel Ahnung von diesen Heilmitteln hatten. Und es war ja fast komisch, dass er beim Jakob Stern gleich um die Ecke wohnte. Da passte der Deckel auf den Pott, das war perfekt. Das kommt selten vor.«

»Mal eine Frage«, sagte Rodenstock nachdenklich. »Kann es denn sein, dass Manni Luchmann das Geschäft unbedingt wollte und die drei töten ließ?«

Er starrte Rodenstock an, als habe der den Verstand verloren. »Luchmann? Mord? Niemals, das ist unvorstellbar. Na gut, er macht Geschäfte mit Frauen, na gut, es ist ein hartes Geschäft. Aber Mord? Luchmann müsste ein Selbstmörder sein, und das ist er nicht. Das können Sie sich aus dem Kopf schlagen.« Dann kicherte er unvermittelt. »Der Mann ist ein penetranter Kleinbürger, streng gesetzestreu, ein penibler Steuerzahler. Der raucht noch nicht mal in einer Einbahnstraße.«

»Ah, was ich fragen wollte. Darf ich mir eine Pfeife ins Gesicht stecken?«

»Dann rauch ich auch eine«, beschloss er. Dann lächelte er uns an und sagte: »Sie haben vielleicht Ideen!«

»Ja, ja«, nickte Rodenstock betrübt. »Wir können die Leichen ja nicht mehr fragen.« Derartige Bemerkungen machten ihm immer Spaß.

Also rauchten wir. Stromberg eine Zigarette, Rodenstock einen gefährlich aussehenden Stumpen und ich meine Pfeife. Es wurde etwas friedlicher.

»Wenn meine Sekretärin das sieht, bricht die Welt zusammen«, murmelte er beglückt wie ein ganz kleiner Junge.

»Was ist an dem Weib denn so furchtbar?«, fragte Rodenstock nach einer Weile.

»Na ja, da muss man wissen, woher sie kommt. Also, sie stammt aus Köln-Nippes und der Vater war Schrotthändler. Eine schöne Frau, ohne Zweifel. Sie war geschlagene vier Jahre verlobt mit Luchmann, und es geht das Gerücht, dass er sie nicht heiraten wollte. Unter keinen Umständen. Aber schließlich klappte das doch. Und sofort wollte sie den Frauen im Eros-Center beibringen, wie sie ihre Kasematten einzurichten hatten. Also, hier ein Blümchen, da ein Blümchen, hier ein Deckchen, da ein Spitzentüchlein. Sie sagte immer: ›Der Freier kommt nur wieder, wenn er sich heimisch fühlt.‹ Das ging aber schief, die Frauen schickten dem Luchmann eine Abordnung ins Haus, die sagte, die Walburga solle sich heraushalten. Sagen wir mal so: Kein Mensch nahm sie ernst. Und als sie eine Weihnachtsfeier veranstalten wollte, auf der Luchmann den Nikolaus geben sollte, war das Ende der Welt gekommen. Also, irgendwie war sie verkehrt, sie passt nichts ins Milieu, und sie wird nie passen. Und sie hat ihr Abitur auf einem Gymnasium gemacht, und sie schmeißt mit Latein um sich, sie sagt *de mortuis nihil, nisi bene* und ihr bildungsferner Ehemann starrt sie fassungslos an. Aber sie wollte doch endlich was zu sagen haben, sie wollte was Eigenes. Und da kam Jakob Stern mit der Idee einer Heilmittelfirma. Und dann sagte Luchmann: ›Okay! Aber nur mit Walburga!‹ Und sie ist wirklich krass, denn sie benimmt sich eindeutig wie ein kleines verwöhntes Mädchen. Auf jeden Fall haben wir einen Vertrag mit ihr als Geschäftsführerin geschlossen, in dem sie notfalls von den anderen Beteiligten überstimmt werden konnte. Und als ich den Brief mit der Absage an ihren

Mann geschrieben hatte, ging das Gerücht, sie habe sich auf den Teppich geworfen und hineingebissen.« Er lachte und wirkte ganz entspannt, die Anekdoten gefielen ihm.

»Und es ist eine ganz normale Ehe mit Luchmann?«, fragte Rodenstock.

»Ob die normal ist, weiß ich nicht. Es ist die Rede gewesen, dass Luchmann kein sexuelles Wesen ist und überhaupt nicht weiß, wozu ihm der Pimmel zwischen den Beinen gewachsen ist. Entschuldigung. Dafür spricht auch sein Erfolg im Geschäft. Von ihr sagt man, dass sie gelegentlich schon mal wildern geht, dass aber Luchmann das hinnimmt, weil er das sowieso nicht versteht. Es scheint ihm egal zu sein, Luchmann ist nicht mal eifersüchtig.«

»Warum hat er sie denn überhaupt geheiratet?«, fragte Rodenstock.

»Weil sein Schwiegervater mit ihm einen Deal machte: Du heiratest meine Tochter und kriegst nach meinem Tod mein Geschäft. Luchmann ist auch noch Schrotthändler. Und auch das macht er mit Gewinn.«

»Wie schwer wird er eingeschätzt?«, fragte ich.

»Schwierig zu sagen. Irgendwelche Geldmengen kann ich nicht nennen. Es gibt neuerdings Übernahmen auf seinem Gebiet, man sagt, er steigt jetzt auch in Düsseldorf ein. Er hat viel, viel Geld, und seine Banken gehen grundsätzlich mit. Und das ist mehr, als man von den meisten Firmen behaupten kann.«

»Wie lange existiert jetzt diese neue Firma mit den Sterns?«, fragte ich.

»Seit etwas mehr als einem Jahr. Und wissen Sie, was ganz komisch ist? Und wissen Sie, was ich sofort gedacht habe? Sie waren alle drei zu Haus.«

»Was heißt das?«, fragte ich.

»Also, in dieser Zeit, seit diese Firma existiert, gab es nur einen einzigen Zeitpunkt, an dem alle drei in der Eifel waren. Und das waren eben diese jetzt laufenden vierzehn Tage. Vorher waren sie entweder alle drei zusammen unterwegs oder jeweils einzeln an verschiedenen Orten auf dem Globus.«

»Das muss jemand gewusst haben«, sagte Rodenstock mit einem Seufzer.

»Genau«, nickte Stromberg. »Noch merkwürdiger ist es, in die Zukunft zu schauen. Sie wären alle drei in den nächsten Tagen entweder zusammen losgereist, oder aber getrennt zu verschiedenen Destinationen auf dieser Kugel. Die einzigen Termine, an denen sie wieder in der Eifel zusammen zu Haus sein würden, waren Weihnachten und Neujahr. Also erst in vier Monaten.«

»Wer kann denn das gewusst haben?«, fragte ich.

»Viele Leute«, sagte er. »Der Personenkreis ist nicht überschaubar. Sie haben aus den Reisen ja auch nie ein Geheimnis gemacht. Wer wissen wollte, wo und wann sie sich herumtreiben würden, brauchte bloß mit ihnen ein Bier zu trinken. Aber jemand muss genau das gewusst haben.«

»Sie denken richtig gut mit«, sagte Rodenstock anerkennend. »Hat sich denn schon jemand an Sie gewendet, weil er einsteigen will?«

»Ja, drei potenzielle Nachfolger haben wir bisher. Aber die haben mit Köln und der Eifel absolut nichts zu tun, sind Gesellschaften, die reingehen und kurzfristig Gewinn machen wollen. Und sie sind auch hier nicht zu Hause, und sie haben bisher keine Erfahrungen auf dem speziellen Geschäftssektor. Sie kommen nicht infrage.«

»Es gibt zwei Betrachtungsweisen«, sagte Rodenstock langsam. »Man kann die Firma sehen, die neu aufgestellt werden muss, um in die Zukunft zu gehen. Und es gibt drei Morde. Und diese zweite Betrachtungsweise, ist die einzige, an der wir interessiert sind. Würden Sie uns anrufen, wenn Ihnen auf dem Sektor der Morde etwas auffällt?«

»Das werde ich tun«, antwortete er. »Und jetzt muss ich die Fenster aufreißen, um den Qualm rauszulassen.«

* * *

Wir schlenderten zum Früh und bestellten eine Kleinigkeit zu essen.

»Er hat nicht die ganze Wahrheit gesagt«, sinnierte Rodenstock.

»Hat er etwas ausgelassen, etwa gemogelt?«

»Na ja, er hat sich selbst widerlegt. Er sagte, die drei seien in den jetzt laufenden vierzehn Tagen ermordet worden, weil sie zusammen in der Eifel waren. Er sagte aber auch, dass jeder das gewusst haben könnte. Es war insofern eine völlig beliebige Auskunft, und ich habe den dringenden Verdacht, dass er sich das gut ausgedacht hat, um von irgendetwas abzulenken.«

»Das verstehe ich nicht. Das klingt doch sehr überzeugend: Jetzt musste der Tod der drei sein, jetzt waren sie hier.«

Er lächelte leicht. »Immer diese jugendlichen Gedankengänge ohne jede Lebenserfahrung. Was haben wir für Todesarten? Strikte, funktionierende, kurzfristige Planungen. Fragen wir doch mal, was dahinterstecken könnte. Einmal Gift, einmal ein Todesschuss, einmal brutal mit einer Eisenstange. In jeweils kurzem Abstand. Da muss jemand mit gewaltigem Hass gehandelt haben, und es war offensichtlich scheißegal, dass die drei gerade hier waren. Der Mörder, nach dem wir suchen, hätte überall zugeschlagen, ganz gleich, wo die sich herumtrieben. Warum er jetzt zugeschlagen hat, muss einen anderen Grund haben. Auf keinen Fall den, dass sie in der Eifel waren. Im Gegenteil: Die Morde hier auszuführen war risikoreicher als in Papua-Neuguinea. Es musste jetzt sein. Aber warum? Weil irgendetwas passiert ist, natürlich. Und so lange wir nicht wissen, was das war, werden wir das Rätsel nicht lösen.«

»Das überzeugt mich überhaupt nicht. Bist du nicht zu verbissen? Du kommst mir mit Haarspaltereien.«

»Na, ja«, erwiderte er melancholisch, »ich werde älter, das steht außer Frage.«

»Aber du bleibst dabei: Stromberg hat etwas verschwiegen?«, hakte ich nach.

»Ich denke ja. Aber beweisen kann ich das nicht. Es ist ein Gefühl. Auf der anderen Seite muss ich zugeben, dass er keinen

Grund hatte, uns zu belügen. Vielleicht bin ich nur ein misstrauischer, alter Mann.«

»Du reitest aber verdammt oft auf dem alten Mann herum.«

»Ja«, gab er zu, antwortete aber nicht. Dann griff er nach seinem Kölschglas und griff daneben. Er sagte scheinbar erheitert: »Hoppla!«

Die beiden Frauen trudelten ein, bepackt mit allerlei farbenfrohen Taschen und Tüten und Paketen.

»Wir sind überaus glücklich, die heimische Volkswirtschaft angekurbelt zu haben«, sagte Emma. »Wie lief es bei euch?«

»Es geht so, nichts überraschend Neues«, murmelte Rodenstock schlecht gelaunt. »Das hätten wir auch am Telefon erledigen können.«

»Das ist nicht wahr«, widersprach ich heftig. Wieso sagte er das? Wieso ausgerechnet er, der immer behauptete, ein persönliches Gespräch sei durch nichts zu ersetzen?

»Was ist denn los?«, fragte Emma ihren Mann und sah ihn eindringlich an.

»Nichts«, erwiderte er. »Absolut nichts.«

Sie ging nicht darauf ein, sie war nur unübersehbar zornig und stellte unsinnig ihre Tüten nach der Größe hintereinander auf dem Fußboden auf, als wolle sie schnell so etwas wie die Ordnung aller Dinge erreichen.

»Ich erzähle mal, was gelaufen ist«, bot ich hastig an.

»Lieber unterwegs«, kommentierte Emma tonlos. »Ich brauche erst mal ein Kölsch.« Ihr Gesicht war plötzlich grau, und sie starrte ihren Mann an, als habe sie ihn noch nie gesehen. Da war ein Schmerz in ihrem Gesicht, irgendetwas Erschreckendes ging vor sich.

»Die Frauen könnten in der Eifel irgendetwas essen«, schlug Rodenstock plötzlich vor, und seine Stimme war einwandfrei zittrig. Er stand sogar auf und sah umher, als suche er irgendetwas, als habe er etwas verloren.

»Bei Ben in Hillesheim oder Markus in Niederehe. Wir hatten ja schon eine Kleinigkeit, und es wäre vielleicht gut, wenn wir hier verschwinden würden. Und das alles hier gefällt mir nicht, und überhaupt will ich betonen, dass ich das nicht wollte. Überhaupt nicht!« Er lallte leicht, er wollte raus, er wollte weg aus dieser schönen Kneipe. Irgendetwas war mit ihm, er redete dummes, zusammenhangloses Zeug. Warum sollten die Frauen nicht eine Kleinigkeit essen? Was sollte das?

»Dann bezahle ich mal und treffe euch am Wagen«, sagte ich. »Geht schon mal, damit das schneller geht.« In der gleichen Sekunde dachte ich, dass ich auch sinnlos redete. Warum diese Eile? Was war mit Rodenstock? Was war mit Emma? Und wieso sagte Jennifer kein Wort, als gehöre sie nicht dazu? Und warum spürte ich plötzlich eine überschießende Angst, die mir die Luft nahm?

Sie gingen sehr schnell aus dem Lokal, und ich suchte den Kellner, der uns bedient hatte. Als ich ihn fand, skandierte er nach einem langen und abschätzenden Blick auf mich im tiefsten Kölsch: »Langsam, junger Mann, langsam, so schnell schießen die Preußen nicht.« Ich drückte ihm einen Fünfzigeuroschein in die Hand, obwohl das mit Sicherheit um einhundert Prozent zu viel war. Er bedankte sich hilflos, als ich schon an der Tür war.

Unter der Domplatte wusste ich nicht genau, wo unser Wagen stand, rechts oder links oder geradeaus, in diesem Friedhof der Blechelefanten glich jeder Winkel dem anderen. Dann sah ich Jennifer, die mit Tüten bepackt einem langsam rollenden Auto auswich. Ich rannte dorthin, als gehe es um mein Leben, und hätte mich jemand gefragt, was denn eigentlich los sei, dann hätte ich mit Sicherheit geantwortet: »Nichts!«

Emma saß am Steuer, Rodenstock neben ihr. Emma versuchte gerade mit hochrotem Gesicht, ihn anzuschnallen. Das wirkte irgendwie komisch, wie ein schlechter Slapstick, wie etwas Misslungenes. Und dabei senkte sich sein Kopf und hob sich wieder, senkte sich und hob sich wieder. Er schien nicht zu begreifen, dass seine Frau an ihm herumfummelte, es machte den Eindruck, als sei er ohnmächtig.

Ich setzte mich hinten hinein zu Jennifer, die ihre Lippen ganz fest aufeinanderpresste und ganz große, schreckhafte Augen hatte.

»Was ist denn?«, fragte ich.

Niemand antwortete, Emma gab Gas und rauschte durch den Betonbunker. Ich wollte etwas sagen, ließ es dann aber. Dann war sie vor den Schranken der Ausfahrt, dahinter die Ampel. Sie musste halten, sie hielt aber nicht, die Ampel sprang auf Grün, Emma gab Gas und fuhr die Schranke zu Schrott, dann nach links unter die erste Bahnüberführung.

»Was ist?«, fragte Rodenstock jetzt wieder klar. »Was knallt da?« Dann lachte er höchst erheitert, dann senkte er den Kopf und es sah so aus, als schlafe er.

Emma nahm die Rheinuferstraße in Richtung Süden, und sie gab viel Gas. Sie fuhr rücksichtslos schnell, sie scherte auf die Standspur aus, gab Vollgas und musste dann wieder auf die Fahrbahn zurück, drei oder vier Fahrer hupten entsetzt.

»Was immer ist«, sagte ich laut. »Du musst uns nicht unbedingt alle gegen die Wand fahren. Was ist denn eigentlich los?«

Emma antwortete nicht, sie fuhr verbissen und starrte dauernd zu Rodenstock hin.

Der kicherte plötzlich und sagte: »Ich sehe in dieser Beziehung vollkommen klar.«

Jennifer legte ihre Hand auf meinen Oberschenkel und ihren Kopf an meine Schulter.

Emma raste bei Rot über eine Ampel, und wir hatten Glück, dass der Querverkehr so spät kam.

»Das muss doch nicht sein«, sagte ich hilflos.

Rodenstocks Kopf kam hoch, und er fragte: »Wieso fährst du so schnell?«

»Ich fahre doch gar nicht schnell«, sagte Emma scharf. »Wie geht es dir?«

»Gut«, antwortete er. »Wie soll es mir schon gehen?«

»Da bin ich aber beruhigt«, stellte sie voller Hohn fest.

8. Kapitel

Emma war noch immer sehr schnell und überholte noch immer an Stellen, an denen es gefährlich war. Sie fuhr auf die Autobahn Köln-Bonn, verließ sie an der Ausfahrt nach Brühl und nahm die Spange zur A1 in die Eifel. Sie versuchte dauernd zu überholen, obwohl das nicht notwendig war, wir fuhren in einer schnellen Kolonne.

»Was ist denn?«, fragte ich. »Okay, Rodenstock geht es nicht gut, aber das ist doch kein Grund, dieses Auto zu Schrott zu fahren.«

»Häh?«, machte Rodenstock, und sein Kopf kam wieder hoch.

»Du Arsch!«, fluchte Emma heftig.

»Was ist denn?«, fragte Jennifer mit ganz dünner Stimme.

»Ich weiß es nicht genau«, antwortete ich. »Rodenstock geht es nicht gut.« Dann kam mir eine Idee. »Emma, lass mal sein Fenster herunter.«

Emma ließ sein Fenster herunter, und der Wind traf ihn hart. Aber er sagte befreit: »Das ist gut, das ist sehr gut!« Er schloss die Augen.

Emma fuhr ein wenig langsamer.

»Lass mich fahren«, sagte ich. »Dann kannst du dich kümmern.«

Emma drückte die Warnblinkanlage und fuhr auf die Standspur. Wir wechselten die Plätze, und zumindest das verlief ohne Zwischenfall. Rodenstock konnte nicht sicher gehen, er schwankte, ich musste ihn festhalten, damit er nicht fiel. Dann schlug ich seine Tür zu und setzte mich hinters Steuer. Der Gips am linken Arm war anfangs etwas hinderlich, aber ich gewöhnte mich schnell daran und ließ ihn einfach auf dem Lenkrad ruhen, wenn ich mit rechts schaltete.

»Mein Gott!« Emmas Stimme zitterte.

»Dreh sein Fenster auf«, sagte ich. »Das hilft ein wenig. Rodenstock! Wie ist dir denn?«

Sein Kopf kam hoch, aber er antwortete nicht. Sein Gesicht wirkte grau und erschöpft. Es machte den Eindruck, als sei es schwer für ihn, den Kopf zu heben.

Ich fuhr so schnell ich konnte, und Emma drehte sein Fenster wieder zu, weil der Wind zu heftig kam. Jetzt schien es so, als schlafe er.

»Hat sich bei diesem Rechtsanwalt schon etwas gezeigt?«, fragte Emma.

»Nein«, sagte ich. »Das hätte ich gemerkt. Erst im Früh hatte er diese Aussetzer. Vorher war sein Kopf glasklar. Hatte er das jemals vorher?«

»Nein«, sagte sie. »Welchen Arzt soll ich denn anrufen? Wir müssen sofort einen Arzt haben.«

»Das ist eine Frage an Mediziner«, antwortete ich. »Was kann es denn sein?«

»Irgendetwas mit der Pumpe«, sagte sie. »Oder irgendetwas mit dem Kreislauf. Rodenstock, kriegst du Luft genug?«

»Aber ja, aber ja«, antwortete er leise.

»Hast du irgendwas Blödes gegessen?«, fragte Jennifer.

»Nein«, sagte er, »nein. Das nicht. Ich schwimme so.«

Vor mir ein Elefantenrennen, zwei Trucks nebeneinander, ich musste hart auf die Bremse gehen.

»Kannst du seinen Puls fühlen?«

»Wozu denn das?«, fragte Emma mit einer Stimme, die ich noch nie gehört hatte. Sie weinte.

»Was habt ihr denn?«, fragte Rodenstock verwundert.

Verdammte Hacke, alter Mann, du könntest jetzt aber wirklich mal helfen. Es geht doch nicht an, dass Rodenstock in dieser blöden Karre vor sich hinstirbt.

»Rodenstock! Ist dir schlecht?«, fragte ich.

»Nein, glaube ich nicht«, antwortete er. Er sprach nicht klar, er lallte leicht.

»Ich fahre die Reha-Klinik in Marmagen an«, sagte ich. »Die haben alles, was er braucht, und sie sind gut. Lass dir mal die

Nummer geben und ruf dort an, damit sie bereit stehen, wenn wir vorfahren.«

»Nettersheim-Marmagen?«, fragte sie. »Okay so?« Ihre Stimme veränderte sich vollkommen und war plötzlich voller Gelassenheit. Sie wirkte sachlich, kühl, sie wollte jetzt etwas tun.

»Okay so«, nickte ich und musste erneut in die Bremsen gehen, weil jemand hinter mir die Scheinwerfer aufdrehte und hupte. Ich hatte einen LKW vor mir.

Sie begann zu telefonieren, sie hielt zwei Handys in den Händen und wirkte glasklar. Sie hatte Rodenstocks Handy aus dessen Tasche geholt.

Groteskerweise konnte sie das nicht im Sitzen schaffen, weil der Wagen bei der hohen Geschwindigkeit auf der Fahrbahn tanzte. Sie drehte sich, sie kniete plötzlich. Sie machte keinen Fehler, sie verwechselte die kleinen Dinger auch nicht. Jemand von der Auskunft diktierte ihr die Nummer des Krankenhauses, nachdem sie einen Notfall gemeldet hatte, und sie drückte die Ziffern und wiederholte sie jedes Mal laut, um einen Fehler zu vermeiden. Sie zeigte plötzlich Nerven wie Stahlseile, und ich fragte mich verwirrt, wie sie das schaffen konnte.

»Passen Sie auf«, sagte sie dann laut. »Wir kommen gleich, in etwa zehn, fünfzehn Minuten, denke ich mal. Wir sind ein Notfall, wir fahren bei Ihnen vor. Es geht um meinen Mann ...« Sie wickelte das alles ab, als würde sie das jeden Tag einmal durchspielen. Sie sagte trocken und ohne Angst: »Okay, sie warten.«

»Rodenstock«, sagte ich glücklich, »du bist unheimlich gut verheiratet.«

»Das weiß ich doch«, sagte er undeutlich.

Ich erinnere mich, dass ich nach der Ausfahrt zweimal Schwierigkeiten bekam, weil die Straße zu eng war und die Kurven zu scharf, aber ich riskierte einen Drift und hatte echtes Glück. Niemand kam mir entgegen.

Dann ging alles sehr schnell. Die Pfleger kamen zu zweit, hinter ihnen zwei Ärzte, hinter denen eine fahrbare Trage mit zwei Krankenschwestern. Sie drängten mich beiseite, sie schoben Jennifer gegen eine Glaswand, und jemand erklärte Emma sehr eindringlich: »Wir haben keine Zeit für Diskussionen, gute Frau. Lassen Sie uns unseren Job tun!« Es war fast erheiternd zu sehen, wie sie sich auf Rodenstock stürzten, als könnten sie es nicht erwarten, ihn in die Arme zu schließen. Und aus seinem Gesichtsausdruck konnte ich erkennen, dass er absolut nicht begriff, dass es um ihn gehen sollte. Er schien nicht wahrzunehmen, dass es ihm dreckig ging.

* * *

Es war zwei Stunden später, als ein junger Arzt kam und feststellte: »Ich kann Ihnen sagen, dass sein Zustand stabil ist. Wir lassen ihn jetzt nach Trier fliegen. Der Hubschrauber ist schon unterwegs.«

»Da muss ich mit«, sagte Emma etwas schrill.

»Das geht nicht«, stellte er fest. »Zu wenig Platz. Sie fliegen ihn ins Brüderkrankenhaus nach Trier, da stehen ein Team und ein OP bereit. Es muss jetzt schnell gehen. Würden Sie bitte mit mir mitkommen, gnädige Frau, ich brauche einige Daten.«

Er sagte wirklich »gnädige Frau«. Vielleicht war das sein Loblied auf den kostbarsten Privatpatienten des Tages.

»Wozu denn das?«, fragte sie. »Was für Daten? Und können Sie mir endlich sagen, was er denn eigentlich hat?«

»Er hat ein paar schlechte Werte. Nierenwerte sind katastrophal, Lungenwerte im unteren Bereich, Wasser in der Lunge, und das Herz läuft auch nicht so, wie es sollte.«

»Aber er hatte doch gar nichts«, betonte Emma empört.

»Doch, er hatte einen klassischen, langsamen, totalen Zusammenbruch«, sagte der Arzt gemütlich und lächelte dabei.

»Und wie komme ich jetzt nach Trier?«, fragte Emma.

»Mit dem Auto«, sagte ich. »Wir fahren dich da hin.«

»Das dürfte vorschnell sein«, sagte der Arzt in einem Ton, als habe er es mit einer Horde ungeduldiger kleiner Schüler zu tun. »Die OP dauert locker fünf bis sieben Stunden, und dann liegt er auf Intensiv, und Sie können zunächst nicht zu ihm. Das Krankenhaus wird Sie anrufen, wenn die OP gelaufen ist und der Patient versorgt. Und nun kommen Sie, ich brauche ein paar Angaben zu Ihrem Mann.« Er ging mit Emma den langen Gang entlang und verschwand in irgendeiner Tür.

Wir saßen in der Cafeteria des Hauses, der Zustand der Hilflosigkeit machte aus uns nervöse Leute, die sogar zusammenzuckten, wenn jemand hereinkam und fröhlich »Guten Tag« sagte.

Es dauerte eine weitere halbe Stunde, ehe Emma wieder erschien und ganz erschöpft flüsterte: »Wir können.« Sie hatte ein ganz hartes Gesicht, sie sah zehn Jahre älter aus. Sie wirkte eckig und wütend und tieftraurig – und das alles zugleich. Sie sagte: »Das kann er nicht bringen! Das kann er einfach nicht bringen.«

Ich fuhr sie nach Hause und ließ mich dann von Jennifer nach Brück fahren. »Du kannst mich anrufen, zu jeder Zeit«, sagte ich. »Ich werde warten, bis ich etwas von euch höre. Und pass auf, dass sich Emma nicht allein in den Wagen setzt, um nach Trier zu fahren. Genau das wird sie nämlich versuchen.«

»Ja«, sagte Jennifer, aber viel Zuversicht lag nicht in ihrer Stimme.

* * *

Was machst du, wenn der einzige Freund, den du hast, entweder stirbt, oder weiterlebt? Wenn alles in der Luft hängt, wenn du nichts tun kannst, als zu warten und alle möglichen Götter anzurufen, die dir gerade einfallen, und noch dazu den alten Mann da oben heftig zu beschimpfen, weil er einfach nicht auf seiner Seite war, keine Wache geschoben hat, mal wieder nicht erreichbar war.

Was hatte ich eigentlich gedacht, was erwartet? Dass es immer so weitergehen würde?

Rodenstock war bald siebzig, er kam an das Ende seines Lebens. Vielleicht würde er sterben, vielleicht weiterleben, vielleicht ein Krüppel sein, vielleicht halbwegs leben, vielleicht vor sich hindämmern. Aber nichts würde mehr sein, wie es war.

Ich begann mit ihm zu sprechen. Ich versicherte ihm auf ewig meine Liebe, ich beschimpfte ihn, ich verfluchte ihn, ich flehte ihn an zu leben und zurückzukommen, und ich betonte, ich hätte ihn oft enttäuscht und würde ihn nie mehr enttäuschen.

Ich rannte in meinem Haus umher und muss in diesen Stunden zehn Pfeifen gestopft und angeraucht haben. Sie lagen überall herum wie Gepäckstücke, die man auf einer langen Reise verlor.

Ich setzte mich an den Teich in den Garten, der Kater kam und sprang auf meinen Schoß. Ich nahm ihn und warf ihn brutal beiseite und wundere mich heute noch, dass ich ihn nicht einfach ins Wasser warf.

Harry fiel mir ein. Mein einsamer Eremit, der es wie kein zweiter schaffen konnte, mich immer ganz schnell auf den Boden zurückzuholen. Ich schwang mich ins Auto, um mir eine Portion seiner unnachahmlichen Gelassenheit abzuholen. Aber das Glück hatte mich anscheinend vollends verlassen. Als ich mein Auto am Steinbruch zwischen Niederehe und Kerpen geparkt hatte, musste ich feststellen, dass Harry ausgerechnet heute einen seiner seltenen Ausflüge in die Zivilisation machte. An solchen Tagen wackelte er durch Kelberg oder Hillesheim, machte einen Schaufensterbummel und trug stolz seinen verbeulten Cowboyhut zur Schau.

Für einen Moment überlegte ich, ob es klug war, auf seine Heimkehr zu warten, aber meine unglaubliche Unruhe ließ mich wieder ins Auto steigen. Dann zockelte ich so langsam es ging heim nach Dreis-Brück. Ich hatte Angst davor, mit mir alleine zu sein.

Später schaute mein Nachbar Rudi Latten über die Mauer und fragte, ob denn alles in Ordnung sei. Bei mir sei die ganze Nacht Licht, sie sähen mich im Haus umherlaufen, und ob sie denn etwas für mich tun könnten. Ich kann mich nicht daran erinnern, dass ich ihm geantwortet habe. Ich erinnere mich, dass ich weinte, und Rudi Latten ganz still neben mir stand und gar nichts sagte, einfach nur da war und mir für Sekunden eine Hand auf die Schulter legte. Vielleicht sagte ich ihm, dass Rodenstock starb, aber ich kann mich auch daran nicht erinnern.

Es war vier Uhr in der Frühe, als der Tag den ersten Lichtschimmer bekam und im Osten kleine, rosafarbene Wolken zu sehen waren.

Jennifer rief an und stotterte fassungslos: »Ich konnte sie nicht aufhalten, sie hat einen Koffer gepackt und ist einfach weggefahren.«

»Hat sie irgendetwas gesagt?«

»Nein, hat sie nicht. Ich dachte, sie schlägt mich gleich, wenn ich noch ein Wort sage.« Sie weinte.

»Hat denn das Krankenhaus angerufen?«

»Das weiß ich nicht. Kann sein. Und was tun wir jetzt?«

»Nichts«, sagte ich. »Wir können nichts tun.«

»Ich halte das hier nicht mehr aus.«

»Setz dich in Rodenstocks Auto und komm her.«

»Ja.«

Ich lief ins Haus und rief die Auskunft an. Ich musste diese Telefonnummer des Krankenhauses haben. Als ich sie hatte, versuchte ich die Chirurgie zu erreichen und erhielt die Antwort, da sei so früh niemand da.

»Das kann nicht sein!«, brüllte ich wütend. »Mein Freund wird operiert.«

»Sind Sie sicher?«, fragte die Frau ganz freundlich.

»Ich bin sicher.«

»Dann versuche ich es mal.«

Sie versuchte es anscheinend, dann unterbrach sie das Gespräch, das Besetztzeichen kam. Wahrscheinlich war ich einfach ein Störenfried. Ich versuchte es erneut, und ich erwischte dieselbe Frauenstimme wieder. Sie sagte, sie könne niemanden erreichen und ob denn das mit meinem Freund wirklich so sei. Und es wäre sowieso unmöglich, die chirurgische Rufbereitschaft zu erreichen. Das sei nur innerbetrieblich möglich.

»Leck mich doch!«, sagte ich. Ich wählte Emmas Handynummer, und sie meldete sich sofort.

»Was ist?«, fragte ich.

»Er ist operiert. Aber was sie operierten, weiß ich nicht. Sie sagen nur, dass sie leider die Herz-Lungen-Maschine gebraucht hätten, und dass das keine gute Auskunft sei. Sie gebrauchen diese Maschine nicht gern.« Ihre Stimme klang erstaunlich sachlich.

»Wo bist du denn jetzt?«

»Ich stehe vor dem Krankenhaus und laufe auf und ab und finde das Morgenlicht schön«, sagte sie.

»Emma, du bist eine Wundertüte.«

»So hast du mich noch nie genannt.« Sie lachte leise. »Ich rufe dich an, wenn ich irgendetwas erfahre. Er wird es irgendwie schaffen.«

»Das musst du auch wirklich tun«, sagte ich. »Klar, er schafft das.«

Ich weiß nicht, wann Jennifer kam. Sie hatte eine Tasche gepackt und stand im Garten vor mir. Sie weinte auf eine sehr kindliche, laute Art, und sie sagte, das könne sie nicht aushalten.

»Das kannst du schon«, sagte ich. »Aber du musst es nicht unbedingt. Rodenstock würde sagen, du sollst nicht so viel Wind machen. Ich habe Emma erreicht.«

»Was sagt sie?«

»Die OP ist vorbei, aber sie weiß noch nichts. Du kannst oben unter dem Dach schlafen, wenn du willst. Das Bett ist gemacht. Du kannst tun und lassen, was du willst.«

»Ich möchte meine Mutter anrufen.«

»Dann tu das.«

Sie verschwand im Haus, und mein Kater begleitete sie.

Der Zaunkönig hüpfte durch den Garten und tschilpte laut. Wahrscheinlich suchte er seinen Partner. Ich dachte, ich hätte keine Ahnung, wie sein Weibchen aussieht. Aber es konnte gut sein, dass er das Weibchen war, ich wusste nichts über seine Art. Die ersten Strahlen der Sonne an dem kleinen Kirchturm vorbei erreichten den Garten, die Fische schienen träge vor sich hinzudösen, sie bewegten sich nicht.

Dann rief Kischkewitz an und fragte aufgeregt: »Wie geht es dem Alten?«

»Woher weißt du davon?«

»Ich kann Emma nicht erreichen, und einer meiner Kollegen sagte mir, er wäre in Marmagen eingeliefert worden. Die Eifel ist klein, mein Lieber.«

»Es war wohl ein Zusammenbruch«, sagte ich vage. »Alles in ihm streikte. Er ist operiert. Im Brüderkrankenhaus in Trier. Mehr wissen wir nicht.«

»Scheiße!«, sagte er wild. »Ruf mich an, wenn du etwas weißt.«

Ich versprach es ihm.

* * *

Gegen Mittag wurde ich sehr langsam müde, legte mich auf mein Bett und wollte einschlafen. Ich zuckte bei jedem Geräusch zusammen, an Schlaf war überhaupt nicht zu denken. Ich war so schreckhaft, dass ich nicht liegen konnte und zwanghaft aufstehen musste. Ich erinnerte mich, dass Jennifer im Haus war, hatte aber keine Ahnung, ob sie schlief oder wachte oder telefonierte. Da das Haus ganz still war, wollte ich sie nicht stören.

Ich erinnerte mich, dass ich vor langer Zeit ein Baldrian- und Hopfenpräparat gekauft hatte. Ich suchte in meinem Arbeitszimmer danach und fand es schließlich hinter einem Stapel alter

Manuskripte. Ich nahm eine Handvoll davon und verschluckte mich.

Nach einer Weile schien das Mittel zu wirken, und ich legte mich erneut hin. Irgendwann muss ich eingeschlafen sein. Als ich wach wurde, weil das Telefon klingelte, lag Jennifer neben mir. Sie hatte sich in eine Decke eingewickelt und schlief tief und fest wie ein Kind.

Es war vierzehn Uhr.

Am Telefon war ein Mann, der ungeduldig fragte: »Ist Herr Kischkewitz bei Ihnen?«

»Nein«, antwortete ich. »Warum?«

»Weil ich ihn brauche«, sagte er. Dann fiel ihm meine Wortlosigkeit auf, und er setzte hastig hinzu: »Die Mordkommission weiß nicht, wo er steckt. Er ist auf seinem Handy nicht erreichbar. Wir brauchen ihn aber dringend für Entscheidungen.«

»Was soll er denn entscheiden?« fragte ich.

»In der Sache Pilla Menge«, antwortete er. »Er weiß schon, was ich meine.«

»Er ist nicht hier«, sagte ich. »Ich nehme aber an, dass er im Brüderkrankenhaus sein könnte, weil Rodenstock dort als Notfall eingeliefert wurde. Und im Krankenhaus muss er sein Handy ausschalten. Ich denke, dass ihr ihn deshalb nicht erreichen könnt.«

»Was ist mit Herrn Rodenstock?«, fragte er.

Ich setzte den Mann kurz in Kenntnis und fragte dann: »Was soll Kischkewitz denn entscheiden?«

»Ob wir die Menge hier verhören oder nach Aachen überstellen.«

»Was ist denn passiert?«, fragte ich.

»Die junge Frau hat heute Nacht ihren Lebensgefährten mit einem Messer angegriffen. Sie hat wie wild zugestochen, und wir wissen nicht, ob er durchkommt.«

»Wo sind Sie denn jetzt?«

»Maas ist mein Name, ich bin in Einruhr bei der Kommission zu erreichen.«

»Ich versuche es«, sicherte ich ihm zu.

Dann ging ich nach unten auf die Terrasse.

Da saß Kischkewitz am Teich, völlig bewegungslos. Er sah so aus, als sei er drei Tage nicht aus seinem Anzug herausgekommen, und rasiert hatte er sich auch nicht mehr.

»Es ist so, dass Rodenstock immer wie mein Vater war«, erklärte er in lockerem Ton. »Und weil ich schon damals keinen Vater mehr hatte, hat es mich völlig umgehauen. Weißt du etwas?« Er senkte den Kopf, er wirkte wie erstarrt. Dann begann er vollkommen lautlos zu weinen.

Nach einer Weile antwortete ich: »Nein, ich weiß nichts. Du sollst einen Mann namens Maas in Einruhr anrufen. Du musst irgendetwas entscheiden. Wegen der Pilla Menge.«

»Ja, natürlich«, sagte er und funktionierte wieder, als hätte ich auf einen Knopf gedrückt. Er nahm sein Handy aus der Tasche und schaltete es ein, er begann übergangslos zu telefonieren und sprach in einem vollkommen neutralen Ton: »Bringt sie bitte nach Aachen und seht zu, dass sie vorher einen Arzt kriegt. Wir können jetzt keine Überraschungen gebrauchen. Ich komme später, ich habe noch etwas zu erledigen.«

»Darf ich fragen, was da gelaufen ist?«

»Aber ja«, sagte er seltsam teilnahmslos. »Wir hatten die Wache, wir machten unsere Protokolle und Berichte fertig. Dann kam die Nachricht, dass Pilla Menge bei ihren Nachbarn geklingelt habe. Sie war vollkommen nackt und blutbespritzt, sie bekam kein Wort heraus. Endlich sagte sie, sie brauche Hilfe für ihren Freund. Die Nachbarn schlugen sofort Alarm und gingen dann mit ihr in das Haus nebenan. Sie fanden Imre Kladisch schwer verletzt, ebenfalls nackt und voller Stichwunden. Die Pilla hat brav gewartet, bis wir kamen, und sie hat gesagt, sie habe das tun müssen, weil er sie sonst getötet hätte. ›Ich habe ihm widersprochen‹, sagte sie dauernd, ›ich habe ihm widersprochen‹! Wahrscheinlich war der Druck zu hoch, wahrscheinlich hat sie es nicht mehr ausgehalten, ihr Sklavendasein.«

»Keine Zusammenhänge mit dem Stern-Fall?«

»Keine«, sagte er. »Wir sehen keine. Kann ich bei dir duschen und mich rasieren?«

»Aber ja, du kennst das Haus.«

Er verschwand mit ganz schleppenden Schritten über die Terrasse, und ich setzte mich auf seinen Stuhl ans Wasser. Pilla Menge interessierte mich nicht, der ganze Fall Stern interessierte mich nicht mehr. Ich wollte nur noch meinen Rodenstock zurück.

Eine halbe Stunde später verabschiedete sich Kischkewitz und fuhr in seinem alten Mercedes davon.

* * *

Es ging auf den Abend zu, als Emma anrief und sagte, sie habe Rodenstock gesehen, sein Zustand sei stabil.

»Wo bist du denn jetzt?«, fragte ich.

»In einem Hotel«, antwortete sie.

»Dann kannst du endlich einmal schlafen.«

»Na ja«, erwiderte sie. »Schlafen muss ich jetzt nicht.«

»Und? Wie sieht er aus?«

»Wie ein schwerkrankes Kind. So viele Schläuche und Kabel und Instrumente«, sagte sie und begann zu weinen.

»Aber er hat dich erkannt, oder?«

»Ja, ich glaube schon. Sie haben ihm drei Bypässe gelegt, und sie sagten, er muss mindestens zwei Herzinfarkte durchgestanden haben, es gab Wucherungen an seinem Herzmuskel. Kannst du rüberfahren nach Heyroth wegen der Post und des Telefons?«

»Wird erledigt. Das kann Jennifer machen.«

»Sie ist bei dir?«

»Ja, sie hat neben mir geschlafen, sie hielt es nicht aus in eurem Haus. Lass dir doch ein paar Pillen geben. Dann kannst du schlafen.«

»Und wenn dann irgendetwas geschieht?«

»Was soll denn schon passieren?«

»Ja, du hast recht. Ich habe überlegt, an welchen Stellen ich ihm wehgetan habe. Ich war zeitweise schon ziemlich eklig.«

»Das waren wir alle, Emma. Du könntest auch ein paar Schnäpse trinken. Du schläfst mit Schnaps immer ein.«

»Das ist richtig, das könnte ich tun. Was hat denn dieser Rechtsanwalt in Köln gesagt?«

Ich berichtete ihr davon, so gut ich mich erinnerte. »Auf jeden Fall hat es Zoff gegeben, als der Vertrag mit Firma eins aufgelöst wurde und dieser Luchmann aus dem Geschäft war. Aber das wäre ja nun kein Grund, irgendjemanden zu töten. Und es ist mehr als ein Jahr her, also handelt es sich sicher nicht um plötzlich aufkommenden Hass. Es muss etwas geschehen sein, von dem wir bisher keine Ahnung haben.« Dann fiel mir ein, dass sie wahrscheinlich von allen Neuigkeiten ausgeschlossen war. »Da ist noch etwas. Das Gothic-Pärchen hat sich mit Messern bearbeitet. Sie hat ihn fast getötet, und ob er weiterleben wird, steht noch nicht fest. Das wird den Rodenstock auch interessieren. Denn dein kluger Mann hat nach dem Gespräch mit dem Sohn des Satans gesagt, dass er Angst hat vor dessen Potenzen, wenn er einmal ausflippen sollte. Dein Mann ist ziemlich klug.«

»Das habe ich auch schon mal gehört. Aber noch eine Frage: Was hat denn Rodenstock nach dem Gespräch mit dem Rechtsanwalt in Köln gemeint?«

»Er war der Ansicht, dass der Rechtsanwalt uns etwas verschwiegen hat. Aber er konnte nicht sagen, was das gewesen sein könnte. Aber du wirst ja jetzt nicht weitermachen, oder?«

»Nein«, sagte sie einfach. »Aber wie ich Rodenstock kenne, wird er mich fragen.«

Ich musste lachen. »Ja, klar, das wird er tun. Und wenn ich mal kommen darf, sag mir Bescheid, ich will den Alten sehen.«

»Ich melde mich«, versprach sie und unterbrach die Verbindung.

Über mir hörte ich Jennifer mit meinem Kater reden. Dann kam sie mir auf der Treppe in einem Bikini entgegengehüpft und sagte: »Ich lege mich in die Sonne.«

»Das wird schlecht sein, die geht gleich unter«, sagte ich. »Rodenstock ist aus der Krise. Jetzt muss er nur noch überleben. Grüße von Emma. Ich fahre gleich mal rüber und kümmere mich. Blumen gießen und so.«

»Dann ist das Schreckliche ja vorbei«, sagte sie mit einem Seufzer.

»Noch nicht ganz, junge Frau, noch nicht ganz.«

Zum ersten Mal, seit das Mädchen Jamie-Lee gestorben war, fühlte ich keine Hetze und keinen Stress mehr, stattdessen so etwas wie erschöpfte Gelassenheit und die leisen Fragen, die mit Rodenstock zusammenhingen und für deren Antworten viel Geduld aufzubringen war.

Ich rollte also gemächlich nach Heyroth, und ich genoss es, durch das Haus zu gehen. Ich dachte: Wenn du wieder heimkommst, Rodenstock, werden wir dir eine Girlande vors Haus hängen – *Welcome home* –, und wahrscheinlich wirst du dreißig Pfund an Gewicht verloren haben. Du wirst aussehen wie eine Bohnenstange, und nichts mehr wird dir passen, jedes Kleidungsstück wird an dir herumschlottern. Emma wird ständig meckern: »Nun iss doch endlich mal!«

Ich prüfte die Erde in den Blumentöpfen. Sie war feucht, Emma war gerade erst einen Tag verschwunden. Im Briefkasten war nichts, außer einem Kilo Werbung. Die Heizung drehte ich ganz herunter, dann prüfte ich den Garten. Auch der brauchte kein Wasser. Sicherheitshalber ging ich durch das ganze Haus und schaute in jeden Raum, sicherheitshalber machte ich sogar einen Abstecher in den Keller. Alles in Ordnung. Es gab nichts zu tun. Also hockte ich mich auf die Terrasse und stopfte mir eine uralte St. Claude aus Frankreich, die ich schon seit zwanzig Jahren mit mir herumschleppte.

Dann rief der Mann an.

»Ja, bitte?«

»Sind Sie Herr Baumeister?«

»Ja, bin ich, kann ich nicht abstreiten.«

»Der Journalist?«

»Kann ich auch nicht abstreiten.«

»Mein Name ist Gregor Bleibtreu, ich habe schon öfter Artikel von Ihnen gelesen. Ich weiß, dass Sie über die Eifel schreiben. Und deswegen habe ich mir die Mühe gemacht, sie wegen dieser Sache hier aufzufinden. So schwer war das nicht. Ich hätte da mal eine Frage: Könnte ich Sie treffen?«

»Von was für einer Sache reden Sie?«

»Ja, von diesen Morden, es sind ja drei.«

»Herr Bleibtreu, Sie brauchen keine Furcht zu haben, dass ich Ihnen Schaden zufüge. Sagen Sie einfach, was Sie wollen.«

»Könnte ich Sie treffen?«, wiederholte er. »Es kann aber nicht bei mir sein.«

»Warum denn nicht?«

»Ich bin Geschäftsmann. Also, sagen wir mal so: Gerüchte möchte ich mir nicht antun.«

»Tja, dann treffen wir uns doch. Auf neutralem Boden von mir aus. Wo sind Sie denn zu Hause?«

»In Schmidt. Aber das ist egal, ich kann ja ruhig weit fahren. Je weiter, desto besser.«

»Es geht um die Brüder Stern? Und es geht um Friedrich Vonnegut? Kein Zweifel?«

»Kein Zweifel«, sagte er.

»Morgen früh, irgendwo auf der Hälfte? In Schleiden? Aber deuten Sie doch mal an, um was es geht.«

»Tja, ich habe im Fernsehen diese Pressekonferenzen erlebt, und ich denke: Die Bullen haben null Ahnung.«

»Das ist richtig, aber das gilt auch für mich. Wir wissen eben nichts, wir haben keine Spuren in dieser Sache. Sollte man bei drei Toten nicht denken, ist aber so. Mit was kommen Sie denn nun?«

»Was soll ich sagen? Ich bin ja ein Geschäftspartner von Jakob, also gewesen. Und als solcher habe ich doch einiges erlebt oder gesehen.«

»Geschäftspartner? Wobei denn Geschäftspartner?«

»Ich bin Amulettthersteller.«

»So was gibt es wirklich?«

Er lachte. »Ja, klar, so was gibt es wirklich. Klingt komisch, ich weiß. Aber ich mache Bronzeguss und lege eine Patina drüber, das wird so ein bisschen grün und sieht richtig gut aus. Verkauft sich auch gut.«

»Und wie kommen wir zusammen? Wollen Sie mich besuchen? Dann müssen Sie lockere fünfzig Kilometer fahren. Aber der Abend gehört sicher der Frau.«

»Gehört er nicht«, stritt er ab. »Ich habe zur Zeit keine. Wo wohnen Sie denn?«

»Haben Sie ein Navigationsgerät? Dann diktiere ich das mal. Und Sie setzen sich in die Karre und kommen her. Am besten sofort. Was halten Sie davon?«

»Das ist gut«, sagte er. »Das kann man machen. Und Sie nennen mich nicht?«

»Kein Informant, der das so will, wird genannt.«

»Ja, bis dann.«

Ich saß da auf dem harten Holzstuhl auf Emmas Terrasse und dachte melancholisch: Mein Name ist Baumeister, ich rede mit jedem, ich muss sogar mit jedem reden. Ich habe noch immer keinen Schlüssel für den Fall.

* * *

Nach einer Stunde und zwanzig Minuten rollte er auf den Hof, es war neun Uhr an diesem Abend, und der Himmel sah nach gutem Wetter aus.

Jennifer spielte die Gastgeberin, hatte Kaffee gemacht, kalte Getränke auf den Tisch gestellt, dazu Kognak und Schnäpse,

Rotwein, Weißwein, Kekse und Käsegebäck – die ganze Sache wirkte richtig feudal. Ich fragte nicht, wo sie alle diese Dinge ausgegraben hatte. Von dem Käsegebäck wusste ich, dass es mehr als ein Jahr alt sein musste, und eine angebrochene Rotweinflasche erinnerte mich eindeutig an das letzte Weihnachtsfest. Sie musste den alten Schrott, den ich immer schon wegwerfen wollte, im Keller entdeckt haben.

Er war ein Kelte, ein etwa vierzigjähriger, kleiner, sehr kompakter Mann mit einem Kreuz so breit wie mein Aktenschrank. Er hatte rote, wuselige Haare ohne erkennbaren Schnitt, er hatte Pranken so groß wie kleine Bratpfannen und leuchtend blaue Augen. Er war noch nicht aus seinem Auto geklettert, als er schon lachte. Er war wohl einer dieser Eifeler Handwerker, die genau wissen, was sie können, und die sich deshalb nie auf Diskussionen über ihre Qualitäten einlassen – die stehen von vorneherein fest und sind fantastisch. Er trug eine sandfarbene Cordhose und einen kräftig grünen, einfachen Pulli, er wirkte einig mit sich selbst. Sein Auto war ein uralter, kackbrauner Mercedes, und er würde ihn noch fahren, wenn er schon ein alter Mann war.

»Ich bin der Gregor«, sagte er herzlich.

»Was soll ich Ihnen richten?«, fragte Jennifer geziert, als er sich gesetzt hatte.

»Ein Bier, wenn es geht«, antwortete er.

Bier hatten wir nicht.

»Dann vielleicht einen Schluck Rotwein.« Sie goss ihm von dem Rest Rotwein ein, er trank einen Schluck und sagte: »Der ist leider gekippt. Dann nehme ich vielleicht erst einmal einen Kaffee.«

Kein Zweifel, der Mann war pflegeleicht.

»Was ist denn ein Amuletthersteller?«, fragte ich.

Er lächelte und erwiderte: »Ich kann Ihnen ja schlecht mein ganzes curriculum vitae auf den Tisch legen, aber irgendwann habe ich ein Amulett gegossen und geschmiedet und meine damalige Freundin sagte: ›Das ist klasse!‹ Da wusste ich, ich hatte einen Markt.«

»Curriculum vitae?«, fragte ich.

»Ja, ich war einmal ein Gymnasiast in Aachen. Latein, und sogar ein bisschen hebräisch. Manchmal benutze ich solche Ausdrücke, um meine gewaltige Bildung zu demonstrieren.« Er grinste, und es sah teuflisch aus.

»Kein Lebenslauf also. Wieso Amulette?«

»Also, ich hatte eine Freundin, das war vor vier Jahren etwa, die hatte eine Macke im Hirn. Nichts Gefährliches, aber eine richtige Schramme. Sie hat von morgens bis abends Reiki gemacht und auf Feng Shui geachtet, mit ihren Engeleltern gesprochen, jeden Morgen den Erzengel Gabriel angerufen, mit der toten Oma auf Wolke sieben geredet und gegen Abend dann zu Buddha gebetet. Sie war irgendwie verrückt, und ich habe sie mal erwischt, wie sie vor einem trockenen Johannisbeerstrauch gebetet hat. Der Strauch war eingegangen und sie wollte, dass er wieder ausschlug. Der schlug aber nicht aus, den habe ich verfeuert. Und die hatte Ahnung von keltischen Heilszeichen. Und ich habe, nur zum Spaß, dann ein Amulett mit diesen Zeichen entwickelt. Sieht gut aus, die Frauen mögen das!«

Es schepperte, weil er kurzerhand ein Amulett aus der Tasche gezogen und auf den Tisch geknallt hatte, eine große bronzene Brosche an einem Lederband.

»Das ist aber süß!«, rief Jennifer. »Kann ich das kaufen?«

»Siehste!«, strahlte er mich an. »Also, es sind zwei Elemente. Ein Bronzereif mit den zwölf Sternzeichen, in den ich eine kleine Bronzeplatte mit diesen keltischen Zeichen eingehängt habe. Ganz einfach, aber eben gut aussehend.«

»Und was bringt das, wenn ich mir so ein Ding um den Hals hänge?«

»Alles!«, erklärte er. »Das Ding bringt dir alles, was du gerade willst. Also: Ewige Liebe mit Frauen oder Männern, sexuelle Glückszustände jede Nacht, viele Kinder, die für deinen

Unterhalt sorgen, Lottogewinne, wenn du Geld brauchst, Erfolg im Beruf, Erfolg an der Börse, Ruhe und Gelassenheit, die Angriffslust des Tigers, die Vereinigung mit den guten Kräften des Himmels, die Abwehr aller Teufel, Frieden in deiner Seele, die starke Zuversicht der Märtyrer.« Er sah mich an, und die eiserne Ruhe des guten Pokerspielers umwaberte ihn.

»Du willst mich verarschen«, sagte ich.

»Will ich nicht!«, beteuerte er. »Ich zähle nur auf, was du kriegst, wenn du so ein Ding kaufst.«

»Was kostet denn das?«, fragte Jennifer.

»79,40 Euro«, sagte er.

»Ich geh mal Geld holen«, sagte Jennifer.

»Blödsinn!«, erwiderte er. »Das schenke ich dir.«

»Ich möchte mal zurückrudern«, bemerkte ich vorsichtig. »Welchen Beruf übst du denn aus?«

»Ich bin gelernter Metallbauer und Schmied, beide Gesellenbriefe.«

»Und diese Glückszustände, die ich mit diesem Ding da bei dir kaufe, die garantierst du?«

»Aber sicher!«, sagte er mit todernstem Gesicht.

»Und wenn jemand kommt und behauptet, das Ding funktioniert nicht, was sagst du dann?«

»Dann ist sein Karma im Arsch, oder er hat keine Rücksicht auf seine Chakren genommen, oder er steht gerade im falschen Haus des Himmels, oder er hat dem Teufel gelauscht, irgendwas in seinem Leben ist in die Hose gegangen. Es kann aber auch sein, dass er bloß seine Schwiegermutter hasst. Aber eine Reklamation hat noch nie stattgefunden.«

»Mit anderen Worten, du bescheißt die Menschen.«

»Richtig«, nickte er. »Und meistens macht es einen Riesenspaß. Und in meinem Fall lohnt es sich sogar.«

»Wie viele dieser Dinger sind verkauft?«

»Sechstausend«, antwortete er wie aus der Pistole geschossen. »Du hast ja hier kein Aufzeichnungsgerät laufen?«

»Nein, habe ich nie. Wer hat dir denn diese Texte gemacht, also diese ganzen Versprechungen?«

»Na, diese Freundin. Zwischen uns lief es nicht mehr, aber wir sind Geschäftsfreunde geblieben. Du kriegst, wenn du das kaufst, eine kleine Schrift, in der steht alles drin. Und sie entwirft dauernd neue Werbung. Das Neueste ist das so genannte Himmelsecho der alten Aztekenkönige. Es ist festgestellt worden, dass auch die alten Azteken schon diese keltischen Zeichen kannten, und erst dann untergingen, als sie sie verworfen haben. Du kannst jetzt dieses Amulett bei mir bestellen, und auf der Bronzeplatte im Innern sind aztekische Zeichen.«

»Was sind denn das für Leute, die das kaufen?«

»Frauen wie du und ich. Über neunzig Prozent sind Frauen«, sagte er. »Das ist aber noch nichts gegen die Liveschmiede.«

»Was ist denn das?«

»Das biete ich besonderen Kunden an. Sie kommen in meine Schmiede, und ich mache ihnen ein Amulett. Sie sind also dabei, Liveschmiede eben.«

»Was kostet das?«

»Die Preise liegen fest. Dreitausend Euro. Der letzte Kunde war ein Banker aus Frankfurt am Main.«

»Arbeitest du mit diesem Astro-TV zusammen? Die bieten so was doch auch an.«

»Ja, weiß ich. Der, der das verkauft, hat es bei mir geklaut. Macht aber nichts, der Markt verträgt zwei Hersteller. Der Markt nimmt schlicht alles auf. Ich will jetzt noch einen betenden Engel kreieren. Bisher werden die nur in Plastik angeboten, ich will ihn in Bronze machen mit einem roten Swarowski-Kristall auf der Brust. Und ich will einen kleinen Buddha mit einem blauen Kristall auf der Stirn. Hochpreisig natürlich, für die besseren Kreise.«

»Du redest dich hier um Kopf und Kragen«, bemerkte ich fassungslos. »Warum tust du dir das an?«

»Weil Jakob Stern ein wirklich guter Typ war, und weil er nicht verdient hat, was er bekam. Weil er zu mir gesagt hat: ›Die

Menschen wollen betrogen werden, also komme ich ihnen entgegen! Er war einfach gut, also auch für die Eifel. Jakobs Arche war die beste Idee, die je für die Eifel gefunden wurde. Und du schreibst über die Eifel, und ich lese dich gern, und ich kann mir nicht vorstellen, dass du die Leute übers Ohr haust.«

»Da stimme ich zu. Als du gehört hast, er sei ermordet worden, was genau hast du da, in diesem Moment gedacht?«

»Sofort an Hass, ehrlich an Hass. Warum wird so ein Mensch getötet? Ich kann mir nicht vorstellen, dass jemand ihn tötet, weil er ein Dreckschwein war. Das war er ja nicht. Aber ich kann mir verdammt gut vorstellen, dass jemand ihn gehasst hat, weil er eine Idee hatte, die starke Gewinne abwerfen würde, und auf die ein anderer noch nicht gekommen ist.«

»Also ein wirtschaftlicher Grund?«

»Ja, klar, aber hassvoll, irrational. Vielleicht hat auch jemand gedacht: Ich schalte das Schwein aus und mache das Geschäft selbst.«

»Dann müsste dieser Mensch aber die Möglichkeit haben, jetzt in das Geschäft einzusteigen. Und danach sieht es nicht aus. Mit anderen Worten: Bisher ist ein solcher Mensch nicht aufgetaucht. Ich frage mal in eine andere Richtung: Was ist mit Frauen?«

»Habe ich auch gedacht. Kann ich mir aber nicht vorstellen. Und wenn, dann hätte es Jakob allein erwischt und nicht auch noch den Franz und den Vonnegut. Außerdem hatte er doch genügend Frauen, er hatte doch keinen Mangel. Und ich gehe jede Wette ein, dass die Frauen alle genau gewusst haben, dass sie niemals die Einzige waren. Das gab es bei Jakob nicht, und er hat das ja auch gesagt. Und dann kommt noch etwas dazu: Welche Frau würde so etwas schaffen? Du musst ihn töten, du musst ihn zu dem Baum schleppen, du musst ihn auf den Baum kriegen und da festbinden. Eine Frau? Unmöglich. Und dann passen der Vonnegut nicht und der Franz schon überhaupt nicht. Klar, Sprit-Fränzchen war ein irrer Typ und rastete manchmal aus. Aber warum soll jemand den umbringen? Weil er gerne trinkt? Irgendjemand, da gehe ich jede Wette ein, hat sich gedacht: Ich lösche diese ganze Firma aus! Oder siehst du etwas anderes?«

»Nein. Aber wer könnte mit der Auslöschung dieser Firma ein Geschäft machen? Ich bin manchmal so verwirrt, dass ich gar nichts denke, dass ich einfach hoffe, der Täter wird sich irgendwie verraten.«

»Aber du arbeitest doch mit den Bullen zusammen. Sind die auf etwas gestoßen, was auf einen bestimmten Menschen hindeutet?«

»Kann ich nicht ausschließen, aber bisher ist das nicht passiert. Und ich nehme an, dass sie mir das gesagt hätten.«

»Ist denn bekannt, wer jetzt in diese Firma einsteigt? Ich meine auf der Seite der Produktion, also da, wo die Sterns und der Vonnegut arbeiten sollten?«

»Bis jetzt keine Entscheidung, aber sie sagen, sie haben Angebote, und Geld ist genug da. Und sie geben sich selbst sechs Monate Zeit, bis sie erneut durchstarten.«

»Wer erbt denn eigentlich?«, fragte er. »Kann ich so einen Schnaps haben?«

»Aber selbstverständlich!«, sagte Jennifer und goss ihm von der wasserklaren Flüssigkeit etwas ein, und ich betete, dass er wenigstens nach irgendetwas schmecken würde.

»Noch keine Ahnung, noch sind die lieben Verwandten nicht aufgetaucht. Weder bei den Sterns noch beim Vonnegut. Aber sie werden kommen. Was weißt du von Franz?«

»Na ja, was man als Nachbar so weiß. Er war eben ein verrückter Hund, und wenn er seine Anfälle kriegte, stolperte er volltrunken durch die Botanik. So dreimal bis viermal im Jahr. Aber er wurde nie aggressiv. Das habe ich noch nie gehört.«

»Dann müssen wir mal eine Frage stellen, die ich mir stellen muss. Zwei Leute haben mich hier im Haus überfallen und mir gezielt den Arm gebrochen. Und sie haben gesagt, ich soll über die Geschichte nicht schreiben, sonst kommen sie wieder. Fällt dir denn dazu etwas ein?« Ich klopfte auf meinen Gipsarm, der sich wirklich gut machte.

Er war betroffen, er bekam große Augen. »Das wusste ich nicht. Ist das so passiert?«

»Ja, zweifelsfrei.«

»Du kanntest sie nicht?«

»Sie trugen Sturmhauben, ich konnte sie nicht erkennen. Aber es waren Profis, eindeutig. Kurz, schnell und schmerzhaft.«

»Irgendjemand hat sie bezahlt, denke ich. Das spricht für die Theorie, dass es wirtschaftliche Gründe sind. Was muss man denn heutzutage für so was bezahlen?«

»Keine Ahnung. Einen Tausender pro Mann vielleicht. Aber ich erkenne in dem Umfeld niemanden, der so etwas tut. Das alles passt hinten und vorne nicht. Was weißt du von dem Vonnegut?«

»Dass er Versicherungsmakler war und ein Schweinegeld machte. Mehr nicht.«

»Kanntest du ihn?«

»Ja, ich war ein paar Mal bei ihm zu Gast. Sommerfest und Geburtstag und Nikolausfeier und so. Aber da waren auch zig andere.«

»Wie war er denn?«

»Kühl, aber herzlich, würde ich mal sagen. Der wusste genau, was er wollte. Und er war sehr dicke mit Jakob und stand dauernd mit dem zusammen.«

»Wie sah denn deine Verbindung zu Jakob aus?«

»Wir kannten uns immer schon, wir waren sogar mal in der Schule zusammen. Man wusste, wer der andere war und was er machte. Ich bin dann mit dem Amulett zu ihm hingegangen, weil ja bekannt war, dass er dauernd in dieser Szene steckte. Ich habe einfach gefragt, was er davon hält. Er hat gesagt, das sieht gut aus, das ist was für Frauen. Als ich dann gesagt habe, er könne sein Karma damit reparieren und seine Chakren auf die

Reihe bringen, hat er schallend gelacht und zwanzig davon bestellt. Er war wirklich der Meinung, jeder soll glauben, was er will, und er hat auch gesagt, dass so ein Bronzeteil jemandem helfen kann, wenn er wirklich daran glaubt. Und die zwanzig hat er wohl bestellt, weil er sie verschenken wollte. Ich habe ihm einen Sonderpreis gemacht, und er hat sich bedankt und kurz drauf noch mal zwanzig bestellt.«

»Etwa für seine Frauen?«, fragte Jennifer.

Er fing an zu lachen, und es klang richtig sympathisch. »Vierzig Frauen? Also, so stark war er ja nun auch wieder nicht. Aber ich weiß, wofür. Er wollte auf seinen Reisen den Eingeborenen immer etwas schenken. Und für die war das reine Magie. Das hat er mir jedenfalls gesagt. Kann ich noch so einen Schnaps haben?«

»Aber selbstverständlich«, sagte Jennifer ganz begeistert und goss ihm einen guten Doppelten ein. »Wenn ich zehn davon bestellen würde, wann könnte ich die kriegen?«

»Also, im Moment mache ich vierzehn Tage Betriebsferien. Sagen wir in vier Wochen.«

»Gut«, sagte sie.

»Für alle deine Männer«, sagte ich.

»Klar«, sagte sie und errötete leicht.

Ich stopfte mir eine Bari und zündete sie an. Er griff zu einer Zigarette.

»Mit anderen Worten, wir kommen nicht weiter. Als du angerufen hast, hast du gesagt, dass die Bullen keine Ahnung hätten. Was hast du denn da gemeint?«

Er stand auf und beugte sich nach vorn. Er griff in die Gesäßtasche seiner Hose und warf ein Stück steifes Papier auf den Tisch. »Das meinte ich!«, sagte er und setzte sich wieder.

Es war Fotopapier, ich faltete es auf. Das Foto zeigte Jamie-Lee, fantastisch geschminkt wie eine altägyptische Königin in einem weißen, fließenden Gewand. Sie stand zwischen Pilla Menge und Imre Kladisch, beide in voller Berufskleidung. Sie starrten alle drei ohne jeden besonderen Ausdruck in die Kamera, ernst und unaufdringlich. Jamie-Lee hielt ein Kreuz fest, ein großes Holzkreuz, das etwas größer war als sie selbst. Das Kreuz stand auf dem Kopf.

»Das ist nicht wahr«, sagte ich und gab das Foto an Jennifer weiter.

Jennifer hauchte: »Oh Gott!« Dann setzt sie tonlos hinzu:»Das Mädchen hat nichts drunter.«

Ich hatte das nicht gesehen, ich nahm das Foto wieder, Jennifer hatte recht.

»Das ist jetzt gar nicht spaßig. Ich habe gerade erfahren, dass die Pilla ihren Freund mit einem Messer schwer verletzt hat. Sie wissen noch nicht, ob er durchkommt. Kannst du dieses Foto erklären?«

»Ja, sicher«, sagte Bleibtreu. »Das ist ein Hammer, nicht wahr?« Als ich nickte, fuhr er fort: »Dass sie ihn abstechen wollte, ist mir neu. Also, das ist ungefähr ein halbes Jahr alt. Es gab einen Abend in einer Kneipe. In Schmidt. Wir saßen da mit sechs, sieben Leuten zusammen. Es ging hoch her, wir hatten jede Menge Pflaumengeist und Bier. Irgendwann brachte einer die Rede auf dieses merkwürdige Paar, diesen Kladisch und die Menge. Also, das muss man einfach gesehen haben. Die beiden waren tagsüber ständig unterwegs, und man fragte sich immer: Wohin gehen die eigentlich? Die gingen nirgendwohin, die gingen einfach, und einer aus der Runde sagte: ›Die wollen auf sich aufmerksam machen, also gehen die einfach rum, damit jeder sie sieht.‹ Die Kneipe war voll, weil man da auch gut essen kann. Dann behauptete einer aus der Runde, er habe den Verdacht, dass sie schwarze Messen feiern. ›Was sind denn Schwarze Messen?‹, fragte einer. So genau konnte das niemand beschreiben. Irgendwelche nächtlichen Versammlungen auf Friedhöfen, Kerzen auf den Grabsteinen, Tiere, die man als Opfer darbringt. Keiner hatte eine genaue Vorstellung. Und ich war gut drauf und sagte, dass sie niemals Jugendliche bei uns bekehren könnten. Also zum Satanismus, zur Anbetung Satans.« Er trank einen großen Schluck Schnaps. »Ich habe mich weit aus dem Fenster gelehnt, ich habe eine richtige Rede gehalten, ich habe wahrscheinlich viel Scheiß von mir gegeben. Aber genau zwei Tage später lag dieses Foto, so wie es jetzt ist, morgens in meinem Briefkasten.«

»Wem hast du davon erzählt?«

»Keinem«, antwortete er. »Erst war ich erschrocken und später habe ich gedacht, dass ich das diesem Mädchen und seinen Eltern nicht antun kann. Sind ja wohl ganz normale Leute.«

»Hast du die anderen Teilnehmer der Runde gefragt, ob sie auch ein Bild bekommen haben?«

»Habe ich nicht. Aber sie hätten es mir erzählt. Wir kennen uns alle seit Jahren.«

»Und was machen wir jetzt damit?«, fragte ich.

»Zuerst muss man einmal feststellen, dass die Polizei offensichtlich keine Ahnung davon hat. Dann muss ich feststellen, dass da ein Gerücht umgeht. Das sieht so aus, dass dieser Kladisch bestimmten Bürgern dieses Mädchen gezeigt hat. In dem Haus, das er gemietet hat. So, wie auf dem Foto, und in anderen eindeutigen Posen. Vor allem nackt.«

»Wer sagt das?«

»Das Blöde an Gerüchten ist, dass sie sich auflösen, wenn du an die Quelle willst. Aber ich kenne den, der mir das als Erster erzählte. Ich müsste mal vorsichtig weiterforschen.«

»Dann tu das, darum bitte ich dich. Was sagt das Gerücht? Wie ist dieses Mädchen gezeigt worden?«

»Es war eine junge Frau, die sagte, das Mädchen würde im Haus der beiden als sogenanntes lebendes Bild gezeigt. Das gab es mal im ausgehenden 19. Jahrhundert. Da las jemand eine eindrucksvolle Schilderung aus irgendeiner Königssaga, dann wurde ein Vorhang weggezogen, und man sah Menschen, die eine Szene darstellten. Für uns heute ist das sehr komisch, damals wurde das ernst genommen. Also Kladisch und Menge haben einen aufgeilenden Text gelesen, dann ging der Vorhang auf, und das Mädchen wurde gezeigt. Meistens nackt, manchmal liegend, manchmal stehend, manchmal sitzend. Aber immer eindeutig.«

»Hat diese Frau auch gesagt, dass die guten Bürger dafür zahlen mussten?«

»Nein, hat sie nicht ausdrücklich, aber sie hat angedeutet, dass es so war.«

»Aber du willst nicht behaupten, dass der Fall Jamie-Lee irgendwie mit dem Fall Stern und Vonnegut zu tun hat?«

»Das glaube ich nicht«, sagte er hastig. »Deshalb habe ich das nicht mitgebracht. Ich will nur sagen: Die Polizei weiß nichts, die ist nicht tief genug eingestiegen.«

»Wer vermutet denn auch so etwas?«, fragte Jennifer.

»Da hast du recht«, antwortete er in ihre Richtung. »Ich finde es aber erschreckend.«

»Kannst du die Namen der Leute aufschreiben, die an diesem Abend in der Kneipe waren? Und auch die Namen der Leute, die dieses Gerücht ansprachen? Und ich sage dir jetzt schon, dass ich die Polizei davon informiere und ihnen auch das Foto gebe.«

»Ja«, sagte er. »Sie sollen bloß nicht mit Horn und Blaulicht bei mir auf den Hof fahren.«

»Das werden sie nicht tun. Sie werden keinen direkten Kontakt aufnehmen. Ich kann sagen, sie sollen es über mich machen.«

»Ich brauche jetzt noch einen Schnaps, die Sache macht mich fertig.« Er lehnte sich zurück und schloss einen Moment die Augen. Dann öffnete er sie wieder und grinste. »Könnten wir auch mal über etwas Nettes sprechen?« Dann wendete er sich Jennifer zu und grinste: »Über dich zum Beispiel.«

»Lieber nicht«, sagte sie abwehrend und errötete wieder.

»Jennifer ist zu Besuch aus São Paulo, sie lernt ein paar Wochen europäisch«, stellte ich sie vor. »Sie ist bei Freunden zu Besuch.«

»Ich dachte, sie gehört zu dir«, sagte er einfach.

»Nicht ganz«, sagte Jennifer. »Magst du noch einen Schnaps?«

»Aber sicher doch.« Er lächelte gelöst.

»Ich möchte noch einmal auf einen Problemkreis zurückkommen, den wir nur kurz gestreift haben. Zu Jakob Stern und den Frauen, mit denen er befreundet war. Du musst doch ein paar von ihnen kennengelernt oder mindestens gesehen habe. Was waren das für Frauen?«

»Ich sage mal, er spielte in einer anderen Liga. Meistens hatte er Blonde. Es war das Blond, von dem man sagt, dass nur bestimmte Frauen es haben. Das etwas teurere Blond. Da habe ich die eine oder andere mitgekriegt. Also richtig junge Frauen hatte er nie, es waren immer die um die Dreißig und etwas älter. Einmal kam ich zu ihm, es war morgens, ich musste ihm etwas bringen. Da standen wir so in seinem Küchenbereich herum, und er flüsterte: Guck jetzt nicht nach oben! Natürlich guckte ich nach oben. Da räkelte sich eine nackte Blondine, und es war ihr vollkommen egal, ob ich sie sah oder nicht. Und sie sagte dauernd: Ach, komm doch! Und ich flüsterte: Gleich, mein Engel! Und Jakob musste lachen und ich musste lachen, und das machte es noch schlimmer. Schwarzhaarige gab es auch mal, aber seltener. Na ja, man merkte eben, dass er seinen Spaß haben wollte.«

»Gab es eine Verbindung, die länger dauerte als ein paar Nächte?«

»Ja, die hat es wohl gegeben, aber das ist schon länger her. Mehr als ein Jahr. Sie hieß Judith, sie hieß immer nur Judith. Einen Hausnamen hatte sie nicht. Die hat ihn sogar auf zwei Reisen begleitet, ist erzählt worden.«

»War die auch blond?«

»Weißblond war sie. Wo sie herkam, weiß ich nicht.«

»Wer kann da Genaues wissen?«

»Muss ich überlegen, aber da kann ich dir weiterhelfen, denke ich mal. Sie war irgendwann einfach nicht mehr da, und dann war Judith zu Ende.«

»Eine schöne Frau?«, fragte Jennifer.

»Ja«, bestätigte er. »Er hatte immer die besten.«

»Könnte es sein, dass man ein Foto von dieser Judith auftreiben kann? Ich meine, heutzutage fotografiert doch jeder«, sagte ich

»Da kann ich rumfragen, das müsste machbar sein. Sagt mal, könnt ihr noch einen Kaffee machen? Ich muss schließlich noch fahren.«

»Du kannst auch hier schlafen«, bot ich ihm an.

»Ich bin ein leidenschaftlicher Heimfahrer«, lächelte er.

Es war elf Uhr in der Nacht, und ich dachte an Rodenstock und wollte wissen, wie der Stand der Dinge war. Ich ging hinaus auf die Terrasse und rief Emma an.

»Ja«, sagte sie nur schwach, als sei sie sehr erschöpft.

»Warst du bei ihm?«

»Ja, war ich. Er sieht aus wie ein uraltes Kind, und ich dachte, er liegt hier herum und stirbt. Aber sie sagen, er ist stabil. Du kannst dir nicht vorstellen, wie viel Strippen an ihm dranhängen. Und ich kann mir nicht vorstellen, dass er noch mal wird. Aber dann denke ich, dass er stark ist, wenn es sein muss.«

»Hat er dich erkannt?«

»Das glaube ich nicht. Sie sagen, ich muss einfach geduldig sein. Morgen um 14 Uhr kann ich wieder hin.«

»Dann komm doch heim. Wie ich dich kenne, wirst du in einem Hotel verrückt.«

»Ja, da hast du recht. Baumeister, ich hab angefangen für ihn zu beten. Und ich habe gemerkt, ich kann das gar nicht mehr.«

* * *

Ich wachte auf, es war sieben Uhr am Morgen, durch meinen Garten tobten zwei Eichelhäher und jagten sich, pure Lebenslust. Jennifer hatte sich in der Nacht nicht zu mir geflüchtet, ich hörte sie oben auf dem Dachboden telefonieren. Ich setzte einen

Kaffee an und gab dem Kater etwas zu fressen. Dann ging ich auf die Terrasse und rief Kischkewitz an. Ich erzählte ihm von diesem Foto, und er reagierte sofort.

»Ich schicke dir einen Mann. Er holt es. Kannst du mir etwas zu Rodenstock sagen?«

»Nichts Neues. Sie haben Bypässe gelegt, und Emma hockt in einem Hotel in Trier und wird langsam verrückt. Ist bei euch irgendetwas Neues herausgekommen?«

»Nein.«

»Gregor Bleibtreu hat gestern Abend erzählt, dass es eine Frau gab, die etwas länger bei Jakob Stern blieb. Das ist ein Jahr her. Er wusste nur, dass sie Judith heißt.«

»Was nützt uns das?«, fragte er erschöpft.

»Das weiß ich nicht.«

»Ja, eben!«, sagte er bitter.

»Nachdem das Foto von Jamie-Lee vorliegt: Gehst du jetzt auf die Eltern los?«

»Ich kann das nicht entscheiden, dass muss mein Kollege entscheiden, aber es sieht so aus, als könnten wir uns darum nicht kümmern. Das müssen andere untersuchen. Auf jeden Fall wird das viel Wirbel geben.«

»Es werden todsicher Journalisten auftauchen, die die Frage aufwerfen, ob man die Kleine nicht noch einmal untersuchen soll.«

»Na, sicher wird das passieren. Wann fährst du ins Krankenhaus?«

»Wenn Emma ihr Okay gibt, nicht eher. Was ist bei der Untersuchung der Firma vom Vonnegut herausgekommen?«

»Bis jetzt nur, dass diese Firma existierte, eben Jakobs Arche. Vonnegut hat sie einer seiner Firmen angegliedert. Aber bis jetzt ist den Spezialisten nichts aufgefallen, wirklich nichts. Belege, Nachweise, Steuerzahlungen, Erklärungen, Quittungen, Reiseabrechnungen, der ganze Scheiß, aber nichts, was auffällt. Irgendjemand hat diese Firma ausgelöscht, aber wer? Hast du einen Ansatz?«

»Nichts«

»Wir sehen uns«, sagte er und unterbrach das Gespräch.

Jennifer tauchte in einem Morgenmantel auf und setzte sich zu mir. »Ich habe meiner Mutter gesagt, ich bleibe noch eine Weile. Und sie soll dem Mann sagen, dass ich ihn nicht heiraten kann. Ich will einen Beruf.«

»Herzlichen Glückwunsch. Das ist sehr gut.«

»Und was kann ich tun?«

»Was möchtest du denn tun?«

»Vielleicht in ein Krankenhaus nach Afghanistan gehen?«

»Wieso das?«

»Weil ich glaube, dass es gut ist, wenn ich etwas für andere tun kann.«

»Es gibt Ärzte ohne Grenzen. Die brauchen immer Leute.«

»Oder Afrika?«, fragte sie.

»Afrika braucht jede Menge Menschen, die helfen wollen. Und vielleicht kannst du deinen Vater bitten, dass er dich bezahlt. Ordentlich pro Monat eine feste Summe. Dann liegst du keinem auf der Tasche.«

»Und wenn ich das nicht durchstehe?«

»Du wirst das schaffen.«

»Ist das dein Ernst?«

»Na, sicher ist das mein Ernst. Und dann habe ich überlegt, dass es gut wäre, wenn du zu Emma nach Trier fährst. Sie braucht Abwechslung, sie lungert da rum und kann nichts tun und grübelt. Das tut ihr nicht gut.«

»Das ist eine gute Idee.« Sie verschwand im Haus.

Ich fütterte die Fische und sah ihnen zu, wie sie unter der Entengrütze nach den Futterflocken jagten. Ich fragte mich, was ich tun könnte, und ich fand keine Antwort. Der ganze Fall schien ausgelutscht, so nannten wir das, wenn kein Fleisch an einem Fall war, kein Ansatzpunkt, keine Möglichkeit nach vorn zu denken, kein Verdächtiger. Ich war ganz sicher, dass wir irgendetwas übersehen hatten.

Ich rief Gregor Bleibtreu an.

»Es wäre gut, wenn du dich zuerst um ein Foto dieser Judith kümmern könntest. Wir stecken fest, wir kommen nicht weiter, und auch die Polizei tritt auf der Stelle.«

»Mache ich«, sagte er. »Und ich will nur sagen, dass drei Männer im Verdacht stehen, im Haus dieser Gothics gewesen zu sein. Du weißt schon: Die nackte Jamie-Lee.«

»Das ist gut, aber das ist weniger wichtig. Die Judith steht jetzt oben auf der Liste.«

»Ja, gut. Ich kümmere mich drum. Aber ich brauche ein paar Stunden.«

»Und ich brauche deine Adresse, wenn ich zu dir kommen soll.«

Er gab sie mir.

Dann rauschte ein Biker auf meinen Hof und nahm seinen Helm ab. Es war ein junger Mann, der etwas atemlos sagte: »Ich komme von Oberrat Kischekwitz, ich soll hier ein Foto abholen.«

»Moment«, sagte ich und holte das Foto, das ich in eine Plastiktüte gesteckt hatte.

Der Biker bedankte sich und verschwand.

Jennifer kam mit ihrer Tasche die Treppe herunter. »Ich habe mit Emma gesprochen, und sie sagte, es wäre gut, wenn ich käme.« Wenig später verschwand auch sie.

Ich blieb zurück und war nichts als nervös. Als mein Kater um eine Streicheleinheit bat, fluchte ich und hätte beinahe nach ihm getreten. Satchmo verzog sich ängstlich in eine Ecke. Es war kein guter Zustand, ich ging mir selbst auf die Nerven. Ich holte ihm etwas von seinem Lieblingsfressen und kraulte ihm den Nacken. Und ich hoffte, er würde meine Entschuldigung annehmen.

Es war zehn Uhr, als ich im Wagen saß. Ich wollte in den Nationalpark. Ich dachte: Da ist es abgelaufen, da gehöre ich jetzt hin.

Ich war in Krekel, als der Anruf kam. Ich sagte: »Moment bitte« und fuhr rechts heran. Genau neben mir war ein Autohaus, Toyota.

»Also, pass mal auf«, sagte Kischkewitz. »Kladisch kommt durch. Seine Sklavin hat Glück gehabt, eine Anklage wegen Mordes wird ihr wenigstens erspart bleiben. Aber jetzt mal zu, das scheint ernst zu werden. Die Techniker und Ärzte sagen uns, dass sie an der Leiche von Franz Stern etwas gefunden haben, was da nicht hingehört. Und zwar an seinen Händen. Er hatte einwandfrei Fusseln des Seils an den Händen, mit dem sein Bruder auf dem Baum festgebunden war.«

»Was heißt denn das?«, fragte ich.

»Das heißt, dass Bruder Franz dabei war, als Jakob auf den Baum gehievt wurde.«

»Das ist aber mehr als seltsam.«

»Ist es. Wir haben gegengefragt, ob Franz vielleicht andere Seile berührt haben könnte. Die Auskunft ist eindeutig: Es handelt sich um Jakobs Seil.«

»Glaubst du im Ernst, dass er mitgeholfen hat, seinen toten Bruder auf die Eiche zu hieven?«

»Klingt ganz unwahrscheinlich, ich weiß. Aber trotzdem ist das so.«

»War er betrunken?«

»Wahrscheinlich, nehme ich an. Rätselhaft ist mir, wieso Franz später in Vossenack bei Vonnegut auftauchte. Ich darf nicht vergessen, die Techniker in Aachen fürs Bundesverdienstkreuz vorzuschlagen. Sie haben noch zwei Sachen herausgefunden. Die Mikrospurensuche ergab: Es war eindeutig eine Frau dabei, und sie trug eindeutig leichte Laufschuhe von Nike. Und sie trug eine Jeans von Trussardi. Sie verlor im Haus zwei, drei Haare, weißblond. Und ein Haar auf der Leiter. Ich bete, dass das der Durchbruch ist.«

Weißblond. Ich dachte in diesem Moment, dass er mir damit nichts Neues mehr verriet, und sagte: »Okay, ich bin auf dem Weg nach Schmidt. Ich will zu Gregor Bleibtreu.«

* * *

Ich fuhr weiter und überlegte, was das bedeuten konnte. Aber es verwirrte mich eher, als dass es irgendeine Klarheit brachte.

An dem Punkt, an dem die Straße nach Kall abbog, bemerkte ich den Motorradfahrer. Er hielt sich konstant dreihundert Meter hinter mir. Ich wurde sofort langsamer und wartete darauf, dass er auf mich auffuhr. Tat er nicht, er wurde ebenfalls langsamer. Es ging den Berg hinunter nach Schleiden. In der letzten Kurve gab es rechts einen Parkplatz, ich fuhr ihn an. Der Motorradfahrer fuhr hinter mir auf den Parkplatz. Jetzt sah ich, dass es zwei waren, sie nahmen die Helme nicht ab, sie warteten.

Ich fuhr weiter, sie folgten mir. Ich überlegte, was zu tun sei und rief dann Gregor Bleibtreu an. Gott sei Dank meldete er sich sofort.

»Bist du zu Hause?«

»Ja. Warum?«

»Weil ich gleich vorbeikomme. Hinter mir ist ein Motorrad, es könnte sein, dass darauf die Schläger sitzen, der mir den Arm brachen.«

»Dann fahr doch einfach eine Polizeiwache an«, sagte er hastig.

»Oh nein, das dürfen wir uns nicht entgehen lassen, das müssen wir ausnutzen. Ich fahre dich jetzt an, langsam und betulich. Wie sieht es bei dir aus?«

»Das ist ein Hof. Links das Wohnhaus, rechts die Schmiede.«

»Kann ich in die Schmiede hineinfahren?«

»Kannst du. Und wenn sie Waffen haben?«

»Das ist mir scheißegal.«

»Bist du verrückt?«

»Sie sind unsere einzige Spur«, sagte ich.

»Soll ich die Bullen rufen?«

»Nein, noch nicht. Erst warten wir mal ab, ob ich recht habe. Und dann holst du die Bullen.«

»Du bist ein harter Brocken«, sagte er.

»Und du ein Sensibelchen.«

»Das habe ich nie bestritten.«

»Bis gleich, ich melde mich.«

Ich fuhr im Kreisverkehr in Schleiden nach rechts hinaus in Richtung Olef, der Biker folgte. Als ich nach links abbog, um den Berg nach Herhahn hochzufahren, waren sie immer noch hinter mir.

Ich rief Gregor erneut an. »Sie folgen mir. Kann sein, dass sie nach Vogelsang wollen. Wenn ich die nächsten fünf Minuten nicht anrufe, folgen sie mir.«

»Okay«, sagte er ergeben. »Ich habe nur keine Ahnung, wie man sich prügelt.«

»Das kannst du alles lernen«, beruhigte ich ihn.

9. Kapitel

Ich wusste plötzlich, dass es ganz einfach war, endgültig festzustellen, ob die Biker mich meinten oder nicht. Ich fuhr in die Einfahrt nach Vogelsang, ich wurde immer langsamer, schleppend langsam. Sie folgten mir. Ich fuhr nur ein paar hundert Meter, dann gab es links eine Möglichkeit zu wenden. Ich wendete, sie fuhren an mir vorbei, wendeten dann auch. Sie fuhren eine Kawasaki, und ihre Kleidung war schwarz ohne die obligaten Werbeaufdrucke. Als ich erneut auf die B266 Richtung Einruhr einbog, folgten sie mir.

Dann holte ich die Adresse von Gregor Bleibtreu mit einem Knopfdruck auf das Navigationsgerät und wählte Kischkewitz' Nummer. »Kannst du sechzig Sekunden zuhören?«

»Ja.«

»Seit etwa dreißig Kilometern ist eine Kawasaki hinter mir her. Unzweifelhaft. Ich denke, das sind die Leute, die mir den Arm gebrochen haben. Ich fahre jetzt Gregor Bleibtreu an. In Schmidt. Die Adresse ist folgende ...« Ich diktierte sie. »Mein Navi sagt, dass ich den in etwa neunzehn Minuten erreiche. Kannst du uns behilflich sein? Aber nicht mit Blaulicht und Horn und schon gar nicht mit einem Streifenwagen.«

»Wie denn sonst?«, fragte er giftig. »Mit einem Tretroller? Du stellst eine saumäßige Situation her, Baumeister, und ich habe keine Chance auszuweichen. Das ist nicht fair und schon gar nicht professionell und ...«

»Dann lassen wir es.«

»Was soll das ganze Theater? Ich muss dir noch sagen, dass der Innenminister unseres Landes eine Beschwerde vorliegen hat. Es geht darum, dass ein ehemaliger hoher Kriminalist und ein Journalist aus der Eifel in Sachen Medien bevorzugt behandelt werden. Ich gelte als der Übeltäter auf der Seite der Kriminalbeamten. Beschwerdeführer ist der Justitiar eines Fernsehsenders, Anlass: die Ereignisse am Tatort Jakob Stern.«

»Oh, Scheiße, das tut mir leid.«

»Das hilft aber nicht, mein Freund. Und jetzt soll ich dir ein Rollkommando schicken. Warum eigentlich?«

»Wir haben Durchblick in dem Fall. Und diese beiden Männer sind die einzige Möglichkeit, die ich sehe.«

»Ich schicke zwei Jungs mit Bikes. Aber verwechselt die um Gottes willen nicht.«

»Du bist ein Schatz«, sagte ich.

»Das auf keinen Fall«, widersprach er.

Ich ging mit der Geschwindigkeit noch weiter herunter, ich drehte dauernd den Kopf, als suchte ich nach etwas. Sie blieben brav hinter mir, sie hatten Zeit, wahrscheinlich war ich das einzige Opfer des Tages.

Ich tuckerte an Einruhr vorbei, durch Rurberg und Woffelsbach hindurch und schlug einen großen Bogen in Richtung Schmidt. Mach langsam, Junge, sagte ich mir, das dicke Ende kommt sowieso.

Dann hatte ich plötzlich die Hoffnung, sie würden mich außen vorlassen. Sie konnten doch nicht jemanden verprügeln, der schon einen Arm in Gips trug. So etwas tut man einfach nicht, dachte ich wütend, wusste aber gleichzeitig, dass dies eine naive Hoffnung war. Und dann fragte ich mich, warum sie denn ausgerechnet mich im Fadenkreuz hatten. Es musste dreißig, vierzig Journalisten geben, die über die Ereignisse berichtet hatten. Und ich hatte bisher kein Wort geschrieben, der Fall lief noch, war längst nicht abgeschlossen. Warum versuchten sie, ausgerechnet mich auszuschalten? Ich musste ihnen erheblich auf den Zehen gestanden haben. Aber wo, an welcher Stelle? Bei Jakob? Bei Vonnegut? Bei Franz? Etwa bei Jamie-Lee? Jamie-Lee schloss ich aus, das war nicht denkbar.

Ich rief Gregor Bleibtreu an und sagte knapp: »In ein paar Minuten bin ich da.«

»Hör mal«, sagte er beschwörend. »Und dann?«

»Die Schmiede ist offen, kein Tor davor? Kannst du irgendetwas aufbauen, was Angst macht?«

»Vielleicht mich!«, versuchte er zu scherzen. »Im Ernst, wie soll ich jemandem Angst machen? Ich bin Laie auf diesem Gebiet. Schon vergessen? Sie wollen dich, nicht wahr?«

»Ja, wollen sie. Aber keine Sorge, da sind Bullen unterwegs.«

»Dann dreh eine Ehrenrunde, dreh irgendwie eine Ehrenrunde«, drängte er.

»Das muss ich sowieso, schließlich muss ich in deinen Hof reingucken, ehe ich hineinfahre. Liegt der links oder rechts?«

»Das ist gut, ich brauche ein paar Minuten. Rechts liegt er«, sagte er hastig, als habe er den Einfall seines Lebens. Dann war er weg.

Die Frau in meinem Navigationsgerät teilte mir mit, dass ich in vierhundert Metern auf eine Kreuzung komme, an der ich rechts einzubiegen hätte. Dann seien wir nach weiteren vierhundert Metern am Ende der Reise.

»Na denn!«, sprach ich mir Mut zu und dachte daran, Griseldis anzurufen, um zu fragen, ob alle Energien in meinem Sinne strömten. Dann musste ich unwillkürlich kichern, weil ich mein ganzes Leben lang noch keine Energien gespürt hatte, die alle zu meinen Gunsten strömten. Wie fühlte sich so etwas an?

Dann dachte ich an die Eltern von Jamie-Lee, und ich dachte daran, dass ich sie gern fragen würde, ob sie vom geheimen Leben ihrer Tochter gewusst hatten. Eine Dreizehnjährige mit einem Doppelleben? Wie hießen sie doch gleich? Mannstedt, fiel mir ein.

Ich erreichte die Kreuzung, ich sah nach links, dann nach rechts, dann blinkte ich nach rechts und fuhr langsam weiter. Vierhundert Meter bis zur ersten vorläufigen Besichtigung, und der Verkehr war erheblich. Aber die hinter mir auf ihrer Kawasaki brauchten keine Furcht zu haben, dass ich ihnen entwischte, ich wollte sie erwischen. Sie mussten sich mit schnellen Sprints drei Autos nach vorn quälen, um an mir dranzubleiben.

»So ist es gut, Jungens, immer mit der Ruhe. Ich gehe euch nicht verloren.«

Die Frau in dem Kasten sagte etwas von zweihundert Metern. Ich sah nach rechts, nach links, wieder nach rechts, ich machte es so wie jemand, der eine Hausnummer sucht.

»Sie haben Ihr Ziel erreicht«, sagte die Frau.

Die Einfahrt zu Gregor war breit, richtig bequem. Zu anderen Zeiten war das wahrscheinlich ein großer Hof gewesen, viele Tiere, große Scheunen, viele Menschen. Geradeaus ein großer, offener Bereich unter einem Dach. Dort standen alle möglichen Ackergeräte. Die Schmiede auf der rechten Seite konnte ich nicht sehen, ich hatte im Rollen einen schlechten Blickwinkel. Das Wohnhaus war aus den braunen Quadern dieser Gegend gebaut, wahrscheinlich uralt.

Dann war ich vorbei, und die Frau sagte etwas vom Wenden.

Ich wendete nicht, ich fuhr an der nächsten Möglichkeit nach rechts ab. Sie waren immer noch hinter mir. Dann noch zweimal rechts. Die Frau im Navi sprach ständig vom Wenden, sagte aber dann mit viel Mut in der Stimme, ich müsse in zweihundert Metern nach links abbiegen und sei nach einhundert Metern am Ziel.

»Das wollte ich doch«, teilte ich ihr mit. Ich rollte langsam, ich rollte immer langsamer, ich setzte den linken Blinker, dann bog ich auf Gregors Hof ein. Ich machte einen Schlenker nach rechts und stand in der Einfahrt zur Schmiede. Ich sah Gregor im Dämmerlicht an der hinteren Wand stehen, und in Höhe seiner Hüfte ein grell loderndes Feuer. Ein Schmied, der schmiedete. Was sollte das?

Dann stieg ich aus. Die beiden mit der Kawasaki erschienen genau neben mir. Ich machte ein paar Schritte nach vorn, dann erstarb der Lärm des Motorrads und einer von ihnen sagte sehr laut: »Wir finden dich immer, Arschgesicht.«

Dann nahmen sie ihre Helme ab, sie trugen wieder diese Sturmhauben. Sie hatten kurze, schwarze Knüppel in den Händen, und sie schlugen damit heftig in die Luft.

»Was wollt ihr eigentlich von mir?«

»Wir wollen, dass du aufhörst, in dieser Geschichte herumzumischen. Das ist nicht gut.«

»Vielleicht will ich gar nicht gut sein.«

Ich machte ein paar Schritte in Richtung Gregor. Er war jetzt ungefähr zwölf Meter von mir entfernt, und er machte etwas ganz Seltsames. Er zog aus dem Feuer einen langen rot glühenden Eisenstab, hielt ihn mit einer Riesenzange fest, drehte sich zu mir herum und lächelte unsicher.

»Das ist ja klasse!«, sagte ich begeistert. »Das ist richtig stark. Das mögen die bestimmt nicht.«

Dann wollte ich sehr schnell auf ihn losgehen, weil unser Abstand zueinander noch zu groß war. Er kam mir zwar entgegen, aber seine Bewegungen waren sehr langsam, mangelnde Übung wahrscheinlich.

»Okay«, sagte ich und sah, dass noch ein zweiter Stab in der Esse lag, aber da war es schon zu spät.

Einer der beiden erreichte mich mit zwei schnellen Schritten und schlug mir den Totschläger mit aller Gewalt über den linken Arm, weil ich den reflexartig hochriss. Es klang etwas hohl, der Schmerz schoss wie ein Messer in meine Schulter, und mir war augenblicklich schlecht.

Dann ging Gregor mit dem glühenden Stab vor sich sehr schnell an mir vorbei, und der Mann, der mich angegriffen hatte, schrie mörderisch auf. Es stank sofort penetrant nach Chemie, und ich sah, dass der ganze Kerl qualmte.

Ich kniete merkwürdigerweise und wusste nicht, wie ich dorthin gekommen war. Ich stemmte mich hoch und ging vorwärts auf das Feuer zu.

Gregor sagte erstickt: »Das ist doch ein Scheißspiel ist das!«

»Das ist richtig«, bestätigte ich.

Der zweite Mann war rechts von mir, etwa zwei Meter entfernt. Und der erkannte klar, dass ich zur Esse wollte, zu dem zweiten glühenden Stab. Er kam sehr schnell dicht an mich heran und versuchte meinen Kopf zu treffen. Dann stieß Gregor an mir vorbei den heißen Eisenstab auf ihn und erwischte ihn am Bauch. Es zischte hässlich.

»Oh, Mann!«, seufzte Gregor.

Der Mann schrie entsetzlich auf und ging in die Knie.

Ich drehte mich herum, um zu sehen, was der erste Mann tat. Der lag am Boden auf dem Rücken, irgendetwas an ihm qualmte immer noch heftig, und er schlug sich mit beiden Händen auf die Motorradkluft.

»Du bist klasse!« sagte ich.

»Ach, geh mir weg!«, brummte Gregor angewidert.

»Wir brauchen nur einen«, betonte ich. »Einer reicht völlig.«

»Dann nehmen wir den«, sagte Gregor und hielt dem ersten Mann den heißen Stab dicht über den Bauch.

Von der Straße her kam ein Blubbern, da rollte eine bestimmte Maschine an, eine, die auf der ganzen Welt am Blubbern erkannt wird, der Traum vieler Biker: eine Harley, ein chromblitzendes Ungeheuer, eine rülpsende Schönheit.

Der zweite Mann stand jetzt und sah sich nach der Kawasaki um. Er hatte nicht vor, den Helden zu spielen, das war deutlich zu erkennen. Und es war auch deutlich, dass er Schmerzen hatte. Er drehte sich ab und rannte auf die rettende Kawasaki zu. Er startete sie, er vergaß seinen Helm, er hatte es richtig eilig. Er ließ die Reifen quietschen und war im Nu durch das Tor verschwunden.

»Welcher deutsche Kriminalbeamte kann sich so ein Luxusgerät leisten?«, fragte ich laut. Der stechende Schmerz in meinem Arm hatte sofort wieder nachgelassen. Ich dachte noch, dass offenbar der Gips die große Wucht des Schlages abgefangen haben musste.

Dann kamen zwei Männer zu Fuß in den Hof, gingen blitzschnell in die Hocke, und einer von ihnen brüllte: »Schluss jetzt! Polizei!«

Jetzt bemerkte ich meinen Irrtum und schaute verwirrt zu den beiden Neuankömmlingen, die gerade von ihrer Harley stiegen und ihre Helme abnahmen. Einer war ein blonder Mann, der zweite eine Frau mit eindrucksvoller, langer, roter Mähne. Der Mann fragte etwas verunsichert: »Können wir in diesem Betrieb ein Amulett kaufen?«

»Was?«, fragte Gregor schrill. Dann setzte er sich auf den Betonboden und rieb sich durchs Gesicht. Aber immerhin brachte er es dann fertig, dem Pärchen zuzulächeln und zu sagen: »Komme sofort.«

Es folgte das übliche Durcheinander, wobei jeder jedem etwas sagte, ohne darauf zu achten, ob ihm jemand zuhörte. Das dauerte eine Weile, dann stand der Mann, der am Boden lag, auf und erklärte heiser: »Das war ein Versehen!«

»War es nicht«, sagte Gregor energisch.

»Den brauchen wir«, sagte ich beiden Beamten. »Mein Name ist Baumeister.«

»Aha!«, sagte einer der beiden. Dann wandte er sich an unseren Gefangenen und winkte mit seinen Handschellen.

Und auf einmal kamen die Schmerzen dann doch. Und zwar geballt. So schlagartig und heftig, dass ich in Ohnmacht fiel.

* * *

Der Mann in Weiß sagte: »Alle Ihre Werte sind in Ordnung. Kreislauf gut, Herz gut, die Lunge klar. Das Röntgenbild ist auch okay. Wenn Sie ein bisschen weniger wackelig sind, dürfen Sie sogar in die Freiheit. Allerdings nicht Autofahren, das wäre im Augenblick etwas riskant. Eine Frage habe ich noch: Die modernen Gipsbinden sind stark und für die Ewigkeit gebaut. Wie haben Sie es geschafft, ein mordsmäßig großes Stück aus diesen Gipslagen herauszubrechen?«

»Das war jemand mit einem Totschläger«, antwortete ich wahrheitsgemäß.

Er war vollkommen verunsichert. »Na, da frage ich lieber nicht weiter«, stammelte er lahm.

»Eine weise Entscheidung«, stimmte ich ihm zu.

Ich saß auf einem OP-Tisch, der Arzt hatte mir einen neuen Gips gemacht, diesmal in einem kräftigen Rot. Schmerzen spürte ich keine mehr.

»Können Sie mir ein Schmerzmittel mitgeben?«, bat ich. Die jüngsten Erfahrungen hatten mich etwas vorsichtiger gemacht.

»Selbstverständlich«, sagte er. »Und draußen wartet ein Freund auf Sie.« Er drückte auf einen Knopf, und der Tisch unter mir begann sich in der Längsachse zu neigen, er schubste mich gewissermaßen ins Leben zurück.

In einem Wartezimmer saß Gregor Bleibtreu und lächelte mir entgegen. »Alles klar?«, fragte er. Er trug noch immer die Lederschürze wie Schmiede sie tragen.

»Alles klar«, antwortete ich. »Wer ist der Mann, den wir haben?«

»Dieser Kriminalist sagt, er ist eine große Nummer im Gewerbe von Köln. Er ist bei der Polizei bekannt, und er ist vorbestraft, dauernd Körperverletzungen, Überfälle und so was. Er behauptet, sie hätten dich mit einem Mann verwechselt, der in irgendeiner Kölner Bar Zechprellerei begangen hat. Und sie würden sich entschuldigen, und ihr Chef würde wegen der Entschädigung sicherlich ein paar Scheine springen lassen. Ich habe noch nie jemanden in kurzer Zeit so gut lügen hören. Er heißt übrigens Peter Baum und wird in der Kölner Unterwelt nur Pitter genannt. Ich soll dich von einem gewissen Kischkewitz grüßen.«

»Kölner Unterwelt?« Plötzlich hatte ich eine Ahnung, wer mir die freundlichen Besucher geschickt haben könnte. »In diesem Fall wurde von allen von Beginn an gelogen. Es gab niemanden, der alles sagte, und die meisten ritten auf halben Wahrheiten herum.« Ich war wütend.

»Das ist mir zu hoch«, erklärte er etwas verlegen. »Also, dein Beruf wäre nichts für mich. Und jetzt brauchst du auch kein Foto von dieser Judith mehr, oder?«

»Doch, doch«, betonte ich. »Das brauchen wir schon.«

»Dann fahre ich dich mal in meine Schmiede. Da steht dein Auto rum. Ich brauche jetzt einen Schnaps, ich muss mich erholen.«

»Hast du das Amulett verkauft?«

»Ja«, sagte er. »Nicht verkauft, verschenkt. Ich war so erleichtert. Und sie wollten es nicht annehmen. Dann hat der Mann gesagt, er wirft das Geld in den Opferstock unserer Kirche. War mir recht.«

»Du warst unwahrscheinlich gut mit diesem fiesen, heißen Eisen.«

»Man tut, was man kann«, sagte er. » Aber richtig Spaß gemacht hat es nicht. Da hat eine gewisse Emma angerufen. Ich soll dir sagen, es wäre alles bestens. Sie wollte das nicht erklären, sie sagte: ›Baumeister weiß schon, was ich meine.‹«

»Ja, ich denke, das weiß ich. Hast du ein Stück Brot zu Hause?«

»Aber immer«, sagte er.

Er fuhr mich auf seinen Hof, wir gingen in dem Wohnhaus in seine Küche. Da saß eine junge Frau an einem großen Tisch vor einem Becher Kaffee. Sie war dunkelhaarig, vielleicht fünfunddreißig Jahre alt, mit einem runden, freundlichen, sehr hübschen Gesicht.

»Das ist Gertie« erklärte Gregor. »Sie passt zurzeit auf mich auf.«

»Aber nicht, wenn du dich rumprügelst«, sagte Gertie sauer. »Wo sind wir denn hier?«

»Er hat mich gerettet«, bemerkte ich.

»Das ist mir von Herzen scheißegal«, sagte Gertie bissig. »Ich führe keinen Haushalt, in dem so was passiert. Prügelnde Männer kann ich nicht leiden.«

»Ist ja gut«, murmelte Gregor besänftigend.

»Ich muss mal eben telefonieren«, sagte ich und marschierte wieder aus der Küche hinaus. Ich rief Emma an, sie meldete sich nicht. Ich rief Jennifer an, sie meldete sich.

»Was ist der Stand der Dinge?«, fragte ich.

»Es geht besser«, sagte sie. »Emma sagt, er kommt bald auf die Wachstation. Sie ist jetzt bei ihm. Sie hat immer nur zehn Minuten. Und ich soll dir sagen, er hat nach dir gefragt.«

Ich sagte nicht, dass ich das für eine Lüge hielt, ich sagte: »Ich komme euch besuchen, aber erst einmal muss ich noch einiges erledigen. Und ich habe einen neuen Gipsarm, und der ist feuerwehrrot.«

»Wie elegant!«, sagte sie mit viel Spott. »Wo steckst du eigentlich?«

»Beim Gregor in Schmidt. Wir klönen miteinander.«

»Was, bitte, ist denn das?«

»Wir reden miteinander, meine ich. Wie geht es dir denn?«

»Nicht so gut«, antwortete sie. »Meine Mutter ruft dreimal pro Stunde an, sogar mein Vater will mich wieder auf den rechten Weg bringen, und sie können überhaupt nicht verstehen, dass ich die Nase voll habe, und diesen ältlichen Typ auf keinen Fall heiraten will. Sie haben sogar Emma angerufen und ihr vorgeworfen, sie würde mich schlecht beeinflussen.«

»Dann musst du jetzt stark sein.« Ich dachte flüchtig, dass ich wahrscheinlich genauso lebensfremd daherschwafelte wie ihre Eltern.

»Ja, ja«, sagte sie. »Ich bin es nur nicht.« Sie heulte plötzlich wie ein Kind, und ich wurde wütend, weil sie im Grunde kein Problem hatte. Oder fast keines, oder jedenfalls kein großes, wie ich fand.

»Ich melde mich wieder«, sagte ich.

Es folgte ein Anruf bei Kischkewitz und die Frage, was denn Peter Baum bisher gesagt habe.

»Nichts«, gab er muffig Auskunft. »Das ist jetzt noch zu früh. Er ist ein Freiberufler, er schützt seine Kunden. Aber das wird noch. Ich sollte trotz aller Gegensätze erwähnen, dass du recht hast: Es war der einzige Zugang zu dem Fall, und irgendwann wird er reden.«

»Sie haben alle gelogen. Warst du bei Rodenstock?«

»War ich. Macht aber wenig Sinn. Du ziehst diese ganzen Plastiksachen über, bis du aussiehst wie ein Alien. Dann stehst du an seinem Bett und erkennst ihn nicht einmal. Ein Pfleger erklärt dir freundlich und ausführlich, was mit ihm los ist. Ein paar Sekunden später weißt du nicht mehr, was er gesagt hat. Es ist nur erschreckend, sonst nichts. Geh einfach nicht hin, tu dir das nicht an.«

»Habt ihr jemanden, der die Eltern von Jamie-Lee befragt?«

»Aber ja. Ein Fachmann, ein Psychologe. Wir haben ihn in Düsseldorf angefordert, wir haben ihn gekriegt. Jetzt ist er bei ihnen. Willst du etwa mit ihm reden?«

»Aber ja, später. Mit den Lügen um Jamie-Lee hat alles angefangen.«

»Und wer hat sie geschminkt?«

»Sie sich selbst, sie konnte das inzwischen, sie hat das richtig gelernt.«

»Aber das passt nicht zu den Aussagen der Kinder«, wandte er ein.

»Doch, das passt. Sie haben ja auch gelogen, und zwar alle. Ich nehme an, Jamie-Lee hatte einen neuen Auftritt am Morgen ihres Todes. Sie war Bargeld.«

»Und wie willst du das recherchieren?«

»Zusammen mit einem Kind«, sagte ich. »Ich habe ja keine Wahl.«

»Und dann Köln?«, fragte er.

»Und dann Köln«, sagte ich. »Es sei denn, ihr kassiert ihn sofort.«

»Das können wir gar nicht«, murmelte er. »Und es ist mehr als fraglich, ob er überhaupt angreifbar ist.«

»Ja, das ist richtig. Auf jeden Fall rufe ich dich rechtzeitig an.«

Es war jetzt 17 Uhr, der Tag war beinahe vergangen, und ich hatte den Lauf der Stunden nicht gespürt, die Ereignisse erschienen mir alle wie ein Augenblick, flüchtig wie ein Tropfen Wasser, der in eine Pfütze fällt.

Ich rief Rechtsanwalt Meier an und fragte ihn: »Wie geht es Ihrem Sohn?«

»Nicht sehr gut, ehrlich gesagt beschissen. Wir schicken ihn vorläufig nicht mehr in die Schule. Meine Frau hat einen

Psychologen von der Schule angefordert. Der ist auch gekommen und sagt, man muss warten, das kann ein langer Klärungsprozess werden. Mark schweigt, verstehen Sie? Er schweigt einfach. Das hatten wir schon einmal. Er liegt auf seinem Bett und schweigt. Er wirkt auf mich, als würde er irgendwann explodieren, und ich bin völlig hilflos und kann es nicht aufhalten.«

»Die Kinder haben gelogen«, sagte ich. »Sie haben alle gelogen. Sie wollten die Jamie-Lee schützen, also haben sie das Blaue vom Himmel gelogen. Das ist wahrscheinlich Marks Schwierigkeit.«

»Sie wollen herkommen, nicht wahr?«

»Wollte ich, ja. Aber jetzt geht das nicht mehr, jetzt geht das nur noch, wenn Sie den Psychologen hinzuziehen. Zumindest muss man ihn fragen, ob ein Gespräch mit Mark überhaupt möglich ist.«

»Ich könnte ihn anrufen«, sagte er. »Ich rede mit meiner Frau und rufe Sie an, wenn wir entschieden haben.«

»Danke. Auf dem Handy, bitte, ich bin unterwegs.«

Dann ging ich zurück in die Küche, wo das junge Paar sich verbissen anschwieg, weil irgendetwas Sand ins Getriebe geworfen hatte.

»Aber einen Kaffee trinkst du doch noch«, sagte Gregor in einem Ton, als sollte ich es bloß nicht wagen, ihn jetzt mit dieser Furie allein zu lassen.

»Ja, danke«, murmelte ich artig. »Und Gertie, ich wollte sagen, dass Gregor wirklich vollkommen unschuldig ist. Ich habe ihn einfach überrascht, er konnte nichts machen.«

»Ja, ja«, gab sie sauer zurück. »Ihr habt immer eine Entschuldigung.«

»Es war einfach so und nicht anders. Und Sie könnten ihn ruhig einmal loben, weil er so mutig war. Er hat die Sache entschieden.«

»Was denn für eine Sache?«, fragte sie. »Die Prügelei?«

»Sie sind einfach schlecht gelaunt«, sagte ich und sah aus den Augenwinkeln, wie Gregor zusammenzuckte.

»Ich bin nie schlecht gelaunt«, muffelte das neue Licht seines Lebens.

»Also, jetzt langt es mir aber!« Sie stand auf, sie drehte sich und marschierte stracks zur Tür. Sie wütete: »Entweder du rufst an, oder es ist nichts mehr.«

»Das ist aber eine leichte Entscheidung«, bemerkte ich bissig.

»Ich rufe an«, sagte Gregor. »Vielleicht.«

Sie warf die Tür mit einem lauten Knall hinter sich zu.

»Sie war sowieso nicht richtig«, sagte Gregor. »Kaum war sie hier, hat sie meinen Eisschrank ausgeräumt. Alles da drin sei falsch, zu fett, ohne Sinn und Verstand, keine richtige Ernährung, typisch der faule Junggeselle, und dauernd Spiegeleier auf Speck. Und dann immer einen Schnaps dazu. Das sei alles kontraproduktiv. Und eigentlich weiß ich nicht einmal, was genau sie wollte.«

»Sie wollte deinen Haushalt schmeißen«, sagte ich. »Das ist viel mehr, als du von den meisten Frauen heute erwarten kannst.«

Er fing an zu kichern, stand auf und ging an den Küchenschrank. Dort eroberte er eine Flasche mit wasserhellem Inhalt und goss sich davon ein halbes Glas voll. »Als ich mit dem glühenden Armiereisen auf ihn losgegangen bin, da war ich richtig stolz, als er zu qualmen anfing. Dem muss sehr heiß gewesen sein. Was ist jetzt mit Jakob?«

»Jetzt wird es endlich, glaube ich.«

»Passieren dir oft solche Dinger? Ich meine Leute, die dich verprügeln?«

»Nein, nicht oft. Alle paar Jahre mal. Das ist Berufsrisiko. Kann ich jetzt ein Stück Brot haben?«

»Das habe ich vergessen«, sagte er betroffen. »Blöde Weiber.«

Er stellte Brot und Butter, Schinken und Käse vor mich hin, sah mir zu, wie ich aß und trank seinen Schnaps.

Als Rechtsanwalt Meier anrief, stopfte ich mir gerade eine Pfeife, ein schönes Stück von John Aylesbury. »Wir haben gesprochen, und der Psychologe sagt, es könne auf keinen Fall schaden. Er ist sogar der Meinung, dass der Junge ständig beredet werden sollte. Meine Frau sagt, es ist einen Versuch wert. Wenn Sie also kommen wollen.«

»Dann komme ich gleich.« Ich beendete das Gespräch und bedankte mich bei Gregor.

»Es war irgendwie nicht schlecht«, lächelte er, und ich freute mich über diese sehr eigenwillige Sprachblase meiner Eifeler.

* * *

Seine Mutter war eine freundliche, zugewandte Frau. Sie sagte zögerlich und unsicher: »Sie werden doch so ein Gespräch nicht veröffentlichen?«

»Nein«, sagte ich. »Das kommt nicht vor.«

»Ich frage mich«, sagte ihr Mann, »was diese Clique da betrieben hat.«

»Ein zweites Leben«, sagte ich. »Das kommt viel häufiger vor, als wir glauben. Vor allem kommt es bei uns selbst vor, und wir registrieren es nicht einmal. Kinder flüchten zuweilen, weil die Umstände sich ändern oder weil sie mit der Wirklichkeit nicht mehr zurechtkommen. Wo ist er denn?«

»Oben in seinem Zimmer.«

Es war ein Jungenzimmer, er hatte alle möglichen Helden. Die meisten sahen auf den Postern sehr furchterregend aus und hatten mit unserer Welt nichts zu tun. Sie waren Mischungen aus Mensch und Maschine, edelstahlverkleidet, mir bestialischen Waffen.

»Rauchen darf ich hier wahrscheinlich nicht.«

»Doch«, sagte er. »Die Pfeife geht ja noch.«

»Danke«, erwiderte ich und rauchte die Aylesbury weiter. »Wie ist dir im Moment?«

»Nicht schlecht«, antwortete er.

»Ging dir der Psychologe auf die Nerven?«

»Eigentlich nicht. Aber ich wollte nicht reden, weil er überhaupt keine Ahnung hat.«

»Wie sollte er auch? Die Sache mit Jamie-Lee ist euch aus dem Ruder gelaufen, nicht wahr?«

Er antwortete nicht. Er lag in seinen Kleidern auf dem Rücken und starrte an die Decke. Jemand hatte ihm kleine Sterne an die Decke geklebt, die leuchteten, wenn es Abend wurde. Er merkte, dass ich auch nach oben sah.

»Die hat mir Mama geklebt, da war ich noch ein Kind.«

»Das sieht tröstlich aus. Wann war denn der Punkt, als es aus dem Ruder lief?«

»Als die Mutter kein Geld mehr für Essen hatte. Wir haben alle zu Hause Essenssachen geklaut, aber irgendwie ging das auch nicht, weil es ja nicht reichte. Und die Mutter ist dann ausgeflippt.«

»Wann war denn das ungefähr?«

Er antwortete nicht, er legte den rechten Arm über sein Gesicht. Dann sprang er unvermittelt auf und sagte: »Ich hol dir mal einen Aschenbecher.« Er ging hinaus. Als er zurückkam, brachte er mir einen Becher Kaffee und den Aschenbecher mit und legte sich wieder auf das Bett. Nicht auf den Rücken, sondern zusammengefaltet wie ein ganz kleines Menschlein auf die Seite.

»Es gibt Dinge, die man nicht erfahren muss. Dann gibt es aber auch Dinge, die man erfahren sollte. Also ich zum Beispiel kann nur schreiben, wenn du mir Auskunft gibst. Ich werde niemals sagen, von wem die Auskunft kommt. Aber das weißt du ja schon. Wie lange habt ihr eigentlich in der Clique gelebt, ohne eine Ahnung zu haben, was bei Jamie-Lee los war?«

»Das muss Monate so gelaufen sein.«

»War das schlimm?«

»Schlimm? Ich weiß nicht. Man konnte ja nichts machen, und es war ja auch nur der Vater, anfangs.«

»Was macht dieser Vater eigentlich? Beruflich, meine ich.«

»Der hat ein Geschäft in Aachen, Autoersatzteile.«

»Und das ging den Bach runter?«

»Ja, total. Aber das wusste niemand. Jamie-Lee hat gesagt, dass das anfangs niemand wusste, auch nicht ihre Mutter.«

»Seit wann lief denn das, wann haben sie davon erfahren?«

»Also, ich denke mal, das muss nach meinem Geburtstag gewesen sein. Und der ist im Februar.«

»Der Vater fing an zu trinken, nehme ich an.«

»Nein, getrunken hat der schon immer. Das war die Hölle. Weil er dann rumpöbelte und auch prügelte. Also einmal hat er Jamie-Lee ins Gesicht geschlagen, sie hatte an der Augenbraue einen richtigen Riss. Dann kam der Gerichtsvollzieher und hat gesagt, sie müssten raus aus dem Haus.«

»War das gemietet?«

»Nein, war es nicht. Stimmt das, was alle sagen? Ist die Pilla mit dem Messer losgegangen?«

»Ja, stimmt.«

»Wird er sterben? Sie sagen, er kann sterben.«

»Das weiß ich nicht.«

»Er war ein Schwein.« Das kam vollkommen trocken daher. »Es wäre gut, wenn er stirbt.«

»Vielleicht war er krank. Ich meine: Krank im Kopf. Was denkst du?«

»Er war abartig. Er hat sie auch geschlagen. Pilla meine ich.«

»Gab es einen Deal zwischen Jamie-Lee und ihnen?«

»Ja, gab es. Fünfhundert die Sitzung.«

»Weißt du das genau?«

»Ich war dabei.«

»Kannst du erzählen, wie das lief?«

»Es war so, dass der Vater immer mehr trank, und dass die Mutter irgendwelche Medikamente einwarf. Es war das Chaos. Und sie hatten nichts zu essen, und Jamie-Lee sagte, sie müsste das ändern. Und ich sagte: ›Okay, aber wie?‹ Und sie sagte: ›Ich kassiere jetzt mal.‹ Dann sind wir rüber zu Imre und haben ihm gesagt: Fünfhundert, oder nichts mehr. Keine Sitzung mehr mit Fotos und so.«

»Und er hat gesagt, okay?«

»Ja, nicht sofort, aber dann konnte er nichts machen. Und ich habe gesagt, wenn er nicht den Mund hält, gebe ich meinem Vater mein Tagebuch.«

»Du hast ein Tagebuch?«

»Nein, habe ich nicht. Ich finde Tagebuch blöde.«

»Wie oft passierte denn das?«

»Zweimal die Woche. Jamie-Lee hat jedes Mal in der Schule gefehlt, weil, das ging ja nicht anders. Die Schule schrieb auch Briefe, aber die Eltern haben sie gar nicht gelesen.«

»Jamie-Lee hat also verdient, damit die Familie etwas zu essen hatte?«

»Genau.«

»Und der Vater hat weiter getrunken?«

»Ja, klar. Jamie-Lee sagte: ›Er hat immer Geld für seinen Schnaps!‹ Sie war sauer. Und da war noch eine andere Frau, die er hatte. In dem Geschäft in Aachen. Jamie-Lee wusste davon, aber ich weiß nicht, woher.«

»An dem Morgen, als Jamie-Lee starb, da schminkte sie sich in dem kleinen Holzhaus im Garten. Ihr habt das Traumhaus genannt. Dann ging sie. Aber sie wollte nicht nach Hause, sie wollte zu Imre und Pilla.«

»Ja, sie hatten ein Date. Also, die Leute warteten schon. Imre hat sie Kunden genannt. Und es war immer morgens, weil die Nachbarn dann nicht so stark darauf achteten, also dass sie nicht so neugierig waren.«

»Wie viele waren das?«

»Jedes Mal vier, drei Männer und eine Frau. Immer dieselben.«

»Und du weißt, wer sie waren?«

»Klar. Sie saßen da und Imre las ihnen was vor, und dann ging der Vorhang auf und sie sahen Jamie-Lee. Das war die

Show. Und sie tat so, als würde sie ...ja, als würde sie ...Sie war ja immer nackt.«

»Schon gut«, murmelte ich. »Und dann gingen die Leute nach Hause?«

»Ja, nein. Sie kriegten ja Fotos von der Sitzung, also Fotos von Jamie-Lee.«

»Ja, klar. Jetzt verstehe ich das. Und der Vater trank immer mehr? Und die Mutter nahm die Pillen?«

»Ja.«

»Es war die Rede davon, dass die Mutter von Jamie-Lee gar nicht zu Hause war, als Jamie-Lee zu Pilla und Imre ging. Stimmt das eigentlich?«

»Ja, das stimmt. Jamie-Lee konnte machen, was sie wollte, sie bestimmte. Die Mutter war dann oft bei Griseldis, damit die hilft. Aber die konnte nicht viel tun, und ich habe gesehen, wie sie geweint hat, weil sie nichts tun konnte.«

»Mein Gott!«, sagte ich, und meine Stimme kam mir sehr laut vor.

»Kann ich Jamie-Lee noch einmal sehen?«, fragte er.

»Ich weiß das nicht, ich kann das nicht versprechen, aber ich werde für dich fragen.«

»Sie haben gesagt, dass sie sie verbrennen wollen.«

»Wer hat das gesagt?«

»Meine Mutter. Sie hat gehört, dass die Nachbarn das gesagt haben.«

»Das kann sein«, nickte ich. »Aber sie bleibt ja bei dir. Ewig.«

»Ja«, sagte er fest und streckte seinen Körper zum ersten Mal.

»Wer ist eigentlich Törtchen?«

»Aus der Clique. Sie ist die Kleinste. Sie hat mal gesagt, dass sie am liebsten Törtchen isst. Seitdem heißt sie Törtchen. Sie ist zwölf Jahre alt. Sie hat immer das Make-up von Jamie-Lee kontrolliert und sauber gemacht. Darin ist sie gut.«

»Jeder hatte seine Aufgabe.«

»Ja, stimmt.«

»Welche Aufgabe hattest du?«

»Alles managen«, antwortete er einfach.

Eine Weile schwiegen wir beide.

»Noch einmal die Frage: Als du gehört hast, Jakob ist tot, was hast du da gedacht?«

»Ehrlich; gar nichts. Weil, Jamie-Lee war gerade tot, und denken konnte ich überhaupt nichts. Es war, als wär ich unter Wasser.«

»Was haben die Leute denn gesagt, hatten sie irgendwelche Vermutungen?«

»Sie haben viel geredet, aber sie hatten keine Ahnung, glaube ich. Nur Meister Klappmann hat gesagt, es wäre bestimmt eine Frauengeschichte.«

»Wer ist Meister Klappmann?«

»Das ist ein Rentner, der immer unten bei den Bänken ist. Er hat nichts zu tun, und seine Frau ist tot. Dann hängt er da rum und redet. Ahnung hat der nicht. Aber vielen hat es Spaß gemacht, darüber zu reden. Weil sie alle nichts wussten.«

»Was wussten sie nicht?«

»Wie Jakobs Leben war, das wussten sie nicht. Und wen er kannte und so, und wie er arbeitete und so.«

»Hat er dir davon erzählt?«

»Ja, manchmal, aber wenig. Ging mich ja auch nichts an.«

»Kannst du dir denn eine Frauengeschichte vorstellen?«

Er stemmte sich hoch und setzte sich hin. »Puhh! Das weiß ich nicht. Wie soll ich das denn wissen? Er hatte ja Freundinnen.«

»Und? Wie waren die?«

»Schon gute Frauen. Sie fuhren alle ganz schwere Wagen. BMW, Mercedes und Jaguar und Lexus und solche eben. Und sie kamen aus den Städten. Aber sie fuhren immer wieder weg und kamen nicht mehr wieder. Nur Judith, die kam anfangs immer wieder. Aber da weiß ich auch nicht, was das war. Jakob hat nicht drüber geredet.«

»Also, er hat nicht gesagt, das wäre eine Liebesgeschichte?«

»Nein, hat er nicht.«

»Woher kam diese Judith?«

»Aus Köln, das weiß ich von dem Nummernschild.«

»Und welche Automarke?«

»Mercedes.«

»Wie lange ist das mit der Judith denn her?«

»Das war im vorigen Sommer, oder kurz vorher. Jamie-Lee hat gesagt, die schlafen zusammen. Nein, wir hatten noch keine Sommerferien. Das war vorher.«

»Wusste sie etwas mehr?«

»Wusste sie nicht. Sie sagte, Frauen merken so etwas.«

»Glaubst du, du kannst jetzt mit deinen Eltern reden?«

»Mit denen schon. Aber nicht mit dem Psychologen. Er hat doch keine Ahnung.«

»Deine Eltern sind wichtig«, beharrte ich. »Sie brauchen dich.«

»Ja«, sagte er und schaute mich einen Moment lang verwirrt an.

Der Tag ging zur Neige, die Bäume im Garten warfen einen langen Schatten, durch den Himmel schossen Schwalben. Wenn man nicht wusste, dass sie Insekten jagten, ergaben ihre waghalsigen Kapriolen überhaupt keinen Sinn.

* * *

Rodenstock hatte häufig davon gesprochen, dass man bei Nachforschungen und Klärungen gezwungen sei, alles in Frage zu stellen, was man hörte, was Zeugen sagten, was der berühmte Mann auf der Straße äußerte, wie es zu angeblich gesicherten Erkenntnissen gekommen war, was jeder schon immer gesagt und gewusst hatte. Ich musste diesen ganzen Ballast vergessen, ich musste einfach den Menschen finden, der das alles in Bewegung gesetzt hatte und jetzt versuchte, sich zu verstecken, zumindest aber so zu tun, als gebe es ihn gar nicht.

Es war fast Mitternacht, als ich zu Hause ankam, und ich freute mich, auf meinen Kater zu treffen, der mir laut und jammernd sein ganzes Elend vor die Füße legte. Ich gab ihm zu fressen und saß mit ihm auf der Terrasse, weil die Nacht so lau war. Dann war er plötzlich verschwunden, und ich fand ihn in meinem Bett wieder, als ich mich hinlegen wollte. Er war schon immer eine schnelle Katze.

Ich schlief nicht lange, irgendwelche wilden Träume suchten mich heim, an die ich mich nicht erinnern konnte.

Um acht Uhr rief Emma an und sagte, sie würde gegen zehn Uhr bei Rodenstock sein.

»Nimm Blumen für mich mit«, sagte ich.

»Blumen sind nicht möglich«, sagte sie. »In zwei Tagen kommt er auf die Wachstation. Sie sagen, er ist gut dran, er macht sich. Aber das dauert. Was treibst du?«

»Heute versuche ich mal was«, sagte ich. »In bester Rodenstock-Manier.«

»Du hast also einen Ansatz?«

»Ja, aber ich weiß nicht, ob es klappt.«

»Das weiß man nie«, sagte sie. »Ich schicke Jennifer los, sie muss mir neue Sachen bringen und Schlafanzüge für Rodenstock. Bald kann er welche tragen.«

»Reagiert er denn normal?«

»Manchmal ja, manchmal nein. Die Wunde ist ja so ekelhaft riesig, und sie müssen ständig Schmerzmittel zusetzen. Ich denke, das ist genau der Zustand, den er hasst. Und da ist es wirklich besser, wenn er dämmert. Vermisst du ihn?«

»Ja. Sehr.«

»Und du baust keinen Mist, wenn du allein losziehst?«

»Nein, Emma, nein. Versprochen.«

Als ich Dr. Stromberg in Köln anrief, war es neun Uhr. »Ich brauche einen neuen Termin«, sagte ich. »Heute, wenn es geht.«

»Das ist unmöglich«, sagte er empört.

»Es wird gehen, wenn ich Ihnen sage, dass Sie uns belogen haben.«

»Wieso hätte ich das tun sollen?«

»Das müssen Sie sich selbst fragen, nicht mich. Walburga ist Judith, nicht wahr?«

»Sie hat drei Vornamen: Walburga, Anna, Judith«, sagte er seufzend. »Ich dachte mir, dass so etwas kommt.«

»Dann sind Sie ja nicht überrascht. Was hat es Ihnen denn eingebracht?«

»Nichts«, sagte er schnell. »Warum fragen Sie das?«

»Wer es glaubt. Ich hätte die Frau gern dabei.«

»Ich kann es versuchen. Aber ich mache darauf aufmerksam, dass wir möglicherweise in ein laufendes Verfahren geraten.«

»Das Verfahren läuft noch nicht, der Staatsanwalt hat noch keine Ahnung«, widersprach ich. »Sie werden sich nicht selbst anzeigen.«

»Eher nicht«, sagte er. »Und ihren Mann – wollen Sie den auch?«

»Später«, sagte ich. »Viel später. Also wann?«

»14 Uhr in meinem Büro?«

»Gut. Bis dahin.«

Ich rief Kischkewitz an und erwischte ihn in einer Konferenz. »Ich treffe gleich die Ehefrau von Manni Luchmann in Köln. Und ich würde sicherheitshalber vorschlagen, dass du ihren Mann kassierst.«

»Ist schon passiert«, sagte er unwillig. »Wir sind schließlich nicht von gestern. Aber wir werden ihn nicht lange haben, er verfügt über eine Armada von Anwälten.«

»Hauptsache, er bleibt in Bewegung«, sagte ich. »Und Hauptsache, er platzt mir nicht in das Schäferstündchen.«

»Das wird er nicht tun. Wie ist Rodenstock dran?«

»Emma sagt, er macht Fortschritte. Ich besuche ihn morgen. Er braucht uns jetzt.«

»Ja. Wir sehen uns«, murmelte er. »Und mach mir die Frau nicht an. Sie ist kostbar.«

»Ich weiß.«

Ich fuhr gegen zwölf Uhr, und ich fuhr langsam und dachte an die Fehler, die ich machen könnte. Als ich die Autobahn in Nettersheim erreichte, gab ich diese Bemühungen auf. Jeder Satz konnte ein Fehler sein, und ich hatte wenig zu verlieren.

Stromberg hatte alles auf das Feinste gerichtet, es gab ein kleines Büffet für uns drei – kleine, raffinierte Happen.

»Das ist Herr Baumeister, Frau Luchmann.«

»Danke, das Sie gekommen sind«, sagte ich und reichte ihr die Hand.

Sie war ohne Zweifel eine eindrucksvolle Erscheinung, sie war nicht nur schön, sie wirkte auch wie eine Figur voller Leben. Sie trug ein kleines Schwarzes, und es stand ihr. Ihr Haar trug sie weißblond, halblang. Vielleicht hatte Sonja recht gehabt, vielleicht war es eine Perücke, aber wichtig war das nicht. Sie war schlank, verwendete nicht allzu viel Make-up, hatte keinen Nagellack aufgetragen und schmetterte sofort einen Volley: »Meinen Mann haben die Bullen heute Morgen zu einem schnellen Gespräch gebeten.« Ihre Stimme war angenehm tief. »Ich hoffe nicht, dass er Schaden nimmt.«

Es klang so, als rede sie von einer kostbaren Vase, und ich hatte Mühe, ein Grinsen zu unterdrücken. »Das weiß ich nicht«, sagte ich. »Ich habe keine Ahnung, was Ihren Mann betrifft.«

»Sie sehen nicht so aus, als hätten Sie keine Ahnung.«

»Vielleicht essen wir nebenbei einen Happen«, sagte der Anwalt. »Ich bitte, sich zu bedienen.«

»Ich nehme das Gespräch auf«, sagte ich und legte den kleinen Recorder auf den Tisch.

Niemand reagierte.

Die Frau stand auf und ging sich etwas zu essen holen. Dann kam sie wieder, setzte sich und schaute mich einfach an.

»Es war eine Liebesgeschichte, nicht wahr?«, fragte ich.

»Das stimmt, das habe ich angenommen«, murmelte sie und aß einen Bissen hartes Ei mit Kaviar.

»Aber Jakob wollte das nicht? Oder er hat es abgelehnt? Oder er hat sich zurückgezogen?«

»Es war eine Liebesgeschichte«, wiederholte sie. »Wir machten zusammen eine Reise. Er wollte im Süden Chiles nach bestimmten Pflanzen suchen. Wir haben sie nicht gefunden.«

»Wie wollten Sie das mit Ihrem Mann regeln?«

»Die Wahrheit sagen und gehen«, sagte sie einfach. »Wie man so etwas mit Anstand macht. Regeln gibt es ja nicht.«

»Das ist richtig. Und Jakob Stern wollte diese Verbindung?«

»Ja«, sagte sie. »Das hat er gesagt.«

»Also, Sie waren sich Jakob Sterns sicher?«

»Ja«, nickte sie. Dann zeigte sie mir ein strahlend schönes Gesicht und setzte hinzu: »Dämlich wie wir Frauen so sind.«

»Wie ging das auseinander?«

»Schleichend«, sagte sie. »Sehr schleichend. Er machte die nächste Reise allein.«

»Und Sie hatten Ihrem Mann schon angedeutet, was folgen würde?«

»Angedeutet?«, fragte sie voll Hohn. »Ich habe ihm gesagt, was war, ich habe ihm gesagt: ›Ich will in Frieden gehen, ich will dir keinen Schaden zufügen, ich rede kein dummes Zeug über dich, ich gehe einfach, und das war es dann.‹«

»Wie reagierte er?«

Sie überlegte einen Augenblick. Dann antwortete sie: »Er reagierte wie Manni Luchmann. Ihm ist Liebe oder das, was wir darunter verstehen, einfach fremd. Deshalb macht er seine Puffs so gut. Er kann seine eigenen Kunden gar nicht begreifen. Er war, um es mal einfach auszudrücken, verdattert. Es ist nicht seine Welt.«

»Das habe ich schon in unserem ersten Gespräch angedeutet«, hauchte Stromberg und hob dabei einen Zeigefinger.

»Ich will es nur verstehen«, sagte ich. »Jakob war Ihre große Liebe und ...«

»Und sie kam verdammt spät«, sagte sie. »Ich bin immerhin achtunddreißig. Und ich habe nicht geglaubt, dass mir so etwas noch einmal passiert. Ich dachte schon, ich wäre frigide oder Ähnliches.«

»Sie haben Ihrem Mann gesagt, Sie gehen. Ist das richtig so?«

»Ja, das ist so korrekt.«

»Und Ihr Mann hat dann etwas für Sie getan?«

»Oh nein, oh nein. So einfach ist das nicht, Herr Baumeister. Erst einmal habe ich Jakob erzählen wollen, dass ich klare Fronten geschaffen habe.«

»Und er wollte das gar nicht?«

»Das kann man so sagen. Vorsichtig ausgedrückt hat er den Schwanz eingekniffen und die nächste Reise geplant, auf der ich ihn eigentlich begleiten sollte. Dann war er weg, und ich war fassungslos.«

»Sie konnten ihn auch nicht mehr erreichen?« Ich dachte etwas panisch, dass Jakob da von bodenlosem Leichtsinn gewesen war.

»Nein. Er hatte beide Handys gewechselt, ich wusste nicht, wie er zu erreichen war. Und für ihn machte das ja auch Sinn, er wollte sich nicht auseinandersetzen. Er war feige.«

»Aber noch immer lief diese Firma, noch immer standen die Gelder Ihres Mannes bereit?«

»Ja«, bestätigte sie.

»Das erwähnte ich schon«, sagte Stromberg wieder dezent.

»Sie waren die Geschäftsführerin, wie besprochen?«

»So ist es. Und mein Mann stand dazu, um gleich klarzustellen, wie er reagierte.«

»Und dann tauchte Vonnegut auf und übernahm die Rolle Ihres Mannes, stellte das Geld, machte die neuen Verträge, und Sie waren draußen.«

»Ja.« Sie steckte sich ein Stück Toastbrot in den Mund und sagte mit Widerwillen: »Das Zeug ist trocken, Stromberg.« Dann legte sie ein kleines Pillendöschen neben ihren Teller, hübsche Emaillearbeit.

»Ich lasse Neues kommen«, sagte Stromberg hastig und zog ein Handy aus der Tasche.

»Quatsch«, sagte sie. »Wir müssen es einfach liegen lassen, und du wechselst den Caterer.«

»Ja«, sagte er brav. »Natürlich.«

»Wie ging das weiter?«, fragte ich. »Wann trafen Sie denn Jakob Stern zum letzten Mal?«

»Das weiß ich nicht genau«, antwortete sie. »Es war vor drei Monaten, denke ich.«

»War es für ihn ein peinliches Treffen?«

Sie sah mich an und lächelte. »Das können Sie annehmen. Du lieber Gott, der hübsche Junge. Und er hatte Glück, dass ich nicht schwanger war.« Da war jetzt Hass.

»Wollten Sie schwanger werden?«

»Ja, wollte ich. Aber wir hatten nicht genug Zeit miteinander.«

»Und wie haben Sie sich getrennt?«

»Wie vernünftige Leute eben, wie man das so macht. Mach es gut, hat nicht sein sollen und so weiter und so fort.«

»Und danach haben Sie ihn nicht mehr gesehen?«

»Richtig, ich sah ihn nie wieder.«

»Das glaube ich Ihnen nicht«, sagte ich. »Sie haben ihn an dem Abend wiedergesehen, als Sie ihn töteten. Wie kommt man eigentlich als moderne Frau an das Gift des Trompetenbaums? Steht ja nicht gerade beim nächsten Edeka.«

»Das ist jetzt aber eine sehr wilde Vermutung«, sagte sie scheinbar erheitert.

»Diese Ansicht teile ich nicht«, meinte ich.

Sie blieb bei dieser Heiterkeit, sie war nicht davon abzubringen, dass ich Blödsinn sprach. »Dann sollten Sie mir doch einmal erzählen, was sich da abgespielt hat, als ich ihn angeblich tötete.« Sie machte den Eindruck, als sei sie nahe daran, in ein unbändiges Gelächter auszubrechen, und ich dachte erneut verkrampft an die Möglichkeit, etwas falsch gedacht und gemacht zu haben.

»Das, was so verwirrend wirkte, war die Tatsache, dass niemand sich vorstellen konnte, dass eine Frau hingehen würde, um ausgerechnet Jakob Stern zu vergiften. Einfach ausgedrückt, war er ein Liebhaber der Frauen, man hörte selten Klagen. Ich weiß nicht, woher Sie das Gift hatten, aber wir werden es herausfinden. Ich weiß auch nicht, ob Sie selbst dort hinausfuhren oder ob Sie sich fahren ließen. Die zweite Möglichkeit erscheint mir einleuchtender, denn Sie waren garantiert nervös. Sie trafen ihn, er hatte dem Treffen zugestimmt, er hatte keine Ahnung, was ihn erwartete, aber er wollte Ihnen immerhin sagen, sie sollten sich keine falschen Hoffnungen machen. Auf jeden Fall machten Sie ihm einen Kakao, nicht wahr? Den trank er so gern, möglichst viel, möglichst fettig. Und immer abends. Sie sehen so erstaunt aus, aber das Rätsel löst sich ganz einfach. Sie haben sich anschließend die Mühe gegeben, seinen Geschirrspüler anzuwerfen, man kennt ja diese laienhaften Vorstellungen von Spuren und Spurensuchern. Die Ermittler haben eine Tasse gefunden, in der sie Kakao nachweisen konnten. In seinem Magen übrigens auch. Es war derselbe Kakao, kein Zweifel. Ich nehme an, Sie haben ihm das Gift in den Kakao geschüttet, und er hatte keine Ahnung, was ihm bevorstand. Haben Sie ihn angeschaut, als er starb?«

»Auf so etwas«, sagte Stromberg leise, »müssen wir gar nicht reagieren, da sagen wir gar nichts.«

»Hören Sie doch endlich auf, Sie Weichei«, sagte ich wütend. »Sie haben ja nicht mal genügend Arsch in der Hose.«

»Na, das ist aber ein Ding«, sagte sie heiter. »Mit der Nummer können Sie auftreten, Herr Baumeister.«

»Ich verbitte mir das!«, sagte Stromberg.

»Was haben Sie denn kassiert?«, fragte ich ihn.

»Kassiert? Wofür?«, fragte er.

»Fünfhunderttausend von Manni Luchmann, wenn er uns wieder ins Spiel bringt«, antwortete sie einfach.

»Dann schweigen Sie mal, wenn Erwachsene miteinander reden«, sagte ich. »Das hier ist sowieso nicht Ihre Vorstellung.«

»Er ist Rechtsanwalt«, sagte sie und bat um Milde. »Gut, ich habe also den Geschirrspüler angeworfen. Und dann?«

»Dann tauchte eine Störung auf. Eine Störung namens Franz Stern. Sie hatten mit allem Möglichen gerechnet, aber nicht mit Franz. War er eigentlich betrunken?«

Sie sah mich an, sie legte den Kopf leicht schief, sie wirkte immer noch so, als machten meine Fantasien ihr Spaß, und sie hörte ganz genau zu.

»Als ich ihn fand, war er jedenfalls betrunken. 2,2 Promille. Aber das war Tage später. Ich nehme an, er war schon betrunken, als er zu Jakobs Haus kam. Auf jeden Fall haben Sie ihm einen teuren Whisky eingeflößt, der noch nachzuweisen war, als ich seine Leiche fand. Und sie haben ihn gebeten, dabei zu helfen, Jakob auf die Eiche zu bringen. Wenn ich ehrlich sein will, weiß ich nicht, wie Sie das geschafft haben. Aber so muss es abgelaufen sein.«

»Wieso mache ich denn so etwas Furchtbares?«, fragte sie, aber ihre Heiterkeit schwand dahin.

»Das weiß ich nicht«, gab ich zu. »Ich nehme an, Sie wollten Jakob bestrafen. Er hat Ihre Träume zerstört, restlos zerdeppert. Er war der falsche Mann.«

»Darauf lassen wir uns nicht ein«, sagte Stromberg. »Da antworten wir gar nicht, das ist ja geradezu lächerlich.«

»Halt dich raus«, sagte sie.

»Aber wieso?«, fragte er klagend wie ein Kind.

»Du bist gut für Schriftsätze, die kein Mensch liest«, sagte sie brutal.

»Wie soll das abgelaufen sein?«, fragte sie noch einmal. Dann lächelte sie und erklärte: »Ich versuche mich in ihre Fantasie einzuklinken, verstehen Sie? Also, noch einmal. Ich komme zu Jakobs Haus. Nachmittags oder gegen Abend, ist ja egal. Und dann stehe ich da mit dem toten Jakob, den ich vorher vergiftet habe, und Franz taucht auf. Dann mache ich Franz betrunken, und er hebt seinen Bruder auf die Eiche.«

»Sie wussten, dass Jakob den Gedanken der Baumbestattung mochte«, sagte ich. »Das wussten wahrscheinlich alle, die ihn kannten.«

»Ich mache Franz betrunken, er hebt mir seinen Bruder auf den Baum, und ich schicke ihn anschließend nach Hause oder wohin er gerade wollte. Ist das Ihr Ernst?«

»Ja«, sagte ich nur und schaute sie mit festem Blick an.

»Wieso ausgerechnet Franz? Der liebte seinen Bruder, das wissen Sie?«

»Ja, sie liebten sich. Warum es Franz sein musste, weiß ich nicht. Ich weiß auch nicht, warum er ausgerechnet an diesem Abend zu seinem Bruder wollte. Aber er erschien. Vielleicht gefällt Ihnen eine andere Variante. Jakob war tot, Franz erscheint, flippt aus, als er Jakob sieht. Sie sagen: Er ist einfach gestorben, einfach so. Sie kommen auf die Idee mit dem Baum, Sie sagen: Er wollte das doch immer. Und also hilft er Ihnen. Und Sie, Sie ganz persönlich wollten das ja auch. Das letzte Geschenk. Also haben Sie es gemacht. Wo haben Sie denn die graue Stoffbahn herbekommen, die Sie Jakob über den Kopf zogen?«

»Also, dieser Franz verlässt Sie einfach nicht, was? Immer Franz, dauernd wieder Franz.« Sie war jetzt sehr ernst, das war kein Spiel mehr, und ich hoffte, sie würde einen Fehler machen, irgendeinen blöden, kleinen Fehler.

»Niemand ist auf die Idee gekommen, an etwas anderes zu denken als an diese Firma Jakobs Arche. Und natürlich die Pharmkraut im Hintergrund, die auf den Vertrieb wartete und auf die Kunden und glorreichen Aussichten in die Zukunft. Viele, viele Verträge über Pillen und Salben und Tees und Einreibungen und weiß der Teufel was noch alles. Und also haben alle gedacht: Da muss irgendetwas Großes abgelaufen sein, etwas Gigantisches, irgendetwas mit viel, viel Geld. Aber das war es gar nicht, es war etwas mit viel, viel Liebe. Es war eine Liebesgeschichte ohne Happy end, ohne Hoffnung.«

»Und ich habe Jakob bestrafen wollen?«, fragte sie sehr sachlich. »Und benutze dabei seinen Bruder Franz, der ihn auf den Baum hebt. Sind Sie verrückt?«

»Nein, bin ich nicht.«

»Und anschließend gehe ich hin und töte den Vonnegut. Und dann den Franz in seinem Pennerasyl.«

»Nein, das waren Sie nicht, das machte Luchmann. Und wahrscheinlich hat er es Ihnen vorher nicht einmal gesagt. Aber Sie vermuten es natürlich, denn Luchmann hat Sie auf seine verrückte, irgendwie völlig impotente Art geliebt. Und das konnte er nicht dulden, dass irgendein dahergelaufener Schofel ausgerechnet seine Frau hereinlegt. Wissen Sie, das letzte Opfer ist eigentlich Manni Luchmann.«

Sie spielte mit dem Pillendöschen, sie ließ es über den Tisch rollen. Es rollte an einen Dessertteller, und es gab einen hellen Ton, der im Raum zitterte.

»Ausgerechnet Franz«, sagte sie nachdenklich. »Wieso wollte er eigentlich zu seinem Bruder? Gibt es da eine Theorie bei Ihnen?«

»Gibt es nicht. Franz war einfach Franz. Und wenn er zu Jakob wollte, kam er eben. Wissen Sie, das genau war das Verrückte an dem Fall. Niemand ist über viele Tage hinweg auf die Idee gekommen, dass es eine Liebesgeschichte war, eine große Liebesgeschichte, sonst nichts. Geld spielte überhaupt keine Rolle, es war eben eine Liebesgeschichte.«

»Ja, ja, Shakespeare hätte was ganz Großes draus gemacht«, sagte sie. »Ein Stoff mit allem Drum und Dran, richtig gut für einen Knaller im Blatt oder im Fernsehen oder wo auch immer. Richtig psychologische Tiefen von Journalisten, die keine Ahnung von Menschen haben. Und Sie kommen hierher und machen den Eindruck, Sie hätten Franz in seinem Säuferelend befragt und dazu gebracht zu sagen: ›Die Judith war da! Ich habe meinen Bruder auf die Eiche gehoben! Zusammen mit Judith!‹ Das war dann wahrscheinlich kurz bevor jemand hinging und ihn erschlug. Das ist doch lächerlich.« Sie starrte mich an, sie war voller Verachtung, und sie wirkte noch immer sehr sicher.

Und sie wollte irgendetwas von mir hören. Was war das?

Ich dachte verkrampft nach: Wieso reitet sie auf diesem Bruder herum?

Dann kannte ich plötzlich die Antwort, dann wusste ich, was sie dachte und warum sie so dachte. Und ich wusste auch, dass sie etwas nicht wusste und immer versuchte, dieses Nichtwissen auszuloten. Sie war eine verdammt kühle Frau, und sie machte es eigentlich gut.

»Nein«, sagte ich, »ich habe nicht mit Franz vor seinem Pennertod gesprochen. Ich habe ihn nie kennengelernt. Ich habe Kinder getroffen, die gesagt haben, er sei ganz wunderbar gewesen. Er habe ihnen Tiere und ihre Fährten im Wald und im Schnee gezeigt. Er konnte einen Puter vormachen, der angeben will. So etwas eben. Die Kinder waren hingerissen. Er war nicht brillant, dieser Franz. Im Gegenteil, er flippte aus und soff, und die Leute lachten über ihn, und dem Jakob war das manchmal peinlich, und er hat dem Franz eine gescheuert, als der es zu arg trieb. Ich habe leider mit dem Franz nie im Leben ein Wort gewechselt, aber ich hätte es gern getan. Ich fand ihn nur, als jemand ihn erschlagen hatte. In einem baufälligen Haus, in dem er manchmal schlief. Viel Symbolik. Und ich sage auch mit aller gebotenen Vorsicht, dass Manni Luchmann wahrscheinlich seine Hand im Spiel hatte. Wahrscheinlich hat er jemanden geschickt, um die Sache mit Franz ein für allemal zu erledigen. Für Sie, Judith. Wir werden es erfahren. So, wie er dummerweise mir jemanden schickte, der mir den Arm brach. Nein, ich habe kein Wort mit Franz geredet, aber er hat das Seil in den Händen gehalten, mit dem er seinen Bruder an dem Baum hochzog und dann festband. Kein Zweifel.«

Sie blickte vor sich hin auf das Tischtuch, sie schob ihren Teller um ein paar Zentimeter zur Tischmitte, sie verrückte ihre Kaffeetasse, sie ordnete etwas, und sie wirkte versunken.

»Es gibt noch etwas, das Sie nicht wissen können«, sagte ich. »Franz hat seinen Bruder auf den Baum gebracht. Und Sie haben ihn wahrscheinlich einfach laufen lassen. Der Mann war betrunken, der Mann war ungefährlich, dem Mann glaubte kein Mensch. Aber dieser Penner hatte nichts anderes zu tun, als schnurstracks zu Vonnegut zu gehen. Mitten in der Nacht bis Vossenack. Da war er auch, in der gleichen Nacht. Und aus irgendeinem Grund trank er einen grünen Minzlikör, billiges Zeug mit viel Lebensmittelfarbe. Und diese Lebensmittelfarbe haben wir in seinem Körper nachgewiesen. Ich habe nie mit Franz geredet, aber ich kann Ihnen sagen, weshalb er nach Vossenack lief. Weil er irgendwann auf diesen Kilometern begriff, dass Vonnegut der Nächste sein würde. Aber Vonnegut glaubte ihm nicht, denn Franz war besoffen. Auf die Idee, dass er selbst in Todesgefahr schwebte, ist er wahrscheinlich nicht gekommen.«

Ihr Gesicht hatte sich verändert, hatte schärfere Konturen bekommen. Der Glanz von Spott in ihren Augen war verschwunden. Ihr Stimme lag jetzt etwas höher: »Herr Baumeister, Sie haben jetzt viel Unsinn geredet, der endlich einmal aufhören sollte. Ich teile Ihnen mit, dass ich an dem fraglichen Abend überhaupt nicht in Einruhr war. Weder allein, noch mit einem Fahrer. Und schon gar nicht mit Bruder Franz. Und darauf haben Sie nichts zu erwidern.«

»Das meine ich aber auch«, steuerte Stromberg bei.

Ich war es jetzt leid, ich war wütend und traurig, und ich hatte keine Geduld mehr. »Glauben Sie im Ernst, ich komme hierher, um Ihnen Märchen aufzutischen? Es ist immer wieder erstaunlich, dass intelligente Menschen etwas arrogant über die Polizei sprechen und sich gar nicht vorstellen können, dass dort neben klugen Köpfen auch hochqualifizierte Wissenschaftler arbeiten. Deshalb wissen wir, dass an jenem Abend eine Frau bei Jakob Stern war. Eine Frau mit weißblonden Haaren. Und sie trug eine Jeans von Trussardi und bequeme Laufschuhe von Nike.«

Sie starrte noch immer auf das Tischtuch. Sie sagte gedehnt: »Jaah.« Sie schaute mich eindringlich an, mit offenen Augen, und ich wusste, in ihrem Blick lag die Bestätigung meiner Vermutungen. Sie hatte aus Liebe gemordet, eine abgewiesene, eine enttäuschte Liebe. Ihr Mann war für sie zum Doppelmörder geworden – ein sinnloses Opfer. Judith Luchmann öffnete die Pillendose, nahm eine Tablette und legte sie sich auf die Zunge. Sie trank einen Schluck Kaffee, sie sagte erneut: »Ja, Baumeister, ja.«

Sie saß mir gegenüber und starb, ich konnte nichts tun, gar nichts. Sie hatte wissen wollen, wo sie die Fehler gemacht hatte, sie war ein gründlicher Mensch.

* * *

Es war um sieben Uhr am Abend, als ich über die A1 in die Eifel zurückfuhr. Ich hatte chaotische Stunden hinter mir, und Judiths Augen verfolgten mich noch immer.

Die Todesermittlungsbeamten hatten mich dreimal zu einer Aussage gebeten, obwohl ich nur dreimal das Gleiche erzählen konnte. Sie operierten hektisch, sie wussten, dass dieser Tod etwas ganz Besonderes war und viel Sorgfalt von ihnen verlangte. Sie wussten, dass es im Blätterwald rauschen würde und über die Fernsehsender ging.

»Hatten Sie das Gefühl, dass Frau Luchmann wissen wollte, wie weit Ihre Ermittlungen gediehen waren?«

»Das war mit Sicherheit der Fall. Und als sie es erfuhr, tötete sie sich. Was war denn das für eine Tablette?«

»Es gibt viele dieser Art. Eine besonders beliebte ist eine schnelle Einschlafdosis für Elefanten oder Pferde. Sie tötet sofort.«

Ich fuhr nach Westen in einem rötlichen Licht, die Sonne stand tief über den Hügeln. Eifellicht. Nicht mehr lange, und der Mond würde aufgehen. Wie viele lichtscheue Gestalten mochten es sein, die den Mond über der Eifel anbeteten? Ich fuhr an einem Parkplatz raus, um mir eine Pfeife zu stopfen. Ich wählte eine leicht gebogene Stanwell und dachte über die losen Enden des Falles nach. Es gab so vieles, was noch nicht ganz klar war, und es würde lange dauern, bis sich das Knäuel ineinander verwobener Beteiligungen entwirrt hatte. Es war nur eine Frage der Zeit, bis man Manni Luchmann überführt haben würde. Die Polizei hatte noch eine Menge Kleinarbeit zu leisten. Und wir würden erst davon erfahren, wenn der Fall von den Titelseiten längst verschwunden war, wenn die Leute gähnten, wenn sie von Luchmann lasen.

Ich hockte in meinem Auto und paffte vor mich hin.

Würde der kleine Mark die Tragödie mit Jamie-Lee überstehen oder sein Leben lang darunter leiden? Würde er sich verkriechen? Würde er lernen, Menschen wieder zu vertrauen? Und dieser ganze entsetzliche Fall mit den Kindern hatte mit den Sterns und Vonnegut nicht das Geringste zu tun. Aber er würde die Eifel aufregen und aufwühlen, und er würde mindestens vier Menschen vor den Richter bringen. Wie ging es Pilla? Wie sah ihre Hölle aus? Würde sie es endlich schaffen, von Kladisch loszukommen?

Und dieser Vonnegut, von dem ich nur von Fotos wusste, wie er ausgesehen hatte. Was wussten wir denn von ihm? So gut wie nichts. Ein paar persönliche Daten, eine ungefähre Vorstellung von einem kühlen Kaufmann, der es in einer ganz neuen Sache noch einmal zu Reichtum und Ansehen bringen wollte, obwohl er beides schon längst besaß. Die Menschen sind hungrig.

Emma und mein geliebter Rodenstock. Ich würde jeden Tag nach Trier pilgern, und ich würde ihm gehörig auf die Nerven gehen mit meinen ewigen Mahnungen: Beweg dich, tu was! So lange bis er wieder in Heyroth einzog: *Welcome home!*

Und Jennifer, unsere kesse Biene aus São Paulo, mit ihren erheblichen Problemen, erwachsen zu werden? Irgendwie, sagte Rodenstock immer, kriegen wir sie alle groß.

Ich startete den Wagen, ich wollte heim. Und dann fiel mir plötzlich Gregor Bleibtreu ein, der Zoff mit seiner Gertie hatte. Was würde denn passieren, wenn ich den an Jennifer heranspielte? Sanft natürlich, ganz vorsichtig. Der Gedanke gefiel mir plötzlich. Er gefiel mir immer besser, je höher der Mond stieg.

ENDE

Jacques Berndorf

Requiem für einen Henker

Ein Eifel-Krimi

Band 19346

»Die beste Serie im zeitgenössischen deutschen Kriminalroman.«

FAZ

Bei seinen Recherchen für ein Nachrichtenmagazin beginnt für den Journalisten Siggi Baumeister ein Albtraum. Ein Landstreicher wurde im Bonner Regierungsviertel erschlagen, und Baumeister ist sich sicher, dass es mehr mit der Sache auf sich hat, als offiziell bekannt gegeben. Er forscht nach und bemerkt beinahe zu spät, dass er sich mit den falschen Leuten angelegt hat …

»In seinen Eifelkrimis liefert Berndorf stimmige Porträts einer Landschaft und ihrer Bewohner – schlauer Bauern, Dickschädel, Eigenbrötler mit gelegentlich schweijkschen Zügen.«

Frankfurter Rundschau

Fischer Taschenbuch Verlag

fi 19346 / 1

Jacques Berndorf

Der letzte Agent

Ein Eifel-Krimi

Band 19343

»Die beste Serie im zeitgenössischen deutschen Kriminalroman.«

FAZ

Der Journalist Siggi Baumeister stößt im Eifelwald auf eine grässlich zugerichtete Leiche. Ungeahnte Unterstützung bei dem schwierigen Fall bekommt er ausgerechnet aus Berlin. Denn eine resolute alte Dame, die Baumeister zuvor am Telefon mitteilt, dass sie seine Tante Anni sei, kommt ihn besuchen. Und entpuppt sich als Frau vom Fach, als pensionierte Kommissarin der Kriminalpolizei. Baumeister ist froh um jede Hilfe, denn die Fährte, die er verfolgt, führt ihn direkt zu einem skrupellosen Stasi-Komplott, das auch vor Mord nicht zurückschreckt …

»In seinen Eifelkrimis liefert Berndorf stimmige Porträts einer Landschaft und ihrer Bewohner – schlauer Bauern, Dickschädel, Eigenbrötler mit gelegentlich schweijkschen Zügen.«

Frankfurter Rundschau

Fischer Taschenbuch Verlag

fi 19343 / 1

Jacques Berndorf

Der Bär

Ein Eifel-Krimi

Band 19342

»Ein ›Must Read‹ für Berndorf-Fans und Liebhaber guter Rätsel-Krimis«
krimi-couch.de

Genau 111 Jahre ist es her, dass in der Eifel ein fahrender Händler erschlagen wurde. Noch heute erzählt man sich Geschichten über die mysteriöse Leiche, die mit zertrümmertem Schädel gefunden worden war. Spuren, die auf die Identität des Mörders deuten könnten, gibt es jedoch längst nicht mehr. Aber gerade das weckt den Ehrgeiz des Journalisten Siggi Baumeister, und es gelingt ihm, sich Stück für Stück der Wahrheit um die grausame Tat zu nähern.

»Die beste Serie im zeitgenössischen deutschen Kriminalroman.«
FAZ

Fischer Taschenbuch Verlag

fi 19342 / 1

Jacques Berndorf

Die Nürburg-Papiere

Ein Eifel-Krimi

Band 19345

»Die beste Serie im zeitgenössischen
deutschen Kriminalroman.«
FAZ

Die Furcht der Eifeler Kneipenwirte, Pensionsinhaber und Hoteliers schien berechtigt: Der Bau eines Freizeitzentrums am Nürburgring brachte für sie nicht die versprochenen Vorteile. Stattdessen wurden sie von einer Clique von Managern rüde aus dem Geschäft gedrängt. Das Klima auf den Eifelhöhen ist eisig geworden. Und dann wird der wichtigste Mann aus den Reihen der Manager auf brutale Weise ermordet. Bereits kurz darauf gibt es zwei weitere Tote. Journalist Siggi Baumeister glaubt an einen Zusammenhang zwischen den drei Verbrechen und setzt alles daran, einen roten Faden ins Labyrinth der »Nürburgring-Morde« zu bringen …

»In seinen Eifelkrimis liefert Berndorf stimmige Porträts
einer Landschaft und ihrer Bewohner – schlauer Bauern,
Dickschädel, Eigenbrötler mit gelegentlich
schweijkschen Zügen.«
Frankfurter Rundschau

Fischer Taschenbuch Verlag

fi 19345 / 1

Linda Castillo

Blutige Stille

Thriller

Aus dem Amerikanischen von Helga Augustin

Band 18451

Die Toten lügen nicht –
aber welche bittere Wahrheit verschweigen sie

Sie töteten alle Mitglieder der Familie Plank. Die Leichen des Vaters und der beiden Söhne fand man im Wohnhaus, die der Mutter und des Babys auf dem Weg zur Scheune. Doch niemand war auf das vorbereitet, was sie in der Scheune fanden. Die beiden Mädchen, gefoltert und misshandelt. Die Familie gehörte zur amischen Gemeinde in Painters Mill, Ohio, sie lebten getreu ihren Glaubensgrundsätzen von Schlichtheit und Bescheidenheit, waren gottesfürchtige Leute. Fernab von den Verführungen der Zivilisation. Oder enthüllt das Tagebuch der ältesten Tochter eine andere Wahrheit?

»Fesselnde Charaktere, exzellenter Plot und ein Finale,
dass einem die Haare zu Berge stehen.«
USA Today

Fischer Taschenbuch Verlag

fi 18451 / 1

Jörg Maurer
Niedertracht
Alpenkrimi
Band 18894

Hier trägt das Böse Tracht:
Der dritte Alpenkrimi mit Kommissar Jennerwein

In der Gipfelwand über einem idyllischen alpenländischen Kurort findet die Bergwacht eine Leiche. Kommissar Jennerwein ermittelt zwischen Höhenangst und Almrausch, während die Einheimischen düstere Vorhersagen über weitere Opfer machen. Was bedeutet derweil die Mückenplage in Gipfelnähe, warum hat ein grantiger Imker auf einmal viel Geld, und wieso hilft ein Mafioso, ein Kind aus Bergnot zu retten? Jennerwein hat einen steilen Weg vor sich …

»Einen Drahtseilakt in Sachen Konstruktion legt Maurer hin, und er hält dank seines leichtfüßigen Humors die Balance.«
Abendzeitung

»Wer schwarzen Humor mag, wird diesen Krimi lieben.«
Für Sie

»Jörg Maurers Bücher sind einfach auf der Höh'.«
Bergliteratur Online

Fischer Taschenbuch Verlag

fi 18894 / 1

Fritz-Peter Linden
JACQUES
BERNDORF
Von der Eifel
aus betrachtet
KBV